Karin Lindberg

Zitronensommertage

TINTE & FEDER

Das Buch

Nach einem schweren Schicksalsschlag sucht Núria Trost bei ihren Großeltern, die an der Costa Brava leben. Bei Strandspaziergängen an der wilden katalanischen Küste will sie auf andere Gedanken kommen. Aber ihre Pläne werden schon bald durchkreuzt, als sie in einem Strandcafé auf einen charismatischen Einheimischen trifft, der sie unbeabsichtigt vor den Kopf stößt.

Xavi war einst ein erfolgreicher Sternekoch eines Szene-Restaurants in Barcelona – lebt jedoch seit einiger Zeit zurückgezogen in Llafranc. Vorsichtig nähern sich die beiden an, weil Núria ihm dabei helfen möchte, einen Straßenhund zu versorgen. Doch die Begegnungen mit Xavi verwirren Núria, und auch Xavi weiß nicht, was er von all dem halten soll. Denn er genießt jede Minute mit Núria, obwohl er eigentlich nur für sich bleiben wollte. Es ist Núrias eigensinnige und zugleich melancholische Art, die in ihm etwas anrührt, das er nie wieder fühlen wollte …

Die Autorin

Karin Lindberg war zehn Jahre in den Chefetagen internationaler Konzerne tätig, doch sobald ihr erster Roman veröffentlicht war, reichte sie ihre Kündigung ein, um jede freie Minute zu schreiben. Sie erschafft mit Begeisterung starke Heldinnen und attraktive Helden, legt ihnen Steine in den Weg und lässt sie am Ende doch ihr Happy End erleben. Karin Lindberg lebt mit ihrer Familie vor den Toren Hamburgs. Inzwischen hat sie mehr als dreißig Romane veröffentlicht, die weit über eine Million Mal verkauft wurden.

KARIN LINDBERG

Zitronen-sommertage

Roman

TINTE & FEDER

Deutsche Erstveröffentlichung bei
Tinte & Feder, Amazon Media EU S.à r.l.
38, avenue John F. Kennedy, L-1855 Luxembourg
September 2022

Umschlaggestaltung: bürosüd München, www.buerosued.de
Umschlagmotiv: © Lucky Business / Shutterstock;
© Elenamiv / Shutterstock; © Resul Muslu / Shutterstock;
© Anna Suprunenko / Shutterstock; © LouieLea / Shutterstock
1. Lektorat: Dorothea Kenneweg
2. Lektorat und Korrektorat: VLG Verlag & Agentur, Haar bei München,
www.vlg.de
Gedruckt durch:
Amazon Distribution GmbH, Amazonstraße 1, 04347 Leipzig /
Canon Deutschland Business Services GmbH, Ferdinand-Jühlke-Straße 7,
99095 Erfurt /
CPI books GmbH, Birkstraße 10, 25917 Leck

ISBN 978-2-49671-101-1

www.tinte-feder.de

NO ES TRACTA DE BUSCAR ALGÚ QUE
ET COMPLETI, ÉS TROBAR ALGÚ QUE
T‹ACCEPTI MALGRAT ELS TROSSOS QUE ET FALTEN.

*Es geht nicht darum, jemanden zu suchen,
der Dich vollständig macht. Sondern darum,
jemanden zu finden, der Dich mit Deinen
fehlenden Teilen akzeptiert.*

Katalanisches Sprichwort

Kapitel 1

17 397 Likes
798 Kommentare
112 Reposts

Okay, Leute. Das ist er jetzt. Mein letzter Post an euch. Ich wusste, dass es irgendwann so weit sein würde, aber dass es zum Ende hin nun so schnell geht, überrascht mich selbst. Sechs Jahre sind eine lange Zeit. Es ist mehr, als alle ersten Prognosen mir versprochen haben, und doch war es viel zu wenig. Ich hatte ein schönes Leben, auch wenn es nicht lang sein durfte. Die Dauer hat jedoch nichts zu sagen, ich habe das Beste daraus gemacht.

Danke, dass ihr mich begleitet habt. Ich hoffe, dass ich auch euch ein Stück weit auf eurem Weg begleiten konnte. Aber die letzten Schritte und damit die schwersten meines eigenen Weges liegen noch vor mir. Ich kann leider nicht auf eure vielen Kommentare antworten, das geht einfach nicht mehr. Aber ihr sollt wissen, dass ihr mir Kraft gebt und den Mut für das, was bald kommt.

Passt gut auf euch auf!

Hört auf euren Körper, er sagt euch, wenn etwas nicht stimmt.

Aber die wichtigste Sache, die ich noch loswerden möchte: Macht das Beste aus dem, was euch das Schicksal anbietet!

Lebt wohl!

Euer Nico

Ein hauchdünner weißer Vorhang bauschte sich in einem Luftzug vor der offenen Glastür in Núrias Zimmer. Eine sanfte Brise strich über ihr Gesicht und trocknete ihre feuchten Wimpern. Sie nahm einen tiefen Atemzug, der Geruch von Meersalz und süßem Blütenduft erfüllte ihre Lungen.

Es geschah nicht mehr oft, dass sie im Schlaf weinte, aber der Traum war so real gewesen, die Erinnerungen so lebhaft, dass sie es nicht hatte verhindern können. Wie auch, Núria kannte niemanden, der seine Träume selbst bestimmen konnte.

Sie kannte Nicos letzten Post, den er vor 411 Tagen auf seinem populären Instagram-Account NicosCancerCombat, mit beinahe einer Million Followern, verfasst hatte, in- und auswendig, jeden Buchstaben, jedes Komma und auch all die Gefühle, die er damals wie heute in ihr auslöste.

Schön wäre es, wenn ich mir meine Träume aussuchen könnte, dachte sie und wackelte mit den Zehen, die unter dem dünnen Laken hervorlugten. Sie wollte jetzt nicht diesen Weg beschreiten, nicht an all das denken, was sie verloren hatte. Deshalb schlug sie die Decke zurück und setzte sich langsam auf. Schlaftrunken blinzelte sie in die morgendliche Dämmerung und stand auf. Sie hob die Arme über den Kopf und streckte sich ausgiebig. Das Gefühl ihrer nackten Fußsohlen auf den kühlen Fliesen war angenehm und erdete Núria. Sie trat ans Fenster und schob die Vorhänge beiseite, um auf die Terrasse vor ihrem Schlafzimmer zu kommen. Ein roter Streifen war am Horizont über dem dunklen Ozean zu erkennen, und Núria trat hinaus in den nahenden Morgen. Die Luft war kühl und frisch, es roch nach Meersalz und Blüten. Sie tapste über die kalten Fliesen zur Brüstung.

Núria lehnte sich mit den Unterarmen auf das verschnörkelte, schmiedeeiserne Geländer und genoss die Ruhe und Stille. Nur das leise Rauschen des Meeres war zu hören, sogar die Vögel schliefen noch. Sie lächelte traurig in sich hinein und schloss die Lider für einen Moment. Eine Welle der Sehnsucht spülte über sie hinweg. Núria atmete langsam ein und wieder aus; sie wusste, dass auch diese schmerzhaften Gefühle wieder abklingen würden. Es dauerte einen Augenblick, bis sie sich wieder im Griff hatte und die Schönheit des anbrechenden Tages genießen konnte.

Es war wundervoll, hier zu sein; die friedliche Umgebung, die Weite und Ruhe hatten schon immer eine heilsame Wirkung auf sie gehabt. Aber manche Wunden wollten sich einfach nicht schließen, egal, wie herrlich es hier an der Costa Brava im Haus ihrer Großeltern auch sein mochte.

Núria beobachtete, wie die Sonne langsam am Horizont nach oben kroch. Jede Minute ein Stückchen weiter. Es war faszinierend, wie das sanfte Morgenrot über das dunkelblau schillernde Meer zum Festland wanderte.

In Terrakottakübeln auf den Terrassen vor dem am Hang gebauten Haus ihrer Großeltern blühte weißer und roter Oleander. Die steinerne Balustrade leuchtete im ersten Sonnenlicht des Tages golden, die ersten Vögel stimmten nun auch ihr Lied an. Am Fuß der Mauer gab es eine weitere Terrasse, die zu einem lang gezogenen Pool mit kristallklarem Wasser führte. Vom ganzen Grundstück und Haus hatte man einen atemberaubenden Blick auf das Mittelmeer. Núria hatte es schon immer geliebt, hier bei ihren Großeltern zu sein, und auch jetzt merkte sie, wie ihre Schultern langsam herabsanken und sie sich ein wenig entspannte. Sie holte rasch ihre Yogamatte heraus, und nach ein paar Sonnengrüßen, einer aufeinanderfolgenden Reihe von unterschiedlichen Posen, fühlte sie sich bereit für den Tag.

Der Duft von Pinien stieg in Núrias Nase, während sie die Umgebung betrachtete. Das Haus lag am Ende einer Sackgasse; die Sicht auf das Meer war unverbaut, etwas weiter die Straße hinunter standen weitere Häuser. Eines davon hatte es Núria schon seit Kindertagen angetan. Das Besondere an dem prächtigen Gebäude war ein steinerner Turm. Sie war überrascht, dass dort bereits Licht brannte. Noch so ein früher Vogel, dachte sie. Ob die Bewohner dort vielleicht kleine Kinder hatten und deshalb schon wach waren? Oder lebte dort eine einsame Seele wie sie? Núria hätte es nicht vor anderen zugegeben, aber sich selbst musste sie nicht belügen. Sie lebte lange genug allein, um zu wissen, dass sie mehr einem traurigen Einsiedlerkrebs glich als einem zufriedenen Schaf in der Herde. Es war okay für sie, trotzdem war sie froh, ihre einsame Wohnung in Hamburg für ein paar Wochen gegen das Zimmer an der Costa Brava bei ihren Großeltern eingetauscht zu haben. Die kleine Auszeit tat ihr gut, und arbeiten konnte sie in ihrem Job als Übersetzerin auch von hier aus.

Núria seufzte leise und tapste mit ihrer Matte ins Zimmer zurück. Genau das würde sie jetzt tun, sich einen Tee machen und dann, solange noch Ruhe im Haus herrschte, ein paar Seiten tippen. Ihr saß zwar keine nahende Deadline im Nacken, aber sie hielt ihren Geist lieber mit den Worten anderer beschäftigt als mit ihren eigenen Gedanken.

Núria hatte noch nicht viel geschafft, als sie hörte, wie jemand die Schiebetür des Wohnzimmers hinter ihr öffnete. Sie saß auf der unteren Terrasse an einem runden Tisch, die leere Tasse stand neben ihrem Laptop.

»Guten Morgen, *nena meval.*« Mein Mädchen. Ihre Oma trat hinter sie und legte ihr eine Hand auf die Schulter. Die Wärme ihrer Finger war angenehm, der zarte Duft ihres Parfums stieg Núria in die Nase. Hier war sie zu Hause, hier fühlte sie sich wohl. Es war richtig gewesen herzukommen, auch wenn ihre Familie ihr manchmal gehörig auf die Nerven ging – aber Núria wusste, sie meinte es nur gut.

»Guten Morgen, *àvia*«, erwiderte Núria mit einem leisen Lächeln den Gruß ihrer Oma Gemma.

Die zog sich einen Stuhl heran und setzte sich zu ihr. Sie trug ein gehäkeltes violettes Jäckchen über ihrem pinkfarbenen Shirt und einem knielangen Rock. Die grellen Farben standen im starken Kontrast zu ihrem kinnlangen weißen Haar. Auf der kleinen Nase saß eine dicke schwarze Brille, die genauso gut zu einer Dreißigjährigen gepasst hätte. Oma war auch mit vierundsiebzig noch ein flotter Feger, dachte Núria amüsiert. Sie wusste, dass ihr früher alle Jungen im Ort nachgelaufen waren, aber Gemma hatte nur Augen für ihren Josep gehabt. Núria kam optisch leider gar nicht nach ihrer Oma, sie hätte gern tiefschwarzes Haar und ausdrucksstarke braune Augen wie sie gehabt. Stattdessen hatte Núria die empfindliche Haut und die blonden Haare, die einen kleinen Rotstich hatten, von ihrem deutschen Vater geerbt.

»Arbeitest du schon wieder?«, erkundigte Oma sich sanft. »Ich dachte, du wolltest hier ein bisschen abschalten.«

»Das mache ich doch, ich wollte nur etwas erledigen, bevor alle wach sind.«

Der sorgenvolle Blick aus den weisen Augen der älteren Frau traf Núria. Oma atmete leise aus, und Núria wappnete sich innerlich für das, was kommen würde. Sie hatte es oft genug gehört, von allen Seiten. Ihre Familie meinte es gut mit allem, das wusste sie, deshalb wollte sie nicht undankbar sein und ließ es über sich ergehen.

»Nachts solltest du schlafen, mein Kind.« Sie legte ihre schlanken Finger auf Núrias Arm. »Komm, ich mache uns Frühstück.«

Núria war überrascht, dass sie nun doch keine gut gemeinten Ratschläge über Trauerbewältigung zu hören bekam, aber sie war froh darüber. »Ich komme gleich, ich übersetze nur noch das Kapitel fertig, ja?«

Oma seufzte leise. »Wie du meinst, Schätzchen. Sollen wir außen essen?«

»Ja, gern.«

»Dann decke ich drüben den Tisch.«

»Du sollst das nicht alles allein machen; wenn du nur zehn Minuten wartest, helfe ich dir.«

»Núria, ich bin deine Oma, es ist sozusagen in mir verwurzelt, dass ich meine Enkelin verwöhnen möchte. Ich habe dich viel zu lange nicht gesehen, also lass mir diese Freude. Solange ich noch nicht senil und bettlägerig bin, werde ich versuchen, dir etwas Gutes zu tun, wenn du uns besuchst.«

Núria grinste. »Na schön.«

Gemma stand auf. Sie war schon auf halbem Weg zum Haus, als sie sich noch einmal umdrehte. »Aber später bleiben Laptop und Handy aus, ja?«

Núria verzog die Lippen, denn das Smartphone hatte sie vor einer Sekunde in die Hände genommen, um die Morgenstimmung auf einem Foto festzuhalten. Sie wollte nachher noch etwas posten, und im Geiste war sie gerade schon dabei gewesen, einen Text dazu zu verfassen. Sie fühlte sich ertappt, denn Núria wusste, wie ihre Großeltern darüber dachten, dass sie Nicos Instagram-Kanal noch immer pflegte. Weil sie eine Diskussion vor dem Frühstück vermeiden wollte, erwiderte sie nur: »Ja, sicher.«

Oma schien ihr nicht zu glauben, denn sie schüttelte den Kopf, während sie die Lippen schürzte, sah aber anscheinend ein, dass es keinen Sinn hatte zu widersprechen. Also drehte sie sich um und ging ins Haus, um das Frühstück vorzubereiten.

* * *

Xavi war in die Tageszeitung vertieft, als er einen leisen Fluch in einer fremden Sprache hörte. Er blickte von der heutigen Ausgabe der *La Vanguardia*, der auflagenstärksten katalonischen Tageszeitung, auf und entdeckte am Nachbartisch eine Touristin, die mit ihrem Handy und dem Computer kämpfte. Vermutlich entsprach die Internetverbindung hier nicht dem, was sie von zu Hause gewöhnt war. Lange konnte die Frau noch nicht an der Küste sein, denn ihre helle Haut leuchtete wie ein weißes Laken, außerdem wirkte sie total gestresst. Die rotblonden Haare waren zu einem unordentlichen Knoten hochgebunden. In einigen Tagen würde sie vermutlich von der Sonne geküsst leicht gebräunt sein, oder aber rot, weil sie den Sonnenschutz zu spät aufgetragen hatte … Auch Ende August konnte man sich, wenn man so aussah wie diese nervöse

Unbekannte, einen Sonnenbrand holen. Er hatte das schon häufig unfreiwillig beobachtet.

Xavi wollte seinen Blick wieder auf die Nachrichten richten, aber etwas hielt ihn davon ab. In der gleichen Sekunde hob sie ihren Kopf. Leuchtend blaue Augen, die ihn an das Meer an einem Sommertag erinnerten, starrten ihm entgegen. Sein Atem stockte.

Die Touristin hatte eine gerade, kleine Nase und hübsch geschwungene Augenbrauen in einem symmetrischen Gesicht. Sie lächelte nicht, im Gegenteil, sie wirkte einsam und verloren, nicht nervös, wie er zunächst angenommen hatte. Die sinnlichen Lippen waren zu einem schmalen Strich zusammengepresst.

Xavi schluckte. Dann griff er hastig nach seiner Espressotasse und schaute weg. Für einen Moment hatte er einen so tiefen Schmerz in diesem intensiven Blau erkannt, als hätte ihm jemand einen Spiegel vor die Nase gehalten.

Er trank den Rest seines Wachmachers und verzog das Gesicht. Mist, das Zeug war kalt geworden und schmeckte einfach nur noch bitter. Egal, Hauptsache, es erfüllte seinen Zweck, denn er hatte einen langen Tag vor sich, der bereits viel zu früh begonnen hatte.

Während Xavi nach ein paar Münzen in seiner Hosentasche kramte, schielte er noch einmal zum anderen Tisch im kleinen Café an der Strandpromenade. Die Frau hatte sich wieder ihrem Computer gewidmet und wirkte abwesend.

Hastig wandte Xavi sich ab, er wollte nicht aufdringlich oder neugierig wirken – normalerweise scherte er sich auch nicht um fremde Leute. Warum gerade sie ihn so faszinierte, konnte er sich nicht erklären. Stattdessen beobachtete Xavi eine Fußgängerin, die mit ihrem Kinderwagen an der Promenade entlangschlenderte. Die Morgensonne glitzerte im ruhigen Wasser der Bucht; es versprach ein schöner Tag zu werden. Zwei

Männer von der Stadtreinigung waren am Strand und sammelten angeschwemmten Müll und Algen ein. Über den beiden Torbögen des Cafés hing Purpurtrompetenwein vom darüberliegenden Balkon. Die Blüten reichten bis in den schattigen Bereich, in dem er saß, herab. Xavi war oft hier, um morgens in Ruhe die Zeitung zu lesen; außerdem war dieses Lokal ein echter Geheimtipp, denn es gab nur vier Tische.

Xavi schob die Münzen neben seine Tasse. Didac, der Besitzer, trat neben ihn. »Du willst schon gehen? Was ist, sind die Nachrichten heute nicht nach deinem Geschmack? Du siehst aus, als hättest du Zitronensaft geschlürft.« Didac war der Ehemann von Xavis Souschef Pep. Xavi war froh, die beiden kennengelernt zu haben; sie hatten es ihm leicht gemacht, anzukommen, als er hierhergezogen war. Didac war groß und schlaksig und im gleichen Alter wie Xavi. Allerdings lebte Xavi erst seit zwei Jahren in Llafranc, und Didac war hier aufgewachsen. Trotzdem verstanden sich die beiden ganz gut, was gleichzeitig ein bisschen übertrieben war, denn abgesehen von oberflächlichen Gesprächen ließ Xavi niemanden an sich heran. Er wusste, dass die Leute im Dorf ihn und seine gute Küche schätzten, ihn aber für verschroben hielten. Ihm sollte es recht sein, er legte keinen Wert mehr auf Geselligkeit. Sein Alltag war ausgefüllt, und damit war er zufrieden, mehr konnte er beim besten Willen nicht verlangen.

Xavi schnalzte mit der Zunge und machte eine ausladende Geste. »Ich wollte in Ruhe meinen Kaffee trinken, doch diese handysüchtigen Touristen stressen mich.« Es hatte wie ein Scherz klingen sollen, aber es lag ein Fünkchen Wahrheit darin. Die Begegnung mit dieser Frau hatte etwas in ihm aus dem Gleichgewicht gebracht. Seit dem Blick in ihre tiefblauen Augen hatte er den Drang verspürt, wegzulaufen, aber wovor er flüchten wollte, wusste er selbst nicht genau.

»Gut, dass sie kein Katalanisch spricht, hm?«, erwiderte Didac mit einem süffisanten Grinsen, das Xavi nicht zu deuten wusste.

Xavi faltete die Zeitung zusammen, dann stand er schulterzuckend auf. »Ich muss los«, erklärte er knapp, ohne auf den seltsamen Spruch des Wirts einzugehen.

»Man sieht sich.« Der Cafébetreiber winkte amüsiert. Xavi hob lediglich eine Braue, dann wandte er sich ab. Als er am Tisch der Frau vorbeikam, bemerkte er, dass sie ihre Sachen ebenfalls zusammengepackt hatte.

Ihre Augen sprühten Funken. Sie zischte: »Du kannst ruhig bleiben, die *handysüchtige Touristin* kann ihren Job auch anderswo machen.«

Xavis Mund klappte auf, als er die Worte, während er das Café verließ, ganz langsam verarbeitete. Das war perfektes Katalanisch gewesen, absolut akzentfrei. Sie hatte also alles verstanden, was er zu Didac gesagt hatte.

Scheiße!

Das war ja prima gelaufen. Verdammt!

Xavi war bereits um die Ecke gebogen, als er vollends realisierte, dass er wirklich Mist gebaut hatte. Die Frau musste ihn für ein arrogantes, fremdenfeindliches Arschloch halten. Xavi schloss für eine Sekunde die Lider und spürte, wie Schamesröte auf seinen Wangen brannte. Sich so zu verhalten, war sonst überhaupt nicht seine Art. Was ihn eben dazu bewogen hatte, konnte er sich selbst nicht erklären. Er wusste nur, dass er es bereute. Xavi musste sich bei ihr entschuldigen; deshalb machte er auf dem Absatz kehrt, um sein Fehlverhalten wiedergutzumachen.

»Hast du was vergessen?«, wollte Didac wissen, der gerade einen Tisch mit einem Lappen abwischte.

Xavi blinzelte und sah sich nach rechts und links um, aber die Touristin war nirgends mehr zu entdecken. »Hast du gesehen, wo sie hin ist?«

Didac grinste breit. *»No, ho sento.«* Nein, tut mir leid.

Xavi stieß leise die Luft aus und fuhr sich mit den Fingern durch die Haare. »Du hättest mir ruhig eine Warnung zukommen lassen können, dass sie Katalanisch spricht.«

»Jetzt bin ich auch noch schuld daran, dass du hübsche Gäste beleidigst?«

Xavi verzog den Mund. Didac hatte recht. Aber Fehler vor anderen einzugestehen, war noch nie Xavis Stärke gewesen. Daher winkte er nur ab. »Vergiss es«, brummte er und marschierte davon. Weit konnte sie noch nicht gekommen sein, er würde sie finden.

Xavi durchmaß eine schmale Gasse zwischen zwei Häusern mit langen Schritten. Das war der einzige Weg, den sie genommen haben konnte, weil er sie am Strand nirgends mehr entdeckte. Die Steine unter seinen Füßen waren unter unzähligen Schritten glatt geschliffen; es ging terrassenförmig nach oben. Zwischen einigen Hauswänden waren Wäscheleinen gespannt, hier und da baumelte eine Hose oder ein Laken in der frischen Morgenbrise.

Er war sich nicht mehr sicher, ob die Frau wirklich hier entlanggegangen war, obwohl er die Gegend mittlerweile wie seine Westentasche kannte. Als er am Ende des Weges angekommen war, blieb er stehen und rieb sich konsterniert über die Stirn.

»So ein Mist«, schimpfte er. Was für ein ätzender Morgen.

Xavi atmete langsam ein und wieder aus, dann schnitt er sich selbst eine Grimasse. Er hatte sie verpasst.

Na gut, dann würde die Frau eben in dem Glauben bleiben müssen, dass er ein Idiot war. Warum es ihn überhaupt kümmerte, was sie dachte, konnte er nicht genau sagen. Vielleicht, weil er sich schlussendlich doch noch an seine Manieren erinnert hatte. Es war nicht in Ordnung, dass er Fremde beleidigte. Warum es gerade bei ihr passiert war, wusste er nicht, und letztlich wollte er diesem kleinen Vorkommnis auch keine allzu große Bedeutung beimessen.

Xavi guckte auf seine Armbanduhr. Es war gerade mal halb elf; er hatte noch ein paar Minuten Zeit, ehe er zum Restaurant musste. Vielleicht tat ihm ein Spaziergang ganz gut, um seine Nerven zu beruhigen; anscheinend stand er heute ein wenig neben sich.

Ein merkwürdiges Geräusch erregte seine Aufmerksamkeit, es klang wie ein Jammern. Oder ein Weinen.

Nein, es war eher ein … Winseln.

Xavi blickte sich um, konnte aber nichts entdecken.

Da war es wieder.

Dieses Mal klang es noch herzzerreißender.

Einbilden konnte er es sich jedenfalls nicht. Wieso war es ihm vorher nicht aufgefallen? Vielleicht war er zu sehr in Gedanken bei dieser Frau gewesen, die ihn so aus dem Gleichgewicht gebracht hatte, dass er sie hatte beleidigen müssen.

Xavi lauschte in die Stille. Als es wieder erklang, versuchte er, dem Geräusch zu folgen. Er bog um die Ecke, wo er einen großen schwarzen Müllcontainer entdeckte. Das Ding war bis obenhin mit Säcken vollgestopft; davor stapelten sich Kisten, Kartons und noch mehr Tüten.

Das Winseln war hier deutlicher zu hören.

»Was zur …« Er beendete den Fluch nicht, weil sich seine Oma sonst im Grab umgedreht hätte. Seine Familie war streng katholisch, und alles, was mit dem Teufel zu tun hatte, nahm man keinesfalls in den Mund. Die Erinnerung an seine Oma ließ ihn traurig lächeln. Er hatte ihr eine Menge zu verdanken; gleichzeitig war er froh, dass sie gewisse Dinge nicht mehr hatte miterleben müssen.

Nicht jetzt, sagte er sich und konzentrierte sich darauf, herauszufinden, woher das Winseln kam. Vielleicht war ein Tier irgendwo eingeklemmt und brauchte Hilfe.

Er schloss kurz die Augen und bereitete sich darauf vor, dass er gleich im Müll würde wühlen müssen. Kleine Sünden bestrafte der Herr sofort; vielleicht war sein unflätiges Benehmen von eben damit dann ausgeglichen. Ein alberner Gedanke, er war sonst alles andere als gläubig. Irgendwas stimmte heute nicht mit ihm, wenn er jetzt schon göttliche Zeichen in ein Winseln hineininterpretierte.

Xavi verzog die Lippen, dann schob er die Säcke vor sich mit den Füßen auseinander. Das Geräusch war verstummt. Scheiße, war er zu spät gekommen?

»Nun komm schon, mach es mir nicht so schwer«, murmelte er vor sich hin.

Schließlich entdeckte er einen nur notdürftig verschlossenen Karton. Daraus müffelte es erbärmlich. Er unterdrückte einen Würgereiz, als er ihn öffnete und der Gestank von Exkrementen überhandnahm. Was er dann entdeckte, ließ ihn alles vergessen.

Ein Hündchen saß in der Ecke zusammengekauert. Alt konnte es noch nicht sein, aber vielleicht täuschte er sich auch. Das Tier war in etwa so lang wie sein Unterarm, ein Auge und Ohr waren schwarz, als hätte jemand einen Klecks Farbe aufgetragen, der Rest war weiß, oder war es zumindest mal gewesen, ehe das Vieh in diese Kiste gesteckt worden war.

Xavi unterdrückte einen Fluch und zog den Karton heraus. Sollte er ihn umkippen? Anfassen wollte er den Hund nicht, der konnte alle möglichen Krankheiten haben; und auf eine Bisswunde hatte er noch weniger Lust. Aber der Blick aus den schwarzen Knopfaugen war so traurig und gleichzeitig vertrauensvoll, dass er seine Bedenken über Bord warf. Xavi ging in die Hocke. »Na, du armes Kerlchen? Wie bist du hier reingekommen? Pass auf, ich lasse dich raus, und dafür beißt du mich nicht. Na, wie klingt das?«

Das Tier legte den Kopf schief, ein Ohr klappte dabei nach vorn. Der Gestank war geradezu unmenschlich, doch Xavi fasste sich ein Herz. »Komm her«, flüsterte er und hoffte, dass er dem Hund damit keine Angst machte. Dann streckte er langsam die Hand nach ihm aus.

Xavi spürte jede Rippe an dem zerbrechlichen Ding, während er es vorsichtig aus seinem verdreckten Gefängnis befreite. Er setzte das Tier auf den Boden und trat dann zurück, um wieder frische Luft atmen zu können.

Ein Halsband konnte er nicht entdecken; seine Hoffnung war gewesen, dass er so vielleicht den Namen des Besitzers hätte herausfinden können. Gleichzeitig fragte er sich, wer in aller Welt einen lebenden Hund im Müll entsorgte. An Zufälle glaubte er nicht.

Xavi schaute an der Hauswand nach oben. Hier wohnten mehrere Parteien, er konnte schlecht alle herausklingeln. Und selbst wenn, niemand würde zugeben, dass er seinen Hund zum Sterben in eine stinkende Kiste gesperrt hatte. Vielleicht hatte auch jemand von auswärts den Hund hier ausgesetzt. Das brachte ihn zum nächsten Punkt. Sicher hatte das arme Tierchen Hunger und Durst? Xavi wusste nicht, wo sich das nächste Tierheim oder eine Auffangstation befanden; außerdem waren das selten Einrichtungen, in denen es Tiere wirklich gut hatten, oder? Er hatte keine Ahnung.

Seine Hoffnung war, dass der Hund jetzt, wo er frei war, einfach das Weite suchen werde. Straßenhunde kamen gut allein zurecht; der Gedanke löste ein wenig von Xavis Anspannung.

»Nun lauf schon, Kleiner, du bist frei«, ermunterte er das stinkende Fellmonster.

Aber das abgemagerte Etwas machte keine Anstalten wegzulaufen, sondern saß vor Xavi und himmelte ihn geradezu an. Die Zunge hing heraus, der Hund hechelte. Es sah aus, als wollte er ein Leckerli. Oder Wasser.

»Du hast Durst, nicht?« Xavi atmete geräuschvoll aus und gab sich geschlagen. »Dann komm mit.«

Er bezweifelte, dass Hunde Katalanisch verstanden, aber anscheinend war dieser hier ein besonders schlaues Exemplar. Das Tier neigte den Kopf, und als Xavi einen Schritt machte, folgte es ihm auf etwas wackeligen Beinen.

»Du brauchst auf jeden Fall ein Bad, du stinkst erbärmlich«, brummte Xavi, während ihm der Hund hinterhertrottete wie ein kleines Kind.

Apropos, vielleicht war er ja noch ein Welpe. Xavi hatte keinerlei Erfahrung und sich bis heute auch nicht dafür interessiert. »Bist du deiner Mama davongelaufen?«

Die Idee verwarf er sofort wieder, denn von selbst war das Hündchen bestimmt nicht im Müllhaufen gelandet. Irgendein Tierhasser hatte sich womöglich einen Spaß gemacht; es gab einfach zu viele kranke Leute auf der Welt.

Xavi hatte es nicht weit bis nach Hause, aber er musste mehrere Pausen einlegen, weil das Hündchen einfach zu entkräftet war. Irgendwann hob er das kleine Ding hoch und trug es den restlichen Weg. Xavi würde deshalb gleich selbst noch einmal unter die Dusche gehen müssen, aber er konnte das Tier nicht einfach seinem Schicksal überlassen. Woher seine plötzliche Tierliebe kam, wusste er selbst nicht, aber es stand außer Frage, dass er es nicht zum Sterben hatte zurücklassen können. Dann doch lieber in ein Tierheim, aber erst nach einem Napf Wasser und Futter. Was Xavi zum nächsten Problem brachte: Was gab man einem kleinen Hund zu fressen, der kurz vor dem Verhungern war?

Er würde eine Suchmaschine befragen, heute gab es ja für alles Tutorials. Wasser war bestimmt erst einmal wichtiger. Und ein Gartenschlauch, um den gröbsten Dreck abzuspülen. Dann würde er herausfinden, wo er das Tier hinbringen konnte.

Xavi war mittelschwer genervt, als er zu Hause ankam und das Tor zu seinem Grundstück hinter sich schloss. Was hatte er sich da aufgehalst? Für so einen Kram hatte er doch gar keine Zeit. Mit großen Schritten marschierte er zur Gießkanne und war froh, dass sich noch Wasser darin befand, das die Sonne angewärmt hatte. Xavi ahnte, dass es trotzdem gleich Theater geben würde, aber dieser Gestank war einfach unerträglich. Vorsichtig setzte er den Hund auf den Boden, dann fing er an, ihn mit dem lauwarmen Wasser abzuspülen. Zu seiner Überraschung wehrte das Kerlchen sich nicht, sondern ließ es über sich ergehen und streckte dabei immer wieder die Zunge heraus. Natürlich, es hatte Durst. Das hatte Xavi kurz vergessen; die Ausdünstungen, die von dem verdreckten Fell ausgingen, hatten ihm wohl das Hirn vernebelt. Jetzt wurde es allmählich ein wenig besser, aber um den Gestank wirklich loszuwerden, würde der Hund ein echtes Bad benötigen.

Aber nicht bei ihm; das konnten Leute erledigen, die Ahnung von Tieren hatten. »So, du wartest jetzt hier«, erklärte er dem Tier, das vermutlich nicht verstand, was er von ihm wollte. Xavi lief ins Haus und achtete darauf, dass das Fellknäuel ihm nicht folgte. Kurz darauf kehrte er mit einer Schale Wasser zurück und stellte sie vor ihm hin. Sofort machte der kleine Hund sich darüber her und trank beinahe alles aus.

»Mein Gott«, murmelte er und schaute an sich hinab. Er sah selbst aus wie ein begossener Pudel. Xavi nahm seinen Gartenschlauch und spülte Hände und Steine kurz ab, dann hing endlich nichts mehr als Pinienduft, Meersalz und der Geruch von frischen Blüten in der Luft. Er atmete tief ein. Als er auf die Uhr schaute, fluchte er.

Er war spät dran; jetzt würde es hektisch werden bis zum Mittagessen. »So ein Mist!«, schimpfte er und rannte ins Haus. Um seinen Gast würde er sich danach kümmern. Xavi duschte schnell und zog sich etwas Frisches über, dann guckte er in den

Kühlschrank. Was konnte man einem halb verhungerten Tier geben? Er hatte jetzt keine Zeit, sich nach einem Tierheim umzusehen, und bis es so weit war, musste der Hund etwas zu futtern bekommen. Kurzerhand schnappte Xavi sich eine Möhre und gekochte Kartoffeln vom Vortag. Eilig raspelte er die Möhre und zerdrückte die Kartoffeln, gab ein wenig Olivenöl drüber und füllte alles in einen alten Teller, dann eilte er nach draußen. Das Findelkind lag in der Sonne, die Schnauze auf dem Boden. Als das Hündchen Xavi entdeckte, hob es interessiert den Kopf. Xavi stellte den Teller vor ihm ab. »Hier, friss das, und dann kannst du dich trollen. Ich muss jetzt los und hoffe, dass du nachher weg bist, wenn ich wiederkomme.«

Natürlich bekam er keine Antwort, aber das Festmahl wurde nicht nur zur Kenntnis genommen, sondern sofort mit Eifer verspeist. Xavi hatte keine Zeit, sich länger mit dem Hund aufzuhalten, deshalb eilte er zu seiner Vespa, schwang sich darauf und betätigte das elektrische Tor. Er ließ es, nachdem er hinausgefahren war, einen Spalt offen, sodass der Hund seiner Wege gehen konnte, wenn er mit dem Fressen fertig war.

Kapitel 2

4 792 Likes
120 Kommentare
6 Reposts

412 Tage ohne dich fühlen sich an wie ein ganzes Leben. Ich vermisse dich so sehr. Manchmal kommt es mir so vor, als wäre viel mehr Zeit verstrichen. Mein Kämpfer, mein Mutmacher, mein bester Freund ist nicht mehr da, und ich weiß nicht, wie ich das aushalten soll. An Tagen wie diesem weiß ich einfach nicht, wie ich weitermachen kann, denn auch ich habe endlich begriffen: Du kommst nie mehr zu mir zurück.

Du hast so viele Menschen bewegt und allen stets Kraft und Zuversicht gegeben. Genau das bräuchte ich jetzt, aber deine alten Posts zu lesen, hat leider nicht mehr diesen Effekt auf mich.

Ich weiß, dass es vielen von Nicos Freunden ähnlich geht, und deshalb schreibe ich euch: Ihr seid nicht allein, auch wenn es euch manchmal so vorkommt. Wir stehen das hier gemeinsam durch. Alles Liebe, eure Núria.

Núria schlenderte gedankenverloren die Straße über den Felsen entlang, die zum Haus der Großeltern führte. Den restlichen Vormittag nach der seltsamen Begegnung im Café an der Strandpromenade hatte sie in einer kleinen Bar am anderen Ende von Llafranc verbracht, nachdem sie von ihrer ersten Location geflohen war.

So ein Arschloch. Die Erinnerung an das Erlebnis am Morgen trieb ihren Puls sofort wieder in die Höhe. Dieser Mistkerl hatte mit seinem fiesen Spruch einen Nerv getroffen, und sie war davongelaufen, anstatt sich zu verteidigen. Ja, sie war oft am Handy, ja, sie war es gewohnt, überall Empfang zu haben. Der Hauptgrund für ihre hitzige Reaktion auf seinen blöden Spruch war jedoch der, dass es ihr immer noch das Herz zerriss, allein an ihrem Sehnsuchtsort zu sein. Ohne Nico.

Núria blieb stehen und überblickte die Bucht. Der Wind hatte aufgefrischt, weiße Schaumkrönchen tanzten auf dem Meer, Wolken zeichneten kleine Schatten auf das dunkle Blau. Ein Segelboot schaukelte weit draußen in den Wellen. Ihre Kehle wurde eng, sie hielt sich an den Riemen ihres Rucksacks fest.

Ein Hupen holte sie zurück in die Gegenwart. Núria fuhr herum, um zu sehen, was los war. Alle Anspannung fiel von ihr ab und sie lächelte, als sie ihren Opa Josep hinter dem Steuer des alten Renault entdeckte. Er winkte ihr aus dem geöffneten Fenster zu. »Komm, Núria, ich nehme dich mit, dann musst du nicht laufen«, rief er gut gelaunt, lehnte sich über den Beifahrersitz und öffnete die Tür für sie. Für seine alten Tage war er sehr gut in Form. Im September wurde er achtzig Jahre alt, und sie freute sich, dass sie mit ihm feiern konnte.

Núria wollte sagen, dass es okay sei, dass sie diese Spaziergänge durch den Ort genoss, aber sie wollte ihren Großvater nicht vor den Kopf stoßen. »Klar, ich komme, Moment.«

Sie stieg auf der Beifahrerseite ein, stellte den Rucksack zwischen ihren Füßen ab und schnallte sich an. »Wo warst du, *avi*?«, erkundigte sie sich bei ihrem Opa.

»Oma hat mich einkaufen geschickt, hättest du etwas gebraucht? Ich kann noch einmal los …«

»Nein, nichts, außerdem sehe ich …« Sie drehte sich um und inspizierte die Einkaufstüten, die sich bis unters Dach im Kofferraum stapelten. »… dass du sowieso viel zu viel eingekauft hast.«

An die üppige Küche in Katalonien musste sich Núria erst einmal wieder gewöhnen. Bei Oma stand vieles auf dem Speiseplan, was Núria selbst niemals eingekauft oder zubereitet hätte. Auch ein Thema, bei dem Núria hin und wieder aneckte, wenn sie nicht alles essen wollte, was ihre Oma auftischte, und dabei versuchte zu erklären, dass vieles, was man hier aß, wirklich ungesund war. In den Jahren mit Nico hatte sie sich gewisse Dinge einfach abgewöhnt; sie hatte nicht zweierlei kochen wollen, und dann war es selbstverständlich für sie geworden, zu dünsten statt zu braten sowie salzarm und darmschonend zu kochen.

Außerdem war die katalonische Küche in vielen Punkten schrecklich fettig – kulinarisches Highlight hin oder her. Weil sie die gute Stimmung ihres Opas nicht dämpfen wollte, hielt sie die Klappe. Sie musste ja auch nicht ständig als Ernährungsberaterin der älteren Leute in Erscheinung treten.

Außerdem waren sie mit ihrem Speiseplan ja durchaus ziemlich alt geworden …

Opa legte einen Gang ein, und der Renault fuhr mit einem Ruckeln an. »Und, was hast du heute Vormittag Schönes unternommen? Doch hoffentlich nicht schon wieder auf diesem Instagrohm gepostet?« Er zeigte auf ihren Rucksack, in dem sich, wie Opa wusste, auch ihr Laptop befand.

Núria merkte, wie sie sich ein wenig verspannte. »Äh, nein«, log sie. »Außerdem heißt es Instagram und nicht Instagrohm.«

Opa winkte ab. »Wie auch immer, *nena meval*, dieses Internet ist ein Fluch. Du solltest dich mit echten Menschen treffen, mal wieder unter Leute kommen. Du bist zu jung, um ewig allein zu sein.«

Núria biss sich auf die Innenseite ihrer Wangen. »Ich bin nicht allein, gerade jetzt sitze ich doch hier mit dir.«

»Du weißt genau, was ich meine, Núria.« Ihr Opa war nicht dafür bekannt, dass er große Reden schwang, und in ihr Leben mischte er sich sonst auch nicht ein. Dass gerade er jetzt mit einem solchen Spruch kam, überraschte sie. Eigentlich wollte Núria nur eines, ihre Ruhe, um ihren Gedanken und Erinnerungen nachzuhängen. Warum war das für ihre Familie bloß so schwer zu begreifen?

Sie schwieg und schaute aus dem Fenster, den Ellenbogen hatte sie darauf abgelegt. Fahrtwind wehte ihr um die Nase, eine willkommene Abkühlung auf ihrem erhitzten Gesicht. Sie schloss die Augen und sog den Geruch ihrer Umgebung ein. Es war eine Mischung aus altem Auto und würziger Seeluft, gepaart mit dem süßlichen Aroma von Pinien, deren Stämme überall die Wege und Hänge der Umgebung säumten.

»Ach, Opa«, sagte sie dann. Es glich mehr einem Seufzen als einer Antwort.

Er legte ihr eine Hand auf den Oberschenkel. »Irgendwann wird es leichter, das musst du mir glauben.«

Núria öffnete ihre Lider und fragte sich, ob er selbst auch schon einmal jemanden verloren hatte. Sie wusste nicht, ob es der Fall war, und wenn, dann musste es schon lange her sein. Soweit sie wusste, hatte er ihre Oma kennengelernt, als er dreiundzwanzig gewesen war; ob er vorher schon einmal verliebt gewesen war, wusste sie nicht, es war aber wahrscheinlich. Sich Opa jung vorzustellen, fiel ihr schwer, aber so, wie er die Worte eben gesagt hatte, erweckten sie zumindest den Eindruck, dass er genau wusste, was es hieß, einsam und traurig zu sein. Sie hätte ihn fragen sollen, sie wollte ihn fragen. Warum war ihr dieser Gedanke noch nie vorher gekommen?

»Opa?«, fing sie schließlich an und nestelte am Saum ihres Sommerkleides herum.

»Was ist, Núria?«

Núria zögerte. Ihr fehlte plötzlich der Mut, auch, weil sie nicht diese eine Tür in ihrem eignen Inneren öffnen wollte, die zu ihrer Trauer führte. Sie hielt dieses schwarze, alles verschlingende Loch nur mühsam in Schach. Auch ein Jahr nach Nicos Tod kam sie sehr schlecht damit klar, ohne ihn zu leben. Oder eher – gar nicht. »Ich habe mich gerade gefragt«, wich sie aus und lächelte ein wenig verkrampft, »ob Oma wirklich glaubt, dass wir all das Zeug essen werden, das du da eingekauft hast.«

Er kicherte. »Vielleicht erwartet sie ja Gäste.«

O Gott! Daran hatte Núria noch gar nicht gedacht. Opas Geburtstag war zwar erst in einigen Wochen; und ihre Eltern würden kurz vorher anreisen. Aber sie schloss nicht aus, dass ihre Oma irgendwas veranstalten würde, um Núria, wie sie seit ihrer Ankunft immer wieder betonte, mal wieder unter Menschen zu bringen.

Weil Núria nichts erwiderte und ihr Opa anscheinend merkte, dass sie über seinen Scherz erschrocken war, versuchte er es anders. »Du weißt doch, wie sie ist. Oma Gemma freut sich so sehr, dass du da bist, und will dir jeden Wunsch von den Augen ablesen.«

Núria wusste, dass das stimmte. »Partys stehen aber nicht auf meiner Wunschliste«, stichelte sie.

»Du klingst, als wärst *du* hier die Oma.«

Núria grinste. »Manchmal komme ich mir bei euch auch wirklich wie die Stimme der Vernunft vor.«

Opa lachte herzhaft. »Das muss ich Gemma erzählen.«

»Lieber nicht, *avi*. Lieber nicht.«

Er schmunzelte, dann bog er in die Sackgasse ein, in der sie lebten. Núria sah, dass das Hoftor zum Grundstück auf der rechten Seite, das mit dem schönen Rapunzelturm, nicht ganz geschlossen war. Sie erhaschte einen kurzen Blick auf einen etwas verwildert wirkenden Garten und das Meer dahinter. Die Sicht aus diesem Turm musste atemberaubend sein.

»Na, hast du Interesse an unserem Koch?«, riss Opa sie aus ihren Beobachtungen.

Núria verstand nur Bahnhof. Sie wollte gerade eine Frage stellen, als ihr Handy im Rucksack bimmelte. Viele Möglichkeiten, wer das sein konnte, gab es nicht. Núria vermutete, dass es Oma war, um zu fragen, ob sie zum Mittagessen zu Hause sein werde.

Núria fischte das Gerät heraus, während Opa den Wagen parkte, und schaute aufs Display. Sie war überrascht, als der Name ihrer Freundin darauf blinkte. »Hey, Babsi, wie läuft's?«, rief Núria gut gelaunt und stieg aus dem Wagen aus, nachdem Opa die Handbremse angezogen hatte. Sie gab ihrem Opa mit einer Geste zu verstehen, dass sie auch eine Tüte tragen wollte, aber er winkte mit strenger Miene ab. Das kommt überhaupt nicht infrage, sagte sein Blick.

Núrias Herz ging auf, und sie musste lächeln. Es war süß, dass ihre Großeltern sie behandelten wie ein Kleinkind. Einerseits. Andererseits wünschte sie sich immer öfter, dass sie

sie weniger bevormunden würden. Aber beides widersprach sich wohl, und langsam fand sie sich damit ab, dass man sich hier ständig in alles einmischen wollte. So war das nun mal mit der lieben Familie. Irgendwie war es auch schön; es zeigte nur, wie viel sie ihr bedeutete – auch wenn es nervte.

»Hallo, meine rassige Katalanin«, begrüßte Babsi Núria am anderen Ende.

Sie lachte. »Ich sehe aus wie immer: käseweiß und blond.«

»Du hast dir noch nicht mal einen Sonnenbrand geholt?«, fragte ihre Freundin ungläubig.

»Nicht einmal das, zum Glück bin ich vernünftig und trage immer Sonnenschutzfaktor fünfzig auf.« Núria musste nicht erwähnen, dass sie kein Interesse an Hautkrebs hatte, das wusste Babsi auch so. Sie war eine der wenigen Freundinnen und Freunde, die ihr geblieben waren. Den anderen hatte der Mut dazu gefehlt.

Mit Babsi verband sie darüber hinaus viel mehr als eine Freundschaft. Sie hatten auch beruflich miteinander zu tun; hin und wieder vermittelte Babsi ihr Aufträge aus dem Lektorat des Verlags, in dem sie arbeitete, wenn spanische Lizenzen eingekauft wurden. Núria sprach nicht nur Katalanisch, sondern auch Spanisch fließend. Vielleicht war das das Gummiband ihrer Freundschaft gewesen, das sie über die Jahre hatte dehnen und wieder zusammenziehen können. Núria wusste, dass es nicht immer leicht mit ihr gewesen war. Irgendwann hatte sie mit Nico in einer Blase gelebt; sie konnte heute verstehen, warum es kaum einer aus ihrem Freundeskreis ausgehalten hatte.

»Dann ist das Wetter also gut?«, wollte Babsi wissen.

»Natürlich! Ich bin an der Costa Brava im malerischsten Küstenort von ganz Katalonien, was denkst du denn?« Núria gluckste; dabei war es kein Scherz, sie liebte dieses Fleckchen Erde und war unglaublich froh, hier zu sein.

»Und, hast du schon einen heißen Katalanen an der Angel?«, bohrte Babsi weiter.

Núria schüttelte den Kopf, obwohl sie ganz genau wusste, dass ihre Freundin sie nicht sehen konnte. Babsi versuchte seit Monaten, Núria dazu zu bringen, sich »endlich wieder« mit Männern zu verabreden.

»Bisher ist mir noch keiner begegnet«, antwortete Núria mäßig enthusiastisch. In diesem Moment erinnerte sie sich an das Arschloch vom Vormittag. Der wäre dem, was Babsi als heißen Katalanen bezeichnete, sehr nahe gekommen. Optisch gesehen zumindest. Gebräunt, breitschultrig und absolut lässig war er gewesen. Der Mann hatte tiefschwarzes Haar gehabt, das ein wenig zu lang gewesen war, um noch als Frisur durchzugehen. Unter buschigen Brauen hatte er sie aus dunklen Augen angestarrt, als könnte er in die tiefsten Abgründe ihrer Seele blicken. Bei der Erinnerung daran bekam Núria eine Gänsehaut.

Eine Gänsehaut des Grauens!

Der Mann war ein Albtraum gewesen.

»Zu schade, Núria, wirklich. Aber du bist ja erst seit ein paar Tagen dort, daher solltest du die Augen und Ohren offen halten. Deine Großeltern könnten eine Liste mit Singles aus der Umgebung erstellen, die du nach und nach abarbeiten …«

»Babsi«, unterbrach Núria sie. »Du lektorierst anscheinend gerade viel zu viele Liebesromane.« Sie verdrehte die Augen. Hoffentlich bekam ihre Oma von diesen Vorschlägen nichts mit, denn die hätte sie glatt in die Tat umgesetzt. Bloß nicht!

Núria war noch lange nicht so weit, sich auf einen neuen Partner einzulassen. Sie konnte sich im Moment nicht vorstellen, dass dieser Punkt jemals erreicht sein würde.

Babsi seufzte. »Na schön, du willst nicht, ich versteh' schon. Aber der Tapetenwechsel wird dir guttun. Apropos Tapete, ich habe vorhin von einer Bekannten ein Exposé für eine Wohnung zugeschickt bekommen, deshalb rufe ich dich auch an. Sie ist genau so, wie du es dir vorstellst, mit alten Dielen, hohen Decken und Stuck. Und das Beste ist, sie ist sogar bezahlbar und liegt ganz in meiner Nähe.«

Die Wohnung, in die Núria damals mit Nico eingezogen war, konnte sie sich nicht mehr länger leisten, sie war auch viel zu groß für sie allein. Es ergab keinen Sinn, sie noch länger zu halten; es wurde Zeit, sich davon trennen. Sie musste nur noch die Kündigung dafür rausschicken … Dass Babsi jetzt mit einem Angebot kam, glich einem Wunder. Die Preise in Hamburg waren utopisch, und gleichzeitig war es schwierig, überhaupt etwas zu bekommen.

»Wirklich?« Núrias Herz schlug höher.

»Ja! Sieh es dir an. Aber da ist noch was, Núria.«

»Was denn?«

»Ich habe gestern die Post geholt und war in deiner Wohnung, um die Blumen zu gießen. Warum stehen da lauter Umzugskartons? Sag mir nicht, dass du schon was anderes hast?«

Núrias Gewissen regte sich; sie hätte Babsi davon erzählen sollen, aber sie hatte nicht gewusst wie, ohne dass es verrückt klang. Ehe Núria nach Llafranc gekommen war, hatte sie in Hamburg schon ihre Sachen gepackt – weil sie es sonst niemals über sich gebracht hätte, wirklich den Schlussstrich zu ziehen, der nötig war.

Bis jetzt war ihr das immer noch nicht gelungen. Aber mit einer neuen Wohnung, die ihren Vorstellungen entsprach, konnte sie es vielleicht hinbekommen.

Gott, warum waren manche Dinge so schwer, obwohl sie sich in ihrem Kopf so einfach anhörten? Aber wenn sie daran dachte, dass sie dann auch das letzte Stück, das sie mit Nico verband, aufgeben musste, schnürte sich ihr Magen zusammen.

»Schick es mir doch per E-Mail«, krächzte Núria.

»Núria, was ist los?«, wollte Babsi wissen und ging nicht weiter auf die Umzugskartons ein. Babsi hatte ein feines Gespür für Stimmungen und kannte Núria mittlerweile sehr gut.

»Gar nichts, ich, äh, muss nur meinem Opa mit dem Ausladen der Einkäufe helfen«, log sie.

»Ich glaube dir kein Wort, Núria, lüg mich nicht an.«

Sie seufzte. »Ich weiß, dass es der richtige Schritt ist, den ich gehen muss. Das müsste ich sogar, wenn ich mir die Wohnung länger leisten könnte … aber, es fällt mir einfach schwer, deshalb habe ich die blöden Kisten schon jetzt gepackt. Und das war schwer genug, glaub mir. Ich habe mehr als einmal wieder angefangen, alles auszuräumen.«

»Das ist doch verständlich, Liebes. Ich glaube aber, dass Veränderung wirklich eine gute Idee ist. Und mit etwas Abstand und Urlaub wird das schon funktionieren. Schau dir das Exposé einfach mal an; ich bin mir sicher, du wirst dich direkt in die Wohnung verlieben! Sie hat sogar einen Balkon, und die Küche ist nagelneu.«

Obwohl es verlockend klingen sollte, spürte Núria keine Freude in sich. Da war nur die Angst vor diesem einen Schritt, die letzte Verbindung, die sie mit Nico noch hatte, zu kappen. Das konnte sie vermutlich nicht.

»Danke, das mache ich.« Wenn die Wohnung wirklich so toll war, wie Babsi erzählte, würde es ihr vielleicht doch gelingen. Dann musste sie nur noch diese blöde Kündigung loswerden. Núria hatte sie vor ihrer Abreise ausgedruckt und unterschrieben in einem Umschlag im Rucksack mitgebracht; sie musste nur noch das Datum einsetzen und sie abschicken …

* * *

»Du hast heute die Redensart meiner Oma wohl ein bisschen zu wörtlich genommen.« Xavi warf seinem Souschef ein Stück Kartoffelschale an den Kopf.

Pep hatte es kommen sehen und duckte sich. »Hey, wofür war das denn?«

Xavi trocknete sich die Hände an dem Tuch ab, das an seinem Hosenbund hing. »Die sautierten Muscheln waren total überwürzt, Pep. Und der Spruch, den meine *àvia* immer zu mir gesagt hat, war: Du bist schlauer als Knoblauch.«

Pep verdrehte die Augen. »Du bist heute seltsam drauf. Ich verstehe nicht, was du mir sagen willst.« Pep war Anfang dreißig und hatte seine wenigen verbliebenen Haare zu einer Glatze rasiert. Er war gertenschlank und fast zwei Meter groß. Er hatte lange, schlanke Finger und ein absolutes Händchen für verrückte Kreationen. Normalerweise; heute war Xavi aber nicht mit ihm zufrieden. Pep trat an den Kochtopf, in dem noch ein kleiner Rest des Suds war. Mit einem Löffel kostete er schmatzend. »Du spinnst, das ist perfekt abgeschmeckt«, schnarrte er beleidigt.

Xavi trat kopfschüttelnd neben ihn. »Wenn du das perfekt nennst, sollte ich dich wirklich auf der Stelle rauswerfen.« Er drohte ihm mit einer Gurke; beide wussten, dass es ein Spiel war, aber keiner lachte.

Pep arbeitete seit dem ersten Tag in Xavis Restaurant in Llafranc. Seit zwei Jahren kochten sie nun Seite an Seite und verstanden sich gut. Meistens. Aber was die Perfektion bei den Gerichten betraf, die diese Küche verließen, verstand Xavi nur wenig Spaß. Oder eher gesagt: gar keinen. Diese Macke hatte er auch mit seinem Neuanfang an der Costa Brava nicht ablegen können.

»Du bist verrückt, Xavi, wirklich. Dieser Sud ist eins a, ich möchte fast sagen, besser geht's nicht!« Pep nahm noch einen Löffel und reichte ihn seinem Chef. »Probier' noch mal, und dann sag mir nicht noch einmal, dass mein Essen überwürzt ist.«

Xavi hob eine Braue und ließ Pep beim Kosten nicht aus den Augen. Dann warf er den Löffel in die Spüle. »Bah! Wie ich gesagt habe. Viel zu viel, ich schmecke *nur* Knoblauch.«

Pep schaute an die Decke und murmelte einen Fluch. »Ich schwöre, wenn ich diese Küche mit all ihren Feinheiten nicht so lieben würde, wäre ich schon lange weg.«

Xavi grinste. »Wir verstehen uns. Beim nächsten Mal weniger. Und jetzt verzieh dich in die Mittagspause, ich sehe dich dann heute Abend wieder.«

Das Restaurant hatte im Sommer von dreizehn bis sechzehn Uhr und am Abend von zwanzig bis vierundzwanzig Uhr geöffnet. Was die Leute dabei oft nicht beachteten, war die immense Vorbereitungszeit, die man für viele Gerichte benötigte. Hier wurde alles frisch gekocht und selbst zubereitet. Jeder Fond, jedes Stück Brot kam aus der eigenen Küche. Darauf legte Xavi großen Wert, und auch bei seinem Team ließ er kein Schludern durchgehen. Zum Glück hatte er damit in der Regel keine Probleme; dafür musste er jedoch die ein oder andere Macke seiner Mitarbeiter ertragen. Aber wer war schon perfekt, er selbst ganz sicher nicht.

Er wollte gerade noch etwas erwidern, als die Küchenhilfe Jordina zurückkehrte und anfing aufzuräumen, also ließ Xavi es sein. Pep hatte sicher auch so kapiert, dass ihm die Muscheln heute nicht geschmeckt hatten, sein Gesichtsausdruck sprach Bände. Xavi klopfte ihm auf die Schulter. »Entschuldige, wenn ich zu direkt war; geh nach Hause zu deinem Mann und weine dich an seiner Schulter aus.«

Pep öffnete die obersten Knöpfe seiner Kochjacke. »Da ist die Luft auch dick.«

»Oh, warum?« Er hatte heute Morgen nicht das Gefühl gehabt, dass Didac schlecht gelaunt gewesen war.

»Frag lieber nicht. Wir sehen uns heute Abend, hoffentlich hast du dann bessere Laune.« Damit verließ sein Souschef die Küche, und Xavi glotzte ihm hinterher. Er nahm sich vor, ihn heute Abend noch einmal zu fragen, was zu Hause los war. Dabei ahnte Xavi, dass ihnen kaum Gelegenheit dazu bleiben würde, denn das Restaurant war jeden Tag bis auf den letzten Platz besetzt. Das war gut, er liebte die Hektik und den Stress, aber für Plaudereien blieb keine Zeit. Und wenn Xavi ganz ehrlich zu sich war, dann wollte er auch nicht zu tief ins Privatleben seiner Mitarbeiter eintauchen, genauso wenig wie er es mochte, wenn ihm jemand zu nahekam.

Xavi gab Jordina noch ein paar Anweisungen. Sie würde einige Vorbereitungen für den Abend treffen und für klar Schiff sorgen, ehe sie ging. Danach machte sich Xavi auf den Nachhauseweg. Er hatte noch ein bisschen was zu tun, ehe es am Abend weiterging.

Den kleinen Zwist mit Pep hatte Xavi schnell vergessen; und zufrieden vor sich hin pfeifend setzte er sich auf seine Vespa und ratterte nach Hause. Vielleicht würde er kurz mit dem Boot rausfahren, obwohl es heute recht windig war.

Nachdem er seinen Roller zu Hause abgestellt hatte, stieß Xavi einen überraschten Schrei aus. Aber es war nur der Hund, der um die Ecke getapst kam. An das kleine Ungetüm hatte er gar nicht mehr gedacht.

Er atmete geräuschvoll aus. »Wieso bist du denn noch hier?«, murmelte er mit schnell klopfendem Herzen. »Da ist die Tür!« Er zeigte mit dem Daumen hinter sich, aber dem Hund schien das piepegal zu sein. Schwanzwedelnd setzte er sich mit treudoofem Blick vor Xavi auf sein knochiges Hinterteil.

Xavi schnaubte. »Na super, jetzt muss ich mich auch noch um dich kümmern.« Weil er absolut keine Lust und noch weniger Zeit dafür hatte, zückte er sein Handy und googelte nach einem Tierheim. Das nächste befand sich vier Ortschaften weiter. Als er dort anrief, erhielt er die barsche Auskunft, dass sie keinen freien Platz hätten und sie alle Neuankömmlinge, die nicht gechipt und geimpft waren, abweisen oder einschläfern lassen würden.

Xavi war entsetzt und beendete das Gespräch. Das durfte ja wohl nicht wahr sein. Er überlegte, wer ihm helfen konnte. Zum Glück fiel ihm Godi ein, ein bärtiger Kerl, der Menschen hasste, aber angeblich ein guter Tierarzt war. Hoffentlich stimmte das auch. Xavi hatte seine Telefonnummer nicht, aber er wusste, wo er wohnte. Also holte er ein Stück Käse aus dem Kühlschrank und hielt es dem Hund vor die Nase. Der schien darauf reinzufallen und trottete hinter ihm her. Auf dem Weg zu Godi hoffte Xavi, dass sich sein Verfolger doch noch anders entscheiden würde und ihm endlich seine Ruhe ließ, indem er das Weite suchte. Aber nicht mal eine Katze auf der anderen Straßenseite konnte das Tier beeindrucken und zum Abhauen bewegen.

Xavi war genervt, als er vor Godis Tür stand und klingelte. Er wartete. Der Tierarzt hielt vermutlich gerade seine Siesta. Entschlossen klingelte Xavi noch einmal.

Die Tür wurde aufgerissen, und ein übel gelaunter alter Kerl starrte ihm entgegen.

»*Hola,* Godi, ich habe hier einen kleinen Patienten für dich.«

Obwohl Xavi es nicht für möglich gehalten hatte, wurde der Blick des Bärtigen tatsächlich weicher, als er den Straßenhund erblickte.

»Und was willst du von mir?«, brummte Godi finster und sah Xavi an. Sein gebräuntes Gesicht war von tiefen Falten durchzogen, das Haar ergraut.

»Ich habe ihn gefunden, und nun werde ich ihn nicht mehr los.«

»Und du denkst, ich bin ein Tierasyl?«

»Nein, aber vielleicht kennst du den Besitzer?«

Godi stöhnte kopfschüttelnd. »Nein, sicher nicht.« Er trat an Xavi vorbei in die Sonne und ging in die Hocke. Dann betrachtete er das arme Kerlchen, betastete es hier und da. Anschließend stand er auf und stapfte ins Haus.

»Willst du hier Wurzeln schlagen?«, brüllte er Xavi zu. »Bring ihn in die Praxis, oder willst du nur meine Zeit verschwenden?«

Xavi atmete tief durch. Und da sollte ihm noch einmal einer nachsagen, *er* sei verschroben.

»Ja, mache ich. So, Hund, komm mit«, kommandierte er in Richtung Fellnase. Die kapierte natürlich nichts und schaute ihn nur treudoof an. Xavi hatte keine Geduld mehr und nahm den Kleinen hoch. Er ließ es mit sich geschehen, immerhin etwas. Auf eine Bisswunde, die dann womöglich auch noch eiterte, konnte Xavi gut und gern verzichten, daher war er froh, dass das Tier friedlich blieb.

Die Praxis war klein, aber aufgeräumt und sauber. Xavi stellte den Hund auf eine Art Liege, während Godi in einem Schrank kramte. »Dir ist schon klar, dass ich sonst hauptsächlich Kühe und Pferde behandele, oder?«

Xavi zuckte die Schultern und sagte nichts dazu; es bestand schließlich immer noch die Gefahr, dass Godi seine Meinung änderte und ihn samt Hund vor die Tür setzte.

Er untersuchte den Kleinen und kraulte ihm den Bauch.

»Hat er einen Chip?«, wollte Xavi wissen.

»Er ist eine *sie*«, stellte Godi fest und schickte Xavi einen vernichtenden Blick.

Okay, er hielt ihn für dämlich, das konnte Xavi jedoch egal sein. Er ließ sich davon nicht beeindrucken. »Was auch immer, du bist der Profi. Die Frage ist doch, wo soll er hin.«

»Sie.«

»Ja, natürlich. Wo soll *sie* hin.«

»Im Müll hast du sie gefunden, sagst du?«

Xavi nickte. »So ist es.«

»Dann würde ich sagen, herzlichen Glückwunsch zum neuen Haustier.«

Xavis Mund klappte auf. »Äh ...« Mehr fiel ihm dazu nicht ein.

Godi holte eine Spritze, verpasste sie dem Hund, der nur kurz zuckte, und setzte ihn dann auf den Boden. »Die Hündin ist ungefähr ein halbes Jahr alt; ich kann schlecht voraussagen, wie viel sie noch wachsen wird. Ich denke aber nicht, dass sie riesengroß werden sollte. Geimpft ist sie jetzt, eine Wurmkur gebe ich dir gleich noch mit, und den Chip machen wir ein andermal. Besorg dir ein Halsband; eine Leine wirst du bei ihr wohl kaum brauchen, wie ich sehe.«

Das konnte ja wohl nicht Godis Ernst sein. »Ich dachte, du könntest mir vielleicht sagen, wo ich ihn, äh, sie abgeben kann.«

Godi machte eine ungeduldige Handbewegung. »Sehe ich aus wie eine Tierauffangstation? Ich habe dir doch vorhin schon erklärt, dass ich nicht alle zugelaufenen Hunde, Katzen und Kanarienvögel aufnehmen kann.«

Xavi biss die Zähne aufeinander. »Natürlich nicht, aber ...«

»Du hast mir schon genug Zeit meiner Mittagspause gestohlen. So ein Hund ist ein feiner Geselle, sie scheint dich zu mögen, also herzlichen Glückwunsch, ihr werdet ein gutes Team. Und jetzt raus hier!«

Godi schob Xavi buchstäblich aus dem Behandlungszimmer und dann aus der Praxis; die Hündin trottete zufrieden hinterher. Kurz hatte Xavi gehofft, dass sie vielleicht einfach bei Godi bleiben würde. Leider hatte er nicht so viel Glück, denn das Tier klebte an seinen Fersen.

»Die Rechnung schicke ich mit der Post.« Danach knallte Godi die Tür vor Xavis Nase zu.

»Das ist doch nicht zu fassen«, murmelte er düster.

Die Hündin stand schwanzwedelnd vor Xavi, als er sich umdrehte. Er rieb sich seufzend mit beiden Händen über das Gesicht. »Okay, Hund. Lass mich eins klarstellen: Du kannst nicht für immer bei mir bleiben; es ist das Einfachste, wenn du das gleich verstehst. Am besten verschwindest du sofort wieder dahin, wo du vorher gewohnt hast. Ich gehe jetzt nach Hause, und du haust einfach in die andere Richtung ab.«

Auf der anderen Straßenseite spazierte ein Pärchen, das Xavi aus dem Restaurant kannte; es waren Stammgäste. Als sie ihn mit dem Hund reden sahen, tuschelten sie miteinander und grinsten.

Xavi lächelte verkrampft und grüßte die beiden. Innerlich wünschte er sich an einen anderen Ort. Wenn es die Runde machte, dass er herrenlose Hundebabys vollquasselte, war es vorbei mit seinem Ruf als harter Kerl.

Kapitel 3

6 584 Likes
78 Kommentare
12 Reposts

Ich möchte meinem Leben entfliehen. Du bist nicht mehr bei mir, und ich bin so entsetzlich kraftlos und leer. Wie eine Gefangene meiner eigenen Trauer. Aber wenn ich Bilder von dir ansehe und mich erinnere, wie positiv du immer warst, fühle ich mehr, weil ich noch immer deine Wärme in mir spüre. Dann höre ich dein Lieblingslied in einer Endlosschleife und stelle mir vor, du wärst noch da.

Núria rollte ihre Yogamatte zusammen und atmete noch einmal tief durch. Es hatte gutgetan, wie immer, wenn sie sich auf ihre Übungen und das bewusste Atmen konzentrierte. Sie war davon überzeugt, dass sie nur mithilfe dieser Techniken die schlimmsten Tage ihres Lebens hatte überstehen können. Ihre

Playlist, die sie eigens dafür zusammengestellt hatte, lief noch immer. Die sanften Klänge auf einer besonderen Frequenz hatten eine tiefenentspannende und harmonisierende Wirkung, das war sogar wissenschaftlich erwiesen.

Weil Núria mit ihren Übungen fertig war, schaltete sie nun auch die Musik ab und setzte sich noch einmal im Schneidersitz auf die von der Sonne angewärmten Fliesen. Dieser Bereich der Terrasse lag jetzt, am frühen Nachmittag, jedoch im Schatten.

Sie öffnete Instagram und schaute, wie viele Reaktionen es auf ihr letztes Posting gegeben hatte. Die Anzahl der Follower hatte abgenommen, aber nicht so stark, wie sie nach Nicos Tod vermutet hätte. Anfangs hatte sie auch noch einige böse Stimmen aushalten müssen, die ihr vorwarfen, sich nach Nicos Tod in den Vordergrund spielen zu wollen. Damals war ihr das völlig egal gewesen; sie hatte einfach weiter auf seinem Profil Nachrichten an ihn geschrieben, weil es ihr das Gefühl gab, ihm noch nah zu sein. Nach und nach hatten viele andere in den Kommentaren von der Krankheit und dem Verlust ihnen nahestehender Menschen berichtet und so ebenfalls einen Ort für ihre Trauer gefunden. Schon allein deswegen machte sie weiter damit, ihre Texte zu verfassen, alte Bilder und kurze Videos zu posten, weil sie wusste, dass sie damit vielen Menschen Halt und Hoffnung gab, selbst wenn ihre eigene Geschichte kein Happy End hatte.

Die altbekannte Wehmut meldete sich mit einem sehnsüchtigen Ziehen in ihrer Mitte. Das würde vermutlich niemals vergehen. Núria hatte akzeptiert, dass die Trauer zu einem Teil ihres Lebens geworden war. Allein für diese Erkenntnis hatte sie Monate gebraucht. Der Weg dorthin war lang und sehr schmerzhaft gewesen, es tat auch heute noch weh, aber es war nicht mehr nur das. Sie empfand auch eine tiefe Dankbarkeit für die Zeit, die sie mit Nico hatte erleben dürfen.

»… das geht doch nicht, dass sie schon wieder am Handy hängt«, hörte Núria Omas Stimme. Die beiden drehten ihre Runden im Pool und gaben sich nicht einmal die geringste Mühe, ihre Stimmen zu dämpfen.

Núria war zwar erst ein paar Tage hier, aber es ging ihr gehörig gegen den Strich, dass vor allem Oma etwas dagegen hatte, dass sie die sozialen Netzwerke benutzte. Weil sie keine Lust auf eine Diskussion mit ihr hatte, tat sie, als hätte sie nichts gehört.

Núria stand auf, klemmte sich die Matte unter den Arm und ging kurz ins Haus, um ihre Korbtasche zu holen. Als sie das Haus wieder verließ, hörte sie Opa sagen: »… sie braucht eine Aufgabe, etwas, was ihr neuen Mut gibt und Freude. Es hat doch keinen Zweck, immer nur in der Vergangenheit zu leben, das macht auf Dauer nur schwermütig. Ihr fehlt ein Sinn im Leben!«

Núria trat an den Pool und überging auch diesen Kommentar, der ohnehin nicht für ihre Ohren bestimmt war. Zumindest Opa sah angemessen zerknirscht aus, während Oma ihre Schwimmbrille von den Augen nahm und zu Núria aufblickte. »Gehst du noch mal weg?«, wollte sie wissen.

»Ja, an den Strand, ich möchte eine Runde im Meer baden.«

Oma lächelte. »Das ist schön, das wird dir guttun. Soll ich dich noch eincremen?«

»Äh, nein danke, das habe ich eben schon im Bad hinbekommen. Bis später.«

»Bist du zum Essen zurück?«

Núria zuckte mit den Schultern. »Weiß ich noch nicht; plant lieber nicht mit mir, ich habe mir ein Buch eingepackt.«

Opa winkte ihr zu. »Geh nur, vielleicht sind ein paar junge Leute am Strand, denen du dich anschließen kannst.«

Núria erstarrte, doch sofort entspannte sie sich wieder und rang sich ein Lächeln ab. »Bestimmt, wir werden sehen. Tschüss, ihr beiden, schwimmt noch schön.«

Als ob sie wildfremde Menschen ansprechen würde! Um wobei mitzumachen? Feiern am Strand? Ganz sicher nicht. Ihre Großeltern hatten schon etwas seltsame Vorstellungen und lebten, was das betraf, in einem Paralleluniversum.

Núria hatte nicht einmal ansatzweise ein schlechtes Gewissen, als sie, anstatt rechts runter zum Strand zu gehen, links abbog. Auf die Gesellschaft anderer Menschen hatte sie wenig bis gar keine Lust, und Opas Hinweis, dass am Strand vielleicht Gleichaltrige sein könnten, hatte sie so erschreckt, dass sie ihre Pläne geändert hatte.

Es fiel ihr nach wie vor schwer, unter Leuten zu sein, sie wusste einfach nicht mehr, wie das ging, fröhlich zu sein. Núria war schon immer eher zurückhaltend und introvertiert gewesen, inzwischen aber kam es ihr so vor, als sei sie nicht mehr kompatibel mit der normalen Welt. Ihr war klar, dass das nicht an den anderen lag, sondern an ihr. An diesem schwarzen Loch in ihr, das einen Teil ihres Herzens mit sich fortgerissen hatte. In diesem Teil war nicht nur die Liebe für Nico gewesen, sondern auch ihre Unbeschwertheit und Fröhlichkeit.

Natürlich konnte sie noch über einen Witz lachen oder einen Film amüsant finden, aber diese ungezwungene Fröhlichkeit, die sie früher ganz natürlich umgeben hatte, war nicht mehr da.

Weil sie wusste, dass sie kein Spaßvogel war, versuchte sie auch gar nicht mehr, einer zu sein. Sie hatte auf eine gewisse Weise nichts mehr zu sagen, ihre Worte waren verstummt, obwohl ihre Stimme noch sehr gut funktionierte. Zum Glück brauchte sie in ihrem Job keine eigenen Worte zu finden. Auch das Übersetzen war eines der wenigen Dinge, die sie durch alle Zeiten getragen hatten.

Núria schaute sich noch einmal über die Schulter um, ob ihre Großeltern sie nicht doch zufällig beobachteten, aber sie schienen noch im Pool zu sein. Also überquerte sie die Straße. Der Turm auf dem angrenzenden Grundstück ragte in den

Himmel, das Anwesen war von einer hohen Mauer umgeben. Am Ende der Mauer gab es einen Weg über die Felsen. Er führte nicht bis ganz hinunter zum Wasser, aber sie wollte auch nicht schwimmen gehen, sondern nur einen Moment für sich sein. Um die Schultern hatte sie sich ein dünnes Tuch gelegt, um sich vor der Mittagssonne zu schützen. Der Himmel war wolkenlos und strahlte in einem hellen reinen Blau. Auf dem Kopf trug sie einen Strohhut. Mit den Flipflops musste sie langsam gehen; obwohl sie die zerklüftete Küste der Costa Brava an dieser Stelle aus Kindheitstagen kannte, war sie nicht mehr so flink wie das kleine Mädchen von damals. Sonnenstrahlen glitzerten auf dem Wasser und blendeten sie trotz Sonnenbrille. Eine Jacht schipperte nicht weit entfernt vorbei. Möwen trieben träge im Wasser, ein Kormoran senkte sich im Sturzflug herab, um nicht weit von einem weißen Vogel einzutauchen und nach seinem Mittagessen zu suchen. Núria ging, so weit sie es mit ihren Flipflops schaffte. Hier war sie ganz allein. Es war herrlich.

Ein Gefühl der Freiheit erfasste sie, und etwas von der Anspannung fiel von ihr ab; nicht nur das, sie hatte das Gefühl, dass sie zum ersten Mal an diesem Tag richtig durchatmen konnte. Es war so wunderschön hier, dass es ihr schier das Herz zerriss, weil sie Nico so sehr vermisste. Gleichzeitig tröstete es sie auch ein wenig, dass sie die Schönheit trotz allem genießen konnte. Vielleicht hätte sie früher herkommen sollen. Egal, jetzt war sie ja da. Ein erfüllendes Gefühl von Heimkehr machte sich in ihr breit, doch statt eines Flüsterns in jeder Welle hörte sie nichts. Das Meer schwieg sie an.

Núria zog ein Handtuch aus ihrer Tasche und breitete es auf dem Felsen aus; dann folgten ein Buch und ihr Handy – der eigentliche Grund, warum sie hergekommen war. Sie wollte das nächste Posting vorbereiten, dazu musste sie alte Aufnahmen durchgehen und ein passendes Foto suchen. Ihr war zuvor die Idee gekommen, dass sie eines aus den guten Tagen teilen wollte, als sie mit Nico genau hier gesessen und von der Zukunft geträumt hatte.

Sie schirmte den Bildschirm vor der Sonne ab und ging in ihrem Ordner einige Jahre zurück. Dort gab es nicht nur Fotos, sondern auch Videos.

»Núria«, hörte sie Nicos Stimme und sah sich selbst; das Bild wackelte, weil er lachte. »Zieh nicht so eine Grimasse, ich will ein Lächeln sehen«, sprach er weiter, und Núria drehte sich mit ihrem flatternden Kleid im Kreis. Sie legte den Kopf lachend in den Nacken und schloss die Augen. Das Meer glitzerte wie heute in der Sonne, eine leichte Brise zerzauste ihr helles Haar. »Du bist wunderschön, wenn du lächelst, mein Schatz.«

Nicos Stimme zu hören, zerriss ihr das Herz, gleichzeitig machte es sie glücklich. Diese Videos waren alles, was sie noch von ihm hatte. Beim Klang seiner Stimme bekam sie eine Gänsehaut. Das Video war beendet, sie schaute es sich noch einmal an, dann schloss sie die Lider und hörte nur noch seiner Stimme zu. Wieder und wieder.

Tränen liefen über ihre Wangen, während sie lächelte. Das waren die Momente, die sie einerseits unfassbar glücklich machten, weil sie sich an ihre einzigartige Liebe erinnern konnte, andererseits wusste Núria, dass sie den restlichen Tag benötigen würde, um wieder halbwegs ins Gleichgewicht ihrer leeren Einsamkeit zurückzufinden.

Zuletzt, als es ihm schon sehr schlecht gegangen war, hatte Nico, seine Finger mit ihren verschränkt, zu Núria gesagt: »Ich vermisse dein Lachen.«

Und so hatte sie gelächelt, für ihn, weil er ihr Halt und Kraft gegeben hatte, wo sie doch seine Stütze hätte sein sollen. Er hatte ihr immer einen Grund gegeben, mindestens einmal am Tag zu lächeln. Das fehlte ihr sehr. Er fehlte ihr. Mit ihm war ihr Lächeln gegangen.

Núria hatte nach Nicos Tod darauf gewartet, dass sie irgendwo etwas von ihm finden würde, einen Brief, eine Nachricht, irgendetwas, was ihr noch einmal das Gefühl gegeben hätte, er würde ihr antworten.

Aber da war nichts gewesen. Er hatte nichts für sie hinterlassen als Erinnerungen.

Vielleicht machten Sterbende so etwas nur in Filmen oder Büchern, sie wusste es nicht, aber Núria war enttäuscht gewesen. Nico war gegangen, ohne ihr etwas für die Zukunft mitzugeben. Vielleicht weil er gewusst hatte, dass es mit ihm keine Zukunft geben würde, und er nicht wollte, dass sie sich darauf versteifte. Ratlosigkeit, Wut und Traurigkeit wechselten sich mit jedem Herzschlag ab.

Sie starrte in den klaren Sommerhimmel und fragte sich, was sie mit sich und dem Rest ihres Lebens anfangen sollte. Sie glaubte nicht, dass Nico da oben auf einer Wolke saß und zuschaute, aber sie überlegte, was er ihr geraten hätte. Er hatte ihr keine weisen letzten Worte auf den Weg mitgegeben, weil er wollte, dass sie ihren Weg allein ging und nicht nur deshalb etwas tat, weil er es als Wunsch geäußert hatte. So war er schon immer gewesen, klüger und weiser als sie.

Auf so viele Fragen hatte Núria bis heute keine Antwort gefunden. Eines war jedoch klar: Er hätte nicht gewollt, dass sie für immer unglücklich war. Nur, wie sollte sie daran etwas ändern, wenn das eine, was sie sich am meisten gewünscht hatte, nicht in Erfüllung gegangen war?

* * *

Xavi saß in seinem Wohnzimmer; vor ihm lag ein Block, auf dem er sich Namen notiert hatte. Alle bis auf einen hatte er bereits abtelefoniert und wieder streichen müssen. Niemand wollte einen jungen und unerzogenen Straßenköter bei sich aufnehmen.

»So ein Mist«, murmelte er und raufte sich zum gefühlt tausendsten Mal an diesem Tag die Haare. Die Hündin schlummerte zu seinen Füßen, um genau zu sein, auf seinen Füßen, als ob sie sichergehen wollte, dass er nicht verschwand, ohne dass sie es mitbekam.

Das war ja beinahe schon niedlich.

Aber nur beinahe, denn so süß das Tier vielleicht auf den ersten Blick sein mochte, so wenig gab es dafür einen Platz in seinem Leben. Als Koch verbrachte er die meiste Zeit des Tages an dem einen Ort, wo ein Hund absolut nichts zu suchen hatte.

»Hoffentlich«, flehte er, als er die letzte Nummer wählte, und wusste nicht einmal, an wen oder was er diese Bitte richtete.

Seine Schwester Alba hob nach dem vierten Klingeln ab, ihre Stimme klang atemlos. »Xavi, hallo, ist alles in Ordnung?«, fragte sie.

Er verzog die Lippen. »Ja, sicher. Ich wollte nur mal hören, wie es dir geht«, gab er zurück und schlug sich dann mit der flachen Hand gegen die Stirn.

Er hatte seine Schwester noch nie einfach »nur mal so« angerufen, vor allem nicht, seit er aus Barcelona weggezogen war. Seitdem vermied er den Kontakt, soweit es möglich war, nicht, weil sie sich nicht mochten, sondern weil er einfach nichts mehr zu sagen hatte.

»Jetzt mache ich mir Sorgen um dich, Bruderherz. Hattest du einen Unfall?« Er hörte das Lächeln in ihrer Stimme und spürte einen Stich in der Magengrube. Es war ewig her, seit er sie zum letzten Mal gesehen hatte, und auch vor Familienfesten hatte er sich in der letzten Zeit gedrückt. So ein Restaurant konnte für fast alles als Ausrede herhalten.

Xavi schmunzelte. »Nein, Alba. Erzähl doch mal, wie geht es dir?«

»Bist du es wirklich, oder eine künstliche Intelligenz, die mit deiner Stimme spricht?«

»Du spinnst. Bei mir läuft alles bestens, falls es dich interessiert.«

»Wirklich? Das ist schön! Hast du eine neue Freundin? Oder rufst du an, weil du Frauenprobleme hast und meinen Rat brauchst?«

Xavi schüttelte den Kopf und schnitt eine Grimasse. Gut, dass Alba ihn nicht sehen konnte. »Nein, Alba, und wenn, dann würde ich dich sicher nicht um Rat fragen, du wärst immer auf ihrer Seite und nicht auf meiner.« Er lachte.

»Wie schade! Dann erzähl, was geht sonst so bei dir in deinem schlummernden Küstenörtchen ab?«

»Es ist schön ruhig hier, kann ich nur empfehlen.«

»Du musst dich doch langweilen, da sind nur Rentner.«

»Das stimmt so nicht, und selbst wenn, mich stört's nicht.« Dass es hier kein ausschweifendes Nachtleben und auch nicht Tausende Bars gab, war einer der Gründe gewesen, warum er überhaupt in Erwägung gezogen hatte, herzukommen. Alles, was anders war als das pulsierende Leben der katalanischen Hauptstadt, war ihm willkommen. Und die alte Villa, in der sein Restaurant sich heute befand, war der zweite Grund gewesen. Er hatte sich sofort in das Ambiente verliebt. Daran hatte sich bis heute nichts geändert.

»Na schön, Xavi. Hauptsache, es geht dir gut! Dir geht's doch gut? Ist wirklich alles okay?«

Es war herzerwärmend, dass sie so besorgt war, und sie hatte ihre Gründe dafür. Gründe, auf die er jetzt nicht eingehen wollte, daher wechselte er das Thema und kam direkt zum Anlass seines Anrufs. »Mir ist ein Hund zugelaufen, Alba.«

»Ein Hund?« Ihre Stimme klang ungläubig.

»Ja, es ist eine Hündin, sie ist ganz süß und einfach bezaubernd.«

Alba lachte. »O nein, ich weiß, was du hier versuchst, mein Lieber. Ich brauche kein Haustier. Selbst wenn ich eines wollte, ich lebe in einer überteuerten winzigen Wohnung im Zentrum von Barcelona, das hat sich auch seit unserem letzten Gespräch nicht geändert, Bruderherz. Ich kann gar kein Tier aufnehmen. Und so wie ich dich kenne, ist dieser Findelhund bestimmt auch noch eine furchtbar ungezogene Bestie.«

Xavi schaute unter den Tisch. Die Hündin war aufgewacht und hatte ihren Kopf angehoben. Sie blickte ihn aus dunklen Augen vertrauensselig an. »Nein, eine Bestie ist sie nicht. Wirklich nicht. Sie hat glänzendes weißes Fell und ein schwarzes Ohr und Auge, es sieht aus wie in Farbe getaucht, und nachdem ich sie gewaschen habe, hat sich herausgestellt, dass sie auch ein paar Punkte auf dem Rücken hat.«

»Dalmatiner also? Die sind ja für ihre Unabhängigkeit bekannt, die machen nur Ärger.«

»Keine Ahnung, sie wird nicht so groß, sagt der Tierarzt. Irgendeine Promenadenmischung.«

»Wie auch immer, es ist schön, dass du dich gemeldet hast, Xavi. Ich freue mich sehr, deine Stimme zu hören, aber bei mir wirst du das Tier nicht los. Hast du es schon bei unserem Cousin versucht, der hat doch ein weiches Herz?«

Xavi verzichtete darauf, ihr mitzuteilen, dass sie die Letzte auf seiner Liste war, und beobachtete, wie der Hund aufstand und mit der Nase am Boden durch das Zimmer tigerte. »Sie ist wirklich mega pflegeleicht, bellt nicht, verfolgt keine Katzen, ist stubenrein …«

In diesem Moment hockte sich der Hund in die Mitte des Wohnzimmers und hinterließ eine Pfütze auf dem Boden.

»Scheiße«, stieß Xavi hervor.

»Was ist?«

»Äh nichts, Alba. Also gut, ich sehe schon, du hast kein Herz für Tiere … ich muss Schluss machen, Schwesterchen, es war schön, mit dir zu plaudern. Mach's gut, bis demnächst mal.«

Ohne auf eine Antwort zu warten, drückte er sie weg. Dann rannte er in die Küche und holte eine Küchenrolle, um das Gröbste zu beseitigen. Schließlich öffnete er die Terrassentür und ging ein paar Schritte hinaus, um den Hund zu animieren, ihm zu folgen. »So, geh raus und mach den Rest deines Geschäfts im Garten«, schimpfte er und wollte sich gerade dem Rest der Pfütze widmen, als ihm jemand auf den Felsen unterhalb des Hauses auffiel. Eine Frau saß auf einem Handtuch und war mit ihrem Telefon beschäftigt. Irgendwas an ihr kam ihm bekannt vor. Rotblonde Haare lugten unter dem Strohhut hervor.

Konnte es sein, dass es sich bei ihr um die Touristin handelte, die er gestern so verschreckt hatte?

Beleidigt hatte, um genau zu sein.

Xavi schloss die Möglichkeit nicht aus. Weil ihn sein schlechtes Gewissen noch immer plagte, ließ er die Pfütze Pfütze sein, ging durch den Garten zum Tor und verließ sein Grundstück. Der Hund flitzte gerade noch mit hinaus, ehe Xavi die Tür hinter sich zuzog. »Ja, ist klar, du musst auch überallhin mit, oder?«

Als Antwort bekam er ein Schwanzwedeln und Hecheln.

Xavi verdrehte die Augen und marschierte los, verlangsamte sein Tempo aber bald, um auf den Felsen nicht auszurutschen. Mit Flipflops konnte das leicht passieren.

Es war ungewöhnlich, dass hier jemand saß. Das Eckchen war so etwas wie ein Geheimtipp, wenn man seine Ruhe haben wollte – schwimmen gehen konnte man von dort aus nicht, es sei denn, man wollte sich umbringen. Die dunklen Felsen waren zu steil und zerklüftet, die Brandung zu stark. Es roch nach Meersalz und Algen. Das Geräusch der anrollenden Wellen war hier oben gut zu hören, es hatte auf ihn immer eine beruhigende Wirkung. Die Aussicht war bombastisch, fast so gut wie von seinem Turm aus. Die Sonne glitzerte auf dem dunklen Meer, der Horizont schien hier geradezu unendlich weit. Schroffe Küstenfelsen breiteten sich vor ihm aus, sie waren wild und mächtig, uneinnehmbar.

Er wollte gerade weiter auf die Frau zugehen, als er sah, dass ihre Schultern bebten. Das Gesicht hatte sie zwischen ihren Händen vergraben. Xavi erstarrte. Das war wohl kaum der richtige Moment, um sich für seinen blöden Spruch zu entschuldigen, und vielleicht war sie es ja auch gar nicht, sondern nur jemand, der ihr ähnlich sah.

Er würde kehrtmachen und später wiederkommen, entschied er, vielleicht begegnete er ihr in den nächsten Tagen ja irgendwo noch einmal zufällig.

Just in dem Augenblick, in dem er sich abwandte, bellte die Hündin einen Vogel an, der auf einem Felsen etwas weiter oben saß und genau wusste, dass der Vierbeiner ihm nichts anhaben konnte. Mist, dachte Xavi; jetzt war es zu spät, sich unbemerkt davonzuschleichen.

Der Vogel flatterte ungefähr eineinhalb Meter über dem Boden davon, und der Vierbeiner rannte ihm hinterher.

Xavi fiel dazu nichts ein; außerdem wusste er auch gar nicht, wie er das Tier zurückrufen sollte. Es hatte ja – zumindest soweit er wusste – nicht mal einen Namen. Er konzentrierte sich daher lieber wieder auf sein eigentliches Anliegen, sich zu entschuldigen – ehe ihn doch wieder der Mumm verließ, für sein ungehobeltes Betragen geradezustehen. Sein Gewissen hatte ihn schon genug geplagt, er wollte es hinter sich bringen und damit abschließen.

Zwischen ihm und der Frau lagen nur noch ein paar Meter; es war unmöglich, dass sie das Bellen nicht gehört hatte. In diesem Augenblick drehte sie sich um und schaute ihm direkt ins Gesicht.

Ihre Blicke trafen sich, und Xavi versank in einem blauen Meer aus schillernder Traurigkeit. Für einen Wimpernschlag stand die Zeit still, und er vergaß alles um sich herum.

Niemand rührte sich. Xavi konnte sich einfach nicht von ihren meerblauen Augen lösen.

Die Frau hatte Xavi mittlerweile erkannt, das begriff er in diesem Moment, denn ihre Brauen waren jetzt missmutig zusammengezogen, und alle Traurigkeit war aus ihren ebenmäßigen Zügen gewichen. Dennoch wirkten die blauen Iriden unnatürlich groß in ihrem blassen, schmalen Gesicht.

»Du schon wieder«, brummte sie und drehte sich wieder in Richtung Meer.

Nach großem Interesse an einem Gespräch sah das nicht aus, aber das konnte er ihr nicht verübeln. Er trat neben sie. »Darf ich?«

»Was soll das werden?«, gab sie misstrauisch zurück.

»Ich möchte dich nicht lange belästigen«, erklärte er, während er sich mit ein wenig Abstand neben sie setzte und doch befürchtete, gleich dafür angefahren zu werden. »Ich wollte mich entschuldigen.« Er räusperte sich. Verlegenheit schnürte ihm die Kehle zu. Momente wie diese gab es in seinem Leben selten. Oder eher gar nicht. Nicht mehr. Es fiel ihm dennoch leicht, die Worte auszusprechen, denn sie kamen von Herzen. Er hatte es sich nach seinem Neuanfang zum Grundsatz gemacht, dass andere nicht länger unter seinen Launen zu leiden haben sollten. Bedauerlicherweise war ihm das bei der Frau nicht gelungen.

»Wofür?«, wollte sie wissen. Ihr Interesse schien geweckt, was ihm verriet, dass sie womöglich nicht immer so misstrauisch gewesen war wie jetzt. Was wohl der Grund dafür war? Vermutlich fand er sich dort, wo es auch die Antwort auf die

Rötung um ihre Augen gab. Er war überrascht darüber, dass er neugierig war und sich doch nicht traute, die Frage zu stellen. »Ich habe mich gestern unmöglich benommen«, fing er an.

»Ja, das stimmt.«

Xavi hob eine Braue; mit dieser direkten und geradezu spöttischen Antwort hatte er nicht gerechnet. Es gefiel ihm, wie sie reagierte – es war ehrlich und nicht verstellt.

»Ich wusste nicht, dass du Katalanisch sprichst«, rechtfertigte er sich und merkte sogleich, wie albern das klang.

Die Frau lachte kurz und schüttelte ungläubig den Kopf. Wenigstens wirkte sie nicht mehr traurig, sondern amüsiert; da spielte es keine Rolle, ob es auf seine Kosten geschah. »Aha, wenn ich es nicht verstanden hätte, wäre es also okay gewesen?«, stichelte sie, immer noch leise lächelnd.

Xavi hob eine Hand. »Nein, du verstehst mich falsch. Es ist natürlich in *jedem* Fall dämlich gewesen, und ich schäme mich dafür. Ich wollte mich gestern schon entschuldigen und bin dir gleich nachgelaufen, aber ich habe dich nicht mehr gefunden.« Nicht nur das, stattdessen hatte er eine stinkende Kiste entdeckt und seitdem einen Hund an der Backe, der ihm nicht gehörte, aber das behielt er für sich. Wobei, vielleicht stimmte das auch nicht mehr, nachdem der Vogel eben so interessant gewesen war. Es war gut möglich, dass der Vierbeiner doch weitergezogen war.

»Und jetzt?«, erkundigte sich die Frau, und es klang ganz so, als ob sie ihn auffordern wollte, wieder zu gehen.

»Also, ich entschuldige mich für den dummen Spruch, ich war einfach mies drauf und habe nicht nachgedacht. Kannst du meine Entschuldigung annehmen?«

»Okay, in Ordnung.« Sie nickte knapp und wandte sich ab. Es kam ihm so vor, als wäre der Funken, der ihre Augen kurz zum Leuchten gebracht hatte, verglommen. Ihre Schultern sanken herab, und sie starrte in die Brandung.

Er wusste nicht, womit er gerechnet hatte, aber definitiv nicht mit dieser Gleichgültigkeit. Erneut fragte er sich, was es wohl sein mochte, das sie so traurig gestimmt hatte. »Kann ich dich vielleicht auf etwas einladen? Ich wollte gleich noch eine Runde mit meinem Boot rausfahren; ich könnte dir die Gegend zeigen, als Wiedergutmachung sozusagen.«

Woher dieser Gedanke gekommen war, konnte er nicht erklären. Er war der letzte Mensch, der wildfremde Frauen auf sein Boot einlud. Im Gegenteil, normalerweise genoss er es, sich auf seinem Boot allein die Brise um die Nase wehen zu lassen, ohne andere Menschen. Aber irgendein Impuls hatte sein Sprachzentrum in Gang gesetzt …

»Auf dein Boot?« Sie schaute ihn skeptisch von der Seite an.

Er grinste. »Ja, es ist keine teure Jacht oder so.«

»Nein, danke. Ich suche wirklich keine Urlaubsbekanntschaft«, quittierte sie seinen Kommentar kühl und abweisend.

O Gott! Das hatte sie auch schon wieder in den falschen Hals bekommen. »Nicht? Na gut, dann ich auch nicht.« Es sollte witzig klingen, alles andere wäre nur lahm und einfallslos gewesen. Xavi hatte keine Ahnung, warum er das Bedürfnis hatte, sie aufzumuntern. Allein auf das schlechte Gewissen konnte er es nicht schieben.

Er freute sich aber zu sehen, dass es anscheinend funktionierte. Die Frau furchte erst ihre Stirn, als hätte sie nicht mit einem Spruch wie diesem gerechnet, dann musste sie lachen. »Du bist ein komischer Vogel.«

Dem konnte er nicht widersprechen. »Ich bin Xavi, freut mich, dich kennenzulernen«, erwiderte er stattdessen.

»Xavi, *hola*. Ich heiße Núria.«

Das war ein Name aus der Gegend. Er passte zu ihr. Sehr gut sogar. Seine Mutter hatte ein Faible für Namenstage, und daher wusste er, dass Núria so viel bedeutete wie »die Lichttragende«.

Wohnte Núria hier? Dann musste sie neu im Dorf sein – andererseits, er bekam ja nicht viel mit, weil er sich wenig bis gar nicht engagierte. »Du bist im Urlaub hier?«, konnte er sich nicht verkneifen zu fragen.

»Ja, bin ich.«

»Okay, ich sehe schon. Du willst deine Ruhe haben.« Er lächelte schief. Dass er diese Tatsache bedauerte, irritierte ihn.

Sie nickte. »Nimm es mir nicht übel, Xavi. Aber ich meine es ernst. Ich bin nicht interessiert.«

»Verstehe. Ich habe es *auch* ernst gemeint: Ich suche keine Frau. Ganz sicher nicht. Ich wollte mich wirklich nur entschuldigen und mein ungehobeltes Betragen wiedergutmachen.«

Er meinte jedes Wort genau so, wie er es sagte, und Núria schien ihm zu glauben. Auf einmal wirkte sie doch interessiert, ein kurzes Aufblitzen in ihren tiefgründigen Augen bestätigte seine Vermutung.

»Also, wenn es ernst gemeint ist und du mich nicht abschleppen willst, dann würde ich es mir vielleicht überlegen. Gib mir doch deine Nummer, dann rufe ich dich an«, schlug sie vor.

»Soll ich sie in dein Handy eintippen? Du scheinst es ja immer am Mann, äh, an der Frau zu haben.«

Ihr Lächeln verblasste. »Ja, sicher«, gab sie einsilbig zurück, entsperrte das Gerät und hielt es ihm hin.

Woher ihr Stimmungswechsel kam, verstand er nicht, aber er bedauerte es und fragte sich, was er falsch gemacht hatte. Xavi speicherte seinen Namen und die Nummer, dann drückte er ihr das Smartphone wieder in die Hand. »Ich muss jetzt los, Núria. Dann vielleicht bis bald, würde mich freuen.« Es war ehrlich gemeint, aber er glaubte nicht daran, dass sie sich tatsächlich melden würde – was okay war. Seine Entschuldigung war jedenfalls angekommen.

»Ja«, war alles, was sie erwiderte.

Er war tief in Gedanken, als er sich auf den Rückweg machte. Núria ging ihm nicht aus dem Kopf. Diese Frau war ein Mysterium; er begriff nicht, was sie bedrückte, warum sie so anders reagierte, als er es gewohnt war. Andererseits konnte es ihm auch egal sein. Er hatte sich entschuldigt, und alles andere war ohnehin eine Schnapsidee gewesen. Als ob er Zeit gehabt hätte, eine Touristin durch die Gegend zu schippern!

Seine Mutter und seine Schwester hätten ihre helle Freude an der Vorstellung gehabt, wenn sie davon erfahren hätten. Sie drängten ihn ständig dazu, sich nicht von allem abzukapseln. Aber wie es den Anschein hatte, wollte Núria ihre Ruhe haben. Seltsam, das war sonst sein Part in der Kommunikation mit anderen Menschen … Vielleicht war es das, was ihn so an ihr fasziniert hatte.

Xavi wischte sich den Schweiß von der Stirn, als er oben an der Straße ankam. Die Sonne brannte vom Himmel, und hier wehte kein Lüftchen wie hinten auf den Felsen.

Er hörte ein Kläffen, und vergessen war alles andere. Xavi entdeckte den Straßenhund dabei, wie er seine Nachbarin Gemma anbellte, während sie Müll in die Tonne warf.

»Entschuldigung!«, rief er und rannte los.

Xavi hatte das Duo jetzt erreicht und blieb neben Gemma stehen, die die ungewohnte Belästigung gelassen nahm. Sie sprach beruhigend auf den Hund ein und ging in die Hocke. »Na, wer bist du denn?«

»Das ist … dieser Hund gehört mir nicht … er ist total unerzogen. Also sie. Sie ist eine Hündin«, stammelte Xavi verlegen.

Seine Nachbarin blickte lächelnd auf, während sie das Tier im Nacken kraulte. »Hat *sie* auch einen Namen?«

Darüber hatte Xavi noch nicht weiter nachgedacht; er war hauptsächlich damit beschäftigt gewesen, sich zu überlegen, wie er das Vieh wieder loswerden konnte. Aktuell mehr denn je. »Ähm, ich habe sie bisher immer mit ›Hund‹ angesprochen.«

Gemma machte große Augen. »Wie bitte?«

Xavi zuckte die Schultern. »Sie ist mir quasi zugelaufen.« Er sparte sich die Geschichte, wie er sie wirklich gefunden hatte. »Ich weiß nicht, wem sie gehört – und jetzt werde ich sie nicht wieder los.«

»Willst du sie nicht behalten? Sie ist doch süß.«

»Süß? So würde ich sie nicht bezeichnen.« Er dachte an die Pinkelpfütze in seinem Haus, die er noch entfernen musste. »Ich habe außerdem auch gar keine Zeit für einen Hund!«

»Lebst du nicht mehr allein?«

»Doch, klar.« Er verstand nicht, was das eine mit dem anderen zu tun haben sollte.

»Ihr jungen Leute! Das werde ich nie verstehen. Zeit habt ihr doch mehr als alles andere, und ein bisschen Gesellschaft ist auch nicht verkehrt.«

Xavi sparte sich einen Kommentar. Er mochte Gemma und Josep, die beiden waren ein süßes altes Paar, aber vom Stress, den die heutige Zeit mit sich brachte, verstanden sie offenbar nicht viel. Letztlich war der Punkt doch der: Er hatte keine Lust auf ein Haustier und außerdem wirklich keine Zeit, sich um die Erziehung und die Bedürfnisse eines Straßenhundes zu kümmern.

»Ähm, ja«, gab er daher zurück. Dann hatte er eine Idee. »Wie wäre es, wenn ihr sie behaltet? Sie ist wirklich niedlich.«

Dass er darauf nicht schon früher gekommen war! Er atmete ein und lächelte zufrieden. Die perfekte Lösung lag quasi direkt vor seiner Haustür.

Gemma richtete sich mit einem Stöhnen auf. »Meine alten Knochen und ein junger Hund? O nein, das geht nicht.«

»Aber ich weiß nicht, wohin mit ihr, nicht mal das Tierheim wollte sie nehmen.«

Gemma rieb sich das Kinn. »Ich kann ja mal meine Enkelin fragen, ob sie dir helfen kann, Gassi gehen und so was. Die hat ein Helfersyndrom und wäre dazu bestimmt bereit.«

»Helfersyndrom?«, wiederholte Xavi blinzelnd.

Gemma winkte ab. »Seid ihr euch noch nicht begegnet? Na ja, das können wir ändern. Josep?« Sie rief nach ihrem Mann, der oben auf der Terrasse saß und im Schatten Zeitung las. Xavi hatte ihn bis eben gar nicht bemerkt.

»Ja, was ist?«, gab Josep zurück und ließ die Zeitung sinken.

»Was meinst du, sollen wir Xavi nicht mal zum Essen einladen?« Sie wandte sich wieder an Xavi. »Oder hast du Angst, dass es bei uns nicht schmeckt?«

»Im Gegenteil«, erklärte Xavi.

Josep rief von oben. »Ja, das ist eine gute Idee! Dann kannst du mir vielleicht auch noch mal mit der blöden Pumpe für den Pool helfen, Xavi, ich komme mit der Technik einfach nicht zurecht.«

Da konnte Xavi nicht Nein sagen, und er wollte es auch gar nicht. »Montag und Dienstag ist das Restaurant geschlossen«, erklärte er. »Dann kann ich kommen. Jetzt muss ich gleich dorthin, und am Sonntag ist immer viel zu tun.«

»Keine Angst, wir hätten dich auch so schon nicht zu unserer *Fideuà* eingeladen, oder kennst du das Sprichwort zu unserer großartigen Reispfanne nicht?«, neckte Gemma ihn.

»Doch, das kenne ich«, erwiderte Xavi amüsiert. »Aber nur so: Wir müssen uns mal auf eine *Fideuà* verabreden, aber du bist ja schon verheiratet, Gemma.« Wenn man das Sprichwort zu jemandem sagte, war das schon beinahe wie ein Heiratsantrag, denn damit übersprang man die ersten Kennenlernstufen von Kaffee und sich auf einen Drink treffen.

Gemmas Lächeln konnte Xavi nicht einordnen. »Das bin ich, seit über fünfzig Jahren.«

»Glückwunsch, das muss man erst mal schaffen.«

Josep rief von oben herunter. »Dann ist es abgemacht, am Montag kommst du rüber, dann schauen wir uns die Pumpe an und essen zusammen.«

»Und was mache ich jetzt mit meinem Hund?« Oje! Das musste ein freudscher Versprecher gewesen sein. »Ich meine mit *dem* Hund«, korrigierte er sich. »Kennt ihr jemanden, der ihn, äh sie, nehmen würde?«

Gemma zuckte die Schultern. »Dir wird schon was einfallen, mein Junge. Du kannst sie ›Petita‹ nennen, das passt zu ihr, sie ist wirklich noch klein.«

Damit ließ Gemma ihn und die Hündin stehen und verschwand durch ihr Gartentor.

Xavi schaute konsterniert hinter der alten Dame her, wie sie die Stufen nach oben zu ihrer Terrasse nahm, wo Josep seine Frau mit einem Küsschen empfing. Er bezweifelte, dass es heutzutage noch viele Paare so lange miteinander aushielten. Er selbst war das beste Beispiel dafür, dass manche Leute besser allein bleiben sollten. Die Hündin kläffte und wedelte erwartungsvoll mit dem Schwanz. »Petita«, murmelte er und verzog die Lippen.

Immerhin, jetzt hatte das Tier wenigstens einen Namen. Dass das dabei helfen würde, einen neuen Besitzer zu finden, bezweifelte Xavi.

Kapitel 4

5 491 Likes
39 Kommentare
8 Reposts

Manchmal frage ich mich, wie Nico das alles aushalten konnte, ohne sein strahlendes Lächeln dabei zu verlieren. Ich weiß immer noch nicht, wie ich damit klarkommen soll, es nicht mehr zu sehen. Seine Krankheit war so lange ein Begleiter in unserem Leben, dass ich mir kaum mehr vorstellen kann, wie es war, ohne den #fuckyoucancer. Aber dann erinnere ich mich an die guten Tage. An all den Spaß, den wir zusammen gehabt haben. Dann ist es ein wenig leichter. Geht es euch auch so, dass ihr ständig zwischen Lächeln und Heulen schwankt? Mir schon. Eure Núria.

Núria stand in der winzigen Küche ihrer Großeltern und bereitete sich gerade eine Matcha-Latte mit Mandelmilch zu, als sie Schritte auf den Fliesen hörte.

»Guten Morgen, *estimada*«, begrüßte ihre Oma sie und gab ihr ein Küsschen auf die Wange. »Hast du gut geschlafen?« *Schatz*. Oma nannte sie häufig so, Núria mochte das.

Die Enkelin nickte. »Ja, habe ich.« Es war nur die halbe Wahrheit, aber sie hatte wenigstens nicht fast die ganze Nacht wach gelegen wie viele Tage zuvor.

Oma schnupperte an Núrias Tasse und wandte sich dann angewidert ab. »*Déu meu*, was ist das denn für ein Zeug?« Mein Gott.

»Das ist eine Art grüner Tee.« Núria konnte sich ein Grinsen nicht verkneifen.

Oma quittierte ihre Antwort mit einem Schnauben, dann goss sie Milch in einen Topf und stellte ihn auf den Gasherd. Nachdem sie die Flamme mit einem Streichholz zum Leben erweckt hatte, kramte Oma Tomaten, *garrotxa* – den beliebten katalanischen Käse –, Schinken und Butter aus dem Kühlschrank hervor. Als Nächstes begann sie, Weißbrot zu rösten; das Olivenöl stand schon bereit.

»Kann ich helfen?«, bot Núria an und versuchte erst gar nicht, ihrer Oma das Vollkornbrot in die Hand zu drücken, das sie gestern in einem Supermarkt hatte ergattern können.

»O nein, *estimada*«, gab sie zurück und rührte so viel Kakaopulver und Zucker in die heiße Milch, dass eine zähflüssige Masse entstand – wenigstens hatten sie akzeptiert, dass sie keinen Kaffee trank.

Opa betrat die Küche, und es überraschte Núria, wie klein der Raum wirkte, wenn sich drei Personen darin befanden. Als Kind war ihr alles in diesem Haus riesengroß vorgekommen. Seitdem hatte sich nicht viel verändert, außer der Tatsache natürlich, dass all ihre Träume zerplatzt waren. Aber dafür konnte niemand etwas, am wenigsten die Menschen, die sie liebte.

Opa tätschelte die Wange seiner Enkelin. »Langsam bekommst du ein bisschen Farbe, mein Kind, das steht dir gut.«

Núria umarmte ihn, und die borstigen Haare seines Vollbartes kitzelten sie an der Wange. »Nicht mal Lichtschutzfaktor fünfzig kann das an der wilden Küste Kataloniens verhindern«, witzelte sie.

Sie sah, wie ihre Großeltern Blicke wechselten, die Núria nicht kommentieren wollte, daher griff sie hastig nach ihrer Tasse und verließ die Küche schweigend.

Dennoch schnappte sie Worte auf wie »... sie übertreibt, ein bisschen Sonne braucht der Mensch doch ...«

Nach dem Frühstück packte Núria ihre Badesachen; sie wollte zum Strand gehen, um eine Runde zu schwimmen, ehe die Sonne gleißend vom Himmel brannte. Auf dem Weg hinaus versuchte sie, einen vorbereiteten Beitrag zu posten; etwas hochzuladen klappte hier immer nur mit direkter Internetverbindung, der Empfang über mobile Daten war zu schwach. »Mensch, was ist denn los?«, schimpfte sie, aber nichts passierte.

Geschirr klapperte in der Küche, und Núria trat an den Türrahmen. »Weißt du, was mit dem Internet los ist? Gestern Abend ging es noch.«

Oma zuckte die Schultern. »Keine Ahnung.«

Ein Gefühl sagte Núria, dass das nicht stimmte. Omas Sprüche klingelten ihr noch immer in den Ohren. Ständig mahnte sie, dass sie nicht dauernd online sein sollte, dass sie das echte Leben verpasse, weil sie nur noch für Social Media lebte.

Ihre Großeltern hatten keine Ahnung, was es für Núria bedeutete, den Kanal NicosCancerCombat, den Nico ins Leben gerufen hatte, weiter zu pflegen, und egal wie oft sie es ihnen erklärte, sie schienen jedes Mal nur noch entschlossener zu sein, sie vom Gegenteil zu überzeugen. Núria seufzte. »Schade, na gut, dann gehe ich unterwegs noch in ein Café oder so.«

»Du willst los? Wohin?«

Beinahe hätte sie gelacht; sie war keine acht mehr, kam sich aber manchmal so vor. »Ja, ich möchte baden gehen, ehe die Mittagshitze mir den Pelz verbrennt.«

»Ach, schön, aber lass das lieber mit dem Café, sonst verpasst du noch die Paella.«

Núria seufzte resigniert. Das üppige Frühstück würde garantiert bis zum Abendessen vorhalten – aber es war müßig, das Oma erklären zu wollen; sie meinte es nur gut, und gerade die Sonntage waren ihr heilig. Trotzdem nervte Oma mit ihren ungebetenen Ratschlägen ebenso wie alle in ihrer Familie, die ständig welche an sie verteilten. Vielleicht sollte sie diesen Mann, Xavi, doch kontaktieren, um seine Einladung zu einer Bootsfahrt anzunehmen. Mit jemandem, den sie nicht kannte, aus der Realität ihres Lebens zu flüchten, und sei es nur für ein paar Stunden, kam Núria gerade sehr verlockend vor.

Sie verwarf den Gedanken sofort wieder, denn sie kannte den Typen ja gar nicht und wusste auch nicht, ob es wirklich ernst gemeint gewesen war. Es kam nicht oft vor, dass Männer sie ansprachen, eigentlich nie – was aber daran liegen konnte, dass sie nicht ausging. Allerdings hatte Xavi ihr einigermaßen glaubhaft versichert, dass sein Angebot wirklich nur aus Schuldgefühlen heraus entstanden war und nicht, weil er sie anziehend fand. Der Gedanke wäre auch zu befremdlich gewesen; sie war zwar nicht hässlich, aber auch keine Schönheit. Für gewöhnlich fanden es Menschen nicht sonderlich erstrebenswert oder gar spannend, mit einem Trauerkloß unterwegs zu sein – und diese Beschreibung war für sie zu einhundert Prozent zutreffend, das dürfte auch Xavi nicht entgangen sein.

Dennoch zögerte sie. Vielleicht hatte er auch aus Mitleid gehandelt. Aber nein, um so zu empfinden, hätte er schon hellseherische Fähigkeiten haben oder wissen müssen, wer sie war, was sie ausschließen konnte.

»Núria? Hörst du mir überhaupt zu?«, riss Omas Stimme sie aus ihren Gedanken.

»Äh, entschuldige, was hast du gesagt?« Eine verräterische Hitze flammte in ihren Wangen auf.

Oma legte das Küchentuch weg, mit dem sie gerade einen Teller abgetrocknet hatte. Sie lächelte milde. »Ich habe gesagt, dass wir einen Nachbarn mit einem jungen Hund haben, der Hilfe bräuchte. Ich dachte, dass du vielleicht Lust hättest, ein bisschen auf das Tierchen aufzupassen, während er bei der Arbeit ist. Er ist alleinstehend und viel weg.«

Núria kniff die Augen zusammen. »Alleinstehend? Du willst mich doch nicht etwa verkuppeln?«

Oma lachte und warf das Handtuch dann über einen Haken an der Wand; Ordnung musste sein. »Bestimmt nicht, das musst du schon selbst in die Hand nehmen. Aber der Hund bräuchte hin und wieder Gesellschaft, und ein kleiner Spaziergang oder was auch immer täte nicht nur dem Tier gut. Wäre das nichts für dich? Du würdest auch noch was Gutes tun.«

Núria überlegte. Sie liebte Hunde; als Kind hatte sie immer einen haben wollen, aber weil ihr Vater eine Allergie hatte, war das nie möglich gewesen, und später hatte sie andere Sorgen gehabt. »Ja, wieso nicht. Ich kann es mir ja überlegen. Ich denke drüber nach, okay?«

»Mach das, Núria. Dann viel Spaß am Strand, und wir sehen uns nachher beim Mittagessen. Opa und ich gehen jetzt zur Kirche. Du willst nicht mitkommen?«

Núria schüttelte den Kopf. Den Glauben an einen Gott hatte sie schon lange verloren, und mit der Kirche hatte sie abgeschlossen, aber das konnte sie ihrer Oma nicht erzählen, die hätte sonst noch einen Exorzisten geholt …

Der Gedanke erheiterte sie, aber sie unterdrückte ein Schmunzeln. Núria warf sich die Henkel ihrer Korbtasche über die Schulter und setzte Hut und Sonnenbrille auf, ehe sie aus dem Haus in die Morgensonne trat. Opa hockte im Schaukelstuhl und stopfte sich die Pfeife. Er wirkte abwesend, während er mit geübten Bewegungen seiner Beschäftigung nachging und dabei auf die Wellen hinausschaute. Wie er da saß und vor sich hin grübelte, erinnerte er Núria ein wenig an sich selbst. Ging es Opa auch so, dass er nah am Meer die Ruhe und den Frieden fand, die sie sich selbst so sehnlichst zurückwünschte?

»Núria?« Er blickte auf, als hätte er ihre Gegenwart gespürt. »Du hast etwas vor?«

»Ja, ich möchte baden gehen.«

Er lächelte sanft und nickte. »Schön, dann viel Spaß. Ich weiß, du bist gern allein und irgendwie doch nicht, deshalb freut es mich, dass du zu uns gekommen bist. Das wollte ich dir noch sagen, auch wenn du jetzt schon ein paar Tage da bist.«

Sie war überrascht, denn seine Worte trafen es genau. Selbst die verlorenste Seele wollte niemals wirklich allein sein. Núria hatte sich die Einsamkeit nicht ausgesucht, es war einfach dazu gekommen, weil sie nirgends mehr hinpasste. Nirgends, außer in eine Schublade, die ihr nicht gefiel.

Núria trat neben ihn und drückte seine Schulter liebevoll. Mehr konnte sie gerade nicht tun, weil ihr Tränen die Sicht verschleierten und ihr Hals eng geworden war. »Bis nachher«, flüsterte sie schließlich, weil sie Angst hatte, dass ihr sonst die Stimme versagte, und marschierte davon.

Es ging erst ein wenig bergab; das Meer befand sich zu ihrer Linken. Sie kam an einigen Häusern vorbei, das Grundstück mit der Turmvilla hatte sie hinter sich gelassen, es sich aber nicht verkneifen können, durch eine Ritze im Zaun in den Garten zu linsen – das hatte sie als Kind schon immer gern gemacht. Damals war das Grundstück jedoch sehr gepflegt gewesen; jetzt sah es mehr wie ein verwunschener Park mit Palmen und vertrockneten Pflanzen und wucherndem Unkraut aus.

Etwas weiter die Straße entlang standen nur unscheinbare Häuser, dann führte eine Treppe hinunter zum Meer. Pinien ragten in den Himmel, die Nadeln verströmten an diesem Morgen einen besonders intensiven und betörenden Duft. Das Meer war aufgewühlt, Schaumkrönchen tanzten zu ihrer eigenen Melodie darauf. Die Brandung rauschte tosend gegen die zerklüfteten Felsen. Oft konnte man auch von dieser Stelle aus Baden gehen, aber heute nicht; die *Tramuntana* – der Wind aus dem Nordosten – war zu stark. Deshalb lief sie weiter, bis sie zu einer zweiten Treppe kam, die zur Marina führte, von der aus man an den Strand in der kleinen Bucht von Llafranc gelangte. Einhundertundzwölf Stufen ging es hinab. Nachdem Núria wieder einige Tage hier war, kam sie nicht mehr so aus der Puste wie kurz nach ihrer Anreise. Es war zwar kein echtes Training, aber besser als gar nichts, überlegte sie und lächelte in sich hinein.

Einen kostbaren Atemzug lang war es ein ganz normaler Vormittag. Aber dann erinnerte sie sich, warum in ihrem Leben nichts mehr so war, wie es sein sollte, und die Trauer verpasste ihr einen Dämpfer.

Núria ließ nicht zu, dass der altbekannte Schmerz ihr die Brust zuschnürte, und richtete ihre Gedanken auf Omas Idee, dass sie den Hund des Nachbarn hin und wieder betreuen sollte. Wieso eigentlich nicht, überlegte sie, während die Ledersohlen ihrer Sandalen ein klatschendes Geräusch auf jeder einzelnen Stufe verursachten. Keine war der anderen gleich, und Núria musste sich konzentrieren, denn über die Jahre waren die Steine glatt geschliffen und uneben geworden.

Hundesitting also, dachte sie, war das eine gute Idee? Na ja, irgendetwas musste sie hier tun, sonst würden ihre Großeltern nie damit aufhören, sie ständig zu irgendwelchen Aktivitäten überreden zu wollen. Ein Tier zu hüten und Gassi zu gehen, war allemal besser, als irgendwo in der Dorfgemeinschaft mitmischen zu müssen.

Der Motor eines alten Fischerbootes im Hafen knatterte, während der Kapitän die Leinen an Land warf. Die scharfen Ausdünstungen von Diesel stiegen ihr in die Nase; selbst über einige Meter Entfernung waren sie zu riechen, weil die Luft hier sonst sauber und klar war. In Hamburg nahm sie den Gestank von Abgasen nur noch selten wahr, aber am warmen Mittelmeer war die Luft reiner und frischer als im kalten Deutschland.

Núria nahm ihre Schuhe in die Hand und lief über den noch kühlen Sand zum Ufer. Dort schlüpfte sie aus ihrem Sommerkleid und stopfte es, wie auch Hut und Sonnenbrille, in die Tasche, dann stakste sie zum Ufer der kleinen Bucht. Sanft schwappte die morgendliche Brandung über ihre Füße. Mit jeder Welle versank sie etwas tiefer mit ihren Zehen im Sand. Núria sog die Luft tief in ihre Lungen und spürte, wie sie sich mit jedem Atemzug weiteten. Sie schloss die Lider und ließ sich das Gesicht von der Sonne wärmen. Sie hörte die Schreie hungriger Möwen und das Rauschen des Meeres. In der Ferne bellte ein Hund, ein zweiter Bootsmotor tuckerte nicht weit entfernt.

Langsam öffnete sie die Augen und sah, dass ein weiterer Kutter den Hafen verließ. Ein Mann mit schwarzem Haarschopf stand hinter dem Steuerrad. Núria schirmte ihre Augen mit der Hand vor der Sonne ab, um besser sehen zu können. Etwas an diesem Kapitän kam ihr bekannt vor. Sie mochte sich täuschen; so genau konnte sie ihn auch nicht erkennen, und es spielte auch keine Rolle, wer es war.

Eine Windbö erfasste ihr Haar und peitschte es ihr ums Gesicht. Núria wollte ihre Zeit nicht mit dem Beobachten anderer Leute vertrödeln, deshalb watete sie langsam bis zu den Knien ins Wasser. Es fühlte sich kühl auf ihrer warmen Haut an.

Sie schnitt sich selbst eine Grimasse, rannte hinein und hechtete mit einem Kopfsprung nach vorn. Núria tauchte ein paar Meter und fühlte sich endlich frei und schwerelos. Sie schmeckte das Salz auf ihren Lippen, es brannte in ihren Augen und ließ sie sich lebendig fühlen. Mit nach Sauerstoff lechzenden Lungen tauchte sie wieder auf. Sie konnte nicht mehr stehen, hier war es zu tief. Also ließ sie sich im Meer treiben. Immer wieder schwappten Wellen über sie und schaukelten sie wie ein Baby hin und her. Nach einer Weile drehte sie sich wieder auf den Bauch und durchpflügte die Bucht mit kräftigen Zügen bis fast zur anderen Seite. Sie hielt erst inne, als ihre Oberschenkel und Arme unerträglich brannten und sie vollständig außer Atem war.

Herrlich, es war einfach herrlich. Hier konnte Núria beinahe vergessen, welche Last ihre Schultern tagtäglich herunterdrückte. Im Wasser fühlte sie sich nicht mehr ganz so schwer an. Nicht mehr ganz so unerträglich.

Irgendwann schwamm Núria zurück und blieb im hüfthohen Wasser stehen. Sie drehte sich noch einmal um und überblickte die Bucht, die türkis und hellblau im Sonnenlicht schillerte. Ein Kormoranpärchen schaukelte mit den Wellen umher; entweder war es satt oder zu faul, um auf Fischfang zu gehen. Núria drückte ihre Haare aus und atmete langsam aus, dann erblickte sie ihr verschwommenes Spiegelbild auf der Oberfläche. Sie sah die Umrisse einer einsamen Frau, die nicht mehr an das Glück und die Träume ihrer Kindheit glauben konnte. Aber sie erkannte heute nicht nur das, sondern auch, dass es trotz allem mehr für sie gab als Dunkelheit. An Tagen wie diesen konnte sie sie wieder fühlen, die kleinen Momente der inneren Zufriedenheit. Wenn nicht mehr jeder Atemzug schmerzte, sondern nur noch jeder zweite.

* * *

Hunde und Restaurants passten nicht zusammen. Zu diesem Schluss kam Xavi, nachdem er Petita zweimal zur Arbeit mitgenommen hatte. Allein zu Hause lassen konnte er sie allerdings ebenso wenig. Sie hatte den Hang, ihren Frust darüber an Möbeln, Kissen oder Schuhen auszulassen.

Davonlaufen wollte sie aber auch nicht – er hatte ihr die Möglichkeit oft genug gegeben, und sie war stets bei ihm geblieben. Das liegt nur am Futter, sagte er sich. Vielleicht hätte er ihr nichts geben sollen, dann hätte er jetzt ein Problem weniger in seinem Leben gehabt.

Aber er war kein herzloses Arschloch; das Tier war fast verhungert gewesen. Es kam ihm so vor, als hätte sie in den wenigen Tagen bereits etwas an Gewicht zugelegt.

»Was mache ich nur mit dir?«, murmelte Xavi, während er in die Hocke ging und Petitas Hals kraulte. Irgendwann hatte er sie auf einer Decke in der Ecke der Küche angeleint – Pep hatte eine Leine samt Halsband aufgetrieben, wo, wusste Xavi nicht. Er war nur froh gewesen, als Petita endlich aus der Gefahrenzone gebracht worden war. Komischerweise wollte Petita nämlich nicht kapieren, dass Kochtöpfe und heiße Pfannen nichts für junge Hundedamen waren. Zudem war eine professionelle Küche einfach kein Ort für ein Haustier. Xavi seufzte und sah, dass Pep neben ihn getreten war; seine Schuhe tauchten direkt neben der improvisierten Hundedecke in seinem Blickfeld auf. Petita wirkte noch immer nicht zufrieden mit ihrem »Gefängnis«, aber solange sie jemand kraulte, schien sie es für einen Moment akzeptieren zu können, ohne ein Riesentheater zu machen.

»Wie bist du eigentlich auf diese Schnapsidee gekommen?«, wollte Pep von ihm wissen. Seine dünnen Arme hatte er vor der Brust verschränkt.

Wer ihn nicht kannte, hätte niemals vermutet, dass er in einer Küche arbeitete.

Xavi stand auf. Er war auch so schon genervt, da musste sein Souschef nicht auch noch Öl ins Feuer gießen. »Wenn du eine bessere Lösung hast, immer her damit!«, schnarrte er.

»Wieso hast du sie überhaupt behalten?«, erwiderte Pep mit gerunzelter Stirn.

»Bist du herzlos, was sollte ich denn machen? Ich suche noch nach einer Familie, die sie nimmt; bisher war ich allerdings erfolglos – meine Tage haben eben auch nur vierundzwanzig Stunden.« Und heute Morgen war er lieber eine Runde mit dem Boot rausgefahren, als sich die Finger schon wieder wund zu wählen.

Es war schlicht so, dass niemand aus seinem Bekanntenkreis einen Straßenhund aufnehmen wollte. Xavis Ideenvorrat war erschöpft. Ihrem Schicksal konnte er Petita aber auch nicht überlassen, dafür war sie irgendwie doch zu niedlich.

»Du bist sonst nicht dafür bekannt, ein weiches Herz zu haben«, stichelte Pep mit einem süffisanten Grinsen, das ihm Xavi gern aus dem Gesicht gewischt hätte.

»Habe ich auch nicht«, knurrte Xavi.

Pep hielt sich eine Hand vor den Mund, es sah ganz so aus, als müsste er sich ein Lachen verkneifen.

»Idiot«, brummte Xavi und schüttelte den Kopf. »Du kannst sie ja nehmen, zum Üben.«

Peps Lächeln verblasste; auf einmal sah er aus, als hätte ihn jemand getreten. »Das ist nicht witzig, Xavi. Einen Hund und ein Kind kann man nicht vergleichen.«

Xavi wusste, dass er zu weit gegangen war. »Tut mir leid«, seufzte er und legte Pep eine Hand auf die Schulter. »Was gibt es Neues?«

»Wir kommen einfach nicht weiter«, erklärte er. »Als ob es nicht schon schwer genug wäre, als schwules Paar in einer streng katholischen Gegend anerkannt zu werden, scheint es in diesem Land geradezu unmöglich, unseren Kinderwunsch zu erfüllen.«

Das war ein Thema, zu dem Xavi absolut gar nichts beitragen konnte; etwas, was er nicht nachempfinden konnte. Er wollte weder eine Beziehung noch Kinder – noch einen Hund.

Und siehe da, Petita interessierte das, was er wollte, rein gar nicht. Die Hündin war aufgesprungen und zerrte schon wieder wie wild an ihrer Leine. Sie bellte lautstark, um ihrem Unmut Luft zu machen.

Rosa brachte gerade das letzte Geschirr des Abends aus dem Restaurant in die Küche. Ihre Schwester Roseta war bereits dabei, für klar Schiff im Kochbereich zu sorgen. Die beiden waren unzertrennlich, sie gingen glatt als Zwillinge durch, was sie aber nicht waren.

Schwarzes Haar, kantige Gesichtszüge und eine viel zu lose Zunge zeichneten beide jedoch gleichermaßen aus. Rosa stellte die Teller ab und wandte sich an Pep. »Es muss doch Möglichkeiten geben; ich kenne viele Frauen, die wollen Kinder, aber haben keinen Mann. Vielleicht kann man da ein Agreement treffen und sich das Sorgerecht dann teilen, wie bei einer echten Patchworkfamilie.«

Xavi verdrehte innerlich die Augen. Das war ein Gespräch, an dem er weiß Gott nicht teilnehmen wollte, aber er sah keine Möglichkeit, sich unauffällig zu verdrücken, ohne Petita sich selbst überlassen zu müssen. Es blieb nur die andere Taktik, sich so unauffällig wie möglich zu verhalten.

Das Privatleben seiner Leute konnte, wenn es nach ihm ging, genau das bleiben: privat. Aber seine Mitarbeiter und Mitarbeiterinnen schienen das anders zu sehen; sie liebten es, ein bisschen zu tratschen. Während Hochbetrieb herrschte, blieb dafür zum Glück wenig Zeit, aber jetzt war es spät, und der Tag neigte sich dem Ende zu. Da konnte er ihnen schlecht sagen, dass sie die Klappe halten sollten.

Pep rieb sich über die Stirn. »Ich weiß nicht, so was kann ich mir schlecht vorstellen.«

»Willst du es wie die Amerikaner mit einer Leihmutter machen?«, fragte Rosa.

»Das ist doch bei uns verboten, oder?«, mischte sich Roseta ein.

»Was, willst du es vielleicht übernehmen?«, rutschte es Xavi genervt heraus.

Roseta schnitt ihm eine Grimasse. »Bestimmt nicht, und mein Sklaventreiber von Chef würde das sicher auch nicht begrüßen, wenn ich hier mit einem dicken Bauch herumlaufe und in Mutterschutz gehe.«

Xavi schmunzelte in sich hinein. »Der Sklaventreiber haut jetzt ab, der muss nämlich noch einen Hund Gassi führen, den keiner will. Was ist mit euch? Wollt ihr Petita haben?«

Roseta fuchtelte mit ihrer Hand vor seinem Gesicht herum. »O nein, auf keinen Fall! Mich nervt es schon, dass sie hier die ganze Zeit bellt. Eins ist klar, wenn sie bleiben soll, musst du sie erziehen.«

Manchmal fragte sich Xavi, wer hier eigentlich der Chef war. Er seufzte und machte die Leine von Petitas Halsband ab. Die sprang auf, als hätte sie jemand mit einer heißen Nadel gefoltert, und tobte wie eine Verrückte durch die Küche, dabei bellte sie die ganze Zeit in einer Lautstärke, die in den Ohren wehtat.

Pep zeichnete mit seinem Zeigefinger vor der Stirn einen Kreis. »Die hat auf jeden Fall einen Dachschaden«, kommentierte er das merkwürdige Verhalten der jungen Hündin.

»Das wäre ein Grund, sie zu behalten, dann passt sie ja zu mir«, gab Xavi unbedacht zurück. Es hatte ein Scherz sein sollen, aber es war etwas Wahres daran. So nervig Petita auch sein mochte, er hatte sich erschreckenderweise bereits ein- oder zweimal dabei ertappt, dass er sich gefreut hatte, sie zu sehen.

Das hatte allerdings Seltenheitswert, und in diesen Fällen hatte sie ausnahmslos geschlafen. Sobald sie wach war, stellte sie fast ausschließlich Unsinn an.

Es wurde also dringend Zeit, dass er eine Lösung für sein Problem fand.

»Gut, Leute, dann sehen wir uns am Mittwoch wieder; habt einen schönen Abend. Der Letzte macht das Licht aus«, scherzte er, drückte die Fliegentür auf, ging durch den Hinterausgang hinaus und atmete einmal durch. Es war eine sternenklare Nacht, die weit davon entfernt war, frisch zu sein. Dennoch war nicht mehr die erdrückende Hitze der Sommermonate zu spüren; man merkte, dass sich eine neue Jahreszeit ankündigte. Mit der flirrenden Hitze war auch der Großteil der Touristen abgereist. Xavi war froh, dass er nicht auf dieses Geschäft angewiesen war, sein Restaurant war auch bei den Einheimischen sehr beliebt.

Er stapfte zu seiner Vespa, dabei schaute er sich nach Petita um. Er entdeckte sie, wie sie vor einem Gebüsch ein kleines Geschäft verrichtete. Immerhin, schon ein Fortschritt; gestern hatte sie nämlich noch in die Küche gepinkelt. Sehr zum Entsetzen von Küchenhilfe Jordina, die das Malheur hatte beseitigen müssen, weil Xavi gerade mit dem Auslösen von Kaisergranaten beschäftigt gewesen war.

»Nun komm schon«, brummte er verstimmt in Richtung der Hündin. Er war müde und wollte schlafen. Wenigstens das Rollerfahren war von Anfang an kein Problem mit ihr gewesen, denn Petita war mindestens so unerschrocken wie unerzogen. Die Lösung mit dem Körbchen zwischen seinen Füßen hatte sie, im Gegensatz zum Anleinen, sofort akzeptiert.

Da trottete sie auch schon heran, was vielleicht damit zu tun hatte, dass er ein Stück Brot in den Korb gelegt hatte. Mit Fressen konnte man bei ihr alles, fast alles zumindest, erreichen.

Während Petita sich mit dem kleinen Snack beschäftigte, zog er seinen Helm auf und startete den Motor. Für seine Füße war gerade noch genug Platz hinter dem Körbchen. Dann fuhr er los. Petita schob ihren Kopf zwischen seine Unterschenkel und guckte auf die Straße.

»Du magst das, oder?«, plapperte Xavi. Er erhielt natürlich keine Antwort, ertappte sich aber dabei, wie sich seine Mundwinkel nach oben bogen.

Kapitel 5

7 215 Likes
83 Kommentare
8 Reposts

Was man als Hinterbliebener fühlt, ist schwer zu beschreiben. Oft lese ich »in stillem Gedenken« und ich frage mich, warum das so ist. In mir ist nichts still. Die Trauer brüllt so laut, dass sie alles in mir übertönt. Jedes Glück. Jede Freude. Sogar meinen Herzschlag. Der Schmerz schreit so laut in mir, und niemand sonst kann es hören.

Rötliche Abendsonne fiel durch die halb geschlossenen Fensterläden auf das schmale Bett, auf dem Núria im Schneidersitz saß und arbeitete. Ihr Haar hatte sie zu einem Dutt hochgebunden, damit es sie nicht im Gesicht kitzelte. Sie hatte sich in ihr Zimmer zurückgezogen, um sich konzentrieren zu können. Leider gelang es ihr nicht so recht; sie hatte nicht viel geschafft, aber schon der Versuch hatte den Effekt gehabt, den sie sich erhofft hatte. Wenn sie an ihren Übersetzungsarbeiten saß, konnte sie aus der Realität auschecken; dann war sie nicht mehr Núria, sondern lebte mit den Figuren aus den zu übersetzenden Texten, liebte, lebte und lachte mit ihnen, wie es ihr im eigenen Alltag nicht mehr gelang.

Sie schaute auf die Uhr am Computerdisplay und erschrak.

Oje! Sie hatte eine Menge Zeit verbummelt. Ein Glück, dass sie niemandem Rechenschaft ablegen musste – die Deadline lag noch in weiter Ferne, die konnte sie gut einhalten. Sie ließ sich nicht auf unrealistische Abgabeziele ein. Nicht mehr. Solche Fehler hatte sie früher gemacht und daraus gelernt.

Núria verzog die Lippen, speicherte ihre Arbeit und fuhr den Computer dann herunter, als sie Geräusche von der Terrasse her wahrnahm. Es war ein leises Murmeln zweier männlicher Stimmen.

Sie stopfte ihren Laptop zurück in den Rucksack und steckte ihren Kopf aus der Glastür, konnte aber niemanden entdecken. Oma hatte gar nichts von Gästen erwähnt, aber vielleicht war es auch nur ein Nachbar oder der Postbote. So wortkarg Opa manchmal auch war, so sehr genoss er es hin und wieder, ein Schwätzchen mit anderen Leuten zu halten.

Barfuß tapste Núria über die kühlen Fliesen und ging nach unten. Sie war nicht überrascht, ihre Oma beim Werkeln in der Küche zu finden. Die alte Dame bereitete Tomaten, Gurken, Salat, Oliven, Brot, Schinken, Käse und Fisch mit Reis und Tortilla vor – das alles in nicht haushaltsüblichen Mengen.

Núria unterdrückte ein Seufzen. »Ist es schon Zeit fürs Abendessen?«

»Noch nicht, aber bald. Vielleicht magst du ja die Teller raustragen? Wir sitzen heute am runden Tisch.«

»Äh, okay, klar. Mache ich gern.« Núria runzelte die Stirn, als Oma ihr vier Teller und passendes Besteck in die Hand drückte, wagte aber nicht zu widersprechen. Sie hatte sich bestimmt etwas dabei gedacht und ließ sich in ihren Küchenkram nicht gern hineinreden. Der zusätzliche Teller konnte auch für Gräten oder andere Tischabfälle sein.

Núria marschierte damit nach draußen und hätte um ein Haar alles fallen lassen, als sie entdeckte, mit wem Opa plauderte. Oder geplaudert hatte, denn jetzt knieten beide vor dem Schwimmbecken und fummelten schweigend an der Technik der Anlage herum.

Was sollte das denn, fragte sie sich. Wie hatte der Mann aus dem Café herausgefunden, wo sie wohnte? Xavi hieß er, erinnerte sie sich.

Und warum ging er mit Opa so vertraut um?

Núria wollte sich gerade abwenden und wieder hineingehen – Oma hatte sicher Antworten auf all ihre Fragen –, als Xavi sich aufrichtete. Er schaute zu ihr herüber, als hätte er ihre Anwesenheit gespürt. Erst jetzt erkannte er, wer sie war, denn seine Augen weiteten sich vor Überraschung. Dann bogen sich seine Mundwinkel nach oben, und er winkte ihr zu.

Okay, das sprach gegen ihren ersten Gedanken, dass er nach ihr gesucht hatte. Die Idee kam ihr im Nachhinein auch albern vor. So was machte doch niemand.

Núria rang sich ein Lächeln ab. Wärme kroch über ihren Hals in ihre Wangen. *»Hola«,* rief sie und winkte zurück, weil sie nicht wusste, was sie sonst tun sollte.

»Das ist Xavi«, erklärte Opa und deutete auf seinen Helfer. »Er geht mir mit der ollen Pumpe zur Hand.«

»Das, äh, ist schön«, erwiderte Núria und begriff endlich, wofür oder für wen der vierte Teller war. Ihr Gehirn hatte auch schon einmal schneller gearbeitet, gute Güte.

»Wir sind uns schon mal begegnet«, erklärte Xavi ihrem Großvater. Núria konnte nicht erkennen, was hinter seiner Stirn vor sich ging.

»Ach, wirklich?« Opa wirkte erfreut. »Wo denn?«

Xavi zuckte die Schultern. »Im Café am Strand.«

»Núria, wieso hast du gar nichts erzählt?«, wollte Opa wissen.

Sie überlegte, was sie darauf erwidern sollte, und hob lediglich eine Augenbraue. Xavi schien ihr Unbehagen zu bemerken, denn er half aus. »Das liegt sicher daran, dass ich mich unmöglich benommen habe.«

»Außerdem wusste ich nicht, dass ihr euch kennt, Opa.«

Dieses Gespräch zu führen, kam ihr absurd vor, vor allem, weil sie befürchtete, dass ihre Großeltern etwas in diese Begegnung hineininterpretierten, was da nicht war. Núria seufzte leise, denn sie hatte auch nicht vor, allen wieder und wieder zu erklären, warum sie kein Interesse an neuen Bekanntschaften hatte. Außerdem hatte sich Xavi wirklich unmöglich benommen, und auch wenn er sich entschuldigt hatte, so war sie noch lange nicht davon überzeugt, dass er nicht vielleicht doch ein Idiot war.

Josep rieb sich über den Bart. »Ach so, na dann. Komm, lass uns weitermachen, ehe das Essen auf dem Tisch steht, sieh mal da …« Er widmete sich wieder mit voller Aufmerksamkeit Xavi und der Pooltechnik.

Núria hörte nicht weiter hin, sondern tapste zurück ins Haus zu ihrer Oma. Sie war noch immer geschockt, dass sie beim Abendessen ihre Komfortzone des Schweigens verlassen musste, weil Besuch angesagt war. »Wir haben einen Gast?«, wandte sie sich an ihre Oma.

»Ja, ich hab dir doch gesagt, dass jemand kommt.«

»Äh, nein. Hast du nicht«, protestierte Núria.

»Schätzchen, vielleicht warst du wieder mit dem blöden Handy beschäftigt und hast mir nicht zugehört. Ich sage doch, das Ding ist ein Fluch.«

Das bezweifelte Núria, letztlich spielte es aber keine Rolle. Oma hatte ihre Meinung, und die würde sie nicht ändern. Apropos ändern, sollte sie selbst sich vielleicht für das Abendessen umziehen? Sie sah an sich hinab. Sie trug ein weißes T-Shirt und Jeansshorts. Núria überlegte und entschied sich schließlich dagegen. Sie sah keinen Anlass dafür, sich etwas Besonderes anzuziehen, außerdem hatte er sie jetzt sowieso schon in diesen Klamotten gesehen. Was spielte es überhaupt für eine Rolle? Núria hätte es nicht vor anderen zugegeben, aber der Gedanke, mit diesem Fremden an einem Tisch sitzen zu müssen, wo vermutlich auch zur Sprache kam, was Núria durchgemacht hatte, machte sie nervös. Sie redete nicht gern über sich, schon gar nicht mit Leuten, die sie nicht kannte und auch nicht näher kennenzulernen vorhatte. Sie spürte, wie ihre Aufregung stetig wuchs.

Das war nur der Schock über diese plötzliche Änderung ihrer Routine, sagte sie sich und machte sich daran, Oma zur Hand zu gehen.

Eine halbe Stunde später war alles vorbereitet und das Problem an der Poolanlage beseitigt. Es hatte sich etwas Schmutz zwischen Pumpe und Filter angesammelt, und nachdem er entfernt worden war, lief alles wieder einwandfrei.

Oma, Xavi und Núria saßen bereits am üppig beladenen Tisch, nur Opa fehlte noch. Zwei Kerzen mit Zitronenduft brannten in der Mitte; sie sollten die Moskitos vertreiben. Ein Geruch, den Núria im Geiste gern »Zitronensommer« nannte, weil sie diese Kerzen nur von Omas Terrasse kannte. »Wo steckt Opa denn?«, wollte Núria wissen.

Die Antwort erübrigte sich, als er just in dieser Sekunde mit einer Flasche Weißwein aus dem Haus zu ihnen trottete.

»Für mich bitte nicht.« Xavi legte seine Hand über das Weinglas vor seinem Teller.

Núria beobachtet Xavi verstohlen aus dem Augenwinkel. Er wirkte weder peinlich berührt noch verlegen.

»Ich trinke keinen Alkohol, oder nicht mehr. Dieses Laster habe ich abgelegt«, ergänzte Xavi. Eine gewisse Routine schwang in seiner Erklärung mit, als hätte er sie öfter als einmal abgeben müssen.

»Warum das denn?«, wollte Opa wissen und goss sich selbst einen guten Schluck ein, nachdem er zuvor die Damen bedient hatte. »Gegen ein Gläschen spricht doch nichts, es ist wirklich ein guter Wein. Oder bist du Alkoholiker?«

»Opa«, wies Núria ihn entrüstet zurecht. Die Großeltern konnten bisweilen ganz schön taktlos sein. Zu direkt in jedem Fall. Das erlebte sie hier tagtäglich, hatte aber gedacht, dass es nur bei ihr der Fall sei, dass sie ständig alles wissen wollten und, noch schlimmer, stets einen gut gemeinten Kommentar auf den Lippen hatten.

Xavi zuckte die Schultern, ihm schien es nichts auszumachen, dass Opa ihn so direkt auf ein mögliches Suchtproblem ansprach. Núria hingegen rutschte auf ihrem Stuhl hin und her. Ihr war es unangenehm, dennoch konnte sie nicht verhindern, dass auch sie zu Xavi schaute, während alle auf eine Antwort warteten. Xavi trug ein weißes Leinenhemd, dessen Ärmel bis zu den Ellenbogen aufgekrempelt waren. Seine sehnigen Unterarme waren gebräunt. Dunkle Härchen waren darauf zu erkennen. Er hielt sein leeres Glas lässig fest und drehte es hin und her, eine unbewusste Geste.

Núria wandte sich ab; sie wollte ihn nicht anstarren, war aber auch auf seine Erklärung gespannt. »Mir gefällt nicht, was der Alkohol aus mir macht, ganz einfach. Deswegen lasse ich es sein. Mir fehlt nichts, wenn ich nicht trinke, im Gegenteil, ich mag es, wenn ich meine Sinne beisammenhalte.«

Etwas an dieser Aussage stimmte Núria nachdenklich, sie konnte jedoch nicht genau benennen, was es war.

»Aber ein Schlückchen?«, wandte Oma ein. »Das kann doch nicht viel ausmachen.«

Er winkte ab. »Doch, für mich schon. Ich habe mich für diesen Weg entschieden, und dabei bleibe ich.«

Núria bewunderte diese Einstellung, ahnte aber, dass ihre Großeltern das womöglich nicht nachvollziehen konnten. Sie hatte ein wenig Sorge, dass es sogleich Diskussionen über den *guten* Wein geben könnte und darüber, was er alles verpasste.

»Dann eben Wasser«, sprang sie ein und goss reichlich davon in sein Weinglas.

Anschließend hob sie ihres an. *»Salut!«*

Sie beging den Fehler, ihm in die Augen zu sehen. Sein Blick erzählte die Geschichte einer gebrochenen Seele. Núrias Atem stockte, dann schaute sie weg.

»Salut«, stimmten die anderen ein, sie schienen es nicht bemerkt zu haben.

Núrias Herz hingegen klopfte viel zu schnell.

»Greift zu«, forderte Oma sie auf. »Es ist genügend von allem da, lasst es euch schmecken.«

Während jeder darauf wartete, dass der Gast zuerst seinen Teller befüllte, herrschte für einen Moment Schweigen.

»Danke, dass das mit der Pumpe so schnell geklappt hat«, wechselte Opa schließlich das Thema. Ein Glück, dachte Núria und steckte sich eine Olive in den Mund.

Das Gespräch plätscherte dahin, Núria beteiligte sich nur selten. Sie konnte einfach nicht vergessen, wie er sie angesehen hatte. So traurig.

Oder hatte sie sich das nur eingebildet?

»Ach, ehe ich es vergesse.« Oma legte ihr eine Hand auf den Unterarm. »Xavi, wo ist eigentlich dein Hund? Ich habe meine Enkelin schon informiert, dass du ein bisschen Hilfe gebrauchen könntest. Sie liebt Hunde, nicht wahr, Núria?«

Núria riss die Augen auf. *Er* war der alleinstehende Nachbar mit einem Zeitproblem?

Xavi tupfte sich den Mund mit einer Serviette ab. »Ich habe Petita zu Hause gelassen; das Theater mit ihr wollte ich euch wirklich nicht antun.«

»Ach, wie schade!«, meinte Oma. »Dann musst du sie Núria nach dem Essen vorstellen.«

»Ich habe ein bisschen Angst«, erklärte er mit einem schiefen Grinsen, das ihm gut zu Gesicht stand. Es kam Núria vor, als ob er nur selten lächelte. »Petita ist ein Straßenhund, und, ich sage es mal so, sie ist ganz schön wild. Ich habe bereits jetzt Sorge, was sie alles zerbissen haben könnte, während ich weg war. Zuletzt mussten einige Schuhe und ein Kissen dran glauben.«

»Ich bin mir sicher, so schlimm ist es nicht«, meinte Núria, aber Xavis Gesichtsausdruck ließ keinen Zweifel daran, dass er sich mit dem Hund überfordert fühlte. Sie war natürlich keine Expertin, aber so schwer konnte es doch nicht sein, sich um den Vierbeiner zu kümmern.

Sie vermochte nicht zu sagen, wann und wie es dazu gekommen war, dass sie zumindest innerlich zugestimmt hatte, ihm zu helfen, aber jetzt, wo sie sich genauer mit dem Gedanken befasste, musste sie zugeben, dass sie sich tatsächlich darauf freute, den Hund kennenzulernen. Núria hatte eine Schwäche für Problemfälle, da lag ihre Oma richtig: Sie hatte ein Helfersyndrom. Ob das nun gut oder schlecht war, wollte Núria nicht beurteilen. Solange sie etwas Gutes tun konnte, spielte das auch keine Rolle.

Sie wollte gerade etwas sagen, als sie hörte, wie vor dem Tor zum Grundstück zwei Autotüren zugeschlagen wurden. Kurz darauf stapften zwei weitere unerwartete Gäste die Treppe nach oben auf die Terrasse.

»Mama! Papa!«, stieß Núria hervor, und ihr Mund klappte auf.

»Überraschung!«, rief ihre Mutter Ona und kam auf den Tisch zu. Dort umarmte sie zuerst ihren Vater, dann die Mutter und zuletzt drückte sie Núria einen schmatzenden Kuss auf die Stirn.

Die Begrüßung des Schwiegersohnes fiel bei Josep und Gemma ein wenig sparsamer aus. Núria unterdrückte ein Seufzen. Die Kluft zwischen ihren Großeltern und ihrem Vater war auch heute noch groß. Soweit Núria wusste, hatten sie ihm nie verziehen, dass er ihre Tochter nach Hamburg »entführt« hatte. Ona war das einzige Kind der beiden und wurde seitdem schmerzlich vermisst – dabei vergaßen die Großeltern regelmäßig, dass Ona ihren Weg selbst gewählt hatte und dass sie glücklich damit war.

Núria nahm gerade einen Schluck Weißwein, da ging es auch schon los. »Du siehst erschöpft aus, Ona. Kein Wunder, das Hamburger Wetter ist einfach nichts für dich«, murmelte Gemma.

Innerlich verkrampfte sich Núria; diese Spannungen innerhalb der Familie waren unerträglich. Es war absolut kindisch – und immer dasselbe. Ihre Eltern waren noch nicht mal fünf Minuten hier, und Núria wollte bereits das Weite suchen.

Oma stand auf und machte Platz für ihre Tochter. »Setz dich, Liebes, ich hole noch einen Teller.«

»Papa hat auch Hunger und ist sicher müde von der Fahrt«, erinnerte Núria sie.

Ihr Vater schenkte ihr ein Lächeln, aber auch einen Blick, der sagte: *Lass es gut sein, ich nehme es ihnen nicht übel.*

»Ja, ja, natürlich, er kriegt auch einen«, brummte Oma und tätschelte die Schulter ihres Schwiegersohnes. Es war nicht so, dass sie ihn nicht leiden konnten, aber Hamburg war einfach zu weit weg, und er war nun mal kein Katalane. Das waren zwei entscheidende Voraussetzungen, die Uwe, der Dachdeckermeister aus Eimsbüttel, niemals erfüllen konnte.

»Wieso habt ihr denn nicht gesagt, dass ihr kommt?«, wollte Opa wissen, während Oma kurz verschwunden war.

»Wir wollten euch überraschen, aber wenn ihr lieber möchtet, dass wir wieder fahren …?«, erwiderte Ona, das Kinn ein wenig nach vorn gereckt, als wäre sie wieder dreiundzwanzig und nicht dreiundfünfzig. Núria erkannte in ihrer Mutter die rebellische Tochter, die Núria selbst niemals hatte sein müssen. Ein bisschen bewunderte sie Ona dafür, dass sie allen, die sich gegen sie und ihren Uwe stellten, die Stirn bot. So mutig war Núria nie gewesen, aber sie hatte auch andere Probleme gehabt – dem Krebs wäre es scheißegal gewesen, was sie getan oder nicht getan hätte.

»Sei nicht albern!«, gab Oma, die gerade zurückgekehrt war, knapp zurück. »Und setz dich.«

Eine Welle der Sympathie für ihre Oma schwappte über Núria, dann stand sie auf und bot ihrem Vater ihren Platz an, während Mama und Papa Blicke tauschten. Es schwang so viel Liebe und Harmonie darin, dass Núria wegsah; nicht, weil sie es peinlich fand, dass ihre Eltern sich tatsächlich immer noch so sehr mochten. Sie konnte es einfach nicht ertragen, denn es erinnerte sie jedes Mal daran, was sie selbst verloren hatte.

Logisch betrachtet ergab ihre Reaktion keinen Sinn, aber der dumpfe Schmerz in ihrer Brust folgte nun mal keiner Logik.

Sie verdrängte ihre eigenen Gefühle, darin war sie mittlerweile ganz gut geworden – zumindest, solange sie in Gesellschaft war.

Núria holte tief Luft, während sie zusah, wie sich alle mit Xavi bekannt machten.

»Ich bin der Nachbar«, erklärte er freundlich. »Habe vorhin mit meinem handwerklichen Talent ausgeholfen.«

Ona lächelte ihm zu, dann schaute sie Núria mit einem herausfordernden Blick an, den die Tochter mit einem leisen Seufzen überging.

»Vielleicht möchtest du mir Petita zeigen?«, wandte Núria sich an Xavi, ehe es hier noch peinlich wurde – oder noch schlimmer, ehe jemand Núrias Lebensgeschichte ausplauderte und alle in betretenem Schweigen versanken. Das hatte sie oft genug erlebt. Sie wollte jetzt nicht über Nico reden, nicht darüber, wie es war, Witwe zu sein, ohne jemals geheiratet zu haben.

Xavi stand auf. »Natürlich, sehr gern; es ist vermutlich klug, sie nicht länger allein zu lassen, sonst nagt sie mir noch die Türzargen durch.«

Ona hob eine Braue und neigte ihren Kopf. »Das klingt … lebendig.«

Xavi zuckte die Schultern. »Das Wort ist absolut treffend.«

»Mensch, ich hoffe, ihr geht nicht, weil wir gekommen sind?«, wollte Uwe auf Deutsch wissen. Er sprach zwar sehr gut Katalanisch, aber mit seiner Tochter redete er genauso gern in seiner Muttersprache – sehr zum Missfallen der Großeltern natürlich.

Núria gab ihrem Vater einen Kuss auf die Wange. »Quatsch, Papa. Es geht hier echt nur um den jungen Hund, nicht, dass ihr auf blöde Ideen kommt.«

»Schade«, meinte Ona und trank aus Núrias Weinglas.

Sie fragte sich, ob sie ihre Eltern mit ihren Großeltern allein lassen konnte – ohne dass es gleich zum Vulkanausbruch kam. Hier trafen zu viele verschiedene Gemüter aufeinander. Ein aufmunterndes Nicken ihrer Mutter ließ sie zu dem Schluss kommen, dass es nicht ihre Aufgabe war, die labile Harmonie zu bewahren.

Núria ahnte jedoch, dass ihr nervenaufreibende Tage bevorstanden, denn die vier schafften es vermutlich auch in diesem Urlaub, jeden Tag sinnlos über etwas zu streiten. Auch Jahrzehnte hatten daran offensichtlich nichts geändert; man zankte sich über Kleinigkeiten, anstatt die Entscheidungen der anderen endlich mal zu akzeptieren. Und da wollten sie ihr ständig erklären, wie das Leben funktionierte.

Sie unterdrückte ein Augenrollen und sagte auf Katalanisch zu Xavi: »Ich wäre jetzt bereit, Petita kennenzulernen.«

* * *

Die anbrechende Dämmerung legte einen sanften Filter über die Umgebung; das Meer schillerte dunkel in der Ferne. Am Horizont war noch der letzte Rest vom Abendrot zu erkennen. Zikaden sangen ihr Lied, und einige Vögel flatterten im Tiefflug über ihre Köpfe hinweg, als Xavi mit Núria das Grundstück ihrer Großeltern verließ.

Xavi hatte seine Hände in den Hosentaschen vergraben und wusste nicht so recht, was er sagen oder tun sollte. Ihr Abgang war überhastet gewesen, aber er hatte gespürt, dass Núria wegwollte – und er auch. Xavi hatte keine Ahnung gehabt, dass das hier ein Familienessen werden würde. Und mit den unangemeldeten Gästen waren Spannungen spürbar geworden. Es war nicht so, dass er Menschen generell nicht leiden konnte, aber an den Familiendramen anderer Leute hatte er kein Interesse.

»So, du bist also die Enkelin von Gemma und Josep«, sagte er schließlich, weil er die Stille mit Worten füllen wollte. Es war seltsam; normalerweise übernahmen andere diese Aufgabe, und er musste reagieren, nicht agieren wie jetzt.

Núria atmete hörbar aus. »So sieht's aus. Hör zu, meine Großeltern können manchmal ein bisschen anstrengend sein – aber wenn du in der Nähe wohnst, dann weißt du das vermutlich bereits. Was ich aber klarstellen möchte: Falls meine Oma die glorreiche Idee hatte, dass ich auf deinen Hund aufpassen soll, und dir damit auf den Keks gegangen ist, damit ich eine Beschäftigung habe, dann entschuldige ich mich jetzt schon bei dir dafür. Es ist manchmal, oder nein, es ist immer peinlich, wie sehr meine Familie sich in jedermanns Leben einmischt. Ich weiß, sie meint es nur gut, aber es ist … anstrengend. Also, falls du das hier gar nicht machen möchtest, dann ist das okay, und ich gehe direkt wieder zurück, und du hast deine Ruhe vor mir und allen anderen da drüben.«

Xavi hob eine Braue und betrachtete Núria von der Seite. Sie hatte die Schultern hochgezogen und wirkte, als ob sie permanent unter Strom stünde. Das war ihm schon früher aufgefallen. Er fragte sich, was der Grund dafür sein mochte. Nur die anstrengende Familie? Warum war sie dann hier, wenn sie das so belastete?

»Es war schon irgendwie ihre Idee, Núria«, gab er zu. Als er sah, dass sie tief Luft holte, fuhr er eilig fort: »Aber ich bin dankbar dafür, denn es ist, wie ich es gesagt habe: Ich bin überfordert mit Petita und froh, dass deine Oma es zur Sprache gebracht hat. Du könntest mir – uns – wirklich helfen, denn eins ist klar: So kann es nicht bleiben oder weitergehen mit Petita.«

»Aha. Wieso hast du dann einen Hund, wenn du gar keine Zeit dafür hast? Ich meine, so was weiß man doch vorher. Ich wundere mich immer, wenn Leute sich ein Tier holen und dann feststellen, dass es doch nicht in ihr Leben passt, Verantwortung zu übernehmen.«

Xavi fühlte sich angegriffen und zog seine Schultern hoch. »Schön, dass du das so genau weißt, aber du hast keine Ahnung von mir oder meinem Leben, also urteile nicht darüber.«

Sie schwieg einen Moment. »Das stimmt. Tut mir leid. Ich wollte nicht unhöflich sein.«

Er atmete leise aus und fuhr sich mit der Hand durch die Haare. »Petita ist nicht mein Hund – ich habe sie vor einigen Tagen in einem Müllhaufen gefunden. Jemand hat sie dort in einen Karton gesperrt – wenn ich sie nicht befreit und mitgenommen hätte, wäre sie verdurstet.«

Núria blieb stehen und drehte sich zu ihm. Ihre Augen waren weit aufgerissen. »O mein Gott! Das ist ja schrecklich! Es … es tut mir leid, dass ich dich so angefahren habe.«

Er winkte ab. »Kein Problem, ich verstehe ja auch, was du meinst. Aber in unserem Fall war deine Annahme einfach nicht richtig, denn ich hatte nie geplant, mir einen Hund anzuschaffen. Ich bin nicht sauer auf dich, Núria; das konntest du ja nicht wissen.«

Núria wirkte dennoch verlegen. »Ich finde es super, dass du Petita bei dir aufnimmst und ihr ein Zuhause gibst.«

Xavi verzog die Lippen. Da hatte sie schon wieder etwas missverstanden. »Um ehrlich zu sein, ich bin auf der Suche nach einem permanenten Zuhause für sie, aber nicht bei mir. Ich habe keine Zeit für eine junge Hündin, die nur Unsinn im Kopf hat. Aber es erweist sich als äußerst schwierig, jemanden zu finden. Keiner möchte einen Straßenhund bei sich aufnehmen … Nicht mal die Tierheime.«

Núria schwieg, während sie langsam weiterliefen. »Das ist so traurig.«

Xavi hatte keine Ahnung, woher das Bedürfnis kam, aber um ein Haar hätte er seinen Arm um sie gelegt, um sie zu trösten. Er spürte, dass Núria einsam war. Aber er konnte sich gerade noch zurückhalten.

Das wäre sonst nur peinlich geworden. Gleichzeitig fragte er sich, warum Núria stets von einer gewissen Melancholie umgeben war, die ihm selbst nicht ganz fremd war.

Vielleicht fühlte er sich deshalb bei ihr weniger unter Druck, weil er wusste, dass sie genauso wenig Interesse an diesem lockeren Plauderton hatte, den andere bei einer Konversation voraussetzten. Er hatte keine Ahnung, ob er damit richtiglag, aber ihm gefiel die Idee.

Sie erreichten das Tor zu seinem Grundstück. »Bist du bereit?«, fragte er sie mit einem angespannten Lächeln. Er fürchtete das Schlimmste; Petita hatte garantiert sein halbes Mobiliar zerlegt – oder alles.

»Hier wohnst du?«, entfuhr es ihr.

»Wieso? Was meinst du?« Er hielt ihr die Pforte auf. Neben der Haustür brannten zwei schwache Glühbirnen in Wandlichtern an der steinernen Mauer.

»Schon als Kind hat mich dieser Turm fasziniert.«

Xavi lachte. »Lass mich raten, du magst das Märchen Rapunzel.«

Er konnte ihr Gesicht in der Dämmerung nicht ganz erkennen, aber er glaubte, dass er ein schwaches Lächeln darauf wahrnahm. »Keine Sorge, ich bin keine hoffnungslose Romantikerin, und ich denke auch nicht, dass irgendwo ein Prinz auf mich wartet, der mich retten möchte.«

Okay, das klang nicht amüsiert, es hörte sich vielmehr … resigniert an. Es schwang noch etwas anderes in ihrer Stimme mit, was Xavi nicht einordnen konnte.

Vielleicht hatte sie eine Trennung hinter sich, überlegte er. Dann wäre das natürlich ein sehr blöder Spruch gewesen.

Er konnte nachvollziehen, warum sie nicht über den Rapunzelscherz lachen konnte. Daher hielt er es für das Beste, das Thema zu wechseln, ehe er noch tiefer ins Fettnäpfchen trat.

Er zog seinen Haustürschlüssel aus der Tasche und schob ihn ins Schloss. »Dann schauen wir mal, was Petita angestellt hat.«

»Ist sie bissig?«, wollte Núria wissen.

»Nein, ich glaube nicht. Menschen mag sie, die meisten jedenfalls. Sie kann es nur nicht leiden, irgendwo eingesperrt zu werden.«

»Das verstehe ich. Wer mag das schon.«

»Dabei ist mein Haus keine Kiste.« Xavi öffnete und ging als Erster hinein. Normalerweise hätte er Núria den Vortritt gelassen, aber in diesem Fall wollte er sich das mögliche Desaster zunächst selbst ansehen. »Petita?«, rief er in die Stille des Hauses, dann knipste er das Licht an. »Heilige Scheiße«, fluchte er, als die Beleuchtung anging.

Im Eingangsbereich hatte Petita schon mal ganze Arbeit geleistet – sie hatte irgendein Kleidungsstück in winzige Einzelteile zerlegt.

»Oh«, machte Núria und unterdrückte ein Kichern.

Schließlich kam Petita um die Ecke getrottet; sie sah aus, als könnte sie kein Wässerchen trüben. »Du böser Hund«, schimpfte Xavi. Auf seinen Tadel folgten Schwanzwedeln und Hecheln als Antwort.

Núria lachte. »Also, ich bin keine Expertin, aber ich habe mal gehört, dass man Hunde entweder während des Vergehens oder direkt danach zurechtweisen soll – oder gar nicht. Sie kapiert nämlich nicht, weshalb du jetzt meckerst.«

Xavi dachte kurz darüber nach. Ja, das ergab Sinn. »Dann würde sie – nach deiner Theorie – jetzt denken, dass ich schimpfe, weil sie herkommt?«

»So ungefähr, ja. Und es ist nicht meine Theorie, sondern die von einem Hundetrainer; der hat so eine Show in Deutschland, die läuft samstags um sieben, die sehe ich mir manchmal an.«

Eine zarte Röte überzog ihre Wangen, dann wandte sie sich ab, als ob es ihr peinlich wäre zuzugeben, dass sie am Samstagabend fernsah und nicht auf der Piste zum Feiern unterwegs war. Núria ging in die Hocke und schaute Petita an, die an ihrem Herrchen schnüffelte und dann auch sie begrüßte.

»Klar«, war alles, was Xavi erwiderte. »Ich glaube, ich muss sie mal kurz in den Garten lassen, vielleicht verhindert das Pfützen und Häufchen im Haus. Ich habe ja immer noch die Hoffnung, dass das mal klappt. Komm, gehen wir kurz raus, Petita«, wandte er sich an die Hündin.

»Gute Idee«, meinte Núria und folgte den beiden.

Die Luft war kühl. Xavi sah, dass Núria fröstelte und ihre Arme vor der Brust verschränkte. Sie kannten sich nicht gut genug, dass er ihr einen Pullover oder so was anbieten wollte. Aber erfrieren würde sie auch nicht.

Petita verrichtete tatsächlich ein Geschäft, dann kam sie wieder zu ihnen herangetrottet und interessierte sich nun deutlich mehr für Núria. »Du bist ja eine Süße«, hörte Xavi Núria sagen, während Petita ihre Hand abschleckte.

»Ich schaue mal nach, was da drin noch heile ist«, erklärte er und wartete nicht auf eine Antwort. Das Chaos im Eingangsbereich würde er nachher beseitigen – oder morgen. Von dort aus kam man ins großzügige Wohnzimmer, hier sah alles normal aus. Viel gab es hier auch nicht, was Petita kaputt machen konnte. Bis vor ein paar Tagen hatten noch zwei Stehlampen in den Ecken neben dem Sofa gestanden; die hatte sie aber bereits umgeworfen und die Kabel angenagt, danach hatte Xavi sie erst einmal in die Abstellkammer verbannt. Er atmete geräuschvoll aus, als er einen Haufen in der Mitte der Küche entdeckte. »Tolles Geschenk«, brummte er, zog sich Einmalgummihandschuhe über und nahm eine Tüte zur Hand.

Danach putzte und lüftete er gründlich und fragte sich, wie er den verdammten Hund loswerden konnte.

Er war nicht der Typ für Haustiere, Hundeerziehung und all diesen Quatsch.

Just in diesem Moment tauchte Petitas Kopf von hinten zwischen seinen Waden auf, sie schmiegte sich an ihn und gab ein Kläffen von sich.

»Ja, jetzt kommst du wieder angeschleimt, du Verräterin.«

»Verräterin?«, hörte er Núrias Stimme hinter sich und drehte sich vorsichtig um, damit er nicht auf den Hund trat.

Er hatte keine Lust, Núria haarklein über das Malheur in Kenntnis zu setzen; stattdessen erneuerte er das Wasser. Als Napf hatte er eine Küchenschüssel umfunktioniert. »Ich habe keine

Ahnung, was ich mit ihr machen soll. Ich habe ein Restaurant, ich kann sie nicht jeden Tag mit dorthin schleppen. Ein Hund gehört nicht in die Küche, aber zu Hause lassen kann ich sie offenbar ja auch nicht. Davon abgesehen, ich bin eher der Typ für gar keine Haustiere.«

Núria hörte aufmerksam zu. Für einen Moment glaubte er, dass sie ihm Tipps geben wollte, aber sie schwieg und wartete ab, ob er noch etwas zu sagen hatte.

Xavi zerzauste sich die Haare. »Möchtest du was trinken?«

»In einem Film wäre das der Moment für einen Schnaps«, scherzte sie. »Oh, Mist! Entschuldigung, ich wollte nicht ...«

»Schon gut, man kann mit mir über Alkohol reden, ohne dass ich tot umfalle, Núria. Das ist nicht der Punkt, das habe ich ja vorhin schon erklärt. Ich habe sicher irgendwas im Schrank, manchmal bekommt man ja was geschenkt. Wenn du möchtest ...« Er öffnete die Tür zur Speisekammer und sah nach.

»Nein, danke, das sollte nur ein Witz sein, der ein bisschen danebengegangen ist. Früher konnte ich das besser, mir fehlt ein wenig die Übung.«

Xavi drehte sich zu ihr um. »Dann vielleicht eine Cola? Warum fehlt dir die Übung?«

Núria rührte sich nicht. Sie sah aus, als ob sie mit sich kämpfte, dann atmete sie tief ein und schloss kurz die Augen, ehe sie antwortete. »Du wirst es ohnehin erfahren; ich bin mir sicher, irgendwer aus meiner Familie wartet schon darauf, dir meine traurige Geschichte zu erzählen, weil sie es alle nur gut meinen. Weil sie mich ständig zu irgendwas überreden wollen, wie jetzt mit dem Hundesitting zum Beispiel. Also ...« Sie holte noch einmal Luft. »Vor gut einem Jahr ist mein Freund gestorben, er hatte Krebs. Es war eine sehr lange und traurige Zeit mit vielen Hoffnungen, die allesamt enttäuscht wurden. Ich brauche eine Auszeit und Abstand zu meinem Leben in Deutschland. Deswegen bin ich hier, na ja, nicht nur, mein

Opa feiert auch bald Geburtstag. Aber ich bin vor allem nach Katalonien gekommen, weil ich es nicht mehr ausgehalten habe, die Wände unserer Wohnung anzustarren. Nein, falsch, meiner Wohnung, denn ich lebe dort jetzt allein. Nur ich und meine Erinnerungen. Na? Verstehst du jetzt, warum alle immer nur das Beste für mich wollen?«

Núria atmete flach, in ihren blauen Augen schimmerten Tränen.

Xavi war überrascht von ihrer Offenheit. Vielleicht hatte sie gar nicht vorgehabt, so viel zu erzählen, aber es war dann doch aus ihr hervorgesprudelt. Er überlegte, was er antworten konnte oder sollte. Mitleid würde ihr nicht helfen. Auch wenn seine Geschichte sich nicht mit ihrer deckte, wusste er, dass sie in einer Hinsicht ähnlich tickten: Sie wollten beide nicht bedauert oder bemuttert werden. »Ich glaube, eine Cola wäre gut.« Er trat zum Kühlschrank, öffnete ihn und holte zwei Dosen heraus.

Núria runzelte die Stirn und schaute irritiert auf Xavis Hand, die ihr das Getränk vor die Nase hielt. »Hast du mir nicht zugehört?« Ihr Blick wanderte zu seinem Gesicht.

Xavi zuckte die Schultern. »Doch, habe ich, aber was soll ich jetzt tun? Dir sagen, dass die Welt gemein und ungerecht ist? Das weißt du selbst.«

Für einen Moment war Núria sprachlos, dann griff sie, immer noch zögerlich, nach der Dose und öffnete den Verschluss. Sie trank einen Schluck, dann schüttelte sie den Kopf. »Ja, das weiß ich in der Tat.«

Für einen Wimpernschlag rührte sich niemand; eine gewisse Spannung hatte sich inzwischen aufgebaut, die Xavi überraschenderweise nervös machte. Er schluckte trocken, dann setzte er sich an den alten Tisch in der kleinen Küche auf einen der beiden wackeligen Stühle, die er zusammen mit dem Haus übernommen hatte. Seine Möbel und alles, was zu seinem früheren Leben gehört hatte, hatte er in Barcelona zurückgelassen und es bislang keinen einzigen Tag bereut. »Komm, setz dich«, forderte er sie auf, öffnete seine eigene Cola und nahm einen tiefen Schluck.

Núria wirkte irritiert, nein, eher verwirrt. Aber sie kam seiner Einladung nach und nahm ihm gegenüber Platz.

»Dann heißt das, dass du Petita nicht ein bisschen Gassi führen willst, während ich arbeite?«, fragte er schließlich.

»Das habe ich nicht gesagt. Ich finde sie niedlich.«

Als ahnte Petita, dass man über sie sprach, hob sie eine Pfote und tippte damit Núrias Bein an. »Au, du hast lange Krallen.« Núria lachte und nahm sie auf den Schoß. Von dort aus erkundete sie erst einmal, ob es etwas Spannendes auf dem Tisch gab.

»Du wirst sie auf jeden Fall verziehen«, stellte Xavi mit einem zuckenden Mundwinkel fest.

»Das geht gar nicht.«

»Ich weiß.«

Für eine Sekunde sagte niemand etwas, dann lachten sie beide.

»Ich habe nur ein Problem«, erklärte Núria, und Xavi hielt die Luft an. Zu früh gefreut. Jetzt würde sie ihm doch gleich erzählen, dass sie keine Lust hatte, ihren Urlaub mit einer jungen Hündin zu verbringen.

»Welches?«

»Mein Vater hat eine Allergie gegen Tierhaare; ich kann Petita nicht mitnehmen.«

Xavi atmete erleichtert aus. »Ach so, wenn es nur das ist. Ich würde dir einen Schlüssel geben, du könntest kommen und gehen, wie du möchtest. Mein Restaurant hat mittags und dann wieder am Abend geöffnet; ich bin jeweils für drei bis vier Stunden und am Abend etwas länger weg. Zweimal die Woche bin ich auch schon früh auf dem Markt unterwegs, ich lege Wert auf Frische und Regionalität.«

»Das ist gerade sehr angesagt.«

»Kann sein, aber ich meine, was ich sage. Wenn ich einen blanken Teller vor mir sehe, dann ist das für mich wie eine weiße Leinwand für einen Maler. Ich projiziere meine Ideen darauf und versuche, etwas Besonderes zu kreieren, eine einmalige Erfahrung für denjenigen, der es dann später essen darf.«

»Wow, das klingt … leidenschaftlich. Dann bist du ein Sternekoch oder so was? Wie heißt dein Restaurant?«

»Bin ich nicht«, gab er knapp zurück. Er wollte nicht, dass sie weiter nachbohrte. Er hatte schon zu viel gesagt. »Kannst du nun auf Petita hin und wieder aufpassen oder nicht? Fakt ist, ich kann sie nicht behalten. Je eher ich jemanden finde, der sie nimmt, desto besser.« Er trank einen großen Schluck und stellte die Dose ein wenig zu energisch ab, sodass etwas Cola auf den Tisch schwappte.

Núria rückte ein wenig zurück. Er sah ihr an, dass sie mit seinem schroffen Tonfall nicht klarkam. Xavi wollte sich nicht entschuldigen, so war er nun mal. Deshalb lebte er hier so zurückgezogen und war auch nicht auf der Suche nach Bekanntschaften oder wie auch immer man das nennen sollte.

»Gut, ich überlege es mir«, erklärte Núria kühl, ließ Petita auf den Boden hinunter und stand dann auf. Es war klar, dass sie gehen wollte, und er konnte ihr das nicht verübeln.

»Warte.« Xavi hob eine Hand.

»Was ist?« Ihre Miene war undurchdringlich.

»Morgen habe ich frei, komm doch um zehn zum Hafen, dann fahren wir mit dem Boot raus. Du kannst mir morgen sagen, wie du dich entschieden hast. Schlaf eine Nacht darüber.«

Núria neigte ihren Kopf ein wenig zur Seite. »Du gibst wohl gern Kommandos?«

Das konnte er nicht abstreiten, in seinem Job war er gut. Nur mit klaren Anweisungen wussten die Leute, was zu tun war, und erledigten ihre Aufgaben dementsprechend. Auf dieser Ebene war er ein Profi – alles andere war nicht mehr sein Ding. Vor allem nicht das Zwischenmenschliche.

»Pass auf, Núria. Ich will dir nichts vormachen. Ich bin nicht der nette Typ von nebenan; es gibt Gründe, warum ich meine Ruhe haben will, und das verberge ich auch gar nicht.«

Sie verschränkte die Arme vor der Brust. »Aber die gehen mich nichts an, willst du mir das sagen?«

Er war nicht überrascht, dass sie das so schnell kapiert hatte. Er war ja auch unhöflich und deutlich genug gewesen. Intelligenz und noch etwas anderes sprach aus ihrem offenen Blick. Xavi wandte sich ab; nicht umsonst gab es den Spruch, durch die Augen könne man in die Seele eines Menschen schauen. Bei Núria hatte er den Eindruck, dass das ihre besondere Fähigkeit war. Er wollte nicht, dass sie sah, wie kaputt er war.

Er räusperte sich, dann stand er auf und warf seine Dose in den Müll; dabei drehte er ihr den Rücken zu. »Ich verstehe, wenn du keine Lust darauf hast. Du bist mir nichts schuldig.« Dann wandte er sich ihr noch einmal zu. »Morgen um zehn bin ich am Hafen«, wiederholte er sein Angebot, obwohl er jetzt sicher war, dass sie nicht kommen würde.

So war es am besten – für alle Beteiligten. Er hatte seine Ruhe, und für Petita würde er sich was überlegen, er konnte noch mal zum alten Godi gehen, vielleicht ließ der sich doch noch erweichen.

»Bona nit«, war alles, was Núria darauf erwiderte.

Nachdem sie ihm so eine gute Nacht gewünscht hatte, verließ sie wortlos sein Haus. Die Tür fiel mit einem leisen Klicken ins Schloss, und Xavi fuhr sich mit der Hand über die Stirn.

Er hatte es mal wieder prima hinbekommen, eine nette Person vor den Kopf zu stoßen.

»Ich sag es ja«, murmelte er und kraulte Petita hinter ihren Ohren. Sie war zu ihm gekommen, nachdem Núria davongelaufen war. »Am einfachsten ist es, wenn ich allein bleibe, dann gehe ich anderen mit meiner Art nicht auf die Nerven und verletze auch keinen.«

Warum er sich dennoch irgendwie wünschte, dass Núria morgen am Hafen auftauchen würde, wusste er selbst nicht.

Kapitel 6

4 857 Likes
25 Kommentare
3 Reposts

Die Erde dreht sich weiter, auch wenn ich manchmal das Gefühl habe, das gilt nicht für mich.

In dem Augenblick, als dein Herz aufhörte zu schlagen, blieb meine Welt stehen. Ich weiß, dass du in meinen Erinnerungen noch immer bei mir bist. Trotzdem fühle ich mich so unendlich allein. Ich vermisse dein Lachen, deine schlechten Witze, sogar deine schlechte Laune, wenn mal wieder etwas nicht so funktionierte, wie du es dir vorgestellt hattest. Noch immer kann ich nicht glauben, dass alle zukünftigen Kapitel in meinem Leben ohne dich stattfinden sollen. Wie soll ich das schaffen?

Das Wasser in der Bucht von Llafranc glitzerte türkis und golden im strahlenden Sonnenschein. Ein laues Lüftchen wehte sanft herüber, nur wenige Schleierwolken zogen über den azurblauen Himmel. Xavi schaute bereits zum dritten Mal auf seinem Handy nach, ob Núria sich vielleicht doch gemeldet hatte.

Hatte sie nicht.

Es war Viertel nach zehn, und abgesehen von Petita war er allein an Bord. Die Hündin döste auf einer Decke im Schatten. Das alte Fischerboot schien einer der wenigen Plätze zu sein, wo sie sich völlig entspannen konnte. Oder sie wollte sich wieder mit gutem Betragen bei ihm einschleimen.

Der Gedanke ließ ihn schmunzeln. Ihm war klar, dass Hunde nicht berechnend waren, und sicher schlief sie einfach nur, weil sie müde war. Trotzdem amüsierte es ihn, wie viele Facetten das Wesen dieses frechen Vierbeiners bereits hatte, obwohl er noch so jung war. Von aufgeweckt und durchgedreht bis ruhig und zufrieden war alles dabei.

Er hatte den Spruch, dass Hunde die besseren Menschen seien, zwar schon mal irgendwo gelesen, dem jedoch nie Beachtung geschenkt – bis jetzt. Wenn Petita so selig schlief und einfach mal keinen Ärger machte, konnte er dem Zitat aber tatsächlich glauben. Es war jedenfalls offensichtlich, dass jede von Petitas Handlungen ohne Hintergedanken erfolgte. Sie hatte dabei höchstens ein Leckerli im Sinn oder arbeitete wieder einmal daran, nicht allein bleiben zu müssen.

Was machte er da eigentlich? War er gerade dabei, einem Hund menschliche Eigenschaften anzudichten?

Xavi schnitt sich selbst eine Grimasse, verwarf den Unsinn mit der Analyse von Petitas Wesen und schaute sich ein letztes Mal nach Núria um. Er hatte keine Ahnung, wie oft er schon zu der Treppe geblickt hatte, die zum Hafen herunterführte, in der Erwartung, Núria kommen zu sehen. Aber außer ein paar einzelnen Touristen oder Bekannten aus dem Ort war niemand auf den Stufen aufgetaucht.

Sie kommt nicht, sagte das Stimmchen in seinem Kopf.

Es hätte eigentlich keine Überraschung für ihn sein sollen; er hatte es gestern an ihrer Reaktion erkannt, aber anscheinend nicht wahrhaben wollen. Er konnte es Núria nicht verübeln, sondern hätte sie eher dazu beglückwünscht, ihre Zeit nicht in seiner Gegenwart zu vergeuden. Xavi wusste, dass er zu verschroben, zu selbstsüchtig war, um gemocht zu werden. Warum er sie trotzdem eingeladen und tatsächlich daran geglaubt hatte, dass sie womöglich für einen Ausflug mit dem Boot zu haben sein könnte, wusste er selbst nicht.

Es hätte ihm gleichgültig sein sollen, aber dass es das nicht war, brachte ihn aus dem Gleichgewicht. Irgendwas stimmte momentan nicht mit ihm. Vielleicht war er zu lange in der Sonne gewesen, dass er auf einmal merkwürdige Gedankengänge wie diesen zuließ. Letztlich konnte es nur daran liegen, dass sein Leben aus dem angenehmen Trott der letzten Monate gekommen war, seit er diesen jungen Hund versorgen musste. Nur deswegen wollte er, dass Núria mitkam, weil er sich Hilfe von ihr erhoffte.

Dass das so nicht ganz korrekt war, verdrängte er für den Moment. Es spielte auch keine Rolle, denn sie war nicht aufgetaucht, und damit erübrigte sich alles andere. Er konnte aufhören zu warten und endlich ablegen, ehe er sich noch lächerlicher machte, weil er versetzt worden war.

»*Hola*«, hörte er eine weibliche Stimme hinter sich und fuhr blitzschnell herum.

»*Déu meu*, willst du mich umbringen? Du hast mir fast einen Herzinfarkt beschert!«, stieß er hervor und musste dann über seine bescheuerte Reaktion lachen. Petita sprang auf und bellte, sie hatte sich ebenfalls erschreckt.

Núria trug wieder ihren Strohhut und eine Sonnenbrille mit großen Gläsern. Über ihren Schultern lag ein weißes Tuch, darunter hatte sie ein knöchellanges Sommerkleid an, auf das bunte Blüten gedruckt waren. Die Spitzen ihrer Haare leuchteten rotgolden in der Sonne. Ihre Mundwinkel bogen sich nach oben, während sie Xavis Reaktion beobachtete.

Als Petita Núria entdeckte, hörte sie auf zu bellen und tapste schwanzwedelnd zum Heck, wo das Boot festgemacht war. Dort stand Núria am Kai.

»Du siehst kerngesund aus, das macht die gute Mittelmeerküche mit viel Olivenöl, von einem Herzinfarkt bist du weit weg«, scherzte sie, an Xavi gerichtet, ohne ihn jedoch dabei anzusehen. Ihre Mundwinkel zuckten verräterisch.

Sollte das ein Scherz sein? Es klang ganz danach. Er erinnerte sich an die gestrige Bemerkung, dass sie aus der Übung sei. Jetzt begriff er, dass sie vermutlich einen guten Sinn für Humor hatte, unter all den Schichten von Herzweh und Einsamkeit verborgen. Xavi schluckte, sein Herz klopfte noch immer viel zu schnell. Er hatte sich wohl vom Schock über ihr plötzliches Auftauchen noch nicht erholt, weil er so in Gedanken versunken gewesen war. Das sah ihm gar nicht ähnlich; Grübeln verbot er sich sonst grundsätzlich, und normalerweise funktionierte das ganz gut.

»Komm doch an Bord.« Er winkte sie heran.

Weil sie kurz zögerte, ging er nach hinten und reichte ihr seine Hand; den rechten Fuß setzte er auf die hintere Reling, um besseren Halt zu haben. Núria ergriff seine Finger, ihre Haut fühlte sich seidig und trocken an. Mit einem Satz war sie an Bord, etwas zu schwungvoll, denn sie landete an seiner Brust. Núria war federleicht, er schwankte nicht einmal für eine Sekunde.

»Oh, Entschuldigung«, murmelte sie in sein Shirt. Ihr Hut war auf den Boden gefallen.

Xavi hielt Núria noch immer schützend in seinen Armen, der Duft ihres Shampoos stieg ihm in die Nase. Sie duftete nach Limette und Pfirsich, frisch und süß, ein bisschen so, wie Núria selbst war. Das Aroma passte perfekt zu ihr.

Entsetzt, in welche Richtung seine Gedanken wanderten, trat er eilig zurück und ließ sie los. »Willkommen an Bord«, krächzte er. Dann räusperte er sich und wandte sich eilig dem Steuer zu. Er ließ den Dieselmotor des alten Fischerbootes an, der mit einem Rumpeln zum Leben erwachte.

Xavi hörte Stoff hinter sich rascheln und blickte über seine Schulter. Núria hatte ihren Hut wieder aufgehoben und aufgesetzt. Sie wirkte ein wenig mitgenommen, aber dann lächelte sie schüchtern. »Tut mir leid, ich bin manchmal ein wenig ungeschickt – und zu spät dran.«

»Ich wollte gerade ablegen, weil ich dachte, du kommst nicht mehr. Du hast Glück, dass wir noch da sind.« Es sollte cool und lässig klingen, aber er merkte selbst, dass es eher arrogant rüberkam.

Da, war das ein Zögern? Er wünschte, sie hätte nicht die Sonnenbrille aufgehabt.

»Tatsächlich habe ich überlegt, ob ich kommen soll; deswegen hätten wir uns fast verpasst.« Sie nestelte an ihrem Tuch herum, ehe sie weitersprach. »Aber dann dachte ich, es könnte eine gute Idee sein, mal etwas anderes zu unternehmen, als immer nur allein herumzutigern, wenn es mir mal wieder zu viel wird mit meiner Familie.«

Xavi hob eine Braue. »Deine Familie geht dir also auf die Nerven, und du denkst, ich bin das kleinere Übel?«

Ihr Mund klappte auf; sie war sichtlich überrascht, dass er es so deutlich aussprach. Ihre Aussage war jedoch kaum anders zu interpretieren. Vielleicht hatte sie auch Angst vor ihrer eigenen Offenheit bekommen. »Das habe ich so nicht gesagt«, protestierte sie schwach, aber Xavi wusste, dass er ins Schwarze getroffen hatte.

Weil er Núria nicht in Verlegenheit bringen wollte, winkte er ab. »Es ist okay, Núria. Ich weiß, dass wir keine Freunde sind. Und es ist, wie ich dir gesagt habe, ich bin nicht auf der Suche – nach gar nichts. Weder nach einer Freundin noch nach einer Affäre oder einer Beschäftigungstherapie – mein Leben ist wunderbar, wie es ist, und ich habe nicht vor, daran etwas zu ändern. Ich wollte wirklich nur nett sein und hatte absolut keine Hintergedanken.«

Sie neigte den Kopf und betrachtete ihn nachdenklich. Es gab nicht viele Menschen, die mit seiner Direktheit klarkamen. Er wusste, dass seine brutale Offenheit manchmal schon an Grobheit grenzte. Aber man wusste bei ihm wenigstens, woran man war. Wer damit nicht umgehen konnte, sollte gern fernbleiben. Dennoch merkte er, wie ein warmes Prickeln durch seine Brust rieselte, als er entdeckte, dass Núria anfing zu lächeln.

»Du machst dich gut als schlecht gelaunter Seebär, Xavi. Ich denke, wir haben geklärt, dass niemand etwas falsch interpretieren muss. Du brauchst mir das nicht noch tausendmal zu verklickern, ich habe es verstanden; und es kommt mir sehr gelegen. Wir machen einen kleinen Ausflug, das ist alles. Und es tut mir leid, dass ich zu spät dran bin. Du bist nicht meine zweite Wahl, Xavi – ich war mir nur nicht sicher, ob es eine gute Idee ist.«

»Das verstehe ich. Ich werde dir auch keinen roten Teppich ausrollen, wenn es das ist, wovor du Angst hattest«, witzelte er und dachte an den Korb mit Kleinigkeiten, den er unten in einer Kühlbox stehen hatte. Vielleicht hatte er damit etwas übertrieben; er war sich nicht sicher. Es war lange her, dass er jemanden – außer Petita – auf eine Tour mitgenommen hatte. Egal, dass er für das leibliche Wohl sorgen wollte, hieß keineswegs, dass er sich mehr Mühe gab als üblich. Und etwas zu essen mitzunehmen, bedeutete noch lange nicht, dass er sich für Núria interessierte.

Gott, er war aus der Übung, was die Interaktion mit anderen Menschen außerhalb seiner Restaurantküche betraf.

»Na schön, weißt du, wie man ein Boot losmacht?«, wechselte er das Thema.

Núria schüttelte den Kopf. »Nicht wirklich. Nein.«

»Okay, kein Problem. Setz dich irgendwo hin, ich mache das.« Der Motor rumpelte, während er nach hinten ging, an Land sprang und die Leinen löste. Er warf zuerst die Taue ins Boot und sprang dann hinterher. Mit einem weiteren Satz war er wieder hinter dem Steuer, dann zog er am Gashebel, und sie tuckerten langsam aus der Marina.

* * *

Núria hatte zunächst ein schlechtes Gewissen gehabt, weil sie nur hergekommen war, um ihrer Familie zu entrinnen. Als Xavi das so direkt angesprochen hatte, war sie doch ein wenig irritiert und perplex gewesen. Dann hatte sie jedoch begriffen, dass es besser war, wenn die Fronten klar abgesteckt waren. Jetzt war sie dankbar, dass es ganz sicher keine Missverständnisse zwischen ihnen geben würde.

Nachdem er gestern so schroff gewesen war, hatte sie eigentlich vorgehabt, ihn mit Petita sich selbst zu überlassen. Er wollte sie ja sowieso nicht behalten, was Núria bedauerte, denn die Kleine war zuckersüß. Aber dann hatten ihre Eltern und Großeltern sich über Stunden immer wieder über Nichtigkeiten gezankt, bis Núria es schlichtweg nicht mehr ausgehalten hatte.

Ein ganz kleines bisschen hatte sie sich auch darauf gefreut, mit Xavi rauszufahren. Nur wegen seines Bootes und der Ruhe auf dem Wasser; so etwas hatte sie ewig nicht gemacht. Ihre Großeltern hatten kein eigenes Boot, und in den letzten

Jahren hatte sie sowieso anderes im Kopf gehabt als ihr eigenes Vergnügen.

Anfangs befürchtete sie, seekrank zu werden, aber das Wasser war heute für die unruhigen Verhältnisse der Costa Brava, der wilden Küste, geradezu spiegelglatt. Núria fühlte sich wohl. Hin und wieder musste sie ihren Hut festhalten, damit er nicht von einer Bö fortgeweht wurde.

»Und, wie gefällt es dir?«, fragte Xavi über das Tuckern des Dieselmotors hinweg.

Sie saß auf einer Holzbank ihm gegenüber. Sein Boot war alt, aber irgendwie auch gemütlich. Er musste es kürzlich gestrichen haben. Taue waren fein säuberlich auf dem Boden zusammengerollt; nur die Leinen, die er im Hafen losgemacht hatte, lagen lose herum. Die Fender bestanden aus weiß angemalten Reifen; sie hingen an den Seiten herunter. Am Heck wehte die katalanische Fahne. Einen Namen für das Boot hatte sie nicht gesehen, aber es musste einen geben. Sie würde später nachsehen, wenn sie wieder an Land waren. »Ich hatte vergessen, wie sehr ich es mag, auf dem Meer zu sein«, gab sie ehrlich zu, und ihre Mundwinkel bogen sich nach oben.

Damit schien er zufrieden und widmete sich wieder dem Steuerrad und seinen ganz eigenen Gedanken. Komisch, hatte sie etwas Falsches gesagt?

Wahrscheinlich nicht. Sie wertete sein plötzliches Schweigen nicht als Reaktion auf ihre Aussage und genoss stattdessen den Augenblick, das Meer, die Sonne, die herrlichen Gerüche. Núria drehte sich zur Seite, stützte ihre Ellenbogen auf die Reling und schaute hinaus. Die zerklüftete Felsküste war nicht weit entfernt, vor wenigen Minuten waren sie an Xavis Haus und dem der Großeltern vorbeigefahren. Hinter der nächsten Biegung gab es einige Buchten; vielleicht wollte Xavi dorthin fahren. Ihre Badesachen trug sie unter dem Kleid – nur für den Fall.

Wozu sollte man sonst rausfahren?

Ein leises Lächeln umspielte ihre Mundwinkel, während sie alle Sinneseindrücke in sich aufnahm. Sie liebte den typischen Geruch des Dieselmotors eines Fischerbootes, vermischt mit dem Aroma des Meeres. Ihre Lungen weiteten sich mit jedem Atemzug etwas mehr. Núria merkte, wie sich etwas von ihrer Anspannung löste. Ihre Schultern sanken herab, und ein Gefühl der Zufriedenheit durchströmte sie, wie sie es lange nicht mehr erlebt hatte. Die vorüberziehende Landschaft zu beobachten, war nichts anderes als großartig. Sie vergötterte die dunklen, zerklüfteten Felsen an der Costa Brava, die wilde Brandung und das unruhige Meer. Es war beruhigend, hin und her geschaukelt zu werden, wie ein Baby in einer Wiege. Sie empfand in diesem Boot Geborgenheit. Und Freiheit.

Ein Kormoran flatterte über ihre Köpfe hinweg weiter hinaus aufs offene Mittelmeer. Núria folgte ihm, so weit sie konnte, mit ihrem Blick. Nach einer Weile spürte sie, dass Xavi sie anschaute.

Seine Miene war unergründlich; sie hatte keine Ahnung, was in diesem Mann vor sich ging. In der einen Minute war er witzig und nett, in der anderen beinahe schon gemein.

Sie nahm es nicht persönlich, vor allem, weil sie die Fronten geklärt hatten. Da machte sich niemand falsche Vorstellungen von einer gemeinsamen Zeit. Das war ihr wichtig, denn sie war nicht frei.

Nico hätte das hier gemocht, sehr sogar.

Der Gedanke, dass sie ihn nie wiedersehen, ihn nie wieder sprechen konnte, war unerträglich.

Sie wandte sich ab und schaute weg, aber Tränen verschleierten ihre Sicht, sodass sie die wundervolle, wilde katalanische Küste nur noch schemenhaft und verschwommen wahrnahm. Der Moment der Unbeschwertheit war verflogen.

Núria hatte das Gefühl dafür verloren, wie lange sie bereits unterwegs waren. Irgendwann steuerte Xavi eine Bucht an, verlangsamte das Tempo und warf schließlich den Anker aus. Es dauerte einige Minuten, bis er sich versichert hatte, dass er hielt, dann erst stellte er den Motor aus und riss sich das T-Shirt über den Kopf.

Núrias Mund klappte auf, und sie schloss ihn schnell wieder. Xavi schien keine Hemmungen zu haben, sich vor ihr auszuziehen. Sein Oberkörper glänzte in der Sonne; er war gut gebaut, muskulös und athletisch. Ein Mann, der auf sich achtete, ohne dafür viele Stunden im Studio verbringen zu müssen. Ihm strömte Lebensmut und Kraft aus jeder Pore. Hastig wandte sie sich ab.

»Was ist mit dir? Willst du nicht baden?«, erkundigte Xavi sich. Ohne auf eine Antwort zu warten, kletterte er auf die Reling und tauchte mit einem gekonnten Kopfsprung ins türkisblaue Wasser ab.

»Äh, doch«, erwiderte sie erst jetzt; sie wusste, dass er sie nicht mehr hören konnte.

Núria stand auf und schaute in die Tiefe. Das Wasser war glasklar. Sie entdeckte Xavi, wie er ein paar Züge schwamm und in einigen Metern Entfernung schließlich wieder auftauchte. Er schüttelte seinen Kopf wie ein Seehund, dann winkte er ihr zu. »Komm rein, es ist herrlich. Oder willst du mir sagen, dass du nicht schwimmen kannst?«

»Natürlich kann ich schwimmen! Wie eine Nixe sogar.«

»Das glaube ich erst, wenn ich es sehe.«

Núria winkte ab und lächelte in sich hinein. Petita war aufgewacht und auf Xavis Sitz gesprungen; von dort aus konnte sie ihn sehen, machte aber keine Anstalten, selbst ins Meer zu springen. Kluges Tier, dachte Núria und setzte ihren Hut und die Sonnenbrille ab. Als Nächstes faltete sie das Tuch zusammen und schlüpfte aus ihrem Kleid. Ehe sie ins Wasser sprang, konnte sie der Verlockung nicht widerstehen, auf dem vorderen Teil des Bootes etwas auszuprobieren.

Sie tapste die schmale Gangway entlang und hielt sich an der Reling darüber fest. Vorn angekommen, stellte sie sich auf das Kabinendach und atmete tief durch. Das Boot schaukelte leicht in den Wellen, es fühlte sich unter ihren nackten Fußsohlen großartig an. Sie streckte die Arme nach oben und holte noch einmal tief Luft. Núria winkelte ihr linkes Bein an und stellte den linken Fuß sodann an den rechten Oberschenkel. In der Baumpose suchte sie mit geschlossenen Augen auf Xavis Boot ihr Gleichgewicht. Sie schwankte ein wenig hin und her, wie Äste im Wind, aber sie blieb stehen und fand ihre Mitte.

»Hey, Núria, verrätst du mir, was du da machst?«, rief Xavi ihr zu.

»Ich suche nach mir«, antwortete sie, ohne darüber nachzudenken.

Noch nie, niemals, hatte sie das jemandem erzählt. Und auch jetzt konnte sie nicht fassen, dass sie die Worte, die ihr schon so lange Zeit auf der Zunge lagen, wirklich ausgesprochen hatte. Sie hatte sich verloren und wollte sich hier in Katalonien wiederfinden. Das Boot wackelte, sie verlor die Balance und setzte den zweiten Fuß wieder ab.

Núria wartete auf das Gefühl der Scham darüber, dass sie erstmals offen gestanden hatte, was doch eigentlich für alle offensichtlich sein musste. Aber da war nichts, nichts, außer der Tatsache, dass sie erleichtert war. Vielleicht kapierte er auch gar nicht, was es für sie bedeutete, warum sie sich so schrecklich verloren fühlte.

»Du bist auf einem guten Weg«, rief ihr Xavi aus dem Wasser zu.

Entgegen ihren Vermutungen verstand er also sehr wohl, was sie gemeint hatte. Verwirrung, aber auch noch ein anderes Gefühl, das sie nicht benennen konnte, verursachten ein Prickeln auf ihrer Haut. Núria verstand nicht, warum der Kommentar aus seinem Mund sie im Innersten berührte. Xavi kannte sie nicht, und sie wusste genauso wenig über ihn. Dennoch glaubte sie ihm. Es war nicht nur so dahingesagt.

Núria nickte kaum merklich, dann trat sie an den Rand des Decks und hüpfte mit angehockten Beinen und zugehaltener Nase ins Wasser. Kopfsprünge aus dieser Höhe waren einfach nicht ihr Ding; sie hatte keine Lust, einen Bauchklatscher zu landen.

Als sie wieder auftauchte, empfing Xavi sie mit dem nervtötenden Spruch: »Das war so mädchenhaft. Hattest du nicht was von Nixe gesagt?«

Für einen Augenblick sagte sie nichts; der Impuls, ihn unterzutauchen, regte sich in ihr. Aber stattdessen lachte sie nur und spritzte ihn an. »Eins muss man dir lassen, du versuchst wenigstens gar nicht erst, ein Gentleman zu sein.«

»Das Wort kenne ich gar nicht. Sollen wir ein Wettschwimmen machen?«, schlug er vor.

Núria freute sich, denn er konnte nicht wissen, dass sie bis zu ihrem sechzehnten Lebensjahr in einer Leistungsgruppe trainiert hatte. Man sah es ihr heute auch nicht mehr an. »Von mir aus, aber willst du mir nicht einen Vorsprung lassen? Du hast doch gesehen, wie mädchenhaft ich unterwegs bin.« Das Wort betonte sie absichtlich.

»Na schön.« Xavi stimmte gönnerhaft zu. »Ich zähle bis fünf, dann komme ich hinterher und hole dich ein. Bis zum Ufer?«

Núria guckte sich um. Tatsächlich gab es hier einen winzig kleinen Sandstrand, den man nur vom Wasser aus erreichen konnte. Sie schätzte die Entfernung auf einhundertfünfzig Meter. »Wenn ich vorher absaufe, rettest du mich dann?«, scherzte sie.

»Aber sicher, keine Angst.«

Merkwürdig, wie einfühlsam und nett der Mann sein konnte.

»Okay, dann geht's jetzt los«, stieß sie hervor und verdrängte alle anderen Gedanken, die in ihr aufstiegen. »Fünf Sekunden, vergiss das nicht!«, rief sie noch und setzte sich in Bewegung.

Núria hatte einen Heidenspaß, schon jetzt. Obwohl sie keine Ahnung hatte, ob Xavi ein guter Schwimmer war – wovon sie ausging –, fing sie mit Brustschwimmen an. Sie wollte erst einmal auf gleicher Höhe mit ihm sein, um zu sehen, wie gut er war.

»... drei, zwei, eins, ich schwimme los«, hörte sie ihn hinter sich rufen.

Sie blickte über ihre Schulter. Wie erwartet war er athletisch, aber seine Technik war nicht besonders ausgefeilt. Weil er, im Gegensatz zu ihr, in Topform war, würde Núria sich trotzdem anstrengen müssen. Sie grinste, als sie von Brust zu Kraul wechselte. Und dann verging ihr das Lachen; das würde anstrengend werden, verlieren wollte sie aber auch nicht.

Núria biss die Zähne zusammen und gab alles; ihre Lungen brannten, genauso wie ihre Arme und Oberschenkel. Endlich, kurz vor dem Ufer, konnte sie sich ein bisschen absetzen, bis Xavi schließlich aufgab und stöhnte. »Du bist wirklich eine Nixe! Du hast mich reingelegt!«, rief er entrüstet und gleichermaßen atemlos.

Núria wollte lachen, aber sie war zu erschöpft. Mit letzten Kräften schleppte sie sich ans seichte Ufer und drehte sich dort auf den Rücken. Sie schnaufte wie eine Dampflok und fühlte sich wie eine gestrandete Robbe.

Wenige Sekunden später ließ sich Xavi ebenso außer Puste neben sie plumpsen. Ihre Brustkörbe hoben und senkten sich schnell. »Ich kann nicht mehr«, japste sie.

»Ich auch nicht. *Per l'amor de Déu*, Núria, wie sollen wir je wieder zurückkommen?« Er klang amüsiert und atmete noch immer heftig.

»Ich habe keine Ahnung, und Gott hilft dir sicher auch nicht dabei!« Jetzt konnte sie immerhin lachen. Mit geschlossenen Augen lagen sie im Sand und versuchten, wieder zu Kräften zu kommen.

Irgendwann öffnete Núria ihre Lider. Der Himmel strahlte in einem reinen Blau, die Sonne stand in voller Höhe. Wellen schwappten sanft gegen ihre Unterschenkel, der Sand unter ihrem Rücken war angenehm kühl. Es war schön hier. Unfassbar schön. Und so friedlich. Hier war niemand außer ihnen, nur die Natur und ihre noch immer schnell schlagenden Herzen.

So lebendig hatte Núria sich lange nicht mehr gefühlt: Sie war glücklich. Nur für einen Moment nahm sie das verloren geglaubte Gefühl tief in sich auf, hörte auf zu denken und konnte einfach nur *sein*.

Da machte sie seit so vielen Jahren Yoga und brauchte erst einen Moment wie diesen, um zu begreifen, was es wirklich bedeutete, im Hier und Jetzt zu leben.

»Gib es zu, das da auf dem Deck vorhin war eine ausgefeilte Methode, um von einem fernen Alien Kraft aufzunehmen. Wie zur Hölle kann jemand so schnell schwimmen?«

»Hä? Was meinst du?«

»Na, die Verrenkungen auf dem Deck, was war das?«

Sie kicherte. »Das war eine Yoga-Übung.«

»Aha.«

Núria unterdrückte ein Lachen. Xavi verlor wohl nicht gern.

»Es hat sich cool angefühlt, das mal auf dem Boot auszuprobieren. Das könnte ich öfter tun«, überlegte sie laut.

»Mein Boot ist dein Boot.«

»Heißt es nicht eher ›mein Haus ist dein Haus‹?« Sie hatte die Augen wieder geschlossen und lächelte zufrieden. Das war Entspannung pur. Ein Traum. Die Schwere in ihren Muskeln, der Sauerstoff, das wundervolle Meer taten so gut. Die glitzernden Wassertropfen auf ihrer Haut waren zu einem feinen weißen Staub getrocknet.

»Ja, das auch. Wenn Motoren nicht so dein Ding sind, ich habe auch noch ein Stand-up-Paddle-Board.«

»Die Idee gefällt mir. Yoga auf dem Brett statt auf der Matte, das werde ich mal testen.«

Für eine Weile sagte niemand ein Wort, bis Petitas Kläffen vom Boot aus zu ihnen herüberdrang.

Mit einem Seufzen richtete sich Xavi auf. »Sieht so aus, als wäre sie nicht zufrieden, dass wir sie da zurückgelassen haben. Vermutlich hat sie als Dankeschön aufs Deck gepinkelt.«

Núria setzte sich im Schneidersitz auf den Sand und schirmte die Augen vor der Sonne ab, um nach Petita zu sehen. Die junge Hündin stand tatsächlich vorn auf dem Boot, wo Núria zuvor ihre Pose probiert hatte. »Ziehst du mich zurück?«, wollte sie von Xavi wissen.

»Nein, kleine Badenixe, du ziehst *mich* zurück.« Er lachte, dann stand er auf und ging bis zu den Oberschenkeln ins Wasser, ehe er sich noch einmal zu ihr umdrehte.

Núria verzog die Lippen und krabbelte auf allen vieren ins Meer. Ihre Erschöpfung war nur gespielt – trotzdem würde sie morgen ganz sicher Muskelkater bekommen. Sie schlängelte sich ins Wasser, wie sie es früher als Kind immer getan hatte, tauchte schließlich ab und an Xavi vorbei. Das Gefühl der Schwerelosigkeit war berauschend; erst als ihre Lungen nach Sauerstoff schrien, stieß sie mit dem Kopf durch die Oberfläche und holte tief Luft.

»Ach, da bist du«, rief Xavi und näherte sich ihr. Er wirkte zufrieden, seine Gesichtszüge waren entspannt, während sie jetzt im gemächlichen Tempo nebeneinanderher schwammen.

Sie brauchten eine gefühlte Ewigkeit, bis sie zurück waren. Vorher war es ihr viel kürzer vorgekommen; sie genoss dennoch jeden Meter. Am Boot angekommen, fragte sie sich, wie sie da jemals wieder reinkommen sollte. Xavi machte es ihr vor, er schraubte sich aus dem Wasser, hängte sich an die Reling und zog sich nach oben.

Núria machte große Augen. Das würde sie nie schaffen. »Ist das dein Ernst?«, stieß sie hervor.

Xavi grinste triumphierend. »Was bezahlst du, wenn ich dir helfe?«

»Das ist nicht witzig, mein Freund.«

Er hob abwehrend die Hände. »Ist ja schon gut, für Meerjungfrauen habe ich natürlich eine Leiter dabei.« Er bückte sich, sodass sie ihn nicht mehr sehen konnte, und sie fragte sich gerade, was er da wohl machte, als er auch schon wieder zu sehen war. Er hängte eine Badeleiter an die Reling. »Ist das für eure Prinzessinhaftigkeit genug?«, witzelte er.

»Das ist die Rache dafür, dass ich dich besiegt habe, oder?«, erwiderte sie spöttisch und war gleichzeitig sehr froh, dass er diese Badeleiter dabeihatte.

Der Gedanke, wie viele Frauen vor ihr schon hier hinaufgestiegen waren, kam ihr in den Sinn. Irritiert über diese Frage, blinzelte sie. Es konnte ihr egal sein.

»Oh, ich habe gar kein Handtuch mitgenommen«, murmelte sie, als sie tropfnass im Boot ankam. In ihrer Eile hatte sie vorher nicht daran gedacht.

»Kein Problem.« Xavi tapste kurz nach unten und kehrte nach wenigen Sekunden mit einer Kühltasche und zwei Handtüchern zurück. Er warf ihr eins zu.

Weil sie nicht damit gerechnet hatte, landete es direkt in ihrem Gesicht. Sie schnaubte entrüstet, war aber doch dankbar. Irgendwie war es auch schön, dass er sie nicht mit Samthandschuhen anfasste wie alle anderen.

Núria trocknete sich das Gesicht ab, das Frottee roch angenehm und frisch. Ein bisschen wie Xavi. Sie erinnerte sich an ihr ungeschicktes Einsteigen auf das Boot im Hafen. Für eine merkwürdige Sekunde hatte sie es genossen, seinen warmen Körper an ihrem zu spüren. Nähe. Geborgenheit. Wie ein Fels in der Brandung.

Der Moment war zu unerwartet gewesen, als dass sie darauf hätte reagieren können.

Sie blinzelte die Erinnerung weg, es war mehr als unangebracht.

Vielleicht hatte sie schon einen Sonnenstich. Schnell nahm sie ihren Hut und die Sonnenbrille und setzte sie sich auf; das Handtuch legte sie um ihre Schultern. »Was ist das?«, wollte sie wissen, während sie Xavi beobachtete, wie er mit der Kühltasche nach vorn kletterte.

»Ich habe Hunger, du nicht? Komm, hier können wir gut sitzen.«

Petita begrüßte ihn mit einem Schwanzwedeln.

»Gott sei Dank, sie hat nicht gepinkelt«, stöhnte Xavi erleichtert, dann setzte er sich hin und hob den Deckel der Kühltasche an.

»Du warst dir also sehr sicher, dass ich mitkommen würde?«, fragte sie, während sie selbst nach vorn balancierte. Die Umrandung des Bootes war kaum breiter als ein Schwebebalken.

Xavi saß im Schneidersitz; das Handtuch lag wie eine Rolle um seine Schultern. Er grinste zu ihr hoch. »Denkst du, dass ich das nur für dich eingepackt habe?«

Núria wusste, dass ihre Wangen feuerrot waren. Sie versuchte, es zu überspielen, als sie sich ihm gegenüber setzte. Petita hatte ihre Nase schon in die Box gesteckt, wo Xavi sie bestimmt herausschob. »Verschwinde, Petita, sonst leine ich dich an.«

Núrias Magen knurrte laut, sie presste eine Hand darauf. Bis sie den verführerischen Duft von Tortilla, Käse und frischem Brot wahrgenommen hatte, hatte sie gar nicht gemerkt, wie hungrig sie war.

»Jetzt bist du doch froh, oder?«, kommentierte Xavi das eindeutige Geräusch.

Petita bellte. »Hör auf«, brummte Xavi. »Sonst Leine.«

Núria furchte die Stirn. »Ich bezweifle, dass sie das versteht.«

»Wie soll ich es ihr sonst klarmachen, dass das nicht für sie ist? Sie bekommt später etwas.«

»Ich bin keine Expertin, aber sie sollte vermutlich erst einmal die Grundbefehle lernen.«

»Die da wären?«

»›Sitz‹, ›Platz‹ und ›komm her‹, würde ich vorschlagen.«

»›Lass das sein‹, würde ich auch noch ergänzen.«

Núria lachte. Es war klar, dass dieser Mann noch nie etwas mit Hunden zu tun gehabt hatte. »Vielleicht sind kurze, eindeutige Kommandos besser.«

Er zuckte die Schultern. »Sie kann alles nicht, also was mache ich jetzt?«

»Was machst du zu Hause?«

»Hoffen, dass es vorübergeht?«

Núria schüttelte den Kopf. »Ignorieren ist auch eine Taktik. Siehst du, nein, schau nicht hin, aber jetzt hat sie sich mit dem Hintern in unsere Richtung hingelegt.«

»Sie muss kein Katalanisch sprechen, damit ich sie verstehe; das verblüfft mich tatsächlich immer wieder. Sie sieht beleidigt aus.«

Xavi bedeutete Núria mit einer Geste, dass sie anfangen konnte. Innerhalb dieser kurzen Zeit hatte er die »Tafel« gedeckt.

Ein weiß-rot kariertes Deckchen lag unter den Schüsseln mit kleinen Köstlichkeiten.

»Wow, das sieht genial aus.« Sie stopfte sich eine Weintraube und ein Stück Käse in den Mund. Es war saftig, süß, würzig und kühl. Ein Genuss. Núria stöhnte und schloss die Augen. Dass etwas so Einfaches so gut sein konnte, war immer wieder großartig.

Schweigend machten sie sich über das Picknick her. Núria war froh, dass sie nicht ständig über etwas quasseln musste. Irgendwann war sie pappsatt und rieb sich den vollen Bauch.

»Ich brauche eine Siesta.«

»Tu dir keinen Zwang an.« Xavi packte die Reste wieder ein, nicht ohne Petita ein Stückchen Brot und Käse zu geben.

»Ich fürchte, das ist schrecklich inkonsequent«, meinte Núria mit einem schwachen Lächeln.

Xavi zuckte die Schultern. »Kann sein. Ich finde, sie hat das eben gut gemacht und eine Belohnung verdient.«

»Auch wieder wahr, aber nimm nächstes Mal lieber ein Hundeleckerli und keinen Käse oder Brot.« Núria stand auf und ging nach hinten, um ihr Kleid überzuziehen. Der Bikini war mittlerweile getrocknet, und je weniger Sonne ihre Haut für den restlichen Nachmittag abbekam, desto besser. Sie warf einen Blick auf ihr Handy. Keine Nachrichten. Aus dem gewohnten Impuls heraus checkte sie Facebook und Instagram. Dort wurde ihr eine Erinnerung angezeigt.

Zweieinhalb Jahre war es her, dass sie die finale Diagnose erhalten hatten, dass Nico austherapiert war, dass man nichts mehr für ihn tun konnte. Von diesem Tag hatten sie ein Foto gepostet, auf dem sie beide zu sehen waren, mit verweinten Augen, aber einem Lächeln im Gesicht. Sie hatten kämpfen wollen, niemals aufgeben, obwohl die Prognose von Anfang an schlecht gewesen war.

Wie naiv sie doch gewesen waren. Alle beide.

Vielleicht hatte Nico es aber auch schon früher gewusst. Gespürt.

Manchmal fragte sich Núria, ob er vieles nur ihr zuliebe getan hatte. Er hatte für sie stark sein wollen.

Dabei war sie diejenige, die ihm hatte helfen wollen.

Sie waren beide überfordert gewesen. Natürlich. Es gab keine Anleitung für den Tod.

Núria schluckte und steckte das Handy zurück in ihre Tasche.

Xavi kehrte nach hinten zurück, brachte die Kühltasche hinunter und machte es sich mit einer Zeitung, die er heraufgeholt hatte, auf der Holzbank bequem.

Núria war zunächst irritiert, weil er sie nicht beachtete, aber dann entschied sie, dass das vielleicht ganz gut war. Sie wusste ohnehin nicht, was sie sagen sollte. Petita legte sich zu seinen Füßen, und Núria balancierte wieder nach vorn. Dort setzte sie sich aufs Kabinendach und schaute in die Ferne.

Gleißendes Sonnenlicht blendete sie. Sie schloss die Augen und spürte, wie heiße Tränen über ihre Wangen rannen. Sie gab keinen Laut von sich. Wollte nicht, dass Xavi mitbekam, wie sie sich fühlte.

Sie hatte geglaubt, dass sie einen riesigen Schritt nach vorn gemacht hätte. Das Gegenteil war der Fall. Sie fühlte sich so zerbrochen wie lange nicht mehr, als hätte ein Gummiband sie mit einer gewaltigen Intensität zurückgerissen und sie gegen eine Wand aus Trauer geschleudert, bis sie kaum noch Luft bekam.

Sie zog die Knie an, vergrub ihr Gesicht dazwischen und hoffte, dass er noch immer Zeitung las, weil sie sich dafür schämte, wie schwach sie war. Weil es ihr auch ein Jahr nach Nicos Tod nicht gelingen wollte, nach vorn zu schauen. Stattdessen sah sie nur das, was sie verloren hatte. Tag für Tag, Nacht für Nacht. Sie vermisste Nico. Sein Lächeln, seine aufmunternden Worte, die Stärke, die er ihr auch in seinen dunkelsten Momenten vermittelt hatte.

Núria hing in der Vergangenheit fest. Etwas hielt sie zurück. Nein, nicht etwas, sondern die Erinnerung an glückliche Tage. Sie fühlte sich darum betrogen.

Betrogen um all die ersten Male, die noch hätten kommen sollen.

Hochzeit. Kinder. Eine gemeinsame Zukunft.

Stattdessen saß sie hier und sehnte sich in eine Zeit zurück, in der ihrer beider Leben noch nicht zu einem Scherbenhaufen zerfallen war.

Kapitel 7

7 125 Likes
69 Kommentare
7 Reposts

Der erste Bootsausflug ohne dich. Ich weiß, dass du es genossen hättest, weil du das Meer ebenso liebst wie ich. Wir hätten öfter ans Meer fahren sollen, aber zum Glück weiß man vorher nicht, wie kurz die Zeit noch ist, die einem gemeinsam bleibt. Jetzt lasse ich mich hier auf den Wellen hin und her schaukeln und kann es sogar ein wenig genießen. Es fühlt sich schön an, wie eine sanfte Umarmung von dir. Trotzdem macht mich das alles unendlich traurig. Meine Trauer ist wie eine Achterbahnfahrt; es gibt nur ein Problem, ich kann nicht aussteigen, wenn es mir zu viel wird.

»Ich glaube, ich muss bald aus der Sonne«, hörte Xavi Núrias brüchige Stimme von vorn an ihn gerichtet.

Xavi packte die Zeitung weg. »Natürlich. Du willst also nicht noch einmal baden gehen, ehe wir zurückfahren?«

Sie schüttelte den Kopf, und er sah an ihren herunterhängenden Schultern und Mundwinkeln, dass etwas geschehen sein musste, was ihre gute Stimmung verdorben hatte.

Xavi startete den Motor und hakte nicht noch einmal nach. »Kommst du nach hinten? Sonst fällst du mir vielleicht noch ins Wasser«, versuchte er zu scherzen, aber sie ging nicht darauf ein.

Núria kletterte auf die Bank neben ihm und schaute in die Ferne. »Es tut mir leid«, war alles, was sie sagte.

»Nicht alle Wunden sind sichtbar«, erwiderte er leise und war nicht sicher, ob er damit sich selbst oder sie meinte.

Núria schaute zu ihm auf, ihr Kopf war leicht geneigt.

Er hatte das schon ein paar Mal gesehen; sie tat das immer, wenn sie über etwas nachdenken musste.

»Ich weiß, es ist für alle offensichtlich, das ist ja das Schlimme. Ich kann es nicht verstecken; ich kann nicht so tun, als wäre alles großartig, wenn mich das schwarze Loch wieder einmal komplett verschlungen hat.«

»Wer will denn, dass du versteckst, wie es dir geht?«

Núria gestikulierte mit ihren Händen, sie warf sie hilflos in die Luft. »Ständig bekomme ich gesagt, dass das Leben weitergeht, dass ich noch jung bin. Für mich fühlt es sich nicht so an, es ist falsch. Meine Welt hat aufgehört, sich zu drehen, als mein Freund gestorben ist. Verstehst du?«

Er begriff, was sie meinte. Vielleicht nicht direkt auf sie bezogen, sondern auf sich selbst. Ihm hatten andere schon häufig versucht vorzuschreiben, was er tun oder fühlen sollte. So einfach war es leider nicht, denn die eigenen Schuhe passten nur der betroffenen Person selbst.

»Diesen Weg kannst nur du beschreiten, Núria.« Er schaute in die Ferne. Eine Möwe segelte mit dem Wind, frei und unbeschwert. Allein.

»Danke.« Sie nickte und wandte sich ab.

»Wofür?«, wollte er wissen.

»Es kommt mir so vor, als ob du mich besser kennst als meine Eltern, meine Großeltern …«

Er schüttelte den Kopf. »Das täuscht. Ich habe keine Ahnung, wer du bist.«

»Nein, natürlich nicht. Trotzdem habe ich den Eindruck, dass du kapierst, was in mir vorgeht, warum ich nicht einfach so tun kann, als wäre alles okay. Denn das ist es nicht: okay. Schon lange nicht mehr.« Einige Minuten lang schwiegen sie beide. »Ständig liegen sie mir damit in den Ohren, dass ich mich neu verlieben soll, dass ich Kinder haben könnte, ein *anderes* Leben. Niemand versteht, dass ich das nicht will. Ich hatte andere Pläne.« Sie fuhr sich mit der Hand über die Stirn. »*Déu*, ich sollte dir das gar nicht erzählen. Du hast bestimmt keine Lust, dir meinen Seelenmüll anzuhören.«

Noch vor ein paar Tagen hätte Xavi ohne Zögern zugestimmt, aber heute sah er es anders, was ihn selbst am meisten überraschte. »Familie kann anstrengend sein«, meinte er deshalb nur, weil er sie zu nichts drängen wollte und auch gar nicht wusste, was er sonst tun oder sagen sollte.

»Das war jetzt aber sehr diplomatisch.«

Ein merkwürdiges Gefühl machte sich in seiner Brust breit, als er sah, dass sie wehmütig lächelte.

Xavi räusperte sich. »Ich spreche aus Erfahrung, aber ich weiß auch, dass sie all das nur tun, weil du ihnen wichtig bist.«

»Du klingst, als ob du so ein Familientheater gut kennst. Was ist dir passiert?«

Xavi wollte nicht über sich sprechen. »Vielleicht habe ich auch einfach einen Kurs in Küchenpsychologie belegt«, lenkte er ab.

»Wow, ein Koch, der gut ist in Küchenpsychologie.« Sie zuckte die Schultern und schaute ihn direkt an. »Wo lebt deine Familie? Doch nicht in Llafranc, oder?«

»Tu das nicht«, unterbrach er sie scharf.

»Was?«

»Stell mir keine Fragen, die ich nicht beantworten möchte. Ich habe dir schon mal gesagt, dass ich kein Interesse an einer Freundschaft habe.«

Núria wirkte vor den Kopf gestoßen. »Natürlich nicht«, erwiderte sie. Ein Ruck ging durch ihren Körper, und Xavi tat es leid, dass er sie so angefahren hatte. Andererseits irgendwie auch nicht, denn sie musste begreifen, dass er sie vielleicht mit auf sein Boot nahm, dass das jedoch noch lange nicht bedeutete, dass er sein Gefühlsleben mit ihr zu teilen bereit war.

Wunderbar, dachte Xavi genervt. Er hatte es mal wieder geschafft, jemanden zu treten, der schon am Boden lag.

Er wusste nicht, wie er das wiedergutmachen sollte, also schwieg er die restliche Fahrt über. Im Hafen, nachdem er das Boot festgemacht hatte, sprang Petita auf die Kaimauer und pinkelte.

Eigentlich ein Grund zur Freude; sie schien kapiert zu haben, dass man nicht überall hinmachte. Aber es gelang ihm nicht, diesen kleinen Sieg zu feiern. Er kam sich noch immer wie ein Schwein vor und bereute trotzdem nicht, dass er Núria noch einmal klar gemacht hatte, woran sie bei ihm war.

Núria war verletzlich; sie durfte nicht den Fehler machen zu glauben, bei ihm könne sie Halt oder etwas anderes finden. Dafür war er zu verkorkst. Und zu sehr daran gewöhnt, alles mit sich allein auszumachen.

Núria hängte sich ihre Tasche über die Schulter und machte sich für den Abgang bereit. »Komm, ich helfe dir«, bot er ihr an.

»Ich komme schon klar.« Sie lehnte seine Hand ab.

»Núria«, bat er sie mit einem leisen Seufzen.

»Was ist?«

Xavi schaute sie direkt an und meinte jedes Wort, wie er es sagte. »Es tut mir leid, was ich vorhin gesagt habe.«

»Wieso? Du warst nur ehrlich, und das ist okay.«

Xavi seufzte. Sie hatte recht und doch .... Er wollte nicht, dass sie sich schlecht fühlte, auch wenn ihm klar war, dass ihre Trauer der Hauptgrund für ihre Stimmung war und nicht der grobe Satz aus seinem Mund.

Núria kletterte umständlich auf die Kaimauer. Er wollte sich ihr nicht aufdrängen, er fühlte sich auch so schon wie der letzte Idiot auf Erden.

Sie verabschiedete sich von Petita. »Dann sehen wir uns vielleicht bald.«

»Wenn du möchtest, bringe ich dir einen Schlüssel. Wie gesagt, ich bin ungefähr von elf bis drei weg und dann wieder ab sechs am Abend.«

Verdammt, natürlich hatte sie jetzt auch keine Lust mehr, ihm mit Petita zu helfen. Sein Magen zog sich krampfartig zusammen, als eine Welle des Bedauerns über ihm zusammenschlug.

Sie drehte sich noch einmal zu ihm. »Ich mach das gern mit Petita, Xavi. Mit Hunden komme ich deutlich besser zurecht als mit Menschen. Danke, dass du mich mitgenommen hast. Es ... es war wirklich schön, auch wenn es offensichtlich ist, dass ... ach, egal. *Adéu,* Xavi.«

Er wollte ihr noch etwas sagen, aber er wusste nicht, was. Alles, was ihm einfiel, klang absolut pathetisch oder idiotisch. Deswegen schwieg er und schaute Núria noch lange hinterher, bis sie über die Treppe verschwunden war. »Das haben wir ganz schön vermasselt«, meinte er schließlich zu Petita, die Sitz machte und ihn erwartungsvoll anhechelte.

* * *

Núria ließ sich Zeit auf dem Nachhauseweg, aber irgendwann hatte sie die wenigen Hundert Meter bis zum Anwesen ihrer Großeltern hinter sich gebracht. Sie fühlte sich erschöpft und restlos leer.

Eine magere Katze huschte über den Weg und verschwand im Gebüsch. Núria nahm kaum Notiz davon. Dann öffnete sie das Tor und ging langsam nach oben.

»Hallo«, grüßte sie.

Ihre Eltern lagen auf Sonnenliegen am Pool; ihre Mutter hatte ein Buch in der Hand, und ihr Vater döste mit einem Handtuch über den Augen.

Großvater saß im Schatten im Schaukelstuhl und paffte seine Pfeife, Oma war nirgends zu sehen.

»Oh, hallo, Liebes, du bist wieder da!« Ihre Mutter klappte das Buch zusammen und schaute ihr erwartungsvoll ins Gesicht. »Wie war es?«

Als sie Núrias Ausdruck wahrnahm, verblasste ihr Lächeln. »Oh, *estimada*, was ist passiert?«

Núria wollte nicht darüber reden, gleichzeitig ärgerte sie sich über die Frage. Sie musste ihrer Mutter nicht erklären, was *passiert* war. Jeder wusste, warum es ihr schlecht ging.

»Ich bin müde«, erwiderte sie daher nur. »Ich lege mich kurz hin, zu viel Sonne.«

Sie schlug die Augen nieder und ging ins Haus. Innerlich betete sie, dass ihre Mutter ihr nicht hinterherkam, um sie auszufragen. Sie hatte überhaupt keine Lust, mit jemandem zu sprechen.

Núria tapste so leise wie möglich nach oben und ignorierte das Tellerklappern, das aus der Küche zu hören war. Sie zog die Zimmertür mit einem kaum hörbaren Klick hinter sich zu und ließ sich bäuchlings auf das Bett fallen.

Sie weinte nicht. Sie konnte nichts tun. Ihr Kopf war leer.

Genau wie ihre Seele. Und ihr Herz.

Wo früher Liebe und Zuversicht gewohnt hatten, war jetzt nichts als Dunkelheit.

Es überraschte Núria, wie tief dieses Gefühl heute ging. Es war schlimmer als sonst.

Wenn das der Preis für ein paar unbeschwerte Momente war, dann würde sie in Zukunft besser aufpassen, dass sie keiner Versuchung mehr erlag.

Ihr war klar, wie absurd diese Gedanken waren. Vom Kopf her wusste sie, dass sie es verdient hatte, wieder Freude zu empfinden. Sie wusste, dass es okay gewesen wäre, wenn sie am Leben teilgehabt und Spaß zugelassen hätte.

Aber so einfach war es leider nicht. Es war alles andere als das.

Ein Klopfen an der Tür ließ sie auffahren.

Núria verdrehte die Augen. Das konnte nur ihre Mutter sein.

Weil sie wusste, dass Ona niemals nachgab und sich das Theater sonst über Stunden hingezogen hätte, rief sie. »Ja?«

Núria war überrascht, als Opa Josep den Kopf hereinsteckte. »Liebes, darf ich kurz reinkommen?«

Sie setzte sich im Schneidersitz auf. »Äh, ja natürlich. Bitte.«

Opa schloss die Tür hinter sich und setzte sich neben sie. Er griff nach ihrer Hand und hielt sie einfach fest. Schwaches Sonnenlicht fiel durch die halb geöffneten Fensterläden ins Zimmer; es war still um sie herum.

Opa duftete nach Pfeifentabak und seinem ganz eigenen Geruch, der Núria immer an das Meer und Pinienwälder erinnerte. Sie senkte den Blick auf ihre Hände. Núrias Haut war hell und zart im Vergleich zu Opas groben Händen, die gebräunt und von Altersflecken übersät waren. Man sah diesen Händen an, dass sie gelebt, geliebt und vieles mitgemacht hatten. Seine Stärke war auch heute mit vierundsiebzig noch spürbar. Sie war nicht nur körperlich, Núria wusste, dass er auch als Mensch besonders war.

»Es tut mir leid zu sehen, wie traurig du zurückgekehrt bist.«

Núria holte tief Luft; sie wusste nicht, was sie darauf erwidern sollte.

Opa musste die Stille nicht mit Worten füllen, im Gegenteil. Es war wunderbar, mit ihm zu schweigen. Nach einer Weile flüsterte sie, weil ihre Kehle so eng war, dass sie nicht lauter sprechen konnte: »Ich kann es einfach nicht, Opa. Ich kann nicht loslassen.«

Er drückte ihre Hand und legte auch noch die zweite darauf. Wärme umfing Núria wie ein schützender Mantel.

»Ich verstehe dich, und ich fühle mit dir. Es mit anzusehen, zerreißt mir das Herz, denn ich erkenne mich so sehr in dir wieder, dass es mir den Atem raubt.«

Núria hob ihren Blick. »Wen hast du verloren?«

Opa lächelte schwach. »Das ist eine lange Geschichte.«

»Ich habe Zeit, vielleicht kann ich etwas daraus lernen.« Sie wollte seine Geschichte hören, unbedingt, und wenn es nur deshalb war, um ihre eigene für einen Augenblick zu verdrängen.

»Na schön. Ich war auch einmal jung«, fing er an.

Núria lächelte schief. »Das ist schwer vorstellbar.«

Josep lachte rau, dann seufzte er leise. »Es gab einmal ein Mädchen im Ort; sie hieß Catarina Pujol, und es gab ihren Bruder Godi. Wir waren Nachbarn, wir kannten uns unser ganzes Leben. Wir drei waren unzertrennlich. Catarina konnte Sätze beenden, ehe ich sie auch nur zu Ende gedacht hatte.«

Núria biss sich auf die Lippe. Sie hatte so viele Fragen, aber sie wollte Opa nicht unterbrechen.

»Wir sammelten Muscheln am Strand, fingen Fische, spielten Seeräuber und Meerungeheuer.«

Opa senkte den Blick, er schien mit sich zu kämpfen.

»Was ist passiert?«

»Ein Unfall. Ein sinnloser, blöder Unfall. Wir haben oft oben auf den Klippen gespielt, haben im Meer gebadet, sind von den verschiedensten Stellen ins Meer gesprungen. An diesem einen Tag haben wir etwas getan, was uns schon tausendmal vorher geglückt ist. Aber dieses Mal nicht. Catarina ist gesprungen, unglücklich … und sie hat es nicht überlebt.« Josep rieb sich über die Augen. »Sie war sofort tot.« Er atmete tief durch. »Wir waren jung. Gerade erst fünfzehn. Ich weiß nicht, ob das Liebe war. Oder doch, ich habe sie geliebt, aber heute könnte ich nicht mehr sagen, ob ich sie liebte wie meine Schwester oder wie eine Geliebte. Es spielt auch keine Rolle, denn der Schmerz ging so tief, dass ich das ohnehin nicht mehr unterscheiden konnte. Ich habe nicht mehr gegessen, nicht mehr gelebt.«

»Wie hast du es überwunden?«

Opa sah ihr ins Gesicht; er lächelte traurig. »Überwindet man den Tod eines geliebten Menschen jemals?«

Núrias Kehle wurde eng. Sie schüttelte den Kopf.

»Aber irgendwann lebt man damit. Es hat gedauert. Oh, wie lange hat es gedauert!«

»Bis du Oma getroffen hast?«

»Ich wünschte, es wäre so einfach gewesen.«

Núria hatte gehofft, dass es so ein Märchen gab. Dass man einen Menschen treffen konnte, dem es gelang, einem Trauernden den ganzen Schmerz zu nehmen. Sie atmete leise aus.

»Was ist mit Godi? Du meinst den Tierarzt?«

Opa nickte. »Es hat ihn gebrochen. Er hatte nicht so viel Glück wie ich. Als ich deiner Oma begegnet bin, war nicht mit einem Schlag alles gut. Glaub das nicht.«

»Wie habt ihr euch kennengelernt; erzähle es mir noch mal.«

»Ich habe deine Oma gerettet.« Er lächelte verschmitzt und wirkte um Jahre jünger.

»Wovor?«

»Vor ihren unzähligen Verehrern.« Er grinste stolz. »Sie kam an einem Abend zu mir; ich saß mal wieder in einer Ecke, anstatt mich mit den anderen beim Tanz zu amüsieren.«

»Und?«

»Sie setzte sich mit den Worten zu mir: ›Endlich einmal jemand, der mir nicht an die Wäsche will. Bei dir bleibe ich, du bist keiner von denen. Ich bin es so leid, wie eine Ware begutachtet zu werden.‹«

»Das klingt wirklich nach Oma. Und dann?«

Opa kicherte. »Natürlich wollte ich ihr auch an die Wäsche.«

Núria verzog ihr Gesicht. »Oje!«

»Das habe ich ihr aber nicht gesagt. Wir haben danach viel Zeit miteinander verbracht, und siehe da, deine Oma hatte eine Menge zu erzählen; und nach und nach kehrte mein Interesse am Leben zurück.«

»Wann habt ihr euch verliebt?«

»Ich glaube, in dem Moment, als sie sich zu mir setzte und in mir einen Retter sah und nicht den kaputten Fischersohn. In ihren Augen lagen immer ein besonderer Glanz und Stolz, auch heute noch.«

Núria spürte, wie sehr Opa sie auch heute noch liebte. »Und Catarina?«

»Ein Stück meines Herzens hat sie mit sich genommen, aber weißt du was? So ein Herz ist ein Muskel und kann wieder wachsen.«

Da war sich Núria nicht so sicher. »Warum erzählst du mir das? Weil du mir sagen willst, dass ich mir einen neuen Mann suchen soll?« Sie versteifte sich ein wenig.

»Nein, Liebes. Im Gegenteil. Das ist eine Geschichte über die Verstorbenen. Wir vergessen sie nie, aber sie gehören in die Vergangenheit. Uns bleiben nur die Erinnerungen.«

Núria nickte. »Keine Zukunft. Ich weiß das alles, aber was soll ich machen?«

Opa strich ihr über die Wange. »Der Tod ist für die, die noch am Leben sind, eine viel schwierigere Sache als für die, die von uns gegangen sind.«

»Dann glaubst du nicht, dass es ein Leben danach gibt?«

Er zuckte die Schultern. »Verrate es Oma nicht, aber nein, ich glaube, wenn mein Herz aufhört zu schlagen, ist meine Geschichte vorbei. Aber du, du bist dann noch hier.«

Núria verstand nach wie vor nicht, worauf er hinauswollte.

»Deine Reise geht weiter, Núria. Auch wenn du denkst, es wäre nicht so. Für Nico ist der Kampf ausgestanden. Er hat seinen Frieden gefunden, das weiß ich. Aber du nicht, du arbeitest noch immer dagegen an, anstatt das Unausweichliche zu akzeptieren. Nico ist nicht mehr hier. Er wird es nie mehr sein. Du kannst die Erinnerung lieben, du kannst ihn immer lieben, aber du kannst deine Zukunft nicht mehr mit ihm planen, wenn du leben willst.«

»Ich weiß, dass meine Zukunft immer ohne ihn stattfinden wird.« Ihre Stimme brach, ein Schluchzen drang aus ihrer Kehle, und damit kamen auch die Tränen.

»Eben, Núria, das ist der Punkt. Du gehst für jeden Schritt nach vorn wieder drei zurück, weil du Angst hast vor dem, was im Leben noch auf dich wartet. Und das muss aufhören, sonst gehst du kaputt.«

»Aber wie? Wie soll ich das machen? Es ist ja nicht so, dass ich es nicht versucht hätte.« Nach der Trauer, dem Schmerz kam jetzt die Wut. Ihr Herz klopfte wild, so wild wie die Wellen, die gegen die zerklüfteten Felsen der Costa Brava anbrandeten.

»Du kannst deinen Weg nur selbst gehen, ich kann dir nicht sagen, was du tun sollst.«

Einen ganz ähnlichen Satz hatte sie heute schon einmal gehört. Sie schniefte und fuhr sich mit dem Handrücken über das Gesicht.

»Ich weiß nur, dass du aufhören musst, dich an die Vergangenheit zu klammern. Denn eines ist sicher; sie kommt nicht zurück, Núria. Was geschehen ist, ist geschehen. Um nach vorn zu schauen, musst du aufhören, jeden Tag im Gestern zu leben.«

»Du hast recht, aber ich weiß nicht, wie man das macht.« Núrias Tränen wollten nicht versiegen, ihre Schultern bebten. Opa zog sie an seine Brust, und Núria schloss die Augen. Ließ sich von ihm hin- und herwiegen, während er zärtlich über ihren Rücken strich. Der Duft von Tabak beruhigte sie nach und nach. Seine raue Stimme vibrierte in seinem Brustkorb und an ihrer Wange, die sie an ihn gelehnt hatte. »Eines Tages wirst du es sehen, das Licht, mein Kind. Du darfst die Hoffnung nur niemals aufgeben.«

Kapitel 8

4 265 Likes
91 Kommentare
4 Reposts

Du hast mir oft gesagt, dass zu sterben nicht bedeutet, verloren zu haben, sondern zu gewinnen. Gegen die Schmerzen, gegen das Leid und gegen diese verdammte Krankheit. Ich wünschte, ich könnte das so sehen. Ich fühle es nicht. Alles, was ich nach deinem Tod in mir trage, ist dieser dumpfe Schmerz, der auch heute an manchen Tagen noch so stark ist, dass ich es kaum aushalten kann.

Aber es gibt auch andere Momente, in denen nicht mehr jeder Atemzug eine Qual ist, in denen nicht mehr jeder Schritt meine ganze Kraft erfordert. Ich bin immer noch umgeben von trauriger Dunkelheit, aber es gibt manchmal wieder einen Schimmer am Horizont. Ich wage nicht zu hoffen, nicht zu träumen, denn zu oft habe ich danach die Quittung dafür bekommen. Aber ich kann dieses kleine Leuchten sehen, und das ist schon einmal was. Das ist mehr, als ich noch vor Kurzem sagen konnte. Für das Licht lohnt es sich zu leben. Eure Núria.

Xavi schlug die Augen auf. Ein Geräusch, das er nicht einordnen konnte, hatte ihn geweckt. Vor den Fenstern erstrahlte der Himmel in einem reinen Azurblau, weiße Schaumkrönchen tanzten auf den Wellen. Am Horizont segelte ein Boot über das unruhige Meer. Er genoss es noch immer, den ersten Blick des Tages aufs Meer zu richten, denn der Ausblick aus seinem Schlafzimmer hatte nicht an Schönheit eingebüßt; nur der atemlose Moment des ersten Anblicks war nach zwei Jahren abgenutzt. Xavi streckte sich und setzte sich dann auf.

Mit einem Gähnen schwang er die Beine aus dem Bett und schaute auf seine Uhr. Es war kurz nach neun. Er hatte noch genügend Zeit, bis er zum Restaurant musste.

Kurz nach neun? So lange hatte er ewig nicht geschlafen.

Wo war Petita?

Er schaute sich um, aber die Hundedame war nirgends zu sehen. Vielleicht war sie verantwortlich für das Geräusch gewesen, das ihn geweckt hatte.

Das konnte nichts Gutes bedeuten.

»Petita?«, rief er und trat vom Schlafzimmer in den Flur. Hier oben gab es neben dem Bad nur noch ein weiteres Zimmer, das er momentan als Büro benutzte – oder nicht benutzte. Häufig war er dort jedenfalls nicht anzutreffen, aber er hatte keine andere Verwendung dafür.

Xavi rieb sich verschlafen das Gesicht und stieg über die steinerne Treppe nach unten. Er fand Petita in der Küche, sie lag vor ihrem Napf. »Mist«, brummte er mit schlechtem Gewissen, als er sah, dass kein Wasser mehr darin war. Er füllte ihn auf.

Kurz schaute er sich danach um, ob es irgendwo Pfützen oder Häufchen gab, um die er sich zuerst kümmern musste. Weil das nicht der Fall war, ging er erst einmal mit der Hündin in den Garten. Ein Schmetterling flatterte an der Hauswand vorbei. In der warmen Morgensonne aalte sich eine Eidechse; als das Tier die Vibrationen auf den Steinen spürte, huschte es davon. Petita trottete zufrieden hinter Xavi her, schnüffelte erst einmal hier und da und schien es nicht eilig zu haben. Nachdem sie festgestellt hatte, dass es nicht viel Spannendes zu entdecken gab, erleichterte sie sich hinter einer Hecke.

Wenigstens etwas, was endlich funktionierte, dachte Xavi und ließ sich das Gesicht von der Morgensonne wärmen. Er brauchte einen Kaffee, vorher konnte er nicht denken.

»Ich geh wieder rein«, erklärte er. »*Déu*, jetzt rede ich schon mit meiner Hündin, als wäre sie meine Frau.«

Xavi lief barfuß wieder ins Haus und bereitete sich einen *cafè* auf dem Herd zu. Das dauerte zwar ein wenig länger, aber so schmeckte der starke Kaffee nun mal am besten.

Es gab nicht viele Grundsätze in puncto Ernährung, die ihm wichtig waren, aber eine schnelle Küche, das war nichts für ihn. Einfach war okay, oft waren es ja genau die simplen Gerichte, die am besten schmeckten. Was aber jeden Genuss zerstörte, war Eile. Das ließ sich beliebig auf alles im Leben übertragen. Auf der Überholspur lebte man nicht lange in Frieden mit sich oder anderen.

Diese Lektion hatte er gelernt. Schmerzlich zwar, aber immerhin.

Manche Leute gingen von dieser Welt und hatten nichts davon kapiert.

Zu denen zählte sich Xavi nicht, außerdem hatte er vor, noch ein Weilchen hier zu sein.

Mit einem Seufzen goss er den *café* in eine Tasse, rührte zwei Löffel Zucker hinein und zog sich das Tablet heran, um ein paar Neuigkeiten zu erfahren. Dass er hier gefühlt am Ende der Welt lebte, hieß noch lange nicht, dass er sich nicht über das informierte, was anderswo los war.

Er hatte seinen Wachmacher noch nicht ganz ausgetrunken, als er ihm beinahe wieder hochkam. Xavi hatte sich bei seinem Tageszeitungsabo eingeloggt, das er abgeschlossen hatte, seit Petita hier war und er seine Zeit nicht mehr in Didacs Strandbar verbrachte. Die Headline samt Foto, mit der er begrüßt wurde, hätte er am liebsten sofort wieder vergessen.

»Zweiter Michelin-Stern für Estelle Porras«, las Xavi noch einmal stumm.

Sie hatte sich kaum verändert, trug nur die Haare ein wenig kürzer als früher.

Ihre braunen Augen strahlten mit ihrem Lächeln um die Wette. Die Ärmel ihrer Kochjacke hatte sie nach oben gekrempelt, die nachtschwarzen Haare trug sie kunstvoll frisiert, als stünde sie in einem Theaterfoyer und nicht hinter dem Kochtopf. Natürlich, das Bild war gestellt.

Die Küche im Hintergrund kannte er gut. Zu gut. Sie weckte jedoch auch Erinnerungen, die zu schmerzvoll waren, als dass er sie zulassen wollte.

Mit einer fahrigen Bewegung schob Xavi das Tablet von sich und stand so energisch auf, dass der Stuhl hinter ihm umkippte. Petita jaulte, er hatte gar nicht bemerkt, dass sie hereingekommen war. Zuerst fürchtete er, dass er sie getroffen hatte, aber sie hatte sich nur erschreckt.

»Tut mir leid«, murmelte er, stellte seine Tasse in die Spüle und verließ die Küche mit langen Schritten. Auch eine schnelle

Dusche half ihm nicht, sich zu beruhigen. Er war aufgewühlt, daran war nicht zu rütteln.

Es war seltsam, dass ihn diese Neuigkeit dermaßen aus dem Gleichgewicht brachte. Ach, wem machte er hier eigentlich etwas vor? Es war nicht seltsam; er war einfach nur davon überrollt worden, weil er nicht damit gerechnet hatte. Er würde sich ablenken und dann wieder beruhigen.

Xavi setzte sich, ein Handtuch um die Hüften gewickelt, auf sein Bett und starrte ins Leere.

Er gönnte ihr diesen verdammten Stern, den hatte sie sich ganz allein erkocht. Davon ging er jedenfalls aus. Das Restaurant hatte allerdings er aufgebaut; mit jeder Faser seines Herzens hatte er Tag und Nacht darin geschwitzt. Als er seinen ersten Stern bekommen hatte, war er im Kochhimmel angekommen.

Das hatte er damals zumindest gedacht, doch er hatte sich sein Leben schneller kaputt gemacht, als er je für möglich gehalten hatte, und er war selbst schuld daran.

Viel zu arrogant, zu selbstsüchtig war er gewesen. Jung und dumm zählte dafür nicht als Entschuldigung.

Egal. Was vergangen war, war vergangen. Sein Leben ging weiter, anderswo, aber nicht schlechter. Im Gegenteil, Xavi fühlte sich hier wohl.

Er schnappte sich das Handy vom Nachttisch und tippte eine Nachricht an seine Ex-Freundin.

Herzlichen Glückwunsch zum zweiten Stern.

Dann drückte er auf Senden.

Er sah die zwei blauen Häkchen und wie die Punkte tanzten.

Er wartete, aber eine Antwort erhielt er nicht.

Die Punkte waren weg.

Vielleicht hatte sie es sich anders überlegt.

Xavi stand auf und zog sich an. Wenn er weiter die Zeit vertrödelte, kam er nachher in Schwierigkeiten. Er schlüpfte in seine Klamotten, schnappte sich Schlüssel und Ersatzschlüssel, gab dann Petita noch schnell Futter, ehe er das Haus verließ. Sie wollte ihm folgen, aber er hielt sie mit der Hand zurück und schob sie wieder hinein. »Tut mir leid, Kleine. Heute nicht. Nachher sieht hoffentlich Núria nach dir. Ich kann dich nicht andauernd in die Küche mitnehmen, das verstehst du doch, oder?«

Einen Scheiß tat sie. Petita wehrte sich und versuchte, sich zu befreien. Xavi stöhnte resigniert.

Mit einem Ablenkungsmanöver schaffte er es, sie im Haus zu lassen. Er hörte ihr Jaulen auch noch auf der Straße. Xavi verdrehte die Augen und ignorierte das merkwürdige Gefühl im Bauch. Er brauchte kein Mitleid mit Petita zu haben, sie sollte sich nicht so anstellen. Ihr ging es gut, irgendwann würde sie das akzeptieren – ob er bis dahin noch ein Inventar hatte, war jedoch fraglich. Xavi schob die Gedanken beiseite und marschierte über die Straße. Er betrat das Anwesen von Gemma und Josep Vilarrubla, ohne lange darüber nachzudenken. Er traf die Familie auf der Terrasse beim Frühstück an. *»Bon dia«,* rief er und hob die Hand zum Gruß, während er die Stufen nach oben nahm.

Er war überrascht, dass er Núria nicht sah; ein Platz und ein Teller waren unberührt.

»*Hola,* Xavi«, grüßte Josep und stand auf. »Komm, setz dich zu uns.«

»O nein, tut mir leid, keine Zeit – ich wollte Núria etwas vorbeibringen.« Die Frage, wo sie steckte, lag auf seinen Lippen, aber als die Familie mit betretenem Schweigen reagierte, stellte er sie nicht.

Aus einem Impuls heraus schaute er nach oben; die Vorhänge hinter einem Fenster bewegten sich noch. Aber es war niemand zu sehen.

Komisch, dachte er und zog seine ganz eigenen Schlüsse daraus. »Kann ich sie vielleicht kurz sprechen, oder schläft sie noch?«, erkundigte er sich dann doch. Das kam ihm alles seltsam vor.

Ja, sie war gestern schlecht drauf gewesen, aber er hatte es nicht auf sich bezogen. Na ja, irgendwie doch.

Xavi atmete aus. Er hatte keine Ahnung.

Wer Frauen verstand, konnte auch rückwärts zum Mond fliegen.

Núrias Mutter hatte ein Einsehen; sie stand auf und kam auf ihn zu. »Es geht ihr nicht gut. Kann ich ihr etwas ausrichten?«, erkundigte sie sich mit gedämpfter Stimme.

Xavi kam es so vor, als wollte Núria ihn nicht sehen, und alle hier wussten das. Die Botschaft kam endlich auch bei ihm an. Er überlegte, ob er das mit dem Schlüssel sein lassen sollte, aber es kam ihm kindisch vor. Es ging ja nicht um ihn, sondern um Petita, und diesbezüglich hatte Núria zugesagt. Deshalb zog er den Ersatzschlüssel aus der Hosentasche und reichte ihn Ona. Er suchte im Gesicht der Mutter nach Ähnlichkeiten mit ihrer Tochter, aber Núria schien mehr nach ihrem Vater zu kommen. »Hier ist der Hausschlüssel. Petita ist allein; sie war nicht glücklich, als ich eben gegangen bin. Ich muss jetzt aber zur Arbeit, und ich kann sie nicht ständig mit in die Restaurantküche nehmen. Es war so mit Núria abgesprochen, aber wenn sie es sich anders überlegt hat …«

Ona lächelte aufmunternd. »Ach, bestimmt nicht. Nur eine kleine Unpässlichkeit«, erklärte sie, aber sie wussten beide, dass das nicht stimmte. »Ich sage ihr, dass du da warst. Soll sie sich bei dir melden?«

»Nein, das ist nicht nötig. Wenn sie einfach mal zwischendurch nach Petita schaut, wenn es ihr besser geht, wäre das toll, wenn nicht, dann muss es auch so gehen. Ich bin gegen drei zurück und muss dann um sechs wieder los. Es sind jeweils nur ein paar Stunden.«

Xavi hatte begriffen, dass Núria ihn nicht sehen wollte, was ihn überraschenderweise enttäuschte. Er erwähnte deshalb noch einmal die Uhrzeiten, zu denen er garantiert nicht zu Hause anzutreffen war. So konnte Núria sich um Petita kümmern, ohne ihm begegnen zu müssen.

Ona nahm den Schlüssel von seiner Handfläche. »In Ordnung, Xavi. Es war schön, dich zu sehen.«

»Ja, gleichfalls. Euch allen noch einen schönen Tag.« Er grüßte mit einem Kopfnicken in die Runde und machte sich dann niedergeschlagen auf den Weg zur Arbeit.

* * *

Núrias Stirn schmerzte vom krampfhaften Grübeln. Vor ihr blinkte der Cursor auf ihrem Laptop. Sie hatte versucht zu arbeiten, aber nicht viel geschafft.

»So ein Mist!«, schimpfte sie.

Diese Reise zu ihren Großeltern hatte sie angetreten, um ihr inneres Gleichgewicht wiederherzustellen, nicht, um es komplett zu zerstören.

»Ich muss irgendwas tun«, murmelte sie und setzte sich wieder aufs Bett. Ihr fiel die E-Mail ihrer Freundin Babsi ein. Núria hatte sich das Exposé für die Wohnung noch nicht angeschaut. In der Sekunde, als sie die Datei öffnete, bimmelte das Telefon.

»Wenn das mal keine Gedankenübertragung ist«, begrüßte Núria Babsi.

»Hallo, du Liebe, wie geht es dir da drüben in Spanien? Ich will es dir nur gleich sagen: Bei uns regnet es ununterbrochen; es ist ekelhaftes Wetter in Hamburg.«

»Das tut mir leid, darum beneide ich dich nicht.«

»Um was denn sonst?«, fragte Babsi irritiert.

»Frag lieber nicht. Du, hör mal, ich habe gerade das Exposé offen.«

»Ja? Wie findest du es? Ist die Wohnung nicht wundervoll?«

Núria scrollte sich durch die Bilder und den Grundriss. Alles sah wirklich ansprechend aus, trotzdem glomm kein Funke Enthusiasmus in ihr. Da war einfach … gar nichts. »Ich weiß nicht«, gab sie ausweichend zurück.

»Hm, das klingt nicht gerade begeistert.«

»Die Bilder sind nicht so aussagekräftig«, redete Núria sich heraus.

»Oje, Núria, du klingst ja wirklich, als hätte dich ein Bus angefahren. Was ist denn da los in Katalonien?«

»Ich habe einfach nur eine schlechte Nacht gehabt.«

»Ach, Süße.«

Núria holte tief Luft; sie wollte jetzt nicht schon wieder diesen Weg einschlagen. »Erzähl mir lieber mal etwas von dir, ich will nicht dauernd nur über mich reden.«

Babsi kicherte, dann brachte sie Núria über ihr nicht vorhandenes Liebes-, aber dafür umso regeres Dating-Leben auf den aktuellen Stand.

»Siehst du? Deswegen gehe ich gar nicht erst aus«, erklärte Núria schließlich und fühlte sich tatsächlich ein bisschen besser. Es war schön, wenn sich einmal nicht alles um sie drehte.

»Gut, du Liebe, schau dir das Exposé bitte noch mal an, denn es gibt mehrere Interessenten. Wenn du die Wohnung möchtest, müsste ich sie mal reservieren. Das wäre alles unverbindlich – aber sonst ist sie weg.«

Núria war das im Moment viel zu viel; sie konnte derartige Entscheidungen nicht treffen. »Ja, ist gut, ich melde mich. Danke, dass du Bescheid gesagt hast.«

»Das mach ich gern, das weißt du doch. Bis bald.«

Nachdem Núria aufgelegt hatte, ging sie im Zimmer auf und ab. Das Pochen hinter ihrer Stirn war nicht weniger geworden. Ihre Gedanken wanderten zu Xavi. Als er vorher zu ihrem Fenster aufgeschaut hatte, war sie erschrocken. Obwohl sie ihn kaum kannte, hatte sie den Eindruck, er habe ausgesehen, als sei ihm ein Gespenst begegnet. Sie hatte auch mitbekommen, dass er einen Schlüssel hiergelassen hatte. Vielleicht war etwas passiert.

Normalerweise hätte es sich gehört, nach unten zu gehen, um kurz mit ihm zu sprechen, aber sie hatte es nicht über sich gebracht.

Und das nervte sie – sie ging sich selbst auf den Keks. Das musste aufhören.

Núria wollte nicht auf ewig so weitermachen. Das Gespräch mit ihrem Großvater hatte sie jedoch erst einmal verdauen müssen. Damit war sie noch lange nicht durch, aber es hatte etwas bewirkt in ihr, das merkte sie jetzt deutlich.

Núria fasste einen Entschluss.

Opa hatte recht mit dem, was er gesagt hatte. Der Tod war für die Hinterbliebenen eine viel längere Reise. Der schlimmste Schmerz flammte erst dann richtig auf, wenn der Verstorbene seinen Frieden gefunden hatte.

Núria wollte ja, dass es weiterging. Nur wie sie es umsetzen sollte, wusste sie nicht.

Ein wenig verließ sie schon wieder der Mut …

Nein, sagte sie sich. Dieses Mal nicht.

Vielleicht war es nur ein kleiner Schritt, oder überhaupt keiner, aber sie würde die Zeit in Katalonien nutzen, um diesen kleinen Hund so weit zu erziehen, dass Xavi ihn behielt. Das war ihr Ziel. Ihre Aufgabe. Petita war süß, das würde der Koch irgendwann auch sehen und die Hündin schließlich nicht mehr hergeben wollen. Egal, was er jetzt sagte.

Núria hatte Xavi mit Petita beobachtet; er hatte kein Herz aus Stein, im Gegenteil. Auch wenn er wollte, dass andere von ihm dachten, er sei ein harter Kerl. Sie unterdrückte ein schiefes Grinsen.

Núria sprang kurz unter die Dusche, dann schlüpfte sie in bequeme, leichte Klamotten und trat nach draußen. Die Familie hatte das Frühstück gerade beendet. Als sie sie entdeckte, ging das Geschnatter sofort los. Ob sie nicht dies wolle, oder doch lieber das.

Núria wusste, dass sie es alle wie immer nur gut meinten, aber es war ihr jetzt schon zu viel. »Ich nehme mir einfach ein bisschen Obst.« Sie griff nach einer Banane, ohne sich zu setzen. »Mama, hast du nicht den Schlüssel für Xavis Haus bekommen? Ich möchte mich um den Hund kümmern und würde gern rübergehen.«

Ona nickte und lächelte. »Jetzt gleich? Das finde ich schön. Und Xavi ist auch total nett, oder?«

Sie ahnte, worauf ihre Mutter hinauswollte, und überging ihre Frage. Denn »nett« war Xavi nur selten. Direkt, ja, oder auch schroff. Tatsächlich hätte sie ihn in gewisser Weise dennoch als einfühlsam beschrieben. Wenn sie ihrer Familie jedoch erzählte, dass sie sich Gedanken über ihn und seine Art gemacht hatte, würde es sofort falsch interpretiert werden. Deswegen hielt sie die Klappe.

Ehe Núria von dannen zog, versicherte sie sich, dass sie das Handy dabeihatte – so konnte sie die Ruhe gleich nutzen, um sich endlich mal wieder um den Instagram-Account zu kümmern. In den letzten Tagen waren einige Nachrichten und Kommentare eingegangen, auf die sie noch nicht geantwortet hatte. Und es war auch an der Zeit für ein neues Posting. Was sie schreiben konnte, würde sie sich später überlegen.

»Wann bist du denn wieder zurück? Zum Mittagessen?«, wollte Oma wissen.

Núria zuckte die Schultern. »Weiß ich noch nicht, Oma. Ich muss Petita auch erst ganz in Ruhe weiter kennenlernen.«

»Bring sie doch mit«, schlug Oma vor.

»Du weißt doch, dass Papa eine Allergie hat.«

Oma winkte ab. »Das kann er schon aushalten.«

Núria fand das ein bisschen gemein; außerdem wollte sie Petita nicht herbringen, sie freute sich darauf, ein wenig Zeit mit ihr allein zu haben – ohne ihre Familie, die sie mit ihrem Eiertanz um die heiklen Themen permanent nervte. Hunde waren da schon deutlich weniger anstrengend als Menschen, die einen dauernd vollsabbelten. Núria unterdrückte ein Grinsen. Vielleicht färbte Xavis verschrobene Art schon auf sie ab.

Nein, eher nicht. Sie und er hatten wenig gemeinsam, außer, dass sie beide vielleicht am Rande der Gesellschaft lebten. Wobei, bei ihm konnte sie das gar nicht so genau sagen, denn er hatte durch seinen Beruf mit vielen Leuten zu tun. Sein Hang, allein zu sein, rührte sicher daher, dass er in der Freizeit nicht auch noch dauernd jemanden um sich haben wollte. Núrias Gründe unterschieden sich darin grundlegend – den einen, den sie bei sich haben wollte, gab es nicht mehr auf dieser Welt.

»So, ich bin dann mal weg«, erklärte sie, ehe die Melancholie eine Chance hatte aufzusteigen, und nahm sich noch eine Handvoll Weintrauben mit auf den Weg.

Petita begrüßte Núria kläffend und wild herumspringend. »Ja, ist ja gut«, versuchte Núria sie zu beruhigen. Ihre Waden waren nach wenigen Sekunden zerkratzt, aber sie wusste, dass die junge Hündin es nicht böse meinte, sondern sich freute, sie zu sehen.

Seit wann war Xavi schon weg, überlegte sie, als sie ins Wohnzimmer kam. Lange konnte es noch nicht sein, aber Petita hatte es bereits geschafft, eine Wolldecke durchs Zimmer zu schleifen und anzufressen.

»Daran müssen wir aber wirklich arbeiten«, erklärte sie streng. »Wie wäre es, wenn wir gleich mal damit anfangen? Mist, ich habe gar keine Leckerlis für dich.«

Für einen Moment ignorierte sie Petita und ihr Herumtollen. Das Wohnzimmer war zwar ein wenig verwüstet, aber ansonsten sehr karg und lieblos eingerichtet. Zwei cognacfarbene, lederne Sofas standen im Raum. Der zugehörige Tisch bestand aus einer alten Kiste mit dicken Eisennieten. Das Leder war an einigen Stellen abgenutzt und zerkratzt. Letzteres konnte von Petita stammen, was aber nicht zwangsläufig der Fall sein musste. Über der gemauerten Feuerstelle hing ein Ölgemälde; es wirkte düster und wenig ansprechend. Die Wände waren hell gestrichen, aber an einigen Stellen war der Putz bröckelig, und das ehemalige Weiß war über die Jahre eher zu einem Beigeton geworden. Einen Teppich gab es nicht auf den alten Fliesen, die zwar noch okay, aber mit dem dunklen Braun ein wenig aus der Mode waren. Mit viel Wohlwollen ging der Ton noch als Terrakotta durch. Eine Grünpflanze würde dem trostlosen Zimmer guttun, überlegte sie und ging dann in die Küche.

Der Geruch von Kaffee hing noch immer in der Luft; in der Spüle stand eine Tasse, auf dem Herd der silberne Espressokocher. Ansonsten gab es auch hier wenig zu entdecken. Den kleinen, abgenutzten Tisch und die Stühle kannte sie schon. Auf dem Fensterbrett stand eine verwelkte Pflanze, bei der man nicht mehr feststellen konnte, was es mal gewesen war, als noch Leben durch die Stängel geflossen war. Die Glasscheiben starrten geradezu vor Dreck, dafür war die Aussicht aus der Küche sehr gut. Allerdings nicht so spektakulär wie aus dem Wohnzimmer, von wo aus man direkt durch den verwilderten Garten zum Meer blicken konnte. Sie kannte das Anwesen von der anderen Seite und wusste, dass die Mauer über den Klippen recht hoch war; hier hingegen war es vielleicht ein Meter. Interessante Architektur zumindest; ein ganz klein wenig machte das alles den Eindruck einer Festung – was perfekt zu Xavi passte. Der Mann trug ebenso eine Mauer um sich herum wie sein Haus. Das begriff sie jetzt erst so richtig. Auf jede ihrer

Fragen, die ihn und sein Privatleben betrafen, hatte er bislang entweder gar nicht oder mit einem fiesen Spruch geantwortet.

Núria hörte auf, an den Besitzer des Hauses zu denken, was nicht so leicht war, denn seine Aura war zu spüren, obwohl er gar nicht hier war. Trotzdem wurde sie den Eindruck nicht los, dass ihm das Anwesen zwar gehörte, er es aber nur provisorisch eingerichtet hatte. Womöglich war es ihm egal, wie sein Zuhause aussah. Das konnte sich Núria aber irgendwie nicht vorstellen; er kam ihr eigentlich wie ein Mann vor, der Wert auf Ästhetik und Stil legte. Sah es hier vielleicht so roh aus, weil er gar nicht vorhatte, länger zu bleiben? Was sie zu der Frage brachte, warum er überhaupt hergekommen war, wenn seine Familie nicht hier lebte.

Sie verzog die Lippen. Sie konnte Oma fragen. Oder Opa.

Aber beide hätten ihre Neugierde falsch ausgelegt, und wenn sie eines nicht gebrauchen konnte, dann, dass ihre Leute sich völlig falsche Hoffnungen auf etwas machten, was nicht passieren würde.

Der Gedanke, dass sie Interesse an Xavi als Mann haben könnte, war lächerlich. Sie wollte tatsächlich mehr über ihn erfahren, aber über ihn als Mensch – nicht, weil sie ihn anziehend fand.

Sie schüttelte kurz den Kopf über sich und ihre Rechtfertigungen, dann öffnete sie den Kühlschrank. Vielleicht fand sich darin ja etwas, was sich als Leckerli für Petita eignete. Es gab gekochte Kartoffeln und Möhren, Butter, Eier und Käse. In der Tür standen Milch, Saft, Cola und sonst nichts. Im Gemüsefach fand sie zumindest ein paar Gurken, Paprika und Kapern. Hm. Ob sich davon etwas für das Training eignete?

Wo war eigentlich Petitas Futter? Xavi hatte ihr keine Informationen darüber zukommen lassen. Hatte sie bereits gefressen? Sollte sie ihr etwas geben?

»Mist!«, schimpfte Núria. Sie würde Xavi kontaktieren müssen, und sie ahnte jetzt schon, dass er es entweder falsch werten oder als lästig empfinden würde. Entweder sie riskierte es, angemeckert zu werden, weil sie ihn störte, oder sie wartete, bis er zurückkam.

Das wollte sie auch nicht. Sie konnte alle Schränke nach Futter durchsuchen. Sie glaubte zwar nicht, dass sich hinter den Türen schmutzige Geheimnisse verbargen, aber es gehörte sich trotzdem nicht. Sie wollte nicht in die Privatsphäre eines fremden Mannes eindringen, ohne vorher gefragt zu haben.

»So, Petita«, sagte sie zu der Hündin, die, seitdem die Kühlschranktür geöffnet worden war, schwanzwedelnd neben ihr stand. »Das hast du also schon gelernt. Das Geräusch der Tür bedeutet Futter.«

Núria grinste. »Und es sieht aus, als hättest du Hunger. Aber so einfach geht das nicht. Heute lernen wir ›Sitz!‹, du musst dir dein Fresschen verdienen.«

Núria zückte ihr Handy und suchte nach ein paar Videos mit Anleitungen. Gott sei Dank gab es zig Tutorials über Hundeerziehung. Für ihre erste Lektion nahm sie ein paar Kartoffeln und schnitt sie in Stückchen, während sie das Video ansah. Die Verbindung brach immer wieder ab. Es war lästig, aber irgendwann hatte sie in etwa erfahren, was sie wissen wollte.

Weil Petita total verfressen war – kein Wunder bei ihrer Vorgeschichte –, fand die Hündin die Bröckchen verlockend und machte bereitwillig mit.

Man sollte zu Beginn immer nur kurze Einheiten planen, hatte der Mann in dem einen Tutorial gesagt, deshalb beendete Núria das Training bereits nach zehn Minuten.

Petita hatte schon drei Mal gegähnt, was laut Hundetrainer nicht hieß, dass sie müde, sondern gestresst war. »So, du hast jetzt Pause«, erklärte Núria, verließ die Küche und ging ins

Wohnzimmer. Dort schob sie die Glastür zum Garten auf und trat hinaus in die Sonne.

Weil sie vom gestrigen Ausflug doch einen leichten Sonnenbrand mitgebracht hatte – das schaffte sie sogar mit Lichtschutzfaktor fünfzig –, schaute sie sich nach einem schattigen Plätzchen um. Trotz der kargen Trockenheit wirkte alles verwunschen und gleichermaßen vernachlässigt. Bis auf einen Zitronenbaum an der Mauer, der in diesem felsigen Garten mit seinen grünen Blättern geradezu wie ein Fremdling aussah. Die Früchte waren noch lange nicht reif, sie waren grün und ein wenig schrumpelig. In einer Ecke standen Tontöpfe mit vertrockneten Pflanzen. Das, was früher mal Rasen gewesen war, glich eher Stroh. Aber dann entdeckte sie einen winzigen Tisch und zwei Klappstühle unter den alten Pinien. Ihre Idee von einem Sitzplatz im Schatten war anscheinend nicht neu. Die Stühle sahen unbequem aus, aber es würde schon gehen, sie war ja schließlich keine Prinzessin auf der Erbse. Núria grinste in sich hinein und latschte über die letzten lebenden Grashalme hinüber zu den Bäumen, wo sie erst einmal prüfte, ob die Sitzmöbel sie aushielten. Nachdem sie sich dessen versichert hatte, ließ sie sich auf den einen Stuhl fallen, auf den zweiten legte sie ihre Füße.

Petita pflanzte sich unter Núrias Stuhl und döste sofort weg. Die Kleine war völlig erschöpft nach dem kurzen Training.

Núria lächelte und zückte ihr Handy. Endlich konnte sie in Ruhe das abarbeiten, was sich auf dem Account angestaut hatte.

Leider war das Netz hier auch eher mittelmäßig, sodass es Ewigkeiten dauerte, bis sie die Nachrichten versenden konnte. An Postings mit Videos oder Bildern war gar nicht erst zu denken. Sie brauchte einen vernünftigen Internetzugang. Dass es WLAN gab, hatte sie schon gesehen, ihr Telefon hatte ihr das Netz hier einige Male angeboten. Es musste zu diesem Haus gehören; vielleicht konnte sie ja von Xavi das Passwort erhalten.

Sollte sie ihn anrufen? Ihm eine Nachricht schicken? Seine Nummer hatte sie ja, er hatte sie neulich selbst in ihr Handy eingespeichert.

Aber nein, sie entschied sich dagegen. Auch das konnte er als aufdringlich empfinden; sie schätzte ihn als den Typ ein, der bei der Arbeit seine Ruhe haben wollte – vermutlich schaute er im Küchenbetrieb sowieso nicht aufs Handy. Und sie konnte gut bis zum Abend oder bis morgen warten, so eilig war es nun auch wieder nicht.

Núria dachte nach und legte sich einen Finger an die Lippen. Dann hatte sie eine Idee, wie sie mit Xavi in Verbindung treten konnte, ohne ihm auf den Wecker zu fallen.

Zettel. Sie brauchte ein Stück Papier, um ihm eine schriftliche Nachricht zu hinterlassen. Nach dem Lesen konnte er bequem und knapp darauf antworten. Ohne Mühe oder direkte Interaktion. Sie glaubte, dass das ganz in seinem Sinne war.

Und in ihrem.

Es war ihr – wenn sie ehrlich war – nämlich unangenehm, dass er gestern mitbekommen hatte, wie sie eine Welle der Traurigkeit erfasst hatte. Auch deshalb war sie vorher in ihrem Zimmer geblieben. Sie sprach nicht gern über ihre Trauer. Núria legte das Handy auf den Tisch; so kam sie nicht weiter.

Sie atmete tief ein und schloss die Augen. Der Duft von Pinien und Meersalz stieg ihr in die Nase. Ein köstliches Aroma, würzig und frisch. Ein laues Lüftchen wehte vom Meer herüber und zupfte an ihren Haaren. Erst jetzt bemerkte sie das stetige An- und Abschwellen der gegen die Felsen rollenden Brandung. In der Ferne schrien ein paar Möwen.

Núria war entsetzt, dass sie sich in Gedanken so sehr mit ihrem Handy, dem Account und dem fehlenden Netz beschäftigt hatte, dass ihr die Schönheit der Umgebung gar nicht bewusst geworden war.

Unruhe erfasste sie. Sie stand auf und schaute auf die Uhr. Es war schon kurz nach halb drei. Es war geradezu verrückt, wie viel Zeit sie verbummelt hatte. Hauptsächlich damit, sich mit einer Welt zu befassen, die nicht real war.

Natürlich war Núria klar, dass Instagram und andere soziale Netzwerke Zeitfresser waren, aber ihre Arbeit half anderen, die in einer ähnlichen Situation waren wie sie. Sie gab den stumm Trauernden eine Stimme, drückte das aus, wofür andere keine Worte fanden. Aber was war mit ihr? Half es ihr auch?

Bis jetzt hatte sie fest daran geglaubt.

Núria stand auf und verbot sich jeden weiteren Gedanken daran.

Petita war aufgewacht und mit einem Satz bei ihr. Sie schien Núrias Aufregung zu spüren. »Schon gut, Kleine. Ich muss jetzt gehen«, erklärte sie ihr und hoffte, dass es kein großes Theater geben werde.

Nachher würde sie ein wenig recherchieren, wie man Hunden beibrachte, allein zu bleiben, ohne auszuflippen – aber zuerst brauchte sie einen Zettel, um ihre Fragen für Xavi zu notieren.

Sie war froh, dass sie in der Küche einen Korb mit Altpapier fand. Dort nahm sie einen Zettel heraus, der zwar auf der einen Seite bedruckt, aber auf der anderen frei war.

Um sicherzugehen, dass sie keinen intimen Liebesbrief gewählt hatte, schaute sie kurz darauf.

Nur Werbung.

Gott sei Dank.

Die Idee, dass Xavi Liebesbriefe schreiben und bekommen könnte, fand sie irgendwie amüsant. So was machte heute ja niemand mehr. Sogar das Kennenlernen fand oft nur noch über das Internet statt. Das alles war nichts für Núria – das hätte sogar dann gegolten, wenn sie auf der Suche gewesen wäre.

In der Besteckschublade lagen auch einige Kugelschreiber, das hatte sie zuvor schon beim Kartoffelschneiden gesehen. Kurz setzte sie sich an den Esstisch und fing an zu schreiben.

> Hola, Xavi,
> heute habe ich die erste Lektion mit Petita geübt, und es hat super geklappt. Sie ist sehr aufmerksam und lernt bereitwillig. Heute Abend komme ich gern noch einmal wieder, wenn es für dich in Ordnung ist, und mache weiter. Bei jungen Hunden kann man immer nur kurz trainieren, sonst überfordert man sie schnell. In diesem Zusammenhang wollte ich dich noch fragen, wo ihr Hundefutter ist. Soll ich ihr etwas geben, wenn ich da bin?
> Zweitens, gibt es hier einen WLAN-Zugang? Hin und wieder würde ich, wenn Petita schläft, arbeiten. Dafür wäre es schön, wenn ich das Internet im Haus nutzen könnte. Ich hoffe, es bereitet dir keine Umstände, mir das Passwort herauszusuchen.
>
> Petita ist wirklich zuckersüß, und ich bin mir sicher, dass sie am Ende meines Urlaubs riesige Fortschritte gemacht haben wird. Ihr zwei werdet ein tolles Team!
>
> Núria

Sie verzog den Mund. Vielleicht hätte sie den letzten Satz nicht schreiben sollen; sie konnte sich Xavis Gesichtsausdruck beim Lesen bildlich vorstellen. Er fand die Idee, ein Team mit Petita zu bilden, garantiert abwegig und würde darüber die Augen verdrehen.

Zu spät, sagte sie sich und stand auf. Die Nachricht war verfasst, und sie musste aufbrechen. Es war kurz vor drei, und sie hatte nicht vor, Xavi zu begegnen, deshalb stand sie leise auf und verließ die Küche. Petita tapste zufrieden hinter ihr her. Es zerriss Núria beinahe das Herz. »Du kannst nicht mit, Süße. Aber ich komme nachher wieder.«

Obwohl es unwahrscheinlich war, dass Petita die Worte verstand, schien sie doch zu begreifen, was Núria vorhatte, denn jetzt drängte sie sich vor Núria an die Haustür. »Tut mir leid«, murmelte Núria und schob die Kleine sanft zurück.

Für diese Situationen würde sie sich etwas ausdenken müssen. Es war klar, dass der Abschied großen Stress für das Hündchen bedeutete. Weil alles andere keinen Sinn ergab, machte Núria kurzen Prozess. Sie schob Petita wortlos zurück und verließ dann das Haus. Petitas Jaulen verfolgte sie bis auf die Straße. »Mist!«, stieß Núria besorgt hervor, während sie durch die Pforte aufs Grundstück ihrer Großeltern trat. Auf der Straße erklang der Motor eines Rollers. Núria spitzte durch die Tür und beobachtete Xavi, wie er durch das Tor hineinfuhr. Hastig zog sie den Kopf zurück, war aber erleichtert, dass Petita nun nicht länger allein bleiben musste. Gleichzeitig merkte sie, wie ein warmes Prickeln über ihre Haut wanderte. Gleich würde er ihre Nachricht finden.

Kurz bereute sie, dass sie nicht doch persönlich mit ihm gesprochen hatte. Sie war stolz auf die Fortschritte mit der Hündin; natürlich nur deswegen war sie so aufgeregt.

»Warum stehst du da unten herum wie ein Dieb?«, rief jemand von oben.

Núria wirbelte herum. »Ich habe nur geschaut, ob ich den Schlüssel von drüben mitgenommen habe«, log sie. Den hatte sie sicher in der Hosentasche, ebenso wie ihr Handy.

»Komm rauf.« Oma Gemma winkte. »Ich wärme dir was vom Mittagessen auf.«

Núria widersprach nicht, sie hatte tatsächlich Hunger.

Kapitel 9

8 320 Likes
123 Kommentare
19 Reposts

Oft schaue ich mir unsere Selfies an, die wir während deiner Krankenhausaufenthalte aufgenommen haben, und denke an diese Zeit zurück. Auf den meisten Bildern lächele ich, aber dieses Lächeln ist gelogen. Wenn man in meine Augen sieht, erkennt man die Wahrheit. Aber ich habe es für dich getan, gelächelt, um dir Mut zu geben und mir selbst auch. Dabei warst immer du es, der Zuversicht und Hoffnung ausgestrahlt hat. Ich wünschte, ich hätte nur einen Teil deiner Stärke.

Manchmal frage ich mich, was du denken würdest, wenn du mich jetzt sehen könntest. In diesen Momenten nehme ich mir vor, es besser zu machen, nicht nur zurückzudenken. Aber das ist nahezu unmöglich. Trotzdem merke ich, dass es mir guttut, mich mit anderen Dingen zu beschäftigen, die mich davon ablenken, traurig zu sein. Ich habe das schon lange versucht, aber erst jetzt habe ich das Gefühl, dass es manchmal klappt. Nicht immer. Aber manchmal ist besser als nie.

Verliert nicht den Mut da draußen! Eure Núria.

Xavi war früher vom Mittagsgeschäft aus dem Restaurant nach Hause gekommen. Unbewusst hatte ihn der Gedanke getrieben, dass er Núria mit Petita noch antreffen könnte. Jetzt musste er feststellen, dass er enttäuschter war als erwartet, dass Petita allein und jaulend hinter der Tür saß.

Xavi hängte seinen Helm an den Lenker des Rollers und kramte den Hausschlüssel hervor. Das Handy in seiner Hosentasche brummte.

Er würde später nachsehen, wer da was von ihm wollte. Zuerst ließ er Petita raus, die ein Höllentheater veranstaltete, als hätte man sie über Jahre weggesperrt. Er atmete geräuschvoll aus und war ratlos, wie er ihre Wildheit in den Griff bekommen sollte. Durch die Erfahrung der letzten Tage wusste er jedoch, dass es wenig Sinn hatte, sie mit Worten und Streicheln beruhigen zu wollen; das nützte überhaupt nichts und stachelte sie nur noch mehr an. Weil er ohnehin schon mies drauf war, ignorierte er das irre Gekläffe und stapfte hinein. Sollte sie doch toben und sich aufführen wie eine Furie, er konnte es nicht ändern. Vielleicht kapierte sie ja irgendwann mal, dass die Welt nicht unterging, wenn sie für eine Weile allein war. So schlimm war sein Zuhause nun auch wieder nicht.

Der Gedanke erheiterte ihn ein wenig.

Er zog das Handy aus der Hosentasche und war überrascht, dass seine Ex ihm geschrieben hatte. Das Lächeln auf seinem Gesicht erstarb.

Danke, Xavi, es bedeutet mir viel.

Er stieß einen tiefen Seufzer aus. Keine Ahnung, warum ihm jeder Kontakt auch zwei Jahre später noch dermaßen unter die Haut ging. Er hatte gedacht, er habe das Thema längst abgehakt.

Weil er nicht wusste, wohin mit sich und seinen Gedanken, tigerte er zum Kühlschrank. Aber darin fand sich nichts, was seine Aufmerksamkeit erregen konnte. Das hätte er auch vorher schon sagen können, er wusste, dass nicht viel drin war.

Xavi stieß die Tür wieder zu und drehte sich um. Auf dem Tisch lag ein Zettel, ein Kugelschreiber daneben.

Oje, dachte er. Sicher ein böser Brief; wahrscheinlich warf sie ihm vor, dass er ein Arsch war, oder was auch immer. Dass Núria sich heute Morgen hatte verleugnen lassen, ließ ihn zu der Annahme kommen, dass sie ihm sicher nur mitteilen wollte, dass sie keine Lust hatte, auf Petita aufzupassen. Aber den Schlüssel, den er bei Ona hinterlassen hatte, konnte er nirgends entdecken.

Xavi wollte die Notiz wegschmeißen, entschied sich dann dagegen und wappnete sich innerlich. Er setzte sich und las die Zeilen.

Er war überrascht, dass er mit seiner Annahme völlig danebengelegen hatte, und konnte Núrias glasklare Stimme förmlich in seinem Kopf hören. Ohne es zu merken, bogen sich seine Mundwinkel nach oben.

Hundefutter, ja, da musste er mal was besorgen. Bisher hatte er immer für Petita gekocht, aber das letzte Stück Hühnchen hatte er ihr heute Morgen gegeben. Auf Dauer würde es auch zu umständlich sein, jede Mahlzeit für sie einzeln zuzubereiten.

Ein Handybimmeln unterbrach seine Gedanken. Es war seine Mutter. Dafür hatte er jetzt weder die Zeit noch die Nerven.

Er ignorierte das Klingeln und stellte auf lautlos um. Er hatte keine Lust, mit ihr zu reden.

Aber sie war hartnäckig, das kannte er schon. Sogleich bimmelte statt seines Mobiltelefons das schnurlose Festnetztelefon im Flur unten. Das grelle Schrillen durchschnitt immer wieder die Stille und schien mit jedem Mal lauter zu werden. Er wusste, sie würde erst aufgeben, wenn sie mit ihm geredet hatte. Mit einem Seufzen nahm er das Telefon aus der Station und nahm ab. *»Hola, mamà.«*

»Hola, estimat!«, hörte er sie am anderen Ende.

Schatz, so nannte sie ihn nur, wenn sie etwas von ihm wollte oder es schlechte Nachrichten gab. Xavi vermutete Letzteres – sie las natürlich auch Zeitung. Wobei »schlechte Nachrichten« nicht der richtige Ausdruck dafür war. Xavi gönnte seiner Ex-Freundin den Erfolg. Er hegte keinen Groll mehr gegen sie, und doch hatte er dieses dumpfe Gefühl im Bauch, wenn er sich daran erinnerte, wie sie zu diesem Restaurant gekommen war.

»Was gibt es?«, wollte er wissen. Es war vielleicht besser, sich dumm zu stellen. Am liebsten wollte er gar nicht darüber sprechen. Unbewusst griff er nach dem Kuli und verzierte einige Buchstaben auf Núrias Nachricht. Er fuhr sie nach und kritzelte noch einige Schnörkel daran, wie er es früher in der Schule getan hatte, um sich die Zeit zu vertreiben, während ein Lehrer einen langen Vortrag gehalten hatte.

»Xavi, hast du es noch nicht gehört?«, riss die Stimme seiner Mutter ihn schließlich zurück in die Gegenwart.

»Was denn?«, erwiderte er.

»Estelle.« Sie zögerte. »Estelle hat einen zweiten Stern an der Tür kleben.«

Xavi biss kurz die Zähne aufeinander. »Ja, ich weiß. Ich habe sie vorhin erst dazu beglückwünscht.«

Er hörte, wie seine Mutter die Luft einsog. »Im Ernst?«

»Ja, *mamà*. Im Ernst. Sie wird ihre Sache gut machen, sonst hätte sie ihn nicht bekommen.«

»Alles, was sie kann, hat sie von dir gelernt.«

Und mehr. Sie brauchten es nicht auszusprechen, sie wussten es auch so. Aber es war müßig, darüber zu reden, und auch die Gründe, warum er heute hier war und nicht mehr in Barcelona, wollte er mit seiner Mutter nicht zum tausendsten Mal diskutieren. Das alles war Schnee von gestern. »Dann war sie eine gute Schülerin«, war alles, was er dazu sagte.

»*Maleït!* Xavi.« Er hörte das Entsetzen in ihrer Stimme. Verdammt!

»*Mamà*, du sollst doch nicht fluchen.« Jetzt musste er grinsen, das war genau das, was sie sonst immer zu ihm sagte, wenn er mal seine gute Erziehung vergaß.

»In diesem Fall schon! Der liebe Gott wird es mir verzeihen. Xavi, das ist *dein* Restaurant, du solltest diese Lorbeeren einsammeln.«

Nicht schon wieder, dachte er genervt. »Es *war* mein Restaurant, das ist lange her. Estelle hat es übernommen.«

»Du warst nicht Herr deiner Sinne! Das ist doch Wahnsinn.«

Er wusste, was gleich kommen würde, und hatte kein Interesse, dieses Gespräch weiterzuführen. »*No, mamà*, das ist es nicht. Ich war im Vollbesitz meiner geistigen Kräfte – ich wollte einfach nicht mehr so weitermachen. Und jetzt muss ich auflegen, der Postbote steht an der Tür. Es war schön, dich zu sprechen, bis bald, *mamà*.«

Ohne ein weiteres Wort legte er auf und warf das Telefon auf die Tischplatte. Es schlitterte gefährlich nahe an die Kante, fiel aber nicht hinunter.

Xavi musste hier raus. Dringend.

Er pfiff. »Komm, Petita, wir machen einen Spaziergang.« Und dann verließ er das Haus mit langen Schritten. Petita war glücklich, dass sie einmal nicht zurückbleiben musste, und folgte ihm auf den Fersen. Xavi achtete nicht darauf, wo er hinging, es spielte auch keine Rolle. In seinem Kopf herrschte ein zu großes Durcheinander.

* * *

Stinksauer war gar kein Ausdruck! Núria war fuchsteufelswild, als sie kurz nach neunzehn Uhr in Xavis Küche stand und auf den Zettel schaute, auf dem sie ihm die Nachricht hinterlassen hatte.

Nicht nur, dass er nicht eine einzige ihrer Fragen beantwortet hatte, nein, er hatte sich auch noch über sie lustig gemacht, indem er ihre Schrift mit Gekritzel unleserlich gemacht hatte. Hatte er überhaupt zur Kenntnis genommen, was sie geschrieben hatte? Wahrscheinlich nicht einmal das.

So ein Idiot!

Dabei war sie so glücklich darüber gewesen, wie gut es mit Petita gelaufen war. Ihre Enttäuschung über seine geringschätzige Reaktion traf sie unvermittelt. Sie war wirklich gespannt gewesen, was er zu ihren Fortschritten zu sagen hatte – und nun das.

Es war wie Schlag ins Gesicht, dass er sich noch nicht einmal die Mühe gemacht hatte, den verdammten WLAN-Code herauszusuchen.

Núria war nicht gerade für Temperamentsausbrüche bekannt; sie war ein überaus friedfertiges Wesen, aber das hier ging zu weit.

Dass er blöde Sprüche machte, okay.

Dass er sich einen Scheiß für andere interessierte, in Ordnung.

Aber dass er sich mit blöden Kritzeleien über ihre Nachricht lustig machte? Das war einfach unmöglich. Eine Frechheit sondergleichen!

Wenn Petita nicht so zuckersüß gewesen wäre, dann wäre sie sofort verschwunden und nie wieder zurückgekommen. Aber Núria wollte die Hundedame nicht im Stich lassen; jetzt noch weniger, wo der Kerl es anscheinend nicht mal fertigbrachte, Futter für sie zu kaufen.

Nur um sicherzugehen, dass sie Xavi im Geiste nicht zu Unrecht beschimpfte, schaute sie sich in der Küche und der angrenzenden Speisekammer um.

Nichts. Da war gar nichts, was sich als Hundenahrung eignete.

Der Typ hatte nicht einmal ein paar Konserven für sich selbst im Haus.

Gut, das war nicht überraschend; immerhin war er Koch und bereitete sicherlich alles aus frischen Lebensmitteln zu. Oder gleich in seinem Restaurant, aber was war mit Petita?

»Was mache ich denn jetzt mit dir? Hast du schon gefressen, oder bist du am Verhungern? Viel ist an dir ja noch nicht dran, ich kann jede einzelne Rippe spüren.« Nur langsam beruhigte Núria sich, ihr Puls lag jedoch noch immer über dem Normalniveau.

Um sich abzuregen, befasste sie sich lieber mit Petita und nicht mit dem Herrchen – wegen der Hündin war sie schließlich hier. Das Kommando »Sitz!« klappte schon ganz gut, und auch der Rückruf funktionierte immer besser. Nur über das Problem mit dem Zuhausebleiben, wenn andere gingen, machte Núria sich nach wie vor Gedanken. Petita war kein normaler Hund aus einer liebevollen Zucht. Die Kleine war vermutlich auf der Straße aufgewachsen, da galten andere Gesetze. Klar war, sie hatte mit dem Alleinsein massive Probleme, so einfach würde sich da bestimmt keine Lösung erarbeiten lassen.

Wenn Núria hier Internetzugang gehabt hätte, dann hätte sie schon mal recherchieren können, aber nein, der Typ hatte sie ja ignoriert …

Okay, jetzt regte sie sich schon wieder auf.

Núria tigerte durch das Erdgeschoss; vielleicht entdeckte sie den Router dabei zufällig, oft stand das Passwort ja direkt darauf. Leider hatte sie kein Glück, und ins Obergeschoss traute sie sich nicht, das wäre übergriffig gewesen. Immerhin vertraute Xavi ihr und ließ eine quasi Wildfremde in sein Haus, obwohl er nicht da war.

Trotzdem, Vertrauensvorschuss hin oder her. Was stimmte nicht mit diesem Mann, dass er nicht mal höflichkeitshalber auf ihre Nachricht reagiert hatte? Sie konnte es nicht fassen und war zutiefst irritiert, daran änderte auch der wunderbare Blick auf das Meer nichts. Rötliche Abendsonne schien durchs Fenster und tauchte alles in ein warmes Licht. Núria starrte hinaus und fragte sich, was sie mit sich und ihrer Unruhe anfangen sollte. Es war klar, dass sie sich jetzt nicht auf Hundebefehle konzentrieren konnte, außerdem hatte Petita genug davon, herumkommandiert zu werden. Sie hatte super mitgearbeitet und sich eine Pause verdient. Núria konnte die Zeit daher prima nutzen, um zu arbeiten, zu recherchieren oder ein paar Beiträge zu planen … Einfach blöd herumsitzen würde sie jedenfalls nicht.

Wenn Xavi wollte, dass sie sich um Petita kümmerte, sollte der Herr auch seinen Teil dazu beitragen und ihr wenigstens die nötigen Hilfsmittel bereitstellen.

»Wo ist sein Restaurant?«, überlegte sie laut und nagte dabei an ihrer Unterlippe.

Hatte sie vorher nicht ihre Mutter mit Oma darüber sprechen hören? Blöd nur, dass sie mit ihren Gedanken, wie so oft, woanders gewesen war.

Sie hatten irgendwas von »Alegria« gesagt.

Wie viele Restaurants mit dem Namen konnte es hier geben? Nicht viele.

Núria zückte ihr Handy und googelte. Es gab im Ort Llafranc nur ein einziges Ergebnis. Hervorragend! Núria sparte es sich, die Website anzusehen, aber merkte sich die Adresse, die angegeben war.

»Komm, Petita, wir machen einen Ausflug«, verkündete sie mit einem breiten Grinsen. Die Hundedame kam direkt auf sie zugelaufen. Núria legte ihr das Halsband an, das musste sein. Petita wehrte sich zwar nicht, aber man sah ihr an, dass sie es nicht als angenehm empfand. Sofort kratzte sie mit der Hinterpfote daran.

»Ja, ist ja gut, entspann dich mal«, murmelte Núria und musste dann lachen. »Ich schätze, das trifft auf uns beide zu, das mit dem Entspannen.«

Als Núria schließlich mit der Leine um die Ecke kam, suchte Petita das Weite. »Hey, komm wieder her!«, rief sie Petita nach, aber die hatte sich schon unter dem Sofa versteckt.

Hm. Das war nicht gut gelaufen. Sie wusste von Xavi, dass er mit der Hündin stets ohne Leine herumlief – weil es ihm egal war, ob sie davonrannte. Noch so ein Punkt, den Núria absolut unmöglich fand. Der Kerl hatte offenbar kein Verantwortungsbewusstsein.

Nein, das war gemein. Immerhin hatte er sie gebeten, nach ihr zu sehen, während er in seinem Restaurant arbeitete.

Sie rieb sich das Kinn und dachte nach. Bisher war Petita nicht verschwunden, sondern lebte immer noch hier bei Xavi. Das Hundefräulein hatte offenbar kapiert, dass es hier ein schönes Zuhause hatte und regelmäßiges Fressen bekam.

Das war ein gutes Stichwort. Deshalb wollte sie ja zu Xavi gehen; sie wollte nicht, dass die Kleine hungern musste, weil er vielleicht gerade etwas anderes im Kopf hatte und darüber vergaß, dass so eine junge Hündin regelmäßig gefüttert werden musste.

Núria atmete hörbar aus und legte ihre Hand auf die Klinke. Dann würde sie eben ohne Petita gehen. Sofort kam Petita angeschossen, vergessen war die Leine. Núria verzog die Lippen und überlegte. Jetzt hatte sie die Wahl: Sie konnte Petita heulend zurücklassen, ihr die Leine aufzwingen und sie hinter sich herziehen oder darauf vertrauen, dass Petita auch heute keinem Auto vor die Räder rannte und bei ihr blieb, so wie bei Xavi.

»Wehe, du machst Dummheiten«, drohte sie Petita mit einem schiefen Grinsen.

Die Hündin hatte natürlich keine Ahnung, was Núria von ihr wollte, und wedelte hechelnd mit dem Schwanz. Sie freute sich, dass es noch mal raus ging. »Na dann, komm mit.« Núria gab sich mit einem tiefen Seufzer geschlagen.

Obwohl sie noch immer zweifelte, ob sie hier das Richtige tat, verließ sie das Grundstück und trat auf die Straße. Die Sackgasse war wenig befahren, hier drohte keine Gefahr. Um nicht im Stadtkern von Llafranc zu landen, wählte sie den Weg über den menschenleeren Strand. Einige Fischerboote lagen am Ufer. Die Abendsonne warf immer längere Schatten in die Bucht. Sie hatte ihre Sandalen ausgezogen; der Sand war noch warm, obwohl die Luft sich ein wenig abgekühlt hatte. Es war wunderschön hier, so friedlich, so ruhig. Núria spürte eine angenehme Wärme in sich, die sie lange verloren geglaubt hatte. Sie hielt einen Moment inne und schaute über das spiegelglatte Wasser zum Horizont. Die altbekannte Wehmut meldete sich mit einem Ziehen in ihrer Magengrube, aber da war noch mehr, was sie nicht ganz deuten konnte. Sie konnte freier atmen als noch vor ein paar Tagen, als hätte jemand ein wenig von der tonnenschweren Last auf ihrer Brust weggenommen. Núria wusste nicht, was sie davon halten sollte. Vor allem wollte sie vermeiden, in das Gedankenkarussell einzusteigen, das bereits wieder anfing, sich zu drehen; deswegen setzte sie ihren Weg fort. »Komm, Petita«, rief sie der Hündin zu, die mit der ans Ufer schwappenden Brandung spielte.

Xavis Restaurant lag am anderen Ende des kleinen Fischerortes. Hier, im ältesten Teil des Dorfs, standen die schmucklosen Häuser eng beieinander. Fast alle waren weiß verputzt. In einigen gab es Geschäfte im Souterrain, die noch geöffnet waren.

Am Ende der Straße befand sich das Restaurant, eine alte, zweistöckige Villa mit Rosenbüschen und anderen bunt blühenden Pflanzen in Terrakottakübeln davor. Lampions hingen in den Ästen der Bäume und Sträucher, sie hörte Stimmengemurmel und das Klappern von Besteck und Tellern.

Oje, überlegte sie. Vielleicht hätte sie doch nicht herkommen sollen. So gut ihr die Idee vor einigen Minuten vorgekommen war, so wenig war sie jetzt noch davon überzeugt.

Petita schien ihr Zögern egal zu sein, sie war bereits durch die offen stehende Pforte hineingetrottet.

»Petita, komm wieder her«, rief Núria sie mit gedämpfter Stimme zurück.

Wo Núria eben noch nervös gewesen war, überwog jetzt schlicht das Gefühl, fehl am Platz zu sein. Verdammt, sie musste sich etwas überlegen – sie hatte eine Vorahnung, dass Petita womöglich Unsinn anstellen konnte, wenn es ihr nicht gelang, sie zurückzuholen.

Núria hatte eine Idee. Sie musste ja nicht den Oberkellner nach dem Chef fragen – sicher gab es einen Hintereingang für die Küche. Dort würde sie kurz ihre Fragen stellen und dann wieder verschwinden.

Gott, wieso hatte sie sich vorher keine Gedanken darüber gemacht, wie peinlich das werden konnte?

Sie kannte die Antwort: Sie war zu sehr damit beschäftigt gewesen, beleidigt zu sein. Darüber, dass Xavi sie nicht wie ein rohes Ei behandelte und ihr nicht jeden noch so sinnlosen Wunsch sofort erfüllte, wie ihre Familie. In den letzten Monaten hatte Núria sich so daran gewöhnt, dass jeder sofort auf ihre Launen einging, dass sie ganz vergessen hatte, wie es sich anfühlte, wenn Menschen auch mal an sich und ihre eigenen Bedürfnisse dachten. Sicher hielt Xavi sie ohnehin schon für seltsam, und wenn er jetzt auch noch erfuhr, dass sie den Restaurantbetrieb wegen eines WLAN-Zugangs störte, würde er bestimmt sauer werden.

Wobei, sinnlos war der Internetzugang natürlich nicht. Und das Futter für Petita brauchte sie auch.

Letztlich war jedoch beides nicht so dringend, dass sie wie eine von der Biene gestochene Kuh hatte herrennen müssen. Ihr wurde unangenehm heiß unter ihrem langen Sommerkleid.

»Petita, wo bist du?« Núria stöhnte und legte sich eine Hand an die Stirn. »Sie ist weg. Verdammt!«

Jetzt musste sie den Hund suchen gehen. Núria spitzte durch die Büsche auf die Terrasse des Restaurants. Da noch niemand geschrien hatte und kein Klirren von Glas oder Porzellan erklang, ging sie davon aus, dass bislang kein größerer Schaden entstanden war. Noch nicht.

Mist, das konnte heikel werden. Und peinlich. Wenn sie eines hasste, dann im Scheinwerferlicht zu stehen.

Núria trat zögerlich durch die Pforte, ging ein paar Schritte und schaute überall nach Petita. Sie konnte die Hündin nicht entdecken. Also musste sie woanders hingelaufen sein.

Ein Kellner kam auf Núria zu; er trug ein weißes Hemd mit einer schwarzen Fliege und eine lange weiße Schürze. »*Bona nit, senyora*, was kann ich für Sie tun?«

»*Bona nit*, ich, äh, suche einen kleinen Hund. Sie hat ein schwarzes Auge, und der Rest von ihr ist weiß mit ein paar schwarzen Punkten.«

Der Kellner hob eine Augenbraue. »Den Hund vom Chef?«

Núria merkte, dass sie knallrot anlief. Sie schwitzte und räusperte sich. »Ja, genau den. Haben Sie sie gesehen?«

Kopfschütteln. »Nein, tut mir leid. Soll ich …«

Núria unterbrach ihn mit einer nervösen Geste. »Nicht nötig, danke. Ich suche weiter … ich werde einfach wieder gehen, denn hier ist Petita ja offenbar nicht.«

Ohne ein weiteres Wort verließ sie den Garten des Restaurants. Sie blieb erst wieder um die Ecke stehen, wo sie sich mit geschlossenen Augen und einem tiefen Seufzen gegen den Stamm eines alten Baumes lehnte. *»Déu meu«*, schimpfte sie und versuchte gleichzeitig, die brennende Scham über ihr Versagen in den Griff zu bekommen.

Es nützte nichts. Sie musste Petita suchen.

Núria atmete tief ein und aus. »Petita!«, rief sie dann und hob ihren Kopf.

Natürlich kam die kleine Verräterin nicht aus dem Nichts zu ihr zurück.

Das nächste Mal also doch mit der Leine, überlegte Núria mit klopfendem Herzen.

Was sollte sie tun? Weglaufen war keine Option, denn die Sorge um die Hündin überwog. Sie konnte nicht einfach davonrennen und Petita sich selbst überlassen, auch wenn das Tier anscheinend prima ohne Núria zurechtkam. Aber sich selbst gegenüber empfand Núria Petitas Ausbüxen als Niederlage und Versagen, immerhin hatte Xavi sie ihr anvertraut – er wäre sicher erschüttert, wenn der Hündin etwas zustieß. Ob er sie nun behalten wollte oder nicht. Núria unterdrückte einen weiteren Fluch und fasste sich dann ein Herz. Mit klammen Händen umrundete sie die alte Villa und suchte nach dem

Hintereingang. Im Hof entdeckte sie schließlich einen schlanken Mann in weißer Kochjacke und karierter Hose. Er lehnte mit einem Fuß angewinkelt an der Hauswand und rauchte eine Zigarette. Küchendüfte stiegen in Núrias Nase und ein Hauch von Tabak. Hier musste sie richtig sein.

»Bona nit«, grüßte Núria. »Haben Sie vielleicht einen Hund gesehen? Sie hat ein weißes und ein schwarzes Auge, ist eher klein und recht flink.«

Der schmale Kerl machte große Augen. »Petita?«, war alles, was er von sich gab.

Núria nickte. Hoffnung keimte in ihr auf und ließ sie strahlen. »Ja, genau die! Ist sie hier?«

In der gleichen Sekunde hörte Núria jemanden lautstark fluchen. Töpfe und Geschirr schepperten, darauf folgte noch mehr Schimpfen. Sie wusste, auch ohne ihn zu sehen, dass es sich um Xavi handelte. Ihre Ohren wurden rot, so derbe Flüche hatte sie lange nicht gehört.

»Scheint, als wäre Petita in die Küche gerannt«, erklärte der Mann, warf die Kippe in einen Aschenbecher und trat auf Núria zu.

»Oje«, stieß sie hervor und schlug sich eine Hand vor den Mund.

»Ich bin übrigens Pep, der Souschef«, stellte sich der Mann mit einem Kopfnicken vor.

»Ich bin Núria und sollte eigentlich auf Petita aufpassen. Das lief nicht so gut ...« Noch mehr Scheppern unterstrich ihr Schuldeingeständnis.

»Das kann man hören.« Die Mundwinkel der Bohnenstange zuckten, aber es lag Mitgefühl in seinem Blick.

Núria fühlte sich von seiner Aussage nicht beleidigt, sondern musste auch grinsen. Pep war ihr sofort sympathisch. »Ich weiß, so war das nicht geplant. Kann ich vielleicht reingehen und sie rausholen?«

»Besser wäre es wohl. Komm, ich zeig dir den Weg. Der Chef ist garantiert froh, wenn das Vieh wieder weg ist. Wie wir alle.«

»Petita ist doch süß!«

»Sie ist ungezogen und wild.«

»Das stimmt, aber daran arbeite ich.«

Pep schaute sie noch einmal mit großen Augen an. »Aha, na dann viel Glück dabei. Bist du eine Freundin vom Chef?«

Darauf gab Núria keine Antwort; aber allein die Tatsache, dass Pep überrascht wirkte, ließ darauf schließen, dass Xavi auch bei der Arbeit eher verschlossen war. Und dazu noch cholerisch, so laut wie sein Schimpfen aus dem offenen Fenster nach außen drang.

»Der hat aber schlechte Laune«, stellte Núria fest.

»Und wie! Heute ganz besonders. Keine Ahnung, welche Laus dem über die Leber gelaufen ist. Und jetzt kommt auch noch der Hund und bringt schon wieder alles durcheinander …«

»Ich kann es mir denken.« Unbehagen kroch an ihrer Wirbelsäule hinauf, während sie Pep folgte. Das würde gleich sehr unangenehm werden. Natürlich nahm sie die Schuld auf sich, Petita konnte nichts dafür. Núria machte sich auf ein ordentliches Donnerwetter gefasst, als sie hinter Pep in die Küche des Restaurants trat. Es roch köstlich, nach Kräutern, Knoblauch, Tomaten, gebratenem Fisch und Fleisch.

Edelstahl dominierte die Einrichtung; außer Xavi wirbelten noch zwei Frauen in weißen Jacken und karierten Hosen, wie Pep sie trug, umher. Wo steckte Petita?

»Chef«, machte Pep auf sich aufmerksam. »Hier ist jemand für dich.«

Núria schluckte, ihre Kehle war trocken. Ihr Herz klopfte wild.

Es war, als hätte jemand alle Scheinwerfer auf sie gerichtet, auch die zwei Frauen hielten in ihrer Beschäftigung inne und drehten sich in ihre Richtung.

Núria hob nervös eine Hand, winkte und lächelte. Vermutlich sah sie ziemlich trottelig dabei aus – ihr war ganz klar, dass sie heute Abend auf voller Linie versagt hatte.

»Núria!«, stieß Xavi hervor, als er sie erblickte.

Was tust du hier, schien sein Blick zu sagen.

Núria vergaß alles und jeden um sich herum, während sie in seine braunen Augen schaute. Ein seltsames Gefühl spülte über sie hinweg.

Sie wollte etwas sagen, aber im gleichen Moment krachte ein Topf scheppernd auf den Boden. Zum Glück war er leer gewesen.

»Petita!«, schimpfte Xavi und wandte den Blick von Núria ab.

Sie musste handeln, ehe sich die Hündin vielleicht noch verletzte. Núria hob eine Hand. »Moment, einen Moment bitte. Könnt ihr mal kurz ruhig sein?«, bat sie alle im Raum. Ihr Gesicht brannte vor Verlegenheit, das Blut rauschte in ihren Ohren. Sie hatte nur diese eine Chance und hoffte sehr, dass es ihr gelang, Petita einzufangen, ehe sie sich verletzte.

Überraschenderweise hielten alle still, als Núria in die Hocke ging. »Petita, komm her!«, rief sie.

Ihr Puls raste, und sie spürte, dass alle sie anstarrten.

Eine Sekunde verging. Dann noch eine. Núria merkte, dass ein Schweißtropfen zwischen ihren Brüsten hinabrann. Der Moment erschien ihr endlos.

Zu ihrer großen Überraschung kam Petita um die Ecke getrottet. Sie schlängelte sich um Núrias Beine wie eine Katze, im Maul hatte sie einen halben Fisch.

»Na, das hast du ja prima gemacht«, spöttelte Xavi.

Núria nutzte den Moment, um die Leine an Petitas Halsband zu befestigen, und stand auf. Sie wollte etwas erwidern, aber sie wusste, dass Xavi recht hatte.

Sie wollte nur eines – weg.

»Tut mir leid, so war das nicht geplant«, war alles, was sie tonlos hervorbrachte, dann rauschte sie mit Petita aus der Küche. Die Kleine schien zu merken, dass etwas nicht okay war, und stellte sich nicht quer. Oder sie war mit ihrem Fisch zufrieden. Was es auch war, Núria war dankbar dafür. Sie hatte bereits den halben Hof überquert, als jemand ihren Namen rief.

»Núria!«

Sie schluckte und presste die Lider für eine Sekunde zusammen. Schritte kamen über den geschotterten Weg näher. Sie hätte so tun können, als hätte sie nichts gehört, aber so war sie nicht. Sie blieb stehen, atmete tief ein und aus und drehte sich um.

Xavi war fast bei ihr angekommen, seine Miene war sorgenvoll.

Núrias Mund klappte auf. Damit hatte sie nicht gerechnet.

»Tut mir leid«, hörte sie ihn sagen. Seine Stimme klang belegt. »Ich … ich wollte nicht gemein sein.«

»Schon okay«, erwiderte sie, doch leider klang ihre Stimme nicht so fest wie beabsichtigt.

Unsicher hob sie ihren Blick und verlor sich für einen Atemzug in seinen dunklen Augen. Sein Haar war zerzaust, seine Lippen geöffnet. Núrias Kehle war staubtrocken, ihr Kopf war wie leer gefegt. Einzig ihr dröhnender Herzschlag war zu hören.

»I-ich sollte gehen«, erklärte sie schließlich, unsicher, weil Xavi nichts sagte, sondern sie nur durchdringend anstarrte, als könnte er auf den Grund ihrer einsamen Seele blicken.

Er räusperte sich und rieb sich über die Stirn. »Was ist los, Núria? Ist etwas passiert?«

Sie mochte, wie ihr Name aus seinem Mund klang. Jetzt kamen ihr die Gründe albern vor, weshalb sie unbedingt hatte herkommen müssen. Nichtig und klein. Sie begriff, dass sie überreagiert hatte. »Wir wollten einen Spaziergang machen und

… na ja, der lief nicht wie geplant«, log sie, weil es ihr zu peinlich war, die Wahrheit zu sagen.

Xavi blinzelte, dann nickte er. »Verstehe.«

»Ich hatte keine Ahnung, dass sie die ganze Küche ins Chaos stürzen würde.«

Unsicher schaute sie zu ihm auf.

Und dann geschah etwas Unerwartetes. Xavis Mundwinkel bogen sich nach oben, winzige Lachfältchen erschienen um seine Augen. »Willkommen in meinem Leben«, erklärte er grinsend. »Das ist der Grund, warum ich sie nicht mehr mitnehmen konnte.«

Er hatte es ihr schon mal erklärt, aber sie hatte es sich nicht vorstellen können. »Es wird nicht mehr vorkommen, ich bringe sie zurück.«

Aber sie rührte sich nicht von der Stelle. Die Frage nach dem Internet und dem Futter konnte sie nicht stellen; sie würde das Problem ein andermal lösen – oder selbst etwas einkaufen gehen.

Ja, das würde sie tun. Und sie konnte auch ohne WLAN klarkommen. Ansonsten hätte das nämlich bedeutet, dass ihre Großeltern doch recht hatten. Dass sie das Internet nutzte, um sich vor ihren eigenen Gedanken zu verstecken, und vor dem Leben da draußen. Das stimmte nicht. Ganz und gar nicht.

»Komm, du siehst aus, als könntest du einen Schluck *ratafia* vertragen.«

Núria wusste natürlich, dass Ratafia ein traditioneller katalanischer Likör war. Wenn man zu viel davon trank, bekam man am Tag danach höllische Kopfschmerzen, und Alkohol war jetzt sicher keine gute Idee. »Oh, nein danke!«

Er neigte den Kopf und betrachtete sie ausgiebig. »Es tut mir wirklich leid, Núria. Manchmal vergesse ich einfach, dass Leute sensibler sind als ich. Ich wollte dich nicht verspotten oder angreifen – ich habe oft genug erlebt, wie Petita mir auf der Nase herumtanzte. Ich verstehe, dass du durch den Wind bist. Und wegen mir brauchst du keine Rücksicht in Bezug auf den Ratafia zu nehmen; ich habe ja schon gesagt, dass ich kein Alkoholiker bin, der jeden Tag mit sich und seiner Sucht kämpft.«

Sie war überrascht, dass er so viel redete – und es kam ihr vor, als wäre das das offenste Gespräch, das sie jemals geführt hatten. Trotzdem wollte sie lieber gehen. Daher schüttelte sie den Kopf. »Nein, danke, lieber nicht. Ich habe den Betrieb hier schon lange genug aufgehalten. Ich achte in Zukunft darauf, dass so was nicht mehr vorkommt.«

Sie sah, wie Xavi sich innerlich zurückzog. Hatte sie etwas Falsches gesagt? Er konnte ja wohl nicht sauer sein, dass sie den Likör ablehnte?

Nein, sauer wirkte er nicht, eher … verletzt. Aber wieso?

Sicher bildete sie es sich nur ein. Ihr Nervenkostüm war dünn geworden. Núria atmete ein und straffte sich. »Dann … brechen wir jetzt auf. Und noch einmal, es tut mir wirklich leid, dass das so schiefgelaufen ist.«

Petita hatte den Fisch in der Zwischenzeit verputzt und schnüffelte am Boden, auf den einige Bröckchen hinuntergefallen waren. Xavi ging in die Hocke und tätschelte den Hals der Hündin. »Mach keinen Quatsch mehr, Petita, für heute ist es genug.«

Obwohl es ein Tadel war, hörte Núria auch ein wenig Liebe aus seiner Stimme heraus. Ihr Herz ging auf, und ein angenehmes Gefühl rieselte an ihrer Wirbelsäule entlang, das sie nicht deuten konnte. Dann wandte sie sich ab und ging mit Petita davon.

Sie spürte Xavis Blick noch lange in ihrem Rücken, aber wagte es nicht, sich noch einmal umzudrehen.

Kapitel 10

5 199 Likes
43 Kommentare
2 Reposts

Wenn ich heute noch einmal die Möglichkeit hätte, alle Entscheidungen neu zu treffen, würde ich es immer wieder genauso machen. Ich bin glücklich, dass wir viele Jahre miteinander hatten, auch wenn es zu wenige waren. Die Erinnerung an die guten Tage gibt mir die Kraft, auch die schlechten zu überstehen. Ich hoffe sehr, du bist wirklich an einem besseren Ort.

Xavi war mit Petita zu einer kleinen Morgenrunde unterwegs. Er schlenderte einen schmalen Weg über den dunklen Felsen entlang. Hier und da blühten ein paar Sukkulenten und Kakteen. Grillen hatten an diesem sonnigen Morgen bereits ihr Lied angestimmt. Er dachte an den gestrigen Abend zurück, konnte aber immer noch nicht verstehen, warum Petita mit

Núria plötzlich in seiner Restaurantküche gestanden hatte. Nur eines wusste er: Núria hatte ihn angelogen, und er fragte sich, wieso. Er glaubte nicht, dass Petita einfach so davongelaufen war, das sah ihr nicht ähnlich. Dabei spielte es keine Rolle, dass er Petita noch nicht lange kannte; dieses Verhalten war untypisch für sie. Petita war sehr anhänglich, sie hätte eher einen Braten liegen lassen, als den Menschen davonzulaufen, die ihr wichtig waren.

Gerade tollte die Kleine einem zitronengelben Schmetterling hinterher; doch nach einigen Metern wandte sie sich um und vergewisserte sich, dass Xavi noch da war. Das bestätigte ihn in seiner Vermutung, dass Núria aus einem bestimmten Grund zu ihm unterwegs gewesen und Petita erst am Restaurant ausgebüxt war.

Seine Gedanken wurden unterbrochen, als er den alten Godi auf einem Felsvorsprung stehen sah. Etwas an seiner Körperhaltung ließ Xavi innehalten. Für einen Moment glaubte er, dass Godi vorhatte zu springen, aber dann trat der Alte zurück und fuhr sich mit beiden Händen über das Gesicht.

Xavi spürte, dass der Mann nur eines wollte: in Ruhe gelassen werden. Leider sah Petita das anders. Sie schien sich an ihn zu erinnern, denn sie rannte los und kläffte freudig, ihr Schwanz wedelte hin und her.

Godi bückte sich nach ihr und murmelte etwas, was Xavi nicht verstand. Aber es klang freundlich.

»Entschuldigung«, rief Xavi, um auf sich aufmerksam zu machen. »Sie hört noch nicht besonders gut.«

Godi richtete sich auf, und seine Miene verschloss sich in dem Moment, als er in Xavis Gesicht blickte.

»Dann hast du sie also behalten«, stellte der Alte fest.

Xavi konnte nicht heraushören, ob er es guthieß oder ob es ihn gar nicht interessierte, dass Petita noch immer in Xavis Obhut war.

Xavi zuckte die Schultern und blieb einige Meter entfernt vor Godi stehen. Er vergrub die Hände in den Taschen seiner Shorts und wusste nicht so recht, was er erwidern sollte. Einerseits war klar, dass er absolut nicht geeignet war, einen Hund längerfristig bei sich aufzunehmen – das hatte er ihm ja schon neulich erklärt. Andererseits hatte Xavi bis heute niemanden gefunden, der Petita aufnehmen wollte. Dass er sie nicht ihrem Schicksal in einem trostlosen Tierheim überlassen konnte, war inzwischen für ihn klar. Aber das behielt er für sich.

»Sie muss noch gechipt werden«, erklärte Godi knapp.

Xavi wusste nicht, woher es kam, aber er sprach, ehe er noch ein zweites Mal darüber nachdachte. »Als ich nach Llafranc gekommen bin, wollte ich nur Ruhe finden und meinen Frieden – aber nicht ein Hundebaby, das alles durcheinanderbringt.«

Godi hob eine Braue und schwieg.

Xavi hatte das Bedürfnis weiterzusprechen. »Ein Hund passt nun mal nicht in mein Leben.« Er kam sich albern dabei vor, einem fremden Mann, noch dazu dem selbsterklärten Griesgram des Ortes, sein Herz auszuschütten. Aber vielleicht hatten sie beide ja mehr gemeinsam, als ihnen lieb war. Gerade kam es Xavi jedenfalls so vor. Vielleicht erhoffte sich Xavi auch einfach nur, dass er Petita wieder loswerden konnte. Plötzlich sprudelten die Worte nur so aus ihm hervor, als hätte jemand eine Schleuse geöffnet, deren Verschluss Xavi niemals hatte lösen wollen.

»Ich bin von einem Leben auf der Überholspur getrieben gewesen, aber mein Wagen hat sich überschlagen, und irgendwann ging es nicht mehr weiter.« Er beschrieb Gänsefüßchen in der Luft. »Dabei habe ich viele Leute verletzt. Sie haben seelische Narben davongetragen, und ich kann sie nicht heilen, denn Vergangenes ist genau das: vergangen – und nicht mehr zu ändern. Ich bin ein Egoist und ein Heuchler. Wenn früher Leute über mich geschrieben haben, ich würde kochen wie ein Gott, weiß ich jetzt, dass das nicht positiv gemeint war. Ich habe mich wie ein Gott aufgeführt, aber kein gnädiger und schon gar kein gütiger. Ich war herrisch und gemein. Ich habe andere benutzt, habe gefeiert, gesoffen und die Gefühle von Menschen verletzt, die mir etwas bedeutet haben. Ich habe die Quittung dafür bekommen und führe jetzt auch deshalb ein anderes Leben. Und da gibt es keinen Platz … Es ist einfach nicht vorgesehen, dass ich mich um ein Tier kümmern kann.«

Godi starrte Xavi an, seine Miene zeigte keine Regung. Das Rauschen der Brandung schwoll an und ab und war das Einzige, was neben den Schreien einiger hungriger Möwen zu hören war. Fast glaubte Xavi, dass der Alte ihm gleich auf schroffe Art mitteilen werde, dass er ihn mit seinem Gesülze verschonen solle, als er anfing zu sprechen. »Du glaubst, dass du es nicht kannst«, brummte Godi. »Dabei *willst* du es nur nicht. Es ist deine Entscheidung, wie du leben willst. Aber benutze nicht deine Vergangenheit als Ausrede für alles, was du heute nicht mehr zulässt.«

»Ausrede? Es ist keine Ausrede. Es ist die Wahrheit. Ich habe mich nicht um mich gekümmert und schon gar nicht um andere. Das liegt mir einfach nicht, ich bin für so was der Falsche. Und wenn ich Leuten von Anfang an klarmache, dass man auf mich nicht bauen kann, werden sie nicht enttäuscht sein, wenn ich mal wieder nicht zur verabredeten Zeit auftauche, weil mich etwas anderes beschäftigt. Aber so ein Hund versteht das nun mal nicht. Schon allein deswegen kann ich keine Verantwortung für Petita übernehmen.«

Godi winkte ab. »Ich bin alt, und ich bin allein. Ich bin zu verkorkst, um daran noch etwas zu ändern. Aber du bist jung; hör auf zu jammern und kneif deinen Arsch zusammen.«

»Was spielt es für eine Rolle, wie alt ich bin? Ich habe dir doch gesagt, dass ich nicht der Mann dafür bin, einen

Hundewelpen zu betreuen. Ich habe keine Zeit, ich habe keinen Platz in meinem Alltag. Selbst wenn ich sie mögen würde, könnte ich es nicht tun. Denn an irgendeinem Tag würde ich Petita sicher auch vergessen und enttäuschen.«

»Du bist kein Baum; wenn dir das nicht passt, was in der einen Richtung zu sehen ist, dreh dich in eine andere. Du kannst den Weg ändern, den du gehst.«

Xavi furchte die Stirn. Er hatte keine Ahnung, wovon der Alte sprach. Kurz glaubte er, dass Godi verwirrt sein könnte, während er über seine Worte nachdachte.

»Was soll das denn heißen? Meinst du, dass ich vor der Verantwortung davonlaufen soll? Das habe ich schon probiert und bin hier angekommen.«

»Das meine ich nicht, *idiota*.« Godi schnaufte angestrengt aus. »Wenn du so weit bist, wirst du schon verstehen, was ich meine. Ich kenne dich nicht, Xavi, aber ich *erkenne* einen Menschen, der von Schuld und Scham zerfressen ist. Es ist deine Entscheidung, ob du zulässt, dass dich deine vergangenen Fehler bis zum Ende deiner Tage erdrücken.«

Xavi war überrascht, wie treffend der Tierarzt ihn analysiert hatte. Und gleichzeitig begriff er, dass Godi ebenso von sich selbst sprach.

In der Gesäßtasche von Xavis Hose brummte sein Handy und unterbrach dieses merkwürdige Gespräch.

»Nun verschwinde und stör nicht weiter meine Ruhe. Kann man nicht mal am Morgen seinen Frieden finden?«, brummte Godi und wandte sich ab.

Xavi hörte seine Worte, aber er rührte sich nicht. Doch er verstand endlich, dass der alte Mann es mit seiner Art nicht böse meinte, sondern nur nicht aus seiner Haut konnte. »Danke«, war alles, was Xavi sagte, ehe er sich doch noch zum Gehen wandte.

Godi nickte ihm knapp zu, dann schaute er wieder hinaus auf das in der Sonne glitzernde Meer. Der Wind hatte aufgefrischt und ließ Godis Leinenhemd flattern.

Xavi rief Petita zu sich; es war Zeit zurückzugehen. Nachdem er sich umgedreht hatte und ein paar Meter gelaufen war, blickte er auf die Zeilen auf seinem Handy.

Wie geht es dir, Xavi? Ich habe in letzter Zeit öfter an dich gedacht und habe mich umso mehr gefreut, dass du mir Glückwünsche gesandt hast.

Das war eine Nachricht von Estelle. Von seiner Ex wollte er ganz sicher nichts hören. Trotzdem erwischte er sich dabei, wie er tippte:

Ich bin okay. Es freut mich, dass es für dich so gut läuft.

Er drückte auf Senden und machte sich dann mit langen Schritten auf den Rückweg. Hoffentlich schrieb sie nicht wieder zurück. Es war seltsam, dass sie sich gerade jetzt gemeldet hatte, während er mit Godi über sein Leben sinniert hatte. Xavi glaubte weder an Schicksal noch an Gedankenübertragung – zudem war das mit Estelle lange vorbei.

Aber die Wunden sind noch nicht verheilt, meldete sich eine Stimme in seinem Kopf, die Xavi ignorierte. Er hatte keine Lust, sich damit zu befassen. Mit nichts von alledem.

Petita tollte neben ihm her, kläffte hier und da und wirkte vergnügt. Xavi wünschte, er könnte das Leben so gelassen sehen wie die Hündin. Vielleicht war ein Hundedasein doch nicht so schlecht; Hunde hatten garantiert nicht mit Schuldgefühlen zu tun, und sie haderten weder mit der Vergangenheit noch mit der Zukunft.

Die nächste Überraschung erwartete Xavi, als er seinen Garten betrat. Núria saß auf der Stufe vor seiner Haustür. Als sie ihn kommen sah, stand sie auf. Petita war schneller als er und begrüßte sie überschwänglich.

»Bon dia.« Xavis Herz schlug höher; er hoffte, dass sie nicht mit schlechten Nachrichten auf ihn wartete. »Bin ich so spät dran?« Es hatte wie ein Scherz klingen sollen, aber es kam nicht so rüber. Xavi merkte, dass er nervös wurde.

»*Bon dia*, Xavi. Nein, nicht zu spät. Ich bin schon früher rübergekommen, weil ich mir ein paar Gedanken gemacht habe.«

Sein Mut sank. Natürlich wollte sie ihm jetzt erklären, dass es ihr doch zu viel war mit dem Hund – und mit ihm, was sie jedoch aus Höflichkeit verschweigen würde. »Ich verstehe, komm doch erst einmal rein, ich mache uns einen *cafè*.«

»Ich trinke keinen *cafè*.«

Er hob eine Braue. Hieß das, dass sie gleich wieder gehen wollte, dass sie nicht mal so lange Zeit hatte, um in Ruhe mit ihm zu reden? Er schluckte und merkte, wie sehr ihm dieser Gedanke missfiel. Xavi zuckte die Schultern und versuchte, sich nichts anmerken zu lassen. »Okay, dann keinen Kaffee. Was gibt es denn, das du bereden willst?« Er verschränkte die Arme vor seiner Brust.

Núria blinzelte und schaute ihn aus großen Augen an. Heute leuchteten sie wie das Meer unter dem Sommerhimmel. Für eine Sekunde versank er darin.

»Ich habe noch mal über gestern nachgedacht«, fing sie an und riss ihn ins Hier und Jetzt zurück.

Er merkte, wie er sich noch mehr verspannte. »Ja?« Es glich einem Krächzen, worüber er sich ärgerte.

Núria befeuchtete sich die Lippen und strich sich nervös eine Strähne ihres glänzenden Haars hinters Ohr. »Ich bin zum Restaurant gekommen, weil ich dich etwas fragen wollte. Und dann hat mich der Mut verlassen, weil das alles so schrecklich schiefgelaufen ist. Dafür wollte ich mich entschuldigen …«

Xavi starrte sie sprachlos an. *Sie* wollte sich entschuldigen?

Damit hatte er nicht gerechnet. Erleichterung durchströmte seinen Körper. Sie hatte nicht vor, ihn und Petita im Stich zu lassen.

Was für einen Unsinn dachte er denn da? Núria war ihm zu nichts verpflichtet. Gar nichts.

»O-okay«, gab er lang gezogen zurück. Auf einmal fühlte es sich albern an, hier im Freien herumzustehen. »Ich habe auch Tee«, schlug er vor, weil er nicht wusste, was er sonst sagen sollte.

Sie schien dankbar für den Vorschlag und nickte. »Wenn es keine Umstände macht …«

Er begriff zwar nicht, warum man bei diesen Temperaturen Tee trinken wollte, aber es war ihm egal, solange sie nicht dasselbe von ihm erwartete. Während er aufschloss und hineinging, merkte er, wie heilfroh er darüber war, dass er ihr spontanes Auftauchen zunächst falsch interpretiert hatte.

Während er Wasser für Tee und *café* aufsetzte, fiel sein Blick auf den Zettel, den Núria ihm geschrieben hatte. O Gott! Den hatte er total vergessen …

»Ich bin gestern zum Restaurant gekommen, weil ich nach Petitas Fressen und dem WLAN-Code fragen wollte. Aber als das dann so schiefgelaufen ist, kam es mir albern vor, dass ich deswegen den ganzen Laden durcheinandergebracht habe, und ich bin wieder abgehauen.«

Xavi setzte sich ihr gegenüber, auch, weil seine Knie ein wenig weich geworden waren. Er fühlte sich seltsam, so kannte er sich nicht.

»Ich verstehe«, murmelte er und fuhr sich mit der Hand durch die Haare. Dann tippte er auf den Zettel. »Ich habe vergessen, dir zu antworten, das ist … unverzeihlich.« Er hob den Kopf, und ihre Blicke trafen sich. Sein Atem stockte. Bedauern spülte über ihn hinweg und das altbekannte Gefühl der Scham darüber, schon wieder jemanden enttäuscht zu haben. Es gab keine Entschuldigung dafür, dass er seine eigenen Sorgen und Befindlichkeiten über ihre Anliegen gestellt hatte. »Bislang habe ich für Petita immer etwas gekocht ... ich habe kein Futter gekauft.« Er vermied es, Núria in die Augen zu sehen. Xavi stand energisch auf, der Stuhl schabte über den Boden. Im gleichen Moment pfiff der Wasserkessel, er nahm ihn vom Feuer und drehte auch das Gas unter dem Espressokocher ab. »Bin gleich zurück«, brummte er, dann verließ er die Küche mit langen Schritten. Unbehagen war das, was er ganz eindeutig wahrnehmen konnte, aber da war noch mehr. In seiner Magengrube brannte etwas, was er nicht eindeutig benennen konnte.

In Xavis Kopf drehte sich alles; er war überfordert mit dem Chaos in seinem Leben. Es war von vornherein eine blöde Idee gewesen, einem Hund ein Zuhause geben zu wollen, bis jemand auftauchte, der Petita nehmen würde. Nicht nur, weil er Núria bei der erstbesten Gelegenheit vor den Kopf gestoßen hatte.

Aber immerhin, endlich hatte er kapiert, warum sie gestern so merkwürdig drauf gewesen war. Er hatte sie verletzt, weil sie sein Verhalten als Desinteresse wertete. Was im Grunde auch stimmte; er hatte über seinen Problemchen vergessen, sich um ihre Fragen zu kümmern. Statt Dankbarkeit hatte er ihr die kalte Schulter gezeigt.

Xavi stapfte nach oben ins Arbeitszimmer und zog einen Zettel hervor, um den WLAN-Code abzuschreiben. Seine Finger zitterten, weil er sich schrecklich über sich aufregte. Er brauchte drei Anläufe, bis er die Abfolge richtig notiert hatte, dann polterte er wieder nach unten. Núria hatte sich in der Zwischenzeit selbst bedient, und auf seinem Platz stand bereits eine Tasse mit dampfendem *café*.

Er war so überrascht darüber, dass er zur Salzsäule erstarrte. Es wäre sein Job gewesen, trotzdem fühlte es sich irgendwie schön an, dass sie seine Arbeit beendet hatte.

Verwirrt über seine merkwürdige Reaktion ließ er sich zurück auf den Stuhl fallen und schob Núria den Zettel über den Tisch zu. »Ich kann nachher Futter einkaufen gehen.«

»Nicht nötig.« Sie lächelte zögerlich. »Mein Opa hat gestern mit Godi telefoniert, er hat noch ein paar Proben in der Praxis. Ich kann sie nachher abholen.«

»Mit Godi?« Er erinnerte sich an das merkwürdige Gespräch auf der Klippe. Godi hatte das gar nicht erwähnt.

»Der Tierarzt«, half Núria ihm auf die Sprünge.

»Ja, ich weiß. Dein Opa ist mit ihm befreundet?«

Ein Schatten huschte über Núrias Züge, dann war er verschwunden. Für einen Moment glaubte Xavi, sich getäuscht zu haben, aber als Núria gleich darauf hart schluckte, bestätigte ihn das in seiner Beobachtung. »Die beiden kennen sich schon lange. Aber es ist nicht an mir, diese Geschichte zu erzählen.«

Xavi nahm einen Schluck von seinem *cafè* und verbrannte sich die Zunge daran. Zucker fehlte, aber das konnte Núria nicht wissen. Er war sowieso immer noch überrascht, dass sie sich so natürlich in seiner Küche bewegt und das zu Ende gebracht hatte, was er begonnen hatte. Es … gefiel ihm.

Irgendwas stimmte also definitiv nicht mit ihm. Normalerweise konnte er es nicht leiden, wenn ihm jemand in den Kram pfuschte. »Ich habe auch gar kein Interesse an der Lebensgeschichte anderer Leute«, beeilte er sich zu sagen, obwohl es in diesem Fall nicht stimmte.

Núria blies auf ihren Tee, dann blickte sie unter halb gesenkten Lidern zu ihm auf. Er hatte den Eindruck, dass Núria seine Lüge durchschaut hatte, aber sie ging nicht darauf ein.

Xavi stürzte seinen *cafè* herunter, dann stand er auf. »Es tut mir leid, aber ich muss zur Arbeit«, verkündete er abrupt.

»Ja, natürlich. Ich verspreche auch hoch und heilig, dass wir dich heute nicht stören kommen.«

Eine Sekunde lang war er enttäuscht. So lästig Petitas ungezogenes Betragen auch war, so angenehm war es gewesen, Núria zu sehen. Sie hatte eine eigenartige Wirkung auf ihn, das musste er zugeben.

Er kratzte sich am Kinn.

Ehe er etwas erwidern konnte, fügte sie an: »Aber ich habe noch ein bisschen zum Thema recherchiert, und ich glaube, dass wir den Wechsel mit Petita besser organisieren sollten.«

»Wie meinst du das?« Er runzelte die Stirn.

»Sie hat ganz klar ein Problem damit, allein zurückgelassen zu werden. Sie weiß ja nicht, dass du oder ich bald da sein werden, wenn einer von uns geht.«

Er dachte darüber nach. »Was schlägst du also vor?«

Núria lächelte, als wäre sie nicht überrascht, dass er die Dinge so praktisch anging. »Wenn es dir recht ist, dann könnten wir eine Art Übergabe machen. Ich meine, dass du erst gehst, wenn ich rüberkomme. Umgekehrt würde ich hier warten, bis du von der Arbeit zurück bist.«

Xavi hatte nicht mit so einem Vorschlag gerechnet. Er überlegte. Wie sollte das gehen? »Manchmal dauert es länger, vor allem am Abend …«

Sie winkte ab. »Ich habe frei, ich bin im Urlaub und habe keinerlei Druck.«

»Eben, du bist zur Erholung hier und sollst nicht deine Zeit mit Petita absitzen, bis ich aus dem Restaurant komme.«

»Das lass mal meine Sorge sein. Und wenn es mir zu lang wird, kann ich dich ja vielleicht erreichen und mit dir absprechen, wie wir es in so einem Fall handhaben wollen. Übers Handy eventuell?«

»Nein«, unterbrach er sie. Als er sah, wie sie kurz zusammenzuckte, fügte er milde hinzu: »Entschuldige, so meine ich das nicht. Ich bin ein wenig aus der Übung, was die normale Kommunikation mit Menschen in meiner Umgebung angeht.« Er verzog die Lippen und zuckte hilflos die Schultern. »In meiner Küche bin ich es gewohnt, knappe Anweisungen zu geben. Was ich meinte, ist, dass, sollte es später werden, ich dir selbstverständlich rechtzeitig Bescheid geben würde. Und du musst wirklich nicht jeden Tag hier sein, sonst sieht deine Familie dich ja gar nicht mehr …«

Eine zarte Röte überzog ihre Wangen; er merkte, dass sie verlegen war. »Ich … ich hoffe, mein Vorschlag führt nicht zu Stress für dich, Xavi? Ich habe den Hang, mich zu sehr in Dinge einzumischen, wenn ich mich mal in eine Aufgabe gestürzt habe, die mir Spaß macht.«

»Petita zu hüten, macht dir Spaß?« Er wusste nicht, warum er überrascht war. Es war offensichtlich, dass Núria zu der Sorte Frau gehörte, die sich gern um jemanden, um etwas kümmerte. Und Petita war niedlich, auch wenn er das nicht öffentlich zugeben würde.

Núria grinste schüchtern. »Auch wenn es komisch klingt, aber ja: Seit ich nach Tutorials und Ratgebern zur Hundeerziehung suche, bekomme ich in meinem Feed viele Welpenvideos angezeigt. Die sind so niedlich, und tatsächlich tut es mir gut, mich damit zu beschäftigen.«

Sie blickte kurz auf ihre Hände und dann wieder zu ihm auf. Der traurige Glanz in ihren Augen rührte etwas in seinem Herzen an, das Xavi erschreckte.

»In den letzten Monaten war ich viel allein; da wird man ein bisschen seltsam«, fuhr sie fort. Xavi wusste genau, was sie meinte, schwieg dazu aber.

»Nach Nicos Tod und auch schon davor habe ich mich versteckt. Vor dem Leben, vor all den offenen Fragen, auf die mir niemand eine Antwort geben kann. Ich war wirklich einsam.« Sie schluckte und schaute in ihre Tasse. »Jetzt merke ich, wie gut es mir tut, wenn ich mich ein bisschen um Petita kümmern kann. Die Kleine ist so dankbar für Aufmerksamkeit, und gleichzeitig lernt sie sehr gern mit mir. Das heißt nicht, dass alles in meinem Leben auf einmal super ist – ich bin keine Träumerin. Aber für den Moment ist es einfach nur schön, mich mit einem kleinen Hund zu beschäftigen; sie gibt mir so unglaublich viel zurück.«

Núria schaute erneut zu Xavi auf, und das leise Lächeln, das ihre Lippen umspielte, war dieses Mal echt und kam von Herzen. Xavi spürte, dass etwas in seiner Brust flatterte. Das erschreckte ihn so sehr, dass er zusammenzuckte. Er sah, dass Núria es bemerkt hatte, denn sie neigte ihren Kopf ein wenig zur Seite, wie immer, wenn sie nachdachte.

Er räusperte sich. »Ich … dann habe ich nichts dagegen. Aber sobald es dir zu viel wird, sagst du mir Bescheid. Ich werde das Handy immer dabeihaben. Und natürlich kann Petita auch mal allein bleiben. Deine Familie wird es nicht mögen, wenn du dich wegen meines Findelhundes von ihr abschottest. Das ist es doch nicht, was du damit versuchst, oder doch?«

Núrias Augen weiteten sich. »Äh, nein, natürlich nicht. Aber um ganz ehrlich zu sein, meine Eltern und meine Großeltern zusammen sind manchmal schlicht nicht auszuhalten. Sie zanken sich wie Kleinkinder um nichts, statt das Wesentliche auszusprechen. Mit Petita habe ich Ruhe … und wenn ich hier einen Internetzugang habe, kann ich zwischendurch auch arbeiten.«

»Was meinst du?« Er wusste, dass sie als Übersetzerin arbeitete, darauf bezog sich seine Frage nicht.

»Sie denken, ich hätte keine Ahnung und kein Gespür für so was. Aber meine Großeltern machen meinem Vater noch immer indirekt Vorwürfe, dass er meine Mutter nach Deutschland ›entführt‹ hat. Sie ist nun mal ihr einziges Kind; ich kann es schon verstehen, auch wenn es nicht fair ist. Insgesamt ist es aber einfach nervig, wenn ich mir das morgens, mittags und abends anhören muss.«

Xavi lachte. »Oje, das kann ich nachvollziehen.«

»Wirklich? Dann ist es in deiner Familie genauso?«

Sein Lächeln wurde schwächer. »Nicht so, nein. Hör mal, ich muss jetzt los. Soll ich bei Godi vorbeigehen, um das Futter zu holen?«, wich er aus.

Núria kniff die Augen zusammen, dann schien sie zu begreifen, dass er die Frage nicht beantworten wollte, und hakte nicht weiter nach. Xavi war dankbar für ihr Taktgefühl. »Nein, ich mache das schon. Diesen Spaziergang werde ich nutzen, um das Gehen an der Leine mit Petita zu üben.«

»Denkst du wirklich, das ist nötig?«

»Nach gestern … ja!« Sie lachte.

Xavi betrachtete ihr Gesicht, ihre Augen strahlten. Es war schön zu sehen, wie unbeschwert sie auf einmal wirkte. Er hatte keine Ahnung, was heute mit ihm los war, aber sein Herz schlug leichter als sonst. Vielleicht wünschte er sich deshalb, Núria würde öfter lachen. »*Adéu*, Núria. Dann sehen wir uns heute Nachmittag.«

»*Adéu*, Xavi.«

Xavi verließ die Küche und sein Haus mit langen Schritten. Auf dem Weg zur Arbeit versuchte er, nicht daran zu denken, was er heute Vormittag schon alles erlebt hatte. Ihm schwirrte der Kopf.

Auch seine Mitarbeiter merkten schnell, dass er nicht ganz bei der Sache war, denn er ließ nicht nur den Drachenkopf in der Pfanne anbrennen, sondern versalzte auch noch die *suquet de peix*, die katalanische Fischsuppe, für die sein Restaurant in der Gegend bekannt war.

Es war kurz vor Feierabend, als Roseta aus dem Service in die Küche kam. »Chef, da draußen ist eine Frau; sie sagt, dass sie dich persönlich sprechen möchte.«

Xavi stöhnte genervt und wischte sich mit einem Tuch über das Gesicht. Er war verschwitzt und müde und wollte sich garantiert keine Kundenbeschwerden anhören. Aber er wusste, dass er es verdient hatte – wer wusste schon, was er heute noch verbockt und auf den Tellern angerichtet hatte. Nun, gleich würde er es erfahren.

»Ja, ich komme.«

»Es ist Tisch vier, auf der Terrasse.«

Xavi wappnete sich innerlich, während er hinter Roseta nach draußen ging. Es waren nur noch wenige Tische besetzt, weil gleich Schluss war. Hier und da grüßte er und erkundigte sich höflichkeitshalber, wie es geschmeckt hatte. Als er Tisch vier erreichte, traf ihn beinahe der Schlag.

»Estelle«, brach es aus ihm hervor, und er merkte, wie ihm alle Gesichtszüge entgleisten. Sie war allein, und sie sah fantastisch aus. Ihre Wangen waren rosig, der Teint leicht gebräunt. Ihre schwarzen Haare waren zu einem Pferdeschwanz zusammengebunden, und sie trug ein nachtblaues Sommerkleid mit Spaghettiträgern, das ihre dunklen Augen zum Glänzen brachte.

Was zur Hölle wollte sie hier?

»Xavi, wie schön, dich zu sehen.« Sie lächelte und entblößte eine Reihe gerader weißer Zähne. Sie hatte sich kaum verändert, war vielleicht ein wenig reifer geworden, aber nicht weniger schön. Im Gegenteil. »Hast du einen Moment? Setz dich doch kurz«, bat sie ihn.

Er war froh, dass er sich auf einen Stuhl fallen lassen konnte. Zum zweiten Mal an diesem Tag klopfte sein Herz schnell, viel zu schnell. Viele Fragen lagen ihm auf der Zunge, aber kein Wort kam über seine Lippen.

Estelle zeigte auf ihren Teller. »Der Fischeintopf war köstlich.«

Er wusste, dass sie log. Das half ihm ein wenig, sich innerlich zu sortieren. »Das ist nicht wahr, die *suquet de peix* ist versalzen.«

Estelle wirkte kurz irritiert, dann lachte sie. »Oh, dann hast du es also gemerkt.«

Xavi starrte sie an. »Was machst du hier?«

Sie zuckte mit einer Schulter. »Barcelona ist nicht aus der Welt, Xavi, ich bin in zwei Stunden hergefahren.«

Sie hatte sich also nicht direkt nach seiner Nachricht ins Auto gesetzt, aber den Entschluss herzukommen, musste sie kurz darauf gefasst haben. Das war seltsam, denn davor hatte er zwei Jahre nichts von ihr gehört. Sie hatten sich nicht unbedingt im Guten getrennt. Nein, so konnte man es nicht sagen. Estelle hatte ihn hintergangen, nachdem er ihr zuvor das Herz gebrochen hatte.

Xavi atmete hörbar aus. Sie war sicher nicht deswegen hier. Aber warum dann? »Glückwunsch noch einmal, den zweiten Stern bekommt nicht jeder.«

Sie schaute ernst. »Danke. Es bedeutet mir viel, dass du ihn mir von Herzen gönnst.«

Das tat er wirklich, aber der Schmerz war nach wie vor da. Das und viel mehr, worüber er jetzt nicht reden oder auch nur nachdenken wollte. Komm zum Punkt, wollte er zu ihr sagen, hielt sich aber zurück. Immerhin war es sein Restaurant, und er wollte keine Szene heraufbeschwören; davon hatte es in der Vergangenheit bereits zu viele gegeben.

»Ich vermisse dich, Xavi«, brach es aus ihr hervor. Ihre Stimme war kaum mehr als ein Flüstern.

Das hatte er nicht kommen sehen.

Er wusste nicht, was er darauf erwidern sollte. Natürlich hatte er hin und wieder an sie gedacht, aber mit Bitterkeit und Scham. Zu viel war passiert, zu viel war zwischen ihnen geschehen. Es hatte jedoch eine Zeit gegeben, da hätte er sich gewünscht, diese Worte aus ihrem Mund zu hören. Aber das war vorbei, wie er jetzt merkte.

»Estelle …«, fing er an.

Sie hob eine Hand und unterbrach ihn. Ihre Fassade aus Eleganz und Stärke war zerbröckelt. »Ich weiß, Xavi, es ist lange her – aber als du mir geschrieben hast, da dachte ich für einen Moment, dass … ach, vergiss es.«

Er überlegte, ob er ihre Hand nehmen sollte, um sie zu trösten. Aber er ließ es sein. Bedauern floss durch seine Adern, und wo bis vor Kurzem noch Groll gewesen war, merkte er jetzt, dass auch diese Bitterkeit über die Zeit zu einem dumpfen Pochen verklungen war.

»Es tut mir leid, Estelle.« Er wusste nicht, was er sonst sagen konnte, und es kam von Herzen. Er bereute vieles, was zwischen ihnen vorgefallen war.

»Dann bist du hier glücklich?« Sie sah ihn aus großen Augen an.

»Glück? Was bedeutet das schon?« Er hob seine Achseln. Er hatte keine Verwendung mehr für dieses Wort.

»Du könntest wieder nach Barcelona kommen, es gibt viele Möglichkeiten für einen so talentierten Koch wie dich.«

Xavi unterbrach sie sofort. »Hör auf damit. Was vergangen ist, ist vergangen, und ich sehne mich nicht zurück.« Auch das hatte er heute schon einmal in ähnlicher Form gesagt, aber noch nie hatte er die Worte so ernst gemeint wie jetzt.

Sie wirkte verletzt. »Dann … Es tut mir leid.« Sie legte die Serviette neben ihren Teller und stand auf. Sie zerrte einen Fünfzigeuroschein aus ihrer Tasche und warf ihn auf den Tisch.

Noch ehe er ihr sagen konnte, dass ihr Mittagessen aufs Haus ging, war sie auf ihren goldenen Sandalen von der Terrasse gerauscht.

Xavi seufzte und lief Estelle hinterher. Er holte sie an ihrem Auto, einem schnittigen roten Cabrio, ein. Sie hatte den Schlüssel in der Hand und stand vor der geöffneten Tür.

»Warte«, bat er sie leise und wusste doch nicht, was er ihr sagen sollte, damit sie sich besser fühlte. Gleichzeitig fragte er sich, warum er überhaupt das Bedürfnis hatte, sie zu trösten – immerhin war sie es gewesen, die die Situation zu ihrem Vorteil ausgenutzt hatte, als er am Boden gewesen war.

Sie schien das Gleiche zu denken, während sie ihm eine Hand auf den Unterarm legte und zu ihm aufschaute. Ihr teures Parfum stieg ihm in die Nase. Früher hatte er es geliebt, heute löste es nichts mehr in ihm aus. »Es tut mir leid, alles, was gewesen ist. Als ich den zweiten Stern bekommen habe, habe ich noch einmal nachgedacht, und, Xavi, ich wünsche mir, dass wir einen Schlussstrich darunterziehen und noch einmal von vorn zusammen anfangen können.«

Er hatte gedacht, dass sie ihn schon lange abgehakt hätte. Diese Neuigkeiten schockierten ihn. Er empfand nicht das Gleiche für sie. Nicht mehr.

»Ich habe viele Fehler gemacht damals«, fing er an und nahm ihre Hand in seine. »Ich wünschte, ich könnte es wiedergutmachen, aber dafür ist es zu spät.«

»Ich habe dich hintergangen«, flüsterte sie. »Das tut mir leid.«

Er dachte daran, wie sie sich an den Hauseigentümer herangemacht hatte, ihn dazu überredet hatte, mit ihr den Pachtvertrag zu schließen statt mit ihm – in einer Phase, in der Xavi mehr beim Feiern als in der Küche gewesen war. Estelle hatte es verdient, das Restaurant zu übernehmen, keine Frage, aber nicht auf diese Weise. Xavi hatte sie kochen lassen, hatte sich im Glanz seines ersten Sterns überall gesonnt, anstatt sich in seinem eigenen Restaurant zu engagieren. Trotzdem hatte Estelles Verrat ihn von den Füßen gerissen – von einem Tag auf den anderen hatte er quasi seine Existenz verloren. Estelles Retourkutsche für seine Ignoranz hatte ihn buchstäblich fertiggemacht – letztlich wusste er aber, dass er es verdient hatte zu leiden. Er hatte sie zuvor mehrfach enttäuscht und im Stich gelassen, aber betrogen hatte er sie nicht, und schon gar nicht auf diese Weise.

»Wir haben beide Fehler gemacht«, erklärte er. »Ich bin dir nicht mehr böse, Estelle, und ich meine, was ich geschrieben habe. Du hast den Erfolg verdient.«

Tatsächlich war dies genau das, was er empfand. Er hatte ihr sein Restaurant kampflos überlassen, weil er in dem Glauben gelebt hatte, dass eine Strafe vielleicht seine vorherigen Fehler aufheben würde.

Er hatte zumindest begriffen, dass er so nicht weitermachen wollte, und hatte einen anderen Weg eingeschlagen, der ihn nach Llafranc geführt hatte.

»Ich wollte damals nur Druck auf dich ausüben, weil ich eifersüchtig war. Eifersüchtig darauf, dass du dich nicht mehr für mich interessiert hast, dass du mit anderen mehr Spaß hattest als mit mir ... Ich dachte, wenn ich den Vertrag und die Macht hätte, würdest du zu mir zurückkommen.«

»Ich war nicht mehr ich selbst, Estelle. Ich war ein Arschloch und ein Egoist, der auf der Suche nach dem Kick alles, was wichtig war, vergessen und überrollt hat.« Er fügte nicht an, dass ihr Schachzug ihm zwar den Rest gegeben hatte, aber letztlich auch den Anstoß zu der Erkenntnis, dass er sich nicht länger auf diese Weise zugrunde richten wollte.

Sie blickte traurig lächelnd zu ihm auf. »Dann sind wir schon zu zweit. Wir haben beide Fehler gemacht.«

Er fuhr ihr mit den Knöcheln seines Handrückens über die zarte Wange. »Es tut mir wirklich leid, wie das alles zwischen uns gelaufen ist, Estelle. Aber ich komme nicht zurück.«

Xavi sah ihr an, dass sie begriff, dass er damit auch meinte, dass es keine zweite Chance für sie geben werde. Sie zog ihre Finger zurück und schaute kurz auf ihre Füße und dann noch einmal zu ihm auf. »Ich verstehe, dann habe ich deine Nachrichten falsch interpretiert.«

Er atmete langsam ein und wieder aus, auf der Suche nach den passenden Worten. Aber ihm fielen keine ein, deswegen trat er zurück und ließ sie ziehen. Er bedauerte, wie sie damals auseinandergegangen waren, aber rückgängig machen konnte er nichts von alledem – und sie auch nicht. »Ich wünsche dir viel Erfolg, Estelle.«

»Und du, Xavi? Suchst du dein Glück noch immer auf dem Boden von gusseisernen Pfannen, oder gehört dein Herz bereits einer anderen? An diese Möglichkeit habe ich eben erst gedacht, was nur zeigt, wie selbstsüchtig ich auch heute noch bin. Hast du eine Frau? Kinder?« Sie lächelte traurig und stieg ein.

Xavis Herz setzte einen Schlag aus, als für einen Sekundenbruchteil Núrias Gesicht vor seinem inneren Auge auftauchte. Er blinzelte, und es war verschwunden. Sicher nur Einbildung. »Es sind immer noch die Pfannen«, erwiderte er mit einem schiefen Lächeln. »Pass gut auf dich auf, Estelle.«

»Du auch, Xavi. Du auch. Und wenn du deine Meinung änderst, ich habe deine Kochjacken noch immer in meinem Schrank für dich aufbewahrt.«

Er wollte etwas antworten, aber sie ließ den Motor an und brauste davon. Verwirrt blickte er ihr hinterher. Das Geräusch ihres Wagens war lange verklungen, als er noch immer auf der Straße stand und vor sich hin starrte.

* * *

Während Núria in der letzten Pose, Shavasana, rücklings auf ihrer Yogamatte im Schatten lag, dachte sie an Xavi. Er war merkwürdig verschlossen gewesen, als sie ihm zuvor begegnet war, damit Petita nicht allein bleiben musste.

Sicher hatte es nichts zu bedeuten.

Oder er fand ihre Idee mittlerweile doch nervig. Schon gestern Abend war er merkwürdig drauf gewesen, noch verschlossener.

Sie war unsicher, und das wurmte sie ein wenig.

Mit einem Seufzen richtete sie sich in den Schneidersitz auf und stellte die Musik ab.

»*Hola*, Núria«, rief ihre Mutter ihr zu, die mit ihrem Vater aus dem Dorf zurückkehrte. Sie trugen ein paar Netze, in denen sich frische Früchte und Weißbrot befanden.

»Ihr wart schon einkaufen?«

»Oma hat uns losgeschickt«, erklärte ihr Vater, nahm seiner Frau die Tüte ab und schleppte sie zusammen mit seinen Tragetaschen hinein.

Núrias Mutter setzte sich vor sie auf die warmen Steine. »Während wir eben unterwegs waren, hatte ich eine Idee«, begann sie, und Núria verspannte sich sofort. Wenn Ona so anfing, hatte sie meist schon einen konkreten Plan, um ihrer Tochter irgendwelche seltsamen Vorschläge aufzutischen.

»Aha«, erwiderte sie misstrauisch. »Was denn?«

»Du hast doch diese Yogalehrer-Ausbildung gemacht.«

Das stimmte. Vor zwei Jahren hatte sie ein Seminar belegt und erfolgreich abgeschlossen, aber mehr, um sich zu beschäftigen, und nicht, weil sie wirklich vorgehabt hatte, in dem Bereich etwas auf die Beine zu stellen. Nico hatte ihr diesen Vorschlag gemacht, weil er fand, dass sie wunderbar erklären konnte und dass es ihr liegen könnte, einen Kurs zu leiten.

Nach seinem Tod hatte sie jedoch weder die Energie noch die Lust gehabt, sich mit fremden Menschen zu treffen, um sie zu Übungen anzuleiten. Ihre Mutter wusste das, darum verstand Núria auch nicht, warum sie jetzt damit ankam.

»Ja, du hast recht; ich kann mir ja in Hamburg mal überlegen, ob ich damit noch irgendwas anfangen will. Danke für den Tipp, Mama«, gab sie zurück und hoffte, dass das Thema damit vom Tisch war.

Ona lächelte, und Núria begriff, dass das nicht das war, was ihre Mutter im Sinn hatte. »Ach, du missverstehst mich. Ich habe mich doch gestern Abend mit ein paar alten Freundinnen im Ort getroffen, und alle klagen über Rückenschmerzen und Steifheit und so was; da dachte ich mir, das wäre doch was für dich. Hast du nicht Lust, für mich und meine Freundinnen mal eine Stunde zu leiten? Das wäre so schön!«

Núrias Mund klappte auf. »Ich soll was?«

Ona guckte enttäuscht. »Ist die Idee denn so abwegig? Ich habe meinen Freundinnen von dir vorgeschwärmt, weil ich doch immer sehe, wie gut du das hier machst. Es ist sozusagen Verschwendung, wenn du immer nur allein auf der Matte turnst.«

Núria verdrehte innerlich die Augen. »Yoga und Turnen kann man wirklich nicht vergleichen.«

Ona verzog die Lippen. »Aber für den Rücken ist es doch gut, oder?«

»Ja, Mama, aber …«

Ihre Mutter unterbrach sie mit einer ungeduldigen Geste. »Nichts aber, Núria. Ich habe meine Freundinnen schon eingeladen, für Montagnachmittag.«

Núria stöhnte gequält auf. »Das ist nicht dein Ernst, oder?« Sie hasste es, wenn ihre Mutter das tat – über ihren Kopf hinweg Aktionen anleiern und sie dann vor vollendete Tatsachen stellen.

»Sei keine Spielverderberin. Ein Stündchen. Mehr nicht. Unten am Strand.«

Auch das noch. Am besten mit viel Publikum. Núria konnte es nicht leiden, irgendwo im Mittelpunkt zu stehen. Vielleicht zog ja noch ein Sturm auf – was nicht sehr wahrscheinlich war. Leider.

Núria holte tief Luft und zog eine Schnute. Dann hob sie den Zeigefinger vor das Gesicht ihrer Mutter. »Einmal, Mama, ich mache das ein einziges Mal! Komm nicht auf die Idee, dass ich hier jetzt ständig für deine Freundinnen die Vorturnerin spiele.«

»Ich denke, Yoga ist kein Turnen?«

Núria war fassungslos. Ihre Mutter konnte so gemein sein, und sie genoss diesen Moment auch noch. Sie rollte ihre Matte wortlos zusammen und stapfte ins Haus zurück. Ein Glück, dass sie gleich zu Petita rübergehen konnte. Der Gedanke an die süße Hündin entspannte sie ein wenig.

Ihr gefiel diese neue Routine. Petita war dankbar für die Aufmerksamkeit und lernte sehr schnell. Nach den Hundetrainingseinheiten kam Núria dazu, in Ruhe an ihren Übersetzungen zu arbeiten.

Obwohl sie genervt von der Aktion ihrer Mutter war, ließ Núria sich die gute Laune nicht verderben. Sie duschte kurz, dann zog sie sich etwas Luftiges über. Heute würde wieder ein warmer Tag werden; aber zum Glück war die flirrende Sommerhitze einer angenehmen Septemberwärme gewichen. Die Sonne brannte nicht länger mit so gnadenloser Kraft vom Himmel, und Núria lief mittlerweile auch nicht mehr Gefahr, sich übelst zu verbrennen. Sie betrachtete ihr Spiegelbild und war überrascht, wie gut sie ausschaute. Ihre eingefallenen Wangen hatten ein wenig an Fülle gewonnen, und ihr Teint war nicht mehr käsebleich, sondern hatte einen goldenen Schimmer angenommen. Die Schatten unter ihren Augen hatten ein wenig an Tiefe verloren. Kein Wunder, auch in der letzten Nacht war sie in einen tiefen, traumlosen Schlaf gefallen, von dem sie erholt aufgewacht war. Die frische Meeresluft und Petita schienen ihr wirklich gutzutun.

Nachdem Núria das Frühstück mit der Familie hinter sich gebracht hatte – es war ihr sogar gelungen, die Kabbeleien der anderen auszublenden –, machte sie sich auf den Weg zu ihrem Pflegehund.

»*Adéu*, Núria«, rief ihr Opa ihr hinterher. Er holte gerade eine Leiter aus der Garage.

Sie drehte sich noch einmal zu ihm um. »Was hast du denn vor?«

»Die Fensterläden – ich will sie streichen, bevor der Herbst kommt, außerdem soll alles ordentlich sein, wenn ich meinen Geburtstag feiere.«

»Ich kann dir gern helfen, wenn ich zurück bin.«

Opa winkte ab. »Ja, das sehen wir dann. Viel Spaß mit Petita; aber wozu brauchst du denn deinen Computerrucksack?«

»Ich nutzte die Zeit auch, um an meinem Auftrag zu arbeiten.« Und auch für Instagram … Aber das behielt sie für sich.

»Die Pflicht, immer die Pflicht. Vielleicht nimmst du dir mal ein paar Tage, an denen du einfach nur abschaltest.«

»Übersetzen macht mir Spaß, *avi*.«

Er winkte ab. »Na gut, du lässt dir ja sowieso nichts sagen, da bist du wie deine Mutter.«

Núria hob eine Braue. Sie war garantiert nicht wie ihre Mutter, die ständig über anderer Leute Köpfe hinweg entschied, aber die Diskussion war müßig, und daher hielt sie den Mund. *»Adéu, avi.«*

Ehe Núria zu ihrem Schützling ging, wollte sie noch das Futter abholen. Sie machte einen kleinen Spaziergang in den Ort. Auf dem Marktplatz hatten Händler ihre Stände aufgebaut. Es gab frische Früchte, Gemüse und allerhand andere Dinge des täglichen Lebens. Ihr Blick blieb an einem Zitronenstand hängen, und sie trat darauf zu. Außer den Früchten gab es noch die Kerzen, die hier fast jeder gegen die Moskitos verwendete. Sie lächelte und schnupperte daran. Sie kaufte ein paar Zitronen, um daraus später ein Getränk zuzubereiten, und setzte dann ihren Weg zu Godi fort.

Der Tierarzt war vorgewarnt und hatte das Futter schon zusammengepackt. »Mehr habe ich nicht«, knotterte er.

»Danke, das ist sehr nett von dir«, gab Núria höflich zurück. »Einen schönen Tag noch für dich.«

»Ja, ja«, machte der Alte und knallte ihr dann die Tür vor der Nase zu.

Sie versuchte, es nicht persönlich zu nehmen, und hoffte, dass sie später mal nicht so werden würde wie er. Núria schluckte und machte sich dann auf den Weg zu Petita.

Leise vor sich hin summend überquerte sie die Straße und klopfte dann bei Xavi. Es dauerte nicht lange, bis er öffnete. Er wirkte müde und ein wenig blass, als hätte er eine schlaflose Nacht hinter sich.

»Bon dia«, grüßte sie. »Ist alles in Ordnung?«

Xavi hob eine Braue. »*Bon dia*, aber natürlich, komm rein.«

Petita kläffte und sprang an ihr hoch. Núria ignorierte sie, dass das zu empfehlen war, hatte sie gestern in einem Hunderatgeber gelesen. »In ein paar Tagen wird das auch klappen«, meinte sie, während sie ins Wohnzimmer gingen.

Xavi schnappte sich sein Mobiltelefon. »Ich muss los.«

»Jetzt schon?« Es war gerade mal Viertel vor zehn, und sie hatte gedacht, dass sie vielleicht einen Tee mit ihm trinken konnte, um ihm weiter zu erklären, was sie alles mit Petita vorhatte. Womöglich interessierte ihn das aber gar nicht. Sie stutzte, weil sie nicht damit gerechnet hatte, dass sein Desinteresse sie so enttäuschen würde.

»Ja, es gibt viel zu tun.« Er lächelte nicht.

»Ärger?«

Xavi ging nicht darauf ein. »Was ist mit dir? Du bist heute früh dran.«

Núrias Wangen erwärmten sich. »Ich bin vor meiner Familie geflüchtet. Stell dir mal vor, meine Mutter hat ihre Freundinnen zu einem Yogakurs eingeladen.«

Er furchte die Stirn. »Das ist doch nett.«

Sie stieß die Luft aus. »Ja, wenn man mal davon absieht, dass ich die Lehrerin sein soll. Jetzt kann ich nicht mal mehr in Ruhe Yoga machen.«

»Gibst du Kurse?«

»Nein! Das ist ja der Punkt.«

Xavi schien ihre Aufregung nicht zu verstehen, und sie wollte ihn auch nicht aufhalten. Daher ging sie in die Küche und setzte Wasser auf. Dann fiel ihr auf, dass sie sich benahm, als sei es ihr Haus. Es war irgendwie anders, wenn er hier war.

Núria drehte sich langsam zu ihm um, ihr Blick traf auf seinen. Er hatte sie offenbar die ganze Zeit beobachtet. Mit bohrendem Blick und einem Ausdruck, den sie nicht einordnen konnte. Hitze flammte in ihren Wangen auf, während sie sich fragte, ob sie etwas falsch gemacht hatte. »Stimmt etwas nicht?«

Er blinzelte ein paar Mal, dann rieb er sich über das Kinn. »Doch, es ist alles bestens. Sag mal, du wolltest dir doch mein Paddle-Board ausleihen; damit kannst du vor der Familie flüchten und auf dem Wasser dein Yoga machen.«

Sie machte große Augen, damit hatte sie jetzt nicht gerechnet. Dass er sich das gemerkt hatte! »Ja, gern.«

»Wir könnten raus in die Bucht fahren, dann hast du ganz sicher deine Ruhe. Heute ist es windstill, der perfekte Tag.«

Núria neigte ihren Kopf zur Seite. »Wow, das klingt großartig. Sehr gern.« Ihre Lippen bogen sich wie von selbst zu einem breiten Lächeln.

Xavi räusperte sich. »Dann bis später, Núria.«

Ohne sie noch einmal anzusehen, drehte er sich um und rauschte aus dem Haus. Die Tür fiel krachend hinter ihm ins Schloss, als ob er auf der Flucht wäre.

Komisch, dachte sie. Das Pfeifen des Kessels riss sie aus ihrer Starre. Sicher hatte sein merkwürdiges Verhalten nichts mit ihr zu tun. Sie wusste, dass sie sich nicht so wichtig nehmen durfte.

Kapitel 11

3 821 Likes
36 Kommentare
2 Reposts

»In diesem Leben ist jeder mutig, der nicht aufgibt.« Du hast dieses Zitat von Paul McCartney nicht nur oft benutzt, sondern du hast es gelebt. Deinen Mut habe ich immer bewundert. Genauso wie deine Haltung zum Leben. Wenn ich heute daran zurückdenke, kann ich lächeln, während gleichzeitig Tränen in meinen Augen schwimmen. Du warst immer eine Inspiration für so viele Menschen.

Für dich möchte ich stark sein. Und mutig.

Ich weiß nur noch nicht, wie das geht.

Es war anstrengender als gedacht, in einer ganz einfachen Pose wie dem Krieger 1 auf dem Brett zu stehen – einem weiten

Ausfallschritt mit seitlich ausgebreiteten Armen. Xavi hatte das Board mit einer Leine am Boot befestigt und saß aus Solidarität, wie er sagte, auf dem Deck, während er Núria bei ihren Übungen beobachtete.

Seltsamerweise störte es sie nicht, dass sie seinen interessierten Blick auf sich spürte. Vermutlich, weil er keine blöden Kommentare dazu abgab, wie sie wackelig nach ihrem Gleichgewicht suchte.

Die Nachmittagssonne war herrlich warm, ohne erbarmungslos herunterzubrennen. Sie glitzerte im türkisblauen Wasser, sanfte Wellen schwappten gegen das Brett. Núria schloss für einen Moment die Augen, konzentrierte sich auf ihre Atmung und nahm die salzgeschwängerte Luft tief in ihre Lungen auf.

»Scheiße«, fluchte sie, als sie merkte, dass sie sich nicht mehr halten konnte, weil eine Welle das Brett unerwartet heftig schwanken ließ.

Mit einem vermutlich sehr uneleganten Platsch landete sie im Wasser.

Lachend tauchte sie wieder auf und legte Oberkörper und Wange auf das Board, dann atmete sie kurz durch. Es war wundervoll, ihren Körper auf diese Weise zu spüren. So lebendig, so voller Energie. »*Déu*, ist das anstrengend«, japste sie.

»Soll ich dich retten?«, bot Xavi an. Sie musste ihn nicht ansehen, um zu wissen, dass er breit grinste.

»Ich ziehe mich erst mal wieder rauf«, antwortete sie, und mit einer Bewegung schaffte sie es. Für einige Minuten blieb sie in der Sonne liegen und ruhte sich aus. Die glitzernden Tropfen trockneten schnell zu einem krümeligen Staub auf ihrer Haut. Sie liebte dieses Gefühl der Schwerelosigkeit auf dem Wasser, das sanfte Schaukeln, das plätschernde Geräusch. Diese besondere Ruhe am Meer.

Irgendwann hob sie träge ihren Kopf und schaute zu Xavi hinüber. Sie war überrascht, dass er seine Position nicht verändert hatte und immer noch auf dem Deck saß. Ihre Blicke trafen sich, und seine Mundwinkel wanderten langsam nach oben.

»Ich dachte, du bist eingeschlafen«, meinte er. Xavi trug nur Badeshorts; sein gebräunter Oberkörper leuchtete golden im Licht.

»Das wäre ich auch beinahe, ich könnte immerzu hier herumschaukeln.«

»Kleine Meerjungfrau«, neckte er sie. »Dann ist das Experiment mit dem Board also als geglückt zu betrachten?«

Núria stützte sich auf ihre Hände auf und hob ihren Oberkörper leicht an, sodass sie in der Kobrapose auf dem Brett lag. »Aber so was von«, gab sie mit geschlossenen Augen zurück.

Xavi antwortete nicht. Sie wollte nach ihm sehen, öffnete ihre Lider und bekam gerade noch mit, wie er mit Anlauf über sie hinweg ins Wasser sprang. Núria schrie leise auf, dann wurde sie auch schon nass. Die vielen Tropfen fühlten sich auf ihrer erhitzten Haut eisig an.

Núria verzog die Lippen zu einem Lächeln, als Xavis Kopf neben ihrem Brett auftauchte. Seine Augen funkelten amüsiert, er war wie ausgewechselt im Vergleich zum Vormittag.

»Jetzt bin ich komplett nass«, schimpfte sie nur halb ernst gemeint.

Er ließ sich kurz auf dem Rücken treiben, dann tauchte er plötzlich ab.

Núria hatte keine Ahnung, was er jetzt machte, und reckte ihren Kopf ein wenig, um nach ihm zu sehen. Sie hatte nicht damit gerechnet, dass er unter das Brett tauchen würde, und konnte nichts dagegen tun, als er es kippte und sie wie eine Robbe ins Wasser purzelte.

Sie schaffte es nicht mal, sich die Nase zuzuhalten, so überrascht war sie von seinem Überfall.

»Du Schuft«, meckerte sie lachend, als sie wieder auftauchte.

Xavi hatte sich in der Zwischenzeit auf das Paddle-Board gekniet und stützte sich mit den Händen ab.

Núria planschte im Wasser. »Was machst du da?«

»Ich dachte, du kannst mir vielleicht sagen, was ich tun soll. Dann probiere ich es auch einmal.«

Xavi schaffte es immer wieder, sie mit einer unerwarteten Aktion zu erstaunen. »Ehrlich?«

»Na, so schwer kann es doch nicht sein, oder?«

Sie betrachtete ihn einen Moment. Er war gut gebaut, muskulös und wirkte sportlich. Vermutlich gehörte er zu der Sorte Männer, die nicht viel tun mussten und trotzdem alles konnten. Ein Naturtalent. »Stell dich hin«, forderte sie ihn auf.

»Das schaffe ich gerade noch«, witzelte er.

Tatsächlich wackelte das Brett schon ein wenig mehr, als er versuchte, sich aufzurichten.

»Siehst du, so einfach ist es nämlich doch nicht mit dem Wellengang.«

»Ich sehe keine Wellen.«

»Ach nein? Warum zittern deine Beine dann?«

»Du brauchst eine Brille!«

Sie lachte und schwamm auf ihn zu. Dabei blies sie immer wieder ins Wasser.

»Was wird das jetzt?«, wollte er wissen. »Ein Angriff? Rache?«

Sie hatte tatsächlich kurz überlegt. »Nein, so bin ich nicht. Gleiches mit Gleichem zu vergelten, das machen doch nur Kindergartenkinder.«

Die Sonne strahlte vom tiefblauen Himmel; es war noch immer windstill. Plötzlich bemerkte Núria, dass Xavi sie anstarrte. Sie war verunsichert, hatte sie etwas Falsches gesagt?

Er wirkte auf einmal nachdenklich und senkte den Blick auf seine Füße. Es war schade; die gute Stimmung war plötzlich wie weggeblasen.

»Was ist los?«, wollte sie wissen, während sie eine Hand auf das Brett legte, um sich daran festzuhalten.

»Komm rauf und hilf mir«, forderte er stattdessen und zog sie heraus.

Núria kniff die Augen zusammen und schaute ihn prüfend an. »Das ist doch nicht etwa wieder so ein Trick, um mich dann gleich noch einmal reinzuschmeißen?«

Er hielt ihre Hände noch immer fest, während sie jetzt beide auf dem Brett knieten und sich ansahen. Xavis Lächeln war still, sein Blick wurde weich. Der Geruch von Salz, Algen und nassen Felsen wehte vom Ufer zu ihnen herüber, und Núria bekam eine Gänsehaut.

»Zeig mir, wie es geht«, wisperte er, seine Stimme klang rau.

Núria schluckte und nickte, ihre Kehle war eng geworden. Er hatte kräftige Hände, lange Finger und eine überraschend zarte Haut. Sie spürte die Energie, die von ihm ausging, und die Wärme. Ein wohliges Kribbeln rann an ihrer Wirbelsäule entlang.

»Am Ende landen wir sicher beide kopfüber in der Bucht«, prophezeite sie, ohne seinem Blick auszuweichen.

Er zwinkerte. »Du hast doch nicht etwa Angst?«

»Ganz sicher nicht. Wenn, dann fliegst sowieso du zuerst hinein«, neckte sie Xavi.

Er hielt noch immer ihre Hände umfasst; so saßen sie sich gegenüber. Das Brett schaukelte ganz sanft in den Wellen. »Hast du einen Plan?«

»Ich würde vorschlagen, dass wir versuchen, uns synchron zu bewegen.« Sie holte tief Luft. »Warum machen wir das hier noch mal?«

Xavi schnalzte mit der Zunge. »Yoga auf dem Brett war deine Idee, schon vergessen?«

»Niemand hat was davon gesagt, dass wir zu zweit auf einem Board stehen sollen.« Obwohl sie ein wenig vorwurfsvoll klang, machte es ihr einen Heidenspaß. Sie war gespannt, ob es ihnen gelingen würde. Zum ersten Mal seit langer Zeit blitzte etwas von der alten Núria in ihr auf, das sie lange verloren geglaubt hatte. Sie fühlte sich unbeschwert und frei.

»Also, dann stehen wir ganz langsam auf, du hältst mich fest und ich dich«, murmelte er, ohne sie aus den Augen zu lassen.

Núria biss sich auf die Unterlippe und nickte konzentriert.

»Schön langsam, ja?«, leitete seine dunkle Stimme sie an.

Sie wollte einen Scherz machen, von wegen, dass sie doch die Yogalehrerin sei, aber sie musste sich zu sehr anstrengen, um nicht sofort das Gleichgewicht zu verlieren. Zu zweit auf dem Brett zu stehen war so viel schwieriger als allein, weil jeder noch die Wackler des anderen ausgleichen musste.

Sie schwankten ein paar Mal gefährlich; Núria stieß einen kurzen Schrei aus. »Ganz ruhig«, mahnte er sie, und tatsächlich: Sie merkte, dass sie sich entspannte und ihm vertraute. Er gab ihr Halt und umgekehrt.

Obwohl ihre Knie ein wenig schlotterten und sie kurz davor war zu fallen, blieben sie auf den Beinen. Irgendwann hatten sie es geschafft. Núria hielt Xavis Hände in ihren und strahlte. »Es ist unglaublich, wir stehen!«

Xavis Augen funkelten, er nickte und wirkte ernst. In sich gekehrt. Für eine sehr lange Sekunde sagte niemand etwas. Sie spürte, wie trocken ihr Mund auf einmal war. Xavi stand ihr so nah, dass sie die Wärme seines Körpers spüren konnte, seine Stärke und Dynamik.

Irgendwo kreischte eine Möwe, kleine Wellen schwappten gegen das Boot und das Board. Für eine Sekunde glaubte sie, dass sie etwas in seinen Augen aufblitzen gesehen hatte, das nicht sein konnte. In der nächsten flog sie in hohem Bogen ins Wasser.

Ein Fluch lag ihr auf der Zunge.

Er hatte es schon wieder getan, sie vom Board geschubst. Nur dieses Mal war er selbst mit ins Wasser gefallen. Das geschah ihm recht.

Núria war nicht sauer, als sie auftauchte, aber total erschöpft. Die ungewohnten Bewegungen und Anstrengungen forderten allmählich ihren Tribut. »Ich kann nicht mehr«, japste sie kichernd. »Ich wusste echt nicht, dass du so fies bist.«

Xavi ging nicht darauf ein, aber sie sah an seinem Grinsen, dass es ihm auch Spaß gemacht hatte.

»Würdest du wieder deinen wundervollen Trick ausführen und mir eine Leiter herunterlassen?«

»Was bekomme ich dafür?«, neckte er sie, während er sich behände an Bord schwang.

»Ich habe gar nichts, was ich dir anbieten kann. Ich kann nicht mal kochen.«

Xavi schaute gespielt entsetzt. »Du kannst nicht kochen?«

»Na ja, nichts, was einem richtigen Gourmet schmecken würde, jedenfalls.« Ihre Gerichte beschränkten sich auf magen- und darmschonende Kost, aber das würde sie Xavi jetzt garantiert nicht erzählen.

Sie beobachtete ihn und das Spiel seiner Muskeln, während er die Leiter ins Wasser ließ.

»*Cafè* magst du auch nicht«, scherzte er und legte sich dann einen Finger an die Lippen. »Dann mache ich eine Ausnahme und lasse dich einfach so raufkommen.«

»Außerdem habe ich dir schon eine Yogastunde auf dem Brett gegeben«, konterte sie und hievte sich Stufe für Stufe aus dem Wasser.

Oben angekommen, landete mal wieder ein Handtuch in ihrem Gesicht.

»Du lernst nicht dazu, *carinyo*!«

Schatz.

Núria erstarrte, und das Frottee klatschte auf den Boden.

Xavis Augen weiteten sich, als er merkte, was er von sich gegeben hatte. »Tut mir leid, so war das nicht gemeint«, brummte er und verschwand in die Kajüte.

Sie schluckte und hob das Handtuch ungelenk auf.

Während sie sich abtrocknete und über das Meer schaute, kreisten ihre Gedanken immer wieder um dieses eine Wort.

Es war nicht so gemeint, hatte er gesagt.

Trotzdem hatte er gemerkt, dass es sie irritiert hatte.

Bestimmt nannte er viele Frauen Schatz – einfach so, wie man in Hamburg »Puppe« oder »Süße« auch zu einer guten Freundin sagte.

Trotzdem klopfte ihr Herz wie verrückt, es war einfach zu unerwartet gekommen. Sie war nicht darauf vorbereitet gewesen.

Jetzt mach dir mal nicht ins Hemd, sagte sie sich stumm. Sie sollte nichts dramatisieren und es einfach vergessen.

Genau das würde sie tun.

Xavi sah das offenbar auch so; er pfiff leise vor sich hin, als er mit trockener Hose und einem Körbchen am Arm von unten heraufkam. Das half ihr ein wenig, sich zu entspannen.

»Wieder ein Picknick?«, fragte sie. »Musst du nicht zur Arbeit?«

Xavi zuckte die Schultern, während er, von Petita verfolgt, nach vorn kletterte. »Heute nicht, Núria. Ich habe mir freigenommen. Es sind nicht viele Tische gebucht; das ist der Vorteil vom Spätsommer, es wird ein bisschen ruhiger. Komm, hast du keinen Hunger?«

»Doch, und wie!« Sie war froh, dass der peinliche Moment vergessen war. »Ich trocke mich schnell ab, dann bin ich gleich bei dir.«

Es fing bereits an zu dämmern, als Núria zu ihren Großeltern zurückkehrte. Der Nachmittag auf dem Boot war wundervoll gewesen; so viel Spaß hatte sie lange nicht gehabt. Nicht nur das, sie merkte erst jetzt, wie viele Knoten sich in ihrer Brust und in ihrem Kopf gelöst hatten, weil sie nicht ständig mit ihren Gedanken bei allem hing, was noch erledigt werden musste.

Ihre Eltern saßen auf der Terrasse, und Zitronenkerzen brannten auf dem Tisch, um die Moskitos zu vertreiben. »Hallo, Núria«, wurde sie von ihrem Vater begrüßt, der seiner Frau gerade Wein nachgoss.

»Du kommst aber spät«, stellte ihre Mutter mit einem zufriedenen Grinsen fest.

Núria zuckte die Achseln. »Hallo, ihr beiden.«

»Hast du schon gegessen?«, wollte Ona wissen.

»Ja, Xavi hatte Verpflegung mit auf dem Boot.«

»Ach, war er gar nicht im Restaurant? Ich dachte, das hat nur montags und dienstags zu.«

»Du weißt ja gut Bescheid«, stellte Núria leicht genervt fest. Tatsächlich war sie noch immer überrascht, dass er seinen Dienst heute praktisch »geschwänzt« hatte.

Sie sah nicht sich selbst als Grund dafür, sondern eher seine schlechte Laune der letzten Tage. Vielleicht hatte er gemerkt, dass er mal eine Pause brauchte, und da war ihm Núria gerade recht gekommen. Wobei, das hatte er gar nicht nötig, wie sie mittlerweile wusste. Xavi hätte sie nicht mitgenommen, wenn er das nicht wirklich gewollt hätte.

Es fühlte sich gut an, zu wissen, dass er sie leiden konnte und nicht nur aus Mitleid Zeit mit ihr verbrachte. Überhaupt war es angenehm, in seiner Gegenwart zu sein, von den ständigen Bauchklatschern mal abgesehen. Aber selbst die waren irgendwie witzig gewesen.

Ihr Vater legte einen Arm um die Schultern ihrer Mutter und drückte sie leicht. Vielleicht wollte er seiner neugierigen Frau mitteilen, dass sie ihre Tochter nicht länger nerven sollte. Doch Ona ging nicht darauf ein – natürlich nicht – und bohrte weiter nach. Irgendwie konnte Núria es sogar verstehen; ihre Familie hatte mit ihr gelitten und sich sehr um sie gesorgt, das tat sie immer noch. Daher rührte auch ihre Neugier.

»Dann hattest du einen schönen Tag?«, erkundigte sich ihr Vater.

»Ja, den hatte ich. Wir sind mit dem Boot rausgefahren, und ich habe mal Yoga auf dem Stand-up-Paddle-Board versucht.«

»Da bist du wohl ganz schön nass geworden, oder?«, fragte ihr Vater.

»Und wie – aber es hat trotzdem Spaß gemacht.«

»Ich freue mich wahnsinnig, das zu hören«, erklärte er und trank einen Schluck Wein.

»Xavi ist ja auch wirklich nett und attraktiv. Ihr versteht euch sehr gut, oder?«, wollte Ona wissen.

»Ich komme gut mit ihm klar, er stellt nämlich nicht so viele nervige Fragen wie andere Menschen.«

Ona wackelte mit den Augenbrauen. »Aha, das ist ja interessant. Und, wann habt ihr euer nächstes Date?«

Núria schnaubte. »Gar nicht, du missverstehst da etwas grundlegend.« Sie behielt für sich, dass sie hauptsächlich mit Xavi unterwegs war, um der ewigen Sorge und der Neugier ihrer Familie zu entgehen.

»Lass sie«, bat Uwe seine Frau, und sie hielt tatsächlich den Mund, aber ihr fröhliches Gesicht sprach Bände.

»Gute Nacht, ihr beiden«, meinte Núria mit einem leisen Seufzen. »Die viele frische Luft hat mich wirklich müde gemacht.«

»Schlaf gut, Liebes.«

Núria betrat das Wohnzimmer durch die Terrassentür. Der Fernseher war irre laut gedreht, die Großeltern schauten gerade die Nachrichten. Es wurde über eine Demonstration in Barcelona berichtet, bei der knapp achttausend Menschen für die Unabhängigkeit Kataloniens auf die Straße gingen.

»Hola«, grüßte Núria.

»Sch«, machte Opa und hob die Hand.

Sie grinste in sich hinein. Die beiden hofften schon ihr ganzes Leben, dass es irgendwann einmal passieren würde, Núria zweifelte daran, dass es Katalonien jemals gelang. *»Bona nit«,* wünschte sie den beiden und tapste dann auf Zehenspitzen vorbei nach oben.

In ihrem Zimmer war es heiß, daher riss sie als Erstes die bodentiefen Fenster auf und stieß die Fensterläden zur Seite. Dann trat sie auf ihren kleinen Balkon und schaute in den sternklaren Himmel. Es war in kürzester Zeit dunkel geworden und duftete herrlich nach Pinien. Das leise Rauschen der Brandung war alles, was außer dem Gemurmel ihrer Eltern zu hören war.

Núria trat an die Brüstung und dachte an die Unterstellungen ihrer Mutter, dass sie und Xavi etwas miteinander haben könnten.

Núria war nicht bereit für eine Liebelei. Kurioserweise löste der Gedanke aber keine blanke Panik mehr in ihr aus, nicht so wie früher jedenfalls. Stattdessen erwischte sie sich dabei, wie sie schmunzelte, als sie Licht in Xavis Turm entdeckte.

Kapitel 12

3 899 Likes
78 Kommentare
4 Reposts

Wenn ich mittlerweile etwas begriffen habe, dann, dass es niemals eine Antwort auf das Warum geben wird. Warum wird jemand krank? Warum unheilbarer Krebs? Warum ausgerechnet du? Warum müssen so viele wundervolle Menschen gehen?

Aber es zu akzeptieren, heißt noch lange nicht, damit leben zu können. Trotzdem stimmt es, dass man manches zunächst einmal annehmen muss, um damit umgehen zu können. Es gibt Tage, an denen kann ich die Sonne sehen und finde eine gewisse Art von Frieden in mir, die ich lange nicht mehr gespürt habe. Noch ist dieses Gefühl aber zu zerbrechlich, zu schwach, als dass ich mich traue, es zu genießen. Es ist ein Anfang, ein Schritt raus aus der ewigen Dunkelheit, die mich nach deinem Tod umgeben hat wie ein Gefängnis. Und doch fürchte ich mich davor, dass mich morgen wieder das schwarze Loch verschlingt und ich nichts mehr sehen kann als Finsternis.

In den letzten Tagen hatte sich eine harmonische Routine eingeschlichen; sogar die Sticheleien der Eltern und Großeltern schienen abgeebbt zu sein. Núria stand auf Opas Leiter und pinselte einen Fensterladen mit frischer weißer Farbe an. Ein Windstoß zerrte an dem Tuch, das sie sich über die Haare gebunden hatte. Schaumkronen tanzten auf dem dunklen Meer. Heute wehte die *Tramuntana,* der kalte Wind aus dem Norden, kräftig herüber.

Ihr Vater trat mit einer Tasse Kaffee aus dem Haus, Ona saß auf einem Stuhl und las die Tageszeitung.

»*Papà*, hast du heute schon die Nachrichten gesehen?«, wandte Ona sich an ihren Vater, der sich gerade die Pfeife stopfte, während er sich in einem Gartensessel ausruhte.

»Nein, wieso?«

»Gestern gab es Ausschreitungen in der Hauptstadt, dabei haben sie mehrere Autos angezündet.«

»Richtig so! Anders wollen es die da oben ja nicht verstehen, dass Katalonien frei sein muss.«

Uwe schüttelte den Kopf. »Gewalt ist doch keine Lösung.«

Obwohl Núria ihrem Vater zustimmte, zuckte sie kurz zusammen. Er lieferte ihrem Opa quasi eine Steilvorlage. Wenn man ihm bei seinem Lieblingsthema nicht zustimmte, drohte jedem sein Zorn.

Sie wollte gerade intervenieren, als Opa schon schimpfte. »Das kann ja nur jemand sagen, der überhaupt keine Ahnung vom Thema hat.«

Na super, dachte Núria. *Jetzt geht das Gezanke schon wieder los.*

»Ich stehe für eine freie demokratische Republik Katalonien ein«, knurrte Opa in Uwes Richtung.

Ona vergrub sich hinter ihrer Zeitung, während ihr Mann einen Schritt in die Sonne machte. »Die katalanischen Separatisten verdienen keine Unterstützung. Sie gefährden damit den Frieden in einem geeinten Europa.«

»Niemand braucht heutzutage noch einen König«, schimpfte Opa. »Seit Jahrhunderten werden wir von Madrid terrorisiert, wirtschaftlich benachteiligt und systematisch unterdrückt.«

Núria konnte es nicht mehr hören, sie hatte das alles schon so oft miterlebt. »Hört endlich auf, ihr Streithähne, das ist ja nicht zum Aushalten!«, fuhr sie energisch dazwischen.

Sogar ihre Mutter ließ die Zeitung sinken und starrte Núria mit offenem Mund an.

»Was?«, zischte Núria. »Ist doch wahr.«

Sie stopfte den Pinsel in den an der Leiter hängenden Farbeimer und trampelte von der Leiter herunter. »Macht euren Scheiß doch selbst, echt! Ich habe es so satt, dass ihr euch dauernd ankeift, anstatt endlich mal zu klären, was zwischen euch steht.«

Opa machte große Augen und wollte etwas sagen, aber Núria ließ ihn gar nicht erst zu Wort kommen. »Du!«, fing sie an und tippte ihrem Großvater gegen die Brust. »Und deine Frau, kapiert endlich, dass *mamà* glücklich ist in Hamburg. Mein Vater ist ein guter Mann, ohne ihn würde es mich nicht geben.«

Die Augen ihres Vaters funkelten triumphierend. »Du brauchst dir auch gar nicht so ins Fäustchen zu lachen«, schimpfte Núria mit ihrem Vater. »Jede Situation auszunutzen, in der du es Opa und Oma zurückzahlen kannst, indem du grundsätzlich eine andere Meinung hast als sie, hilft auch nicht gerade weiter. Ob Katalonien seine Unabhängigkeit erklärt oder nicht, geht dich im Grunde sowieso nichts an, weil du nicht hier lebst. Und jetzt geht mir alle aus dem Weg, ich kann dieses Theater nicht länger aushalten!«

Damit stürmte Núria an ihnen vorbei aus dem Haus. Sie vergaß, ihren Computer mitzunehmen, aber das merkte sie erst auf der Straße. Egal, sagte sie sich, dann würde sie eben heute mal nicht arbeiten oder online gehen. Auch das würde sie überstehen.

* * *

»Chef, dein Handy bimmelt, soll ich es dir bringen?«

»Sí, clar!«, antwortete Xavi, während er hinter dem Restaurantherd stand und eine *botifarra*, eine in Katalonien sehr beliebte rötliche Bratwurst, brutzelte. Es musste Núria sein, vielleicht hatte sie eine Frage wegen Petita.

Pep reichte ihm sein Telefon. *»Hola?«,* meldete sich Xavi gut gelaunt, ohne vorher aufs Display zu schauen.

»*Hola, estimat*, wie geht es dir?«

»Mamà?« Mit ihr hatte er nicht gerechnet. Sie rief nie während der Arbeit an. Oder so gut wie nie jedenfalls. »Ist etwas passiert?«, wolle er wissen.

»Aber nicht doch, Xavi, ich wollte nur mal hören, wie es dir so geht.«

Er verdrehte die Augen. Telefonate, die mit diesem Satz anfingen, beinhalteten meist unangenehme Fragen oder sonstige Ankündigungen, die er nicht hören wollte. In letzter Zeit kam das dummerweise häufiger vor. Sie hatte erst kürzlich wegen des Artikels über Estelles Restaurant angerufen. Was war es dieses Mal? Eigentlich wollte er es gar nicht wissen.

»Mir geht es gut, und euch?«, erkundigte er sich aus reiner Höflichkeit und überlegte gleichzeitig, wie er sie möglichst schnell abwimmeln konnte.

»Ach, du weißt doch, schlechten Leuten geht es immer gut.« Sie lachte. »Hör mal, stimmt es, dass Estelle dich besucht hat?«

Sant Déu del Cel, lieber Gott im Himmel, woher wusste diese Frau das schon wieder?

Er atmete hörbar aus, ehe er ausweichend antwortete: »Das stimmt, sie wollte meine köstliche Fischsuppe kosten. Das hat sich anscheinend bis Barcelona rumgesprochen.«

»Die will dir sicher nur das Rezept dafür klauen! Das hast du doch bestimmt nicht herausgegeben, oder? Das war von deiner *àvia*, Gott hab sie selig. Als ob es nicht reichen würde, dass diese Frau dir deine Existenz geraubt hat.«

Xavi musste schmunzeln. Damit er das Rezept seiner Großmutter rausrückte, musste schon mehr passieren als ein spontaner Besuch in seinem Restaurant.

»*No, mamà*, ich habe es Estelle nicht verraten.«

»Gut! Du hast ihr sonst hoffentlich auch nichts gegeben, wie in etwa … deinen Körper?!«

»*Mamà*, hör auf damit.« Er verdrehte die Augen erneut, das ging deutlich zu weit.

»Ich mache mir nur Sorgen um dich. Diese Frau hat dich schon einmal um alles gebracht; du darfst dich von dieser Schlange nicht noch einmal einwickeln lassen.«

Das stimmte so nicht ganz, aber er schämte sich zu sehr, um seinen Eltern zu erklären, dass er sich über Monate sehr schlecht benommen hatte, was schließlich erst der Auslöser dafür gewesen war, dass Estelle ihn hintergangen hatte. Es war ihm peinlich, zuzugeben, dass ihm der Rausch und das Nachtleben wichtiger gewesen waren als alles andere. Getrieben von seiner grenzenlosen Sucht nach Anerkennung, immer mehr, immer öfter, immer weiter, bis er schließlich gegen eine Wand gelaufen war. »Mir geht es gut hier in Llafranc«, war alles, was er dazu sagte.

Einen Moment herrschte Schweigen am anderen Ende. »Du solltest uns bald mal besuchen kommen, Xavi, wir vermissen dich.«

»Ja, natürlich, das mache ich.« Sie wussten beide, dass es nur so dahingesagt war, dass Xavi es vermied, ihnen zu begegnen. Er fühlte sich auch heute noch wie ein Versager, nachdem er sein Restaurant verloren hatte, weil ihm zu viele Dinge über den Kopf gewachsen waren. Er hatte alles gehabt – und alles verloren. Nun, heute stimmte das so nicht mehr, denn obwohl sein Leben hier in Llafranc ein ganz anderes war, sehnte er sich keine Sekunde lang nach dem in Barcelona zurück. Eine Erkenntnis, die er erst in diesem Augenblick wirklich fühlte.

»Okay, *estimat*, dann lasse ich dich mal arbeiten.«

»Mamà?«

»Sí?«

»Woher wusstest du, dass Estelle hier war? Das kannst du ja wohl nicht in der Zeitung gelesen haben.«

»Ich bin Estelle zufällig in Barcelona auf dem Markt begegnet, da hat sie mir erzählt, dass sie bei dir war. Sie wollte von mir wissen, ob du eine neue Freundin hast; da musste ich lachen. Hast du doch nicht, oder? Das würdest du uns doch erzählen?«

Xavi verzog die Lippen. »Natürlich würdet ihr als Erste davon erfahren.« Er schüttelte den Kopf. Sollte er jemals wieder in die Verlegenheit kommen, sich zu verlieben, würden seine Eltern und seine Schwester es ganz sicher als Letzte erfahren – ansonsten wäre nämlich direkt das Aufgebot bestellt. Sie wollten ihn dringend unter der Haube sehen, und das hieß natürlich mit einer guten Katholikin verheiratet.

Xavi atmete langsam aus. Er war nicht geschaffen für eine Liebesbeziehung.

»Hm, na gut«, hörte er seine Mutter am anderen Ende sagen. »Trotzdem, komm bald zu Besuch, ja? Oder wir kommen zu dir! Aber das Blöde ist ja, dass du am Wochenende immerzu arbeitest.«

»*Clar, mamà*, ich melde mich. *Adéu.*«

Xavi legte auf und stopfte sich das Handy in die Hosentasche. Beim nächsten Mal würde er erst nachsehen, wer anrief.

* * *

Tränen schimmerten in Núrias Augen, während sie auf »hochladen« drückte. Der altbekannte Schmerz raubte ihr die Luft zum Atmen, auch wenn sie spürte, dass er sich allmählich veränderte. Wo er anfangs alles verschlingend und tiefschwarz gewesen war, merkte sie jetzt, dass sie trotz allem die Schönheit ihrer Umgebung wahrnahm, dass es mittlerweile auch kleine Glücksmomente gab, die ihr über dieses tiefe Tal der Trauer hinweghalfen.

Es änderte jedoch nichts an der Tatsache, dass sie Nico schrecklich vermisste. Sie wusste, dass es ihm gefallen hätte, von Petitas Fortschritten zu hören, dass er es geliebt hätte, über ihr glattes Fell zu streicheln.

Núria holte tief Luft und blinzelte gegen das Brennen hinter ihren Lidern an, als es unerwartet an der Tür klopfte.

Sie schaute auf die Uhr. Es war erst kurz nach neun, sicher hatte Xavi seine Küche noch nicht zugemacht, vor zehn kam er nie zurück.

Petita rannte kläffend zum Eingang; Núrias Versuche, sie dazu zu bewegen, im Sitz zu warten, waren vergeblich. So viel zu ihrer großartigen Hundeerziehung.

Núria schnitt sich selbst eine Grimasse, ehe sie öffnete. Sie war überrascht, als sie den alten Godi vor der Tür stehen sah.

»Oh«, stieß sie hervor.

Godi zog die Brauen zusammen. »Wohnt hier nicht Xavi Capello?«

»Doch, doch, der wohnt hier.«

»Ah, und da ist ja auch die süße Petita.« Die harten Gesichtszüge des alten Mannes wurden weicher. »Wo ist der Koch?«, brummte er dann in Núrias Richtung, ohne sie dabei anzusehen.

»Er arbeitet, kann ich dir vielleicht weiterhelfen?«

»Er ist nicht wieder zu mir gekommen«, antwortete er. »Das sollte er aber, deswegen muss ich meine alten Knochen jetzt selbst herschleppen.«

Núria verstand nur Bahnhof.

»Zum Chippen!«, schimpfte Godi. »Jetzt, wo er einen Hund hat, muss er das machen lassen, ebenso wie ihn anmelden. Der verdammte spanische Staat will doch wegen allem Geld.«

Endlich begriff Núria. Das hier war so etwas wie ein unangemeldeter Hausbesuch. »Willst du reinkommen?«, bot sie ihm an.

»Du, du bist doch die *néta* von Josep, oder?«

»*Sí*, ich bin seine Enkelin.«

Godi durchbohrte sie förmlich mit seinem Blick. Núria wurde plötzlich ganz warm unter ihrem dünnen Shirt. Nervös trat sie einen Schritt zurück. »Komm doch herein«, wiederholte sie.

Godi atmete hörbar aus, dann stampfte er ins Haus und setzte sich direkt auf das Sofa, ohne auf eine Einladung zu warten. Erst jetzt sah Núria, dass er eine Ledertasche dabeihatte, vermutlich mit Tierarzt-Equipment. Das nahm sie zumindest an.

»Kann ich dir etwas anbieten?«, erkundigte sie sich, während sie langsam näher trat.

Petita war auf seinen Schoß gesprungen und ließ sich von Godi im Nacken kraulen.

»Nein. Ich bin nur ihretwegen hier.«

Núria kannte seine schroffe Art, und seit Opa ihr die Geschichte seiner Schwester erzählt hatte, konnte sie sie auch verstehen; bis dahin hatte sie keinen Schimmer von der gemeinsamen Vergangenheit der beiden Männer gehabt. Godi war nie über den Verlust hinweggekommen; er hatte nie geheiratet und auch keine Kinder, das hatte Núria jetzt begriffen.

»So, und jetzt kümmere ich mich um dich«, murmelte Godi, und Núria wusste, dass er Petita meinte. Er klappte die Tasche auf und nahm ein paar Utensilien heraus.

Sie fühlte sich fehl am Platz und wusste nicht, wie sie die Stille mit Worten füllen sollte. »Opa und du, ihr seid befreundet?«, meinte sie irgendwann.

Godi schaute nicht auf. »Es ist ein ganzes Zeitalter vergangen, seit wir Freunde waren.«

Núria war überrascht von dieser Antwort. Ein Gefühl, als würde ihre Brust zerspringen, machte sich in ihr breit, weil sie genau wusste, was er meinte. Ein ganzes Leben gelebt zu haben und auch wieder nicht, denn es war klar, dass Godi wie sie selbst in der Vergangenheit festklebte.

»Es tut mir leid«, flüsterte sie.

Godi blickte nicht auf, während er Petita vorsichtig behandelte. »Sie hatte Haare so golden wie ein Heiligenschein, und ich hatte nur eine Aufgabe: auf sie aufzupassen. Das ist mir nicht gelungen.«

Núria wollte sagen, dass Catarina alt genug gewesen war, dass es ein tragischer Unfall gewesen war, aber sie hielt den Mund, weil sie wusste, dass es nichts nützte. Niemand konnte ihm den Schmerz nehmen und auch nicht das Loch schließen, das der Verlust seiner Schwester in ihm hinterlassen hatte. Núria war davon überzeugt, dass es nicht viele Menschen gab, mit denen Godi überhaupt redete; vielleicht gab es gar niemanden, deswegen wollte sie nicht aufdringlich wirken.

»Ich weiß genau, was es heißt, sich schuldig und leer zu fühlen; wie es ist, zu wissen, dass man das darauffolgende Unglück verdient hat. Irgendwann habe ich kapiert, dass sie es nicht gewollt hätte, dass ich so ende – aber da war es zu spät. Für Xavi ist es noch nicht zu spät.«

Núria riss die Augen auf. Was sagte er da? War er womöglich doch senil? Was hatte Xavi damit zu tun?

Godi hob seinen Blick, und der war vollkommen klar. Es lagen so viel Schmerz und Trauer darin, als ob sie in einen Spiegel blickte. Auf einmal wurden seine Züge weich.

»Es wird ihm guttun, dass du an seiner Seite bist«, erklärte Godi, und endlich begriff Núria, dass der Alte hier etwas komplett missverstand.

»Xavi und ich … Das … Wir sind nicht …«, stammelte sie und wusste doch nicht, wie sie den Satz beenden sollte, ohne sich dabei vollkommen lächerlich anzuhören.

»So, Petita ist versorgt, ich lasse den Zettel mit der Nummer des Chips hier liegen; damit muss Xavi sie bei den Behörden registrieren. Sagst du ihm das, ja?« Godi schubste Petita von seinen Beinen auf den Boden, stand mit einem leisen Stöhnen auf und klappte sodann seine Tasche wieder zu.

»Was sind wir dir schuldig?«, erkundigte sie sich.

Godi klopfte ihr auf die Schulter. »Ich habe genug Geld, kümmert euch einfach um sie, dann bin ich zufrieden.«

Núria war erneut sprachlos. Sie hatte so viele Fragen und keine Antworten. Was hatte er mit seinen Andeutungen gemeint? »Godi, warte, wie kommst du darauf, dass es für Xavi noch nicht zu spät ist? Wofür?«

Der Alte schaute sie ernst an. »Das fragst du ihn besser selbst. Seine Geschichte kann nur er erzählen. Es hat mich auf jeden Fall gefreut zu sehen, dass es für manche verlorene Seelen doch noch Hoffnung gibt.«

Damit verließ Godi das Wohnzimmer. Núria lief hinter ihm her und wollte ihn noch so vieles fragen, aber in ihrem Kopf drehte sich alles, und dann war Godi verschwunden.

Nur das leise Ticken der Standuhr durchschnitt die Stille im Haus. Núria war verwirrt; sie brauchte frische Luft. »Komm«, rief sie Petita zu und machte sich auf zu einem Spaziergang mit ihr.

Es war eine mondhelle Nacht, die Sterne leuchteten am Firmament, und eine kühle Brise wehte die Geräusche der Brandung von den zerklüfteten Felsen herauf auf den schmalen Weg. Irgendwann erreichte sie ein Plateau, von dem aus man einen wundervollen Ausblick über den nächtlichen Horizont und das silbrig schimmernde Meer hatte. Dort setzte sie sich auf die schwarzen Steine. Sie waren noch warm von der über den Tag gespeicherten Sonneneinstrahlung.

Núria war berührt von der unendlichen Weite an diesem magischen Ort und von dem Gesang der Wellen. Sie bestaunte die dunkelblaue Linie am Horizont, die auf der anderen Seite den Sternenhimmel und das Mittelmeer teilte. Heiße Tränen rannen ihre Wangen hinab, und sie wusste nicht einmal genau, weshalb sie jetzt weinte. Es kam ihr so vor, als ob sie all den Schmerz hinausließ, der sich über die Jahre in ihr gesammelt hatte und nun tröpfchenweise aus ihr hinausfloss. Irgendwann war sie erschöpft, aber fühlte sich besser. Sie war nicht mehr ganz so verloren. Und noch etwas hatte sich verändert. Zum ersten Mal seit Jahren wagte sie es, vorsichtig ihren Blick nach vorn zu richten, ohne sofort in Panik auszubrechen. Die Zukunft lag noch immer ungewiss vor ihr wie ein verdecktes Kartenspiel, aber allmählich fühlte sie sich stark genug für diese Reise ins Ungewisse. Sie spürte diesen Gedanken warm in ihrer Brust kribbeln.

Kapitel 13

5 421 Likes
46 Kommentare
2 Reposts

Frei sein, was heißt das eigentlich? Frei von Verpflichtungen? Frei von Erwartungen an einen selbst? Oder bedeutet es, dass du die Grenzen deines Körpers nun nicht mehr spüren musst? Ich dachte immer, dass Freiheit bedeutet, dass man das tun kann, was man möchte. Heute sehe ich das anders. Für mich heißt, frei zu sein, wenn ich nicht mehr von den Fesseln der Trauer nach unten gezogen werde. Manchmal gelingt es mir, diese Ketten zu sprengen; dann tauche ich an die Oberfläche und hole tief Luft. Das hilft mir an den anderen Tagen, wenn ich kein Licht sehe und dich noch mehr vermisse als sonst.

Xavi war mit seiner Vespa auf dem Nachhauseweg. Die Nacht war sternenklar. Er hatte ein paar Kleinigkeiten für Núria aus der Restaurantküche eingepackt, denn er hatte in den letzten Tagen festgestellt, dass sie es mochte, mit Köstlichkeiten überrascht zu werden. Und irgendwie wollte er sich für das erkenntlich zeigen, was sie für Petitas Erziehung in Kauf nahm. Ihm war ganz klar, dass es zum Teil eine Art Flucht war, aber obwohl er Núria nicht gut kannte, war ihm aufgefallen, dass sie inzwischen viel ausgeglichener wirkte als bei ihren ersten Begegnungen. Als sei sie endlich in ihrem Urlaub angekommen. Er wollte nicht fragen, wie lange sie blieb, aber irgendwann war auch die längste Reise vorbei.

Nicht jetzt, sagte er sich und parkte seine Vespa.

Als er ins Haus kam, musste er feststellen, dass niemand da war. Das war merkwürdig. Er ließ das kleine Essenspaket auf dem Küchentisch und kam zu dem Schluss, dass Núria vermutlich zu einem kurzen Abendspaziergang mit Petita unterwegs war.

Er entschied sich, ihnen entgegenzulaufen; etwas Bewegung an der frischen Luft würde ihm nach dem anstrengenden Abend im Restaurant guttun. Von hier aus gab es nur einen Pfad, und das war der über den Klippen, wo er neulich auch Godi begegnet war.

Xavi machte sich auf den Weg und pfiff leise vor sich hin. Der Mond schien hell und legte einen silbrigen Glanz über die Umgebung. Grillen zirpten im hohen Gras, und von unten drang das Rollen der Brandung über die steilen Felsen herauf.

Als er Núria an der gleichen Stelle entdeckte, wo er neulich auch den Tierarzt getroffen hatte, lächelte er. Er wollte ihr etwas zurufen, doch dann bemerkte er, dass sie sich mit beiden Händen über das Gesicht wischte.

Oje! Sie war wieder in dieser Stimmung. Es schnitt ihm ins Herz, sie so traurig zu sehen, aber er wusste, dass ihr niemand den Schmerz nehmen konnte, der sie niederdrückte. Trauer hatte viele Gesichter, und Xavi war ganz klar, dass, auch wenn Núria insgesamt fröhlicher wirkte als noch kurz nach ihrer Ankunft, das nicht hieß, dass sie ihren tragischen Verlust überwunden hatte.

Als spürte Núria Xavis Anwesenheit, wandte sie ihren Kopf in seine Richtung. Sie nahm ihm damit die Gelegenheit für ein unauffälliges Verschwinden. Als sie ihn erkannte, lächelte sie traurig.

»Komm, setz dich zu mir«, flüsterte sie. »Ich will nicht reden, und das geht mit dir am besten.«

Xavi war zu perplex, um zu antworten. Gut, dass sie ohnehin nicht erwartete, dass er etwas sagte. Mit einem seltsamen Flattern in der Magengrube ließ er sich neben sie auf die lauwarmen Steine sinken. Petita lag auf Núrias Schoß und hob nicht einmal den Kopf, aber die dunklen Knopfaugen waren auf Xavi gerichtet. Die beiden wirkten wie eine unzertrennliche Einheit; und Xavi gefiel der Anblick.

Eine ganze Weile saßen sie schweigend nebeneinander. Die kühle Brise zupfte immer wieder an ihren Kleidern und strich über die Haut wie eine zärtliche Geste. Der Geruch von Algen und Meersalz durchdrang alles, und das stetige An- und Abschwellen der Brandung hatte eine beruhigende Wirkung auf Xavi. Er merkte, wie sein Herzschlag gleichmäßiger wurde und etwas von dem seltsamen Druck auf seiner Brust abfiel, der sich auf sie gelegt hatte, als er Núria tränenüberströmt vorgefunden hatte.

»Godi war vorhin bei dir zu Hause«, fing sie irgendwann leise an.

»Was wollte er?« Xavi war überrascht.

»Er hat Petita gechipt.«

»Ach, stimmt, das habe ich vergessen. Ich hoffe, er war nicht unhöflich … Der Mann kann manchmal ziemlich derb sein. Dass er einfach so zu mir kommt … Unangemeldet … Das ist merkwürdig.«

Núria winkte ab. »Nein, tatsächlich war er sogar ganz nett, also zu Petita, meine ich.« Sie gluckste, und das Geräusch aus ihrer Kehle zu hören, rührte etwas in Xavi an, was er nicht beschreiben konnte. Es war … wohltuend.

»Er hat noch ein paar komische Sachen gesagt …«, fuhr Núria fort.

»Was meinst du?«

»Er hat gesagt, dass es noch Hoffnung für dich gibt, oder so etwas in der Art; ich weiß nicht mehr genau. Was ist dir widerfahren, Xavi? Hast du jemanden aus deiner Familie verloren? Du kannst mit mir reden, weißt du?«

Er wollte nicht, dass Núria ihm Fragen stellte. Seine Lippen wurden schmal, während er erstarrte. Ohne es beeinflussen zu können, rückte er ein Stück von ihr ab.

»Mit meiner Familie ist alles in bester Ordnung«, gab er scharf zurück.

»Mach es doch nicht so kompliziert.« Sie seufzte leise. »Das war doch nur eine einfache Frage. Warum lebst du so … zurückgezogen? Wie kommt denn Godi darauf, dass du noch eine Chance auf ein anderes Leben hast?«

Er würde dem alten Kerl den Hals umdrehen, wenn er ihn das nächste Mal sah. Was fiel ihm eigentlich ein, sich in seine Angelegenheiten einzumischen? Godi wusste gar nichts! Und er hatte schon gar kein Recht, mit Núria über ihn zu plaudern.

»Ich mache es nicht kompliziert«, nahm er ihre Worte auf. »Ich will nur nicht reden. Hast du nicht gesagt, dass man das mit mir am besten kann? Also halte dich gefälligst auch daran.«

Mit einer hastigen Bewegung stand er auf. Petita erschreckte sich und fing an zu bellen. »Ich gehe zurück«, erklärte er, und ohne auf Núrias Reaktion zu warten, zog er von dannen.

Innerlich kochte Xavi, er konnte es auf den Tod nicht ausstehen, wenn man sich in seine Angelegenheiten einmischte. Warum musste sie das tun? Es war doch alles gut gewesen in einvernehmlichem Schweigen. Aus welchem Grund fing Núria auf einmal an, sich für Dinge zu interessieren, die sie nichts angingen?

Während er mit langen Schritten nach Hause flüchtete, erinnerte er sich daran, dass sie neulich selbst zugegeben hatte, dass sie ein Helfersyndrom hatte. Offenbar fand Núria, dass sie nun mit Petita fertig war und mit ihm weitermachen konnte.

Aber da hatte sie sich getäuscht. Er hatte kein Interesse, dass Leute ihm sagten, was er tun oder fühlen sollte.

Zu Hause angekommen, wusste er noch immer nicht, was er mit sich anfangen sollte. Er war aufgewühlt, und sein Herz hämmerte hart gegen seinen Brustkorb. Etwas hatte sich in ihrem Umgang miteinander verschoben, und es gefiel ihm nicht, in welche Richtung das ging.

Während er in der Küche stand und ein Glas eiskaltes Wasser in kleinen Schlucken austrank, hörte er, wie Núria, von leisen Hundeschritten begleitet, ins Haus trat.

»Xavi?«, rief sie in die Stille.

Er atmete tief ein und wieder aus, wollte sich verstecken, obwohl der Gedanke natürlich albern war. Er war nicht mehr drei Jahre alt. »Ich bin hier«, brummte er und wappnete sich innerlich gegen weitere unangenehme Fragen, die er nicht beantworten wollte. Er hatte Núria mittlerweile gut genug kennengelernt, um zu wissen, dass sie eine von den Frauen war, die alles ausdiskutieren mussten.

Als sie um die Ecke kam und er in ihr blasses und verschrecktes Gesicht blickte, zuckte er zusammen und vergaß seinen Ärger für einen Moment. Sie sah furchtbar aus. Getroffen. Er hatte sie nicht vor den Kopf stoßen wollen, aber das war nun mal das, was passierte, wenn ihm Menschen zu nahe kamen. Er verletzte sie. Er tat und sagte Dinge, die man nicht zurücknehmen konnte. Auf die er aber keinen Einfluss hatte. Deswegen war er ja hergezogen, weil er sozial einfach nicht mehr kompatibel war. Das war für eine so herzensgute Person wie Núria natürlich schwer zu verstehen; sie sah in allem und jedem das Gute. Es schnürte ihm die Kehle zu, denn auch sie würde irgendwann verstehen – oder hatte es bereits begriffen –, dass bei ihm der Zug abgefahren war. Er war nicht mehr zu retten, und er wollte auch gar nicht gerettet werden. Bis sie hier aufgetaucht war, war er gut klargekommen.

Seitdem hatte sich zu viel verschoben, und der Untergrund unter seinen Füßen war nicht mehr fest; er schwankte und Xavi wusste nicht, wie er den Halt wiederfinden sollte, ohne sie dabei in den Rädern seines Gefühls-Getriebes zu zerquetschen.

Er stellte das Glas ab und verschränkte die Arme vor der Brust.

»Es tut mir leid, wenn ich etwas gesagt habe, was dich in irgendeiner Weise getroffen hat«, fing sie an. Petita trottete zu ihrer Wasserschüssel und schlabberte genüsslich.

Xavi unterbrach Núria. »Hör auf, Núria. Ich kann das nicht.«

Sie kniff die Augen zusammen und neigte den Kopf zur Seite. »Was meinst du?«

»Ich sehe, was du vorhast. Aber das wird nicht funktionieren. Du willst in allem und jedem das Gute sehen und auch zum Vorschein bringen. Dafür bin ich der Falsche.«

Etwas blitzte in ihren Augen auf, was er nicht einordnen konnte, dann straffte sie sich. »Du bist kein schlechter Mensch, Xavi.«

Er verzog die Lippen und schwieg.

Núria atmete langsam aus. Er wusste, dass er auf einem schmalen Grat balancierte. Er wollte Núria nicht wehtun, sie war so zerbrechlich und zart – im Wesen genauso wie körperlich. Aber er konnte nicht aus seiner Haut. »Du solltest gehen, Núria. Es ist besser, wenn du dich um Petita kümmerst und nicht um mich. Ich komme sehr gut allein zurecht.«

Sie schluckte und schnappte nach Luft. Er wusste, das hatte gesessen. Es tat ihm leid, aber es hatte gesagt werden müssen.

Sie schüttelte kaum merklich den Kopf. »Natürlich, das tust du. Der starke Mann, der alles kann, der niemanden braucht. *Bona nit.*«

Er war überrascht, dass sie ihm nicht an den Kopf warf, was für ein Arschloch er war. Damit hätte er besser umgehen können als mit dem Schmerz in ihrem Blick. Als die Tür ins Schloss gefallen war, fuhr er sich mit beiden Händen über das Gesicht und stöhnte auf. Er hatte es also mal wieder geschafft, dass eine wunderbare Frau sich seinetwegen schlecht fühlte, und er konnte nichts dagegen tun.

* * *

Die katalanische Morgensonne warf ihr helles Licht durch die halb offen stehenden Fensterläden in Núrias Schlafzimmer. Die Luft war frisch und klar; in der Nacht hatte es ein reinigendes Gewitter gegeben. Leider traf das nicht auf ihr Verhältnis zu Xavi zu. Seit dem merkwürdigen Abend, als er ihr gesagt hatte, sie solle sich um Petita und nicht um ihn kümmern, waren sie sich an den darauffolgenden Tagen so gut wie möglich aus dem Weg gegangen. Sie wusste nicht, was sie zu ihm sagen sollte, und er machte gar nicht erst den Versuch, höfliche Konversation zu betreiben, wenn sie sich bei der Übergabe von Petita begegneten.

Es tat ihr leid, dass diese Unbeschwertheit, die sie in seiner Gegenwart so häufig empfunden hatte, nun dahin war, und sie wusste nicht einmal, wieso. Nur weil sie ihm eine Frage zu seinem Leben gestellt hatte? War es wirklich so ein tragisches Geheimnis, dass er nicht darüber reden konnte?

Núria warf sich von einer Seite auf die andere und strampelte dann das dünne Laken von ihren Beinen. Es war sinnlos, sich darüber den Kopf zu zerbrechen, aber sie tat es doch.

Gestern hatte sie sogar ihre Großmutter darüber befragt, aber die hatte es natürlich falsch verstanden, und sofort war das Gespräch in eine Richtung abgedriftet, die Núria unbedingt hatte vermeiden wollen. Herausgefunden hatte Núria nur, dass Xavis Familie in Barcelona lebte. Oma wusste nichts von einer möglichen Tragödie.

Núria stöhnte und drückte sich das Kissen aufs Gesicht. Sehr wahrscheinlich gab es keine traurige Geschichte in seinem Leben, sondern Xavi hatte einfach keine Lust, mit ihr über etwas anderes als Petita zu reden. Das war die logischste Erklärung, die auch für Núria Sinn ergab – aber ihr Bauch sagte etwas anderes. Und Godi auch.

»Ich sollte es sein lassen«, murmelte sie und warf das Kissen gegen die Wand.

Ein Klopfen ertönte an ihrer Tür, dann steckte ihre Mutter den Kopf herein.

»*Bon dia*, meine Süße.« Ona strahlte und trat ganz ins Zimmer. »Du bist ja wach.«

Núria setzte sich auf und rieb sich die Augen. »Mich hat so eine blöde Mücke die halbe Nacht genervt.«

»Ja, die sind fies im Moment; du solltest vor dem Einschlafen was von der Creme auftragen, du weißt schon, die ich neulich besorgt habe.«

»Da ist doch nur Chemie drin, das ist bestimmt schädlich.«

»Na, dann musst du eben die Stiche aushalten.« Sie lächelte noch immer und zauberte eine Tüte hinter ihrem Rücken hervor. »Schau mal, wir waren doch gestern Abend in Girona, und ich habe dir was mitgebracht.«

»Äh, danke«, gab Núria zurück und konnte nicht erkennen, was ihre Mutter da angeschleppt hatte. »Was ist das?«

Ona setzte sich zu ihrer Tochter aufs Bett und zupfte ein Seidennegligé mit Spitzenbesatz aus der Tüte hervor. »Ein Nachthemd, Núria. Du kannst nicht, jetzt, wo du dich öfter mit Xavi triffst, weiter diese T-Shirts tragen.«

Núria schnappte nach Luft. War ihre Mutter verrückt geworden? Núria wurde schwindelig, unbewusst hielt sie sich am Saum des gelben Shirts fest, das sie zum Schlafen angehabt hatte. Es hatte Nico gehört, und sie mochte es. Sie würde es garantiert nicht durch ein verdammtes Seidenhemdchen ersetzen. »Das geht zu weit«, flüsterte Núria entsetzt. »Ich kümmere mich um seinen Hund, sonst nichts!«

Onas Lächeln erstarb. »Aber ich habe gedacht …«

»Hör auf!« Núria hob eine Hand, um ihre Mutter zu unterbrechen. Sie wollte ihr so vieles an den Kopf werfen, wollte ihr sagen, dass sie sich in Nicos Shirts geborgen fühlte, dass sie ihr zwar nicht die Einsamkeit, die nachts am schlimmsten war, nahmen, aber wenigstens ein bisschen darüber hinweghalfen. Ihre Mutter konnte es nicht verstehen, oder sie wollte es nicht verstehen. Natürlich waren die Shirts nach vielem Waschen nicht mehr schön, doch darum ging es nicht. Es ging um ein Gefühl von Zuhause, von Liebe und von Vertrautheit. Etwas von Nico bei sich zu haben, weil er nicht mehr bei ihr sein konnte.

»Geh bitte«, flüsterte Núria tonlos.

»Schatz, ich wollte doch nur …«, versuchte Ona es noch einmal und legte ihr sanft eine Hand auf den Oberarm.

Núria schüttelte sie ab. »Geh! Und nimm deine Tüte gleich mit.«

Núria sah, dass es ihrer Mutter leidtat, aber sie konnte jetzt keine Rücksicht auf die Gefühle anderer nehmen. Sie kämpfte gegen die Tränen, gegen den unendlichen Schmerz an, der sie übermannen wollte. Núria vergrub das Gesicht zwischen ihren Knien und atmete ein paarmal tief durch.

Was für ein beschissener Start in den Tag! Und heute war auch noch Sonntag, und ein Ausflug nach Barcelona war geplant, um das örtliche Team der *Castellers* anzufeuern.

Núria versuchte, einen klaren Kopf zu bekommen, denn eine Ausrede, warum sie nicht am Familienausflug teilnehmen konnte, fiel ihr nicht ein. Niemand hätte ihr geglaubt, alle wussten, dass sie nur keine Lust hatte mitzukommen.

Vielleicht sollte sie es trotzdem sein lassen.

Andererseits, Núria wusste, dass sie sich nicht besser fühlen würde, wenn sie den Rest des Tages im Bett verbrachte. Ein kleiner Ausflug würde sicher helfen, auf andere Gedanken zu kommen – auch wenn sie sauer auf ihre Mutter war.

Sie wollte gerade aufstehen, als ihr Handy bimmelte. Núria hob ab; es war Babsi. »Hey, du Süße«, antwortete Núria und hoffte, dass man ihrer Stimme nicht anmerkte, wie es ihr wirklich ging.

»Ja, sag mal, was ist denn mit dir los? Ich habe gestern Abend eine E-Mail von dir bekommen.«

Núria lachte, und es war echt. »Ja, das stimmt.«

»Wie kommt es, dass du schon vier Wochen vor dem Abgabetermin mit der Übersetzung fertig bist? Du bist doch im Urlaub und nicht auf der Flucht! Ist das Wetter so schlecht oder die Gesellschaft?«

»Gar nichts davon, Babsi. Ich habe es nur endlich geschafft, meinen Tagesablauf besser zu strukturieren, und damit konnte ich effizienter arbeiten.« Es hatte Núria selbst überrascht, wie zügig sie vorangekommen war – es zeigte ihr allerdings auch gnadenlos auf, wie viel Zeit sie in der Vergangenheit mit Grübeln verbracht hatte, anstatt sich auf die vor ihr liegende Aufgabe zu konzentrieren. Das gelang ihr tatsächlich wesentlich besser, seit sie einen festen Plan hatte. Und Petita.

»Aha, na ja, ich bin jedenfalls schwer beeindruckt. Wollte nur sichergehen, dass bei dir alles okay ist.«

»Aber klar, Babsi. Gleich muss ich noch mit meiner Familie zu den *Castellers* fahren; ich hab also nicht viel Zeit.« Und Xavi hatte sie auch noch nicht informiert, dass sie erst am Abend für Petita da sein konnte.

»Was ist das?«, wollte Babsi wissen.

»Das sind Menschenpyramiden, die hier in Katalonien traditionell errichtet werden. Man ist in Clubs organisiert und tritt gegeneinander an. Die Castellers, die Teilnehmer, steigen jeweils auf die Schultern der Unterleute, bis eine bestimmte Höhe erreicht ist. Wer den höchsten Turm hat, gewinnt natürlich!«

»O Gott, das klingt gruselig und schrecklich gefährlich.«

»Ach, die Kinder haben Helme auf.«

»Kinder?«, krächzte Babsi. »Ich habe nebenbei YouTube aufgemacht und schau mir gerade ein Video davon an. Sag mir bloß, du machst da nicht mit, oder etwa doch?«

»Nein. Früher fand ich es aber spannend und hab es auch mal versucht – aber heute? Nein, dafür bin ich zu selten hier und auch nicht mehr sportlich genug. Man muss da ganz schön was aushalten.«

»Gott sei Dank, man muss schon ein bisschen irre sein, um das zu machen.«

Núria lachte. »Es ist ein Volkssport, Babsi. Die Leute hier finden das ganz normal.«

»Na, wie auch immer, Hauptsache du hast Spaß beim Zusehen. Ich habe leider auch schlechte Nachrichten.«

»Oje, was ist denn los?«

»Die Wohnung! Du hast dich nicht gemeldet, jetzt ist sie weg.«

Núria verzog die Lippen. Gut, dass sie die Kündigung für ihre eigene noch nicht weggeschickt hatte. »Das ist schade, aber da kann man nichts machen.«

»Sehr traurig klingst du nicht gerade.«

»Ich habe einfach keine Zeit gehabt, mich damit zu befassen.«

»Warum denn nicht?«

»Keine Ahnung, ich habe zu tun. Ich passe auf einen kleinen Hund auf, und das tut mir gut.«

»Ja, das merke ich. Dass es dir guttut, meine ich. Das freut mich für dich, Núria. Aber sag mir nicht, dass du in Katalonien bleibst und dir die Wohnung deshalb schnuppe war.«

»Wie? Für immer? Nein, bestimmt nicht.« Erst nachdem sie die Worte ausgesprochen hatte, merkte sie, dass sie darüber noch nie nachgedacht hatte.

Sie hatte bislang immer alles von sich geschoben, was die Zukunft betraf, und eine solche Option gar nicht im Sinn gehabt. Auch jetzt merkte sie, dass sich ihr Magen zusammenzog. Entscheidungen, die längerfristige Folgen hatten, konnte sie einfach nicht treffen. Schon gar nicht, wenn sie nicht mal in der Lage war, die Kündigung der alten Wohnung rauszuschicken.

Später, sagte sie sich. »Du, Babsi, ich muss Schluss machen, sonst fahren meine Eltern ohne mich los.«

»Natürlich, Süße, dann bis bald. Wir hören uns!«

Núria sprang kurz unter die Dusche und lief dann nach nebenan, denn Xavi wusste noch nicht, dass sie heute unterwegs sein würde. Vielleicht hoffte sie auch, dass er sie bitten würde zu bleiben. Bei Petita bewegte sie sich in ihrer Komfortzone, hier war sie okay.

Ihr Herz klopfte schneller, als sie klingelte. Es dauerte nicht lange, bis Xavi, begleitet von einer kläffenden Petita, öffnete.

»Bon dia«, grüßte er knapp. Sein Gesicht verriet nicht, was in ihm vorging.

»Bon dia«, erwiderte sie und wich seinem Blick aus. Sie begrüßte Petita, dann richtete sie sich wieder auf. »Meine

Familie fährt heute nach Barcelona zu den *Castellers*; wäre es okay, wenn ich mitfahre; ich meine wegen Petita.«

»Natürlich, ich habe heute selbst etwas vor und werde sie mitnehmen. Vielleicht habe ich jemanden gefunden, der Petita nimmt. Dauerhaft.«

Núria war entsetzt. »Dauerhaft?«, stammelte sie. Wieso hatte er ihr nichts davon erzählt?

Xavis Lippen waren schmal. »Ja, ich habe von Anfang an gesagt, dass ich keine Zeit für einen Hund habe.« Sein eisiger Tonfall ließ sie zusammenzucken.

»Aber ich dachte …« Ihre Stimme brach.

Sie sah, wie Xavi tief ein- und ausatmete. »Es war kein Geheimnis …«, fing er an und beendete den Satz doch nicht.

Núria schluckte. »Wolltest du mir nichts erzählen und einfach mit ihr verschwinden? Kann ich mich wenigstens noch verabschieden?« Sie ging in die Hocke, Tränen verschleierten ihre Sicht. »O meine Süße, meine Kleine! Sei ein braver Hund, ja? Alle werden dich so lieben, wie ich dich liebe. Du bist wunderbar.« Sie hob Petita hoch und drückte sie an ihre Wange, atmete ihren vertrauten Duft ein. Núrias Herz verkrampfte sich, dann stand sie auf. Weil sie Angst hatte, dass ihre Stimme versagen könnte, starrte sie Xavi nur finster an. Sie merkte, dass ihre Unterlippe zitterte.

Ohne ein weiteres Wort wandte sie sich ab und hastete davon, ehe sie es sich anders überlegte und Petita einfach mit zu sich nahm.

Wie konnte er das nur tun?

Sie blinzelte die Tränen weg; ihr Kummer wurde mit einem Mal von einer unbändigen Wut überlagert. Dieser Mann war wirklich herzlos. Wie hatte sie sich nur so in ihm täuschen können?

Drei Stunden später bereute Núria es zutiefst, mit nach Barcelona gekommen zu sein. Es war voll und laut, und alle waren glücklich.

Nur sie nicht.

Núria fühlte sich, wie so oft, allein. Es war schrecklich, in einem Haufen von Menschen zu stehen und dabei das Gefühl zu haben, dass niemand sie wirklich kannte.

Nicht einmal ihre Familie.

Und jetzt verlor sie auch noch die wertvollen Stunden mit Petita.

Ihr war nicht bewusst gewesen, wie sehr sie die Kleine in ihr Herz geschlossen hatte, bis Xavi ihr heute Morgen verkündet hatte, dass er vielleicht ein Zuhause für sie gefunden hatte.

Wo sollte das sein?

Weit weg?

Denk nicht daran, sagte sie sich. Sie hätte sie sowieso verlassen müssen, wenn sie aus Llafranc wieder zurück nach Hamburg reiste. Bislang hatte sie sich diesen Gedanken einfach nicht erlaubt, und Xavi hatte sie mit seinen Neuigkeiten eiskalt erwischt.

Die Musik, das Gelächter, das Klatschen und der Trubel um sie herum hüllten Núria in einen dichten Nebel. Sie konnte sich nicht rühren und wollte doch nur eines: davonlaufen.

Aber sie schaffte es nicht.

Núria spürte ein Kribbeln im Nacken und wandte sich um.

Als sie Xavi mit Petita auf dem Arm erblickte, setzte ihr Herz einen Schlag aus. Sie hatte nicht geahnt, dass es möglich war, doch er und die kleine Hündin waren der Grund dafür. Es fühlte sich merkwürdig an. Schön irgendwie.

Er kam auf sie zu, seine Augen vor Sorge geweitet. »Da bist du«, murmelte er und blieb vor ihr stehen.

Eine Träne löste sich aus Núrias Augenwinkel. »Was machst du hier? D-du hast sie behalten?«

Xavi wich ihrem Blick aus. »Ich konnte es nicht.«

Wärme breitete sich in ihrem Brustkorb aus, alles um sie herum erschien plötzlich bedeutungslos. »Mir ist das alles zu viel hier«, flüsterte sie und streichelte Petitas Köpfchen.

»Komm, ich bringe dich nach Hause.«

»Wieso bist du überhaupt hier?«

»Nur so ein Gefühl …«, wisperte er, und der Ausdruck in seinen Augen erreichte etwas tief in ihr, das an ihrem schweren Herzen zupfte und es schneller schlagen ließ.

Dann begriff sie, dass ihre Reaktion nur daher rührte, dass er Petita nicht weggegeben hatte. Sie war erleichtert; alles andere war ohnehin undenkbar.

»Ja gern, fahr mich nach Hause.« Das Wort hatte auf einmal eine andere Bedeutung für sie. Sie wandte sich um und sah ihre Familie. Oma, Opa, Mama und Papa hatten ihre Augen auf sie gerichtet. Zum ersten Mal war es Núria egal, was sie sich zusammenreimten oder auch nicht. Sie winkte ihnen zu, ohne hinüberzugehen, um irgendetwas zu erklären.

Sollten sie doch denken, was sie wollten. Dann verließ Núria den Festplatz mit Xavi und Petita.

Wortlos gingen sie nebeneinanderher, bis sie seinen Wagen erreichten. »Ich wusste gar nicht, dass du ein Auto hast«, stellte sie fest.

»Es steht sonst in der Garage.« Xavi öffnete die Tür und ließ Petita auf die Rückbank springen.

Núria wusste nicht, was sie sagen oder tun sollte, daher hielt sie lieber den Mund.

Auch Xavi war schweigsam und still.

Doch jetzt fühlte es sich nicht belastet an, sondern schön.

Sie hatte so viele Fragen und traute sich nicht, sie zu stellen. Irgendwann hielt sie es nicht mehr aus. »Woher wusstest du, wo ich bin?«

»Die *Castellers*, du hast es heute Morgen erwähnt.«

»Wolltest du Petita wirklich loswerden?«

Xavi seufzte leise. »Offenbar nicht, denn wie du siehst, liegt sie selig auf der Rückbank.«

Obwohl Núria mit dieser Antwort nicht ganz zufrieden war, hakte sie nicht weiter nach.

In Llafranc angekommen, parkte Xavi seinen verbeulten Kleinwagen wieder in der Garage. Petita sprang fröhlich heraus und tollte im Garten umher.

Núria fühlte sich befangen; sie wusste nicht, was sie sagen oder tun sollte. »Musst du noch ins Restaurant?«

Xavi zuckte die Schultern. »Zwei Mitarbeiter sind nicht da; es ist schlecht, wenn der Service fehlt … also nein, heute bleibt das Lokal komplett geschlossen.«

»Ach, deswegen hattest du heute Mittag frei?«

»So ungefähr, ja. Ich habe meine Eltern in Barcelona besucht.«

»Dann warst du sowieso dort?«

Er ging nicht weiter darauf ein. »Du musst Hunger haben; ich habe noch etwas im Kühlschrank. Komm mit.«

Núria widersprach nicht, sie wollte den fragilen Frieden zwischen ihnen nicht gefährden. Außerdem hatte sie nach den guten Neuigkeiten Lust, etwas zu essen; bisher hatte sie heute kaum etwas heruntergebracht.

Sie war überrascht, wie schnell Xavi ein nahezu perfektes Mahl im Garten arrangierte. Es gab Tomaten, Oliven, Krebsfleisch, Garrotxa und Weißbrot. Zitronenkerzen brannten auch hier; der Trick gegen die Moskitos hatte sich anscheinend bis zu ihm herumgesprochen. Die Viecher ließen einen sonst einfach nicht in Ruhe. Die Abendsonne wärmte sie mit ihren schwachen Strahlen und zauberte einen bonbonrosafarbenen Schimmer an den Himmel.

Núria griff ordentlich zu, bis sie irgendwann nicht mehr konnte.

Müde streckte sie ihre Beine von sich. Die Stimmung zwischen ihnen war noch immer ein wenig angespannt; es kam ihr so vor, als ob auch Xavi Angst hätte, durch eine unbedachte Äußerung oder Geste alles zu gefährden.

»Danke für das Essen und auch für die Rettung aus Barcelona«, meinte sie schließlich und war froh, dass es mittlerweile so dunkel war, dass er die Röte, die ihre Wangen vermutlich gerade überzog, nicht sehen konnte.

Das Flackern des Kerzenscheins spiegelte sich in seinen Zügen wider.

»Wieso Rettung?«, hakte er nach und schaute sie eindringlich an.

Núria holte tief Luft. Vielleicht sollte sie es lieber nicht erzählen, aber irgendetwas in ihr brannte darauf, es loszuwerden. »Manche Sachen fallen mir nicht leicht, mich in großen Menschenmengen zu bewegen zum Beispiel. Obwohl ich die *Castellers* als Kind sehr geliebt habe, konnte ich es heute nicht genießen. Es klingt vielleicht komisch, aber gerade in einem Meer von vielen komme ich mir sehr einsam vor. Verloren. Als hätte ich meinen angestammten Platz in der Gesellschaft aufgegeben. Was irgendwie auch stimmt.«

Sie sah, dass Xavi schluckte; sein Adamsapfel hüpfte. Er stand auf und kam auf sie zu. »Komm her«, bat er sie mit rauer Stimme und zog sie auf die Beine. Er legte seine Arme um sie und drückte sie an seine Brust. Wärme und der Duft seines Aftershaves legten sich um sie wie ein schützender Mantel. Sein Trost und seine Nähe füllten einige der Risse in ihrem Herzen mit einer neuen Wärme, die noch vor wenigen Tagen nicht da gewesen war.

Er hielt sie fest, und Núria ließ es zu. Sie schloss die Lider und drückte ihre Wange gegen seinen Oberkörper. Sie hörte seinen starken und regelmäßigen Herzschlag und verlor sich im Augenblick.

Xavi kämmte mit den Fingern durch ihr Haar. Wieder und immer wieder. Es war so schön, so vertraut.

»Du musst keine Angst haben«, hatte Nico immer zu ihr gesagt, während er das getan hatte.

Núria riss entsetzt die Augen auf. Das hier war nicht Nico, sondern Xavi, der durch ihr Haar kämmte. Panik umklammerte ihr Herz. Wo eben noch Wärme und Geborgenheit gewesen waren, flutete jetzt der Schock durch ihre Adern.

Was tat sie hier?

Sie war im Begriff gewesen, Xavis Nähe als etwas wahrzunehmen, das nicht das war, was sie suchte. Sie liebte Nico. Stattdessen lag sie hier in den Armen eines anderen Mannes.

»Es tut mir leid«, platzte es aus ihr hervor, und sie machte sich von Xavi los und stürmte davon.

Kapitel 14

3 328 Likes
99 Kommentare
2 Reposts

Das Schlimmste an der Trauer ist das Alleinsein, obwohl man von vielen Menschen umgeben ist. Irgendwie will man das nicht, einsam sein, aber was ich will, hat in dieser Sache noch nie jemanden interessiert. #fuckcancer

Nach einer nahezu schlaflosen Nacht und einem unruhigen Vormittag wusste Xavi nichts mit sich anzufangen. Es war Montag, das Restaurant war geschlossen, und auch an einem normalen Tag wäre Núria heute nicht gekommen, so, wie sie gestern davongestürzt war. Er wusste nicht, was falsch gelaufen war.

Oder nein, er wusste es doch. Núria hatte seine Umarmung falsch verstanden.

Oder richtig. Er war sich selbst nicht sicher, er hatte einfach aus einem Impuls heraus gehandelt. Und es hatte sich gut angefühlt. Richtig irgendwie. Vertraut.

Aber das sah Núria offenbar anders. Und er natürlich auch, heute, bei Tageslicht und bei klarem Verstand. Gestern hatte er sich in einer Stimmung zu etwas hinreißen lassen, was dumm gewesen war.

Xavi hätte diese Grenze nicht überschreiten dürfen, aber sosehr er es auch versuchte, er konnte es nicht bereuen, denn sie hatte diesen Trost gebraucht. In diesem Punkt war Núria ihm nicht so unähnlich; sie wollte alles mit sich ausmachen, alles allein schaffen.

Doch niemand konnte ohne Hilfe durch einen Schmerz wie ihren gehen.

Trotzdem hatte sie seine gut gemeinte Geste völlig falsch interpretiert und war entsetzt davongelaufen. Wenn es nicht so traurig gewesen wäre, hätte er darüber lachen können. Noch nie war eine Frau abgehauen, weil sie ihm nicht nahe hatte sein wollen. Aber Xavi hatte im Vorfeld genügend dafür getan, dass Núria zu diesem Entschluss gekommen war. Letztlich war es auch besser so. Er wusste nicht, ob er sich bei ihr entschuldigen sollte. Selbst wenn, er wusste nicht, wofür. Dass er versucht hatte, sie zu trösten?

Dass er vielleicht eine Grenze überschritten hatte, ohne es zu wissen?

Er seufzte und schlug sich mit der flachen Hand gegen die Stirn. Grübeln half ihm auch nichts.

»Pels set inferns«, fluchte er und stampfte wie ein Kleinkind mit dem Fuß auf. Zur Hölle!

Er wusste nicht, wohin mit sich und seinen Gedanken. Er brauchte einen Blitzableiter.

Godi kam ihm in den Sinn. Mit dem hatte er ohnehin noch ein Hühnchen zu rupfen.

Xavi pfiff Petita heran und machte sich auf den Weg zum Tierarzt.

Vor dem Haus des Alten zögerte er, doch dann hob er die Hand und klopfte. Es dauerte eine Weile, bis geöffnet wurde. »Was willst du denn schon wieder hier?«, knurrte Godi ihm als Begrüßung entgegen.

»Kann ich reinkommen? Ich habe was für dich.«

»Wenn es sein muss.« Godi schlurfte davon; statt in die Praxis ging er in seinen Wohnbereich. Dort setzte er sich an den Küchentisch. Die Zeitung lag ausgebreitet darauf, und eine halb ausgetrunkene Tasse Kaffee stand daneben.

Xavi knallte Godi das Geld für die erste Behandlung und auch etwas für das Futter auf den Tisch. »Was fällt dir eigentlich ein, mit Núria über mich zu reden!«, kam er direkt auf den Punkt.

Godi nahm seine Brille von der Nase; er ließ sich von Xavis Ausbruch nicht beeindrucken. »Du regst dich nur so fürchterlich auf, weil ich recht habe.«

»Recht womit?« Xavis Herz hämmerte gegen seinen Brustkorb, sein Hals wurde eng.

»Dir tropft die Reue aus jeder Pore, und du denkst, dass du dich aus irgendeinem Grund zum Alleinsein verdammen musst, aber das ist falsch.«

Xavi schüttelte den Kopf. »Mein Gott, du hättest Therapeut statt Veterinär werden sollen; die Patienten hätten ihre helle Freude mit dir.«

Godi zuckte die Schultern. »Mach, was du willst, Xavi Capello. Ich bin, wie du sagst, nicht dein Therapeut, und mir liegt auch nichts daran, also lass mich in Ruhe.«

Xavi atmete hörbar aus. »Ja, schön wäre es gewesen, wenn du dir das vorher überlegt und nicht Núria irgendeinen Mist über mich erzählt hättest. Was weißt du schon über mich?«, bellte er.

Godi lehnte sich entspannt zurück. Er ließ sich von Xavi auch jetzt nicht aus der Ruhe bringen. Ein wenig bewunderte Xavi den alten Mann. Aber dann erinnerte er sich daran, dass er zu Recht wütend auf ihn war.

Godi atmete leise aus, ehe er sprach: »Ich weiß nichts über dich. Und das soll auch so bleiben. Außerdem habe ich zu dem Mädchen gesagt, dass sie dich selbst fragen soll.«

»Was fragen, verdammt?«

Der Alte ließ seine Faust auf den Tisch sausen. »Jetzt ist es aber mal gut. Schau in den Spiegel, *el meu fill*, dann weißt du, was ich meine!«

»Ich bin nicht *dein Junge*, also nenn mich nicht so!«

Godi ging nicht darauf ein. »Einsamkeit steht dir nicht gut, und ich bin mir sicher, egal was der Grund dafür ist, dass du eine zweite Chance im Leben verdient hast. Nutze sie, sonst wird irgendwann das aus dir, was du hier vor dir siehst. Und das kannst du nicht wollen. Und jetzt verschwinde, du störst mich beim Zeitunglesen.«

Xavis Mund klappte auf, dann schloss er ihn wieder. »*Adéu*, Godi«, war alles, was er krächzend hervorbrachte, dann verließ er das Haus des Alten kein bisschen schlauer als zuvor, dafür um einiges verwirrter. Wie war es möglich, dass Godi in ihm lesen konnte, als wäre seine Geschichte in dieser verdammten Zeitung abgedruckt?

* * *

Die Nachmittagssonne warf lange Schatten an den Strand. Die Brandung rollte sanft ans sandige Ufer in der Bucht von Llafranc. Außer den Freundinnen von Núrias Mutter waren auch noch ein paar andere Damen aus dem Dorf zur Yogastunde gekommen. Núria hatte sich zuerst aufgeregt, dass ihre Mutter einen Zettel im Supermarkt aufgehängt hatte, aber jetzt fand sie es in Ordnung. Zehn Frauen hatten sich eingefunden, und sie schauten Núria erwartungsvoll und freundlich an.

»So, dann rollt mal eure Matte oder euer Handtuch aus und setzt euch in den Schneidersitz«, fing Núria an, und ihr Herz klopfte schneller. Sie war tatsächlich ein bisschen nervös, aber es fühlte sich irgendwie auch schön an. Ihre Mutter hatte einen Lautsprecher besorgt, mit dem Núria sanfte, passende Klänge von ihrem Handy abspielen konnte.

Sie wollte gerade selbst auf ihre Matte rutschen, als noch zwei Gestalten über den Sand getigert kamen. Einen davon kannte sie; es war Pep, Xavis Souschef. Ach, und der zweite kam ihr auch bekannt vor.

»Hallo.« Pep winkte und lächelte verlegen. Es war komisch, ihn heute in Sporthosen statt im Kochoutfit zu sehen. »Können wir auch mitmachen? Das ist mein Mann, Didac. Er hat hier ein Café; ich glaube, ihr kennt euch schon.«

Núria erinnerte sich, in seiner Strandbar war sie Xavi zum ersten Mal begegnet. Der Gedanke an Xavi versetzte ihr einen leichten Stich in die Magengrube. Nachdem sie gestern so Hals über Kopf davongelaufen war, hatte sie das Gefühl, sie müsse ihm etwas erklären. Sie wusste nur noch immer nicht, was sie sagen sollte, also hatte sie es bisher sein lassen. »Hallo, Pep, hallo, Didac, ich finde es wunderbar, dass ihr mitmachen wollt. Sucht euch ein Plätzchen, es geht gleich los.«

Die beiden sahen einander voller Zuneigung an; Núria spürte ihre Liebe deutlich. Es war schön zu sehen, dass das schwule Paar seine Gefühle so offen zeigen konnte. Das war noch immer nicht alltäglich in einem kleinen katholischen Dorf wie diesem.

Nach und nach begaben sich alle auf ihre Matten und richteten sich für die Yogastunde ein. Eine leichte Brise wehte vom Meer herüber, das stetige Rauschen der ans Ufer schwappenden Wellen war deutlich zu hören.

Núria räusperte sich. »So, wenn wir alle unseren Platz gefunden haben, schließen wir die Augen. Die Handflächen könnt ihr nach oben gerichtet auf eure Knie legen. Atmet ein und atmet aus. Kommt auf eurer Matte an. Spürt den Wind im Gesicht, den Sand unter euch und riecht das Salz in der Luft …«

Sie merkte, wie sich eine tiefe innere Ruhe bei ihr einstellte. Sie ließ sich zu einhundert Prozent auf den Moment und ihre Aufgabe ein. Es war wie das Ankommen nach einer verdammt langen und ermüdenden Reise. Die lag jetzt hinter ihr; sie war da, wo sie sein wollte. Und das fühlte sich wunderbar an.

Nach der Yogastunde war Núria erschöpft, aber gleichzeitig auch energiegeladen. Sie hätte nicht gedacht, wie viel es ihr geben würde, andere an ihrem Wissen teilhaben zu lassen.

»Das war großartig.« Eine Freundin ihrer Mutter kam auf sie zu. »Ich hoffe, du wiederholst das bald mal.«

Núria lächelte. »Ich weiß noch nicht. Ja, vielleicht …«

»Mach das unbedingt! Es war so schön! Danke dir, Núria, und bis bald.«

Pep und Didac kamen auf Núria zu. »Die Stunde war wundervoll, Núria. Ich wusste gar nicht, dass du außer Hundesitten noch andere Talente hast«, scherzte Pep.

Sie lachte. »Ja, ja, da schlummert noch einiges bei mir im Verborgenen.«

Didac legte seinem Mann einen Arm um die Schulter. »Wir werden morgen bestimmt Muskelkater haben. Wann ist die nächste Stunde?«

Noch jemand, der fragte. Sie war überrascht. »Ich habe keinen Plan, aber … sobald ich es weiß, hängt meine Mutter bestimmt wieder ein Schild ans schwarze Brett.« Sie lächelte.

Damit war sie aus dem Schneider und musste keine weiteren Zusagen machen. So schön es auch gewesen war, so wenig konnte das hier zu einer ständigen Veranstaltung werden. Nach

Opas Geburtstag würde sie Llafranc wieder verlassen, das mussten die anderen doch auch wissen.

»Du kannst es auch Xavi sagen, der gibt mir dann Bescheid, wenn ich meine Yogamatte wieder ausrollen kann. Es ist so viel besser, es mit anderen zu machen als vor irgendeinem Onlinevideo«, meinte Pep. »Wobei, Xavi hat bestimmt keinen Kopf dafür und vergisst dann, es mir zu sagen.«

»Wieso, ist irgendwas passiert?« Sie biss sich auf die Lippe, weil sie ihre Neugierde nicht hatte unterdrücken können.

»Bei Roseta und Rosa gab es irgendeinen Zwischenfall in der Familie, deshalb konnten wir am Sonntag nicht öffnen. Tja, jetzt hat er ein Personalproblem.«

Didac verdrehte die Augen. »So schwer kann es nicht sein, ein paar Teller aus der Küche nach draußen zu schleppen. Da müsste sich doch jemand im Ort auftreiben lassen.«

Pep gab seinem Mann einen Kuss auf die Wange. »Es ist schon was anderes, als Café zu servieren«, sprang er für seinen Boss in die Bresche und wandte sich dann wieder an Núria. »Hat Xavi dir nichts gesagt? Ich dachte, ihr seht euch jetzt ständig. Da bequatscht man so was doch. Ach, sieh mal, da tuckert er gerade mit seinem Boot in den Hafen.«

Núria drehte sich um, und ihr Blick traf in dem Moment auf Xavis, als er seinen Kopf in ihre Richtung drehte. Ihr Magen zog sich zusammen.

Das sind nur meine Schuldgefühle, sagte sie sich. Weil sie ihm erklären musste, warum sie gestern abgehauen war.

Xavi hob die Hand und winkte ihnen zu. Núria rührte sich nicht; sie war wie erstarrt.

Sie schluckte und drehte sich wieder zu Pep und Didac. Die beiden musterten sie interessiert, als wüssten sie genau, was in ihr vorging. Hitze flammte in ihren Wangen auf, denn sie wusste es ja selbst nicht. Nur, dass sich auf einmal alles irgendwie kompliziert anfühlte.

»Was sagt ihr da?«, mischte sich Núrias Mutter Ona ins Gespräch ein. Ihr Handtuch hatte sie sich um den Hals gehängt. »Rosa und Roseta fallen aus? Mensch, Núria, du hast doch während des Studiums öfter gekellnert; du könntest bestimmt für ein, zwei Tage einspringen.«

Diese Frau hatte ein unfassbares Timing. Núria verzog die Lippen. »Petita ist noch nicht so weit, dass sie ins Restaurant mitkommen könnte«, redete sie sich heraus. Sie hielt es für besser, keine weiteren Berührungspunkte mit Xavi herzustellen – es war auch so schon seltsam genug zwischen ihnen. Ein ewiges Auf und Ab, ein Eiertanz. Nein, auf gar keinen Fall würde sie im Restaurant aushelfen.

Pep zwinkerte Núria zu. »Wo ein Wille ist … Petita war schon ein paar Mal mit in der Küche. Xavi hatte sie angeleint. Das kann so ein Hund schon aushalten. Es gab zwar ein bisschen Theater, aber nach dem ganzen Training dürfte das für Petita doch kein Problem mehr sein, zwei, drei Stündchen Ruhe zu geben?«

»Siehst du?«, meinte Ona und nickte ihrer Tochter aufmunternd zu.

Núria fühlte sich in die Ecke gedrängt; ihr fehlten die passenden Worte.

»Ich finde, das sollte Núria selbst entscheiden«, warf Didac glücklicherweise ein. »So, und jetzt hören wir auf, dich zu belagern, liebe Núria. Danke für die Stunde, der nächste *cafè* bei mir geht aufs Haus.«

»*Adéu*, ihr beiden.«

Ona betrachtete ihre Tochter prüfend.

»Was?«, wollte Núria von ihr wissen, als Pep und Didac außer Hörweite waren.

»Du hast dich hier gut eingelebt, kennst das halbe Dorf …«

Núria zuckte mit den Achseln. »Pep arbeitet bei Xavi, und in Didacs Café habe ich schon mal mit dem Laptop gesessen. Das ist reiner Zufall. Wie kommst du darauf?«

Ona lächelte, und Núria begriff nicht, was sie so freute. »Ja, genau. So, lass uns mal nach Hause gehen; ich bin sicher, Oma wartet schon mit dem Essen. Danke, dass du die Yogastunde gehalten hast, es hat allen richtig viel Spaß gemacht.«

Núria verkniff sich den Kommentar, dass sie kaum eine Wahl gehabt hatte, da ihre Mutter ja schon alle eingeladen gehabt hatte. Ein bisschen freute sie sich aber auch über das Lob. Und wenn sie ehrlich war, hatte es ihr mehr Spaß gemacht, als sie vorher angenommen hatte.

Während sie mit ihrer Mutter über den warmen Sand in Richtung Treppe schlenderte, überlegte sie, ob jetzt ein guter Moment war, um mit Xavi zu sprechen. Sie sah ihn im Hafen mit Petita auf dem Boot herumalbern. Ihr Herz ging auf, aber dann verließ sie der Mut.

Nur weil ihre Mutter sonst blöde Fragen stellen würde, sagte sie sich und setzte den Nachhauseweg mit Ona fort.

Nach dem Abendessen entschuldigte Núria sich bei ihrer Familie; sie war hundemüde. Das war nicht gelogen, trotzdem wälzte sie sich von einer Seite auf die andere und fand einfach nicht in den Schlaf. Die Vorhänge bauschten sich im Abendwind, ihr Fenster stand offen. Sie hörte, wie zuerst ihre Großeltern und dann ihre Eltern ins Bett gingen. Es wurde still im Haus. Nur in ihrem Kopf war es laut.

Núria setzte sich ruckartig im Bett auf und fasste einen Entschluss. Sie schlüpfte in eine Leggins und zog einen dünnen Pullover über. Die Nächte wurden allmählich kühler.

Sie trat auf die Terrasse und schaute über die Straße. Bei Xavi brannte noch Licht.

Sollte sie?

Ehe sie der Mut wieder verlassen konnte, kletterte sie über die Terrasse auf das Garagendach, wie sie es früher als Schulmädchen gemacht hatte, wenn sie unentdeckt ins Dorf hatte flitzen wollen. Seitdem war eine Menge passiert, und trotzdem fühlte sie sich der jungen Núria jetzt näher als je zuvor. Sie passte auf, dass sie nicht abrutschte, und schließlich sprang sie den letzten Meter auf die Straße. Hui, das war knapp gewesen! Sie war ziemlich aus der Übung. Beim nächsten Mal würde sie vielleicht doch lieber den normalen Weg nehmen …

»Was mache ich da eigentlich?«, murmelte sie und merkte, wie nervös sie plötzlich war. Der Himmel war in dieser Nacht von Wolken bedeckt, kein Stern war zu sehen. Das monotone Rauschen der Brandung beruhigte sie ein wenig, während sie auf Xavis Grundstück trat. Sie umrundete das Haus und spitzte durchs Fenster ins Wohnzimmer. Warum, wusste sie auch nicht. Als sie niemanden entdecken konnte, klopfte sie an die Scheibe.

Es dauerte nicht lange, da stand Xavi vor ihr an der geöffneten Haustür. »Núria? Was machst du denn hier? Ist was passiert? Wieso stehst du da im Garten? Ist die Klingel kaputt?«

Der Herzschlag dröhnte laut in ihren Ohren. »Können wir kurz reden?« Ihre Stimme klang atemlos.

»Natürlich, komm rein, oder willst du lieber draußen bleiben?« Xavi wirkte sichtlich überrumpelt; sie konnte es ihm nicht verdenken. Ihr Herz raste.

»Wir könnten uns auf die Mauer setzen, ich schaue so gern auf das Meer«, schlug sie vor.

»Das wird Petita aber nicht gefallen«, witzelte Xavi, und die Kleine kam wie auf Kommando herausgeschossen. Sie wirkte noch ein wenig verschlafen.

»Na, du Süße?« Núria kraulte sie kurz hinter den Ohren, dann richtete sie sich zu Xavi auf. Sie wollte das, was ihr auf der Seele lag, loswerden, ehe sie doch wieder der Mut verließ. »Mauer«, war alles, was sie krächzend hervorbrachte.

»Okay«, gab er knapp, aber nicht unfreundlich zurück. Vermutlich fragte er sich, was sie hier wollte, und fürchtete, dass wieder etwas eskalieren könnte, wenn er zu viel sagte, oder auch zu wenig … Das konnte sie gut nachvollziehen. Núria wusste, dass man es mit ihr nicht immer leicht hatte.

Es duftete immer intensiver nach Zitronen, je näher sie dem Ende des Gartens kamen. Die Blätter an dem Bäumchen dort wogten zauberhaft in der Abendbrise.

Sie atmete tief durch und ließ sich von Xavi mit einer Räuberleiter auf die nicht allzu hohe Mauer helfen. Dort ließ sie ihre Beine baumeln. Er folgte ihr hinauf.

Petita kläffte ein paarmal, bis Xavi ihr das Kommando gab, sich hinzulegen. Sie mochte das nicht, und Núria hätte schwören können, dass die Hündin sich beleidigt abwandte, aber dem Befehl dennoch Folge leistete.

Normalerweise hätte sie darüber gelacht. Aber gerade war sie einfach zu nervös.

Das Meer schimmerte silbrig unter der dichten Wolkendecke. Es lag eine wundervolle Ruhe in der nächtlichen Brise. So friedlich. Einzigartig. Der Duft des alten Zitrusbäumchens vermischte sich mit dem Geruch von Pinien und dem alten Gestrüpp, das wild in Xavis Garten wuchern durfte. Es war geradezu magisch.

»Ich habe gehört, dass du Personalsorgen im Restaurant hast«, begann sie mit einem unverfänglichen Thema und verpasste sich innerlich einen Klaps für ihre Feigheit, die nun doch gesiegt hatte.

Xavi schaute sie von der Seite aus an. »Das ist doch nicht der Grund, warum du mitten in der Nacht herkommst, oder?«

Sie verzog die Lippen. »Nein, nicht nur. Hauptsächlich bin ich hier, um mich zu entschuldigen.«

»Ich wüsste nicht, wofür«, erwiderte er leise. Seltsam nachdenklich. Xavi hatte seinen Blick nach vorn aufs Meer gerichtet; er wirkte auf einmal weit weg.

Núria wollte endlich ehrlich sein und nicht unverrichteter Dinge wieder gehen. »Ich weiß, dass ich manchmal komisch bin«, erklärte sie und stieß einen tiefen Seufzer aus.

Xavi sagte nichts. Sie war dankbar dafür.

»Du weißt mehr von mir als die meisten Leute, auch wenn ich mit dir nicht viel über meine Trauer gesprochen habe. Trotzdem habe ich bei dir den Eindruck, dass du mich akzeptierst und mir auf eine Weise vertraut bist, die ich nicht verstehe.«

Er schwieg weiter, und sie war froh, auch wenn sich in ihrem Kopf alles drehte.

Sie fuhr fort. »Ich habe dir meine Hilfe gern angeboten, und ich bin sehr glücklich darüber, dass du und Petita schon zu einem echten Team geworden seid.«

»Du sagst mir jetzt doch nicht etwa, dass du morgen abreist und ich allein mit ihr zurechtkommen muss?«

»Was? Nein!« Sie riss die Augen auf. Dann musste sie lachen.

»Okay, puh, ich bin nämlich noch nicht so weit.«

Das war ein gutes Stichwort. Núria atmete tief ein. »Pep war heute beim Yoga.«

»Ja, das habe ich gesehen.«

»Die zwei sind ein süßes Paar.«

»Sie haben auch ihre Probleme.«

»Natürlich, das perfekte Leben gibt es nicht. Pep hat mir gesagt, dass Rosa und Roseta womöglich noch länger ausfallen.«

»Ja, es gibt eine familiäre Situation – so genau wollten die beiden mir das nicht sagen. Ich weiß nicht, wann sie wieder zurück sind.«

»Ich könnte aushelfen – natürlich nur, wenn du das möchtest. Ich habe im Studium gekellnert.«

O Gott! Sie war so dämlich! Sie war doch nicht *deswegen* hergekommen, um sich ihm aufzudrängen. Ihr wurde warm unter dem Pullover, und sie schimpfte sich einen Hasenfuß.

»Wow, interessant. Gibt es etwas, was du nicht kannst?« Er klang amüsiert. »Also, wenn du es ernst meinst, dann gern! Ich kann zwei Hände und Beine gebrauchen – im Restaurant.«

Núria schloss kurz die Augen. »Und was ist mit Petita?«

»Da findet sich schon eine Lösung, die gibt es doch immer. Danke, Núria.« Für einen Moment glaubte sie, dass er ihre Hand nehmen würde, und als nichts geschah, atmete sie zittrig aus. Sie merkte erst jetzt, dass sie die Luft angehalten hatte.

Das erinnerte sie an den Grund, warum sie herübergelaufen war.

Jetzt oder nie.

»Ich möchte mich bei dir entschuldigen«, stieß sie hervor. Ihre Stimme klang, als hätte sie einen Sprint hinter sich. »Du musst ja denken, dass ich total neurotisch bin, und vermutlich stimmt das sogar.«

»Das denke ich nicht«, widersprach er ernst.

Sie war so dankbar, dass sie ihm am liebsten um den Hals gefallen wäre, aber sie ließ es sein. »Als du mich gestern umarmt hast, da habe ich Panik bekommen.«

»Panik?«

»Es fühlte sich so an, als ob ich Nico betrogen hätte.«

Hatte sie je seinen Namen in Xavis Gegenwart ausgesprochen? Sie erinnerte sich nicht. Es tat weh. So sehr.

»Wie war er?«, wollte Xavi wissen.

Núria überraschte diese Frage; aber sie freute sich darüber, dass Xavi Interesse zeigte.

»Er war gütig und klug. Sogar in seinen dunkelsten Tagen hat er mir Licht gezeigt.«

»Du hast ihn sehr geliebt.« Es war eine Feststellung, keine Frage.

»Ja«, hauchte sie.

»Aber ihr wart nicht verheiratet? Ich sehe keinen Ring.«

»Äh, nein, das waren wir nicht. Ich wollte … aber er hat sich geweigert. Er sagte, er könne mich nicht heiraten, wo er doch wisse, dass ich sehr bald Witwe sein würde.«

»Das verstehe ich nicht.«

Núria schloss die Augen und erinnerte sich.

Nico war es damals schon sehr schlecht gegangen; niemand hatte ihnen eine Prognose geben wollen, wie viel Zeit ihm noch bleiben würde. »Lass uns heiraten«, hatte Núria vorgeschlagen. »Ich liebe dich und möchte nicht länger warten.«

Nico hatte sie in den Arm genommen, sie, wie so oft, gestreichelt und liebkost. Sie hatte gespürt, dass ihm nicht mehr viel Kraft geblieben war, und doch war er immer stark für sie gewesen. »Nein, Núria, ich kann das nicht tun.«

Sie hatte sich aus seiner Umarmung gelöst. »Warum nicht? Du liebst mich doch.«

»Natürlich. Und das ist auch der Grund, warum ich nicht vorhabe, dich zur Witwe zu machen. Du sollst frei sein, wenn ich gehe.«

Sie hatte geschluckt; Tränen hatten in ihren Augen gebrannt. »Du lehnst mich ab, Nico?«, hatte sie geflüstert.

»Nein, im Gegenteil. Du bist die Liebe meines Lebens; aber für dich ist es noch nicht das Ende. Ich habe Sorge, dass du dich an mich klammerst, wenn ich weg bin. Und der Tag wird kommen, mein Schatz. Ich kann dich nicht heiraten, weil ich dich mehr liebe als alles andere auf diesem Planeten.«

»Ich brauche dich, Nico.«

»Das denkst du jetzt, aber du bist stark, Núria. Du bist mein Licht. Ich weigere mich, dich zur Witwe zu machen«, wiederholte er und strich ihr zärtlich über das Haar. »Du sollst leben, Núria.«

»Ich werde dich immer lieben.«

Nico hatte nichts mehr gesagt, aber sie hatte gespürt, dass er seine Meinung nicht ändern würde. Auch heute begriff sie noch immer nicht, warum er ihr diesen Wunsch verwehrt hatte.

Ein Windstoß fuhr durch ihr Haar, und Núria kehrte gedanklich auf die Mauer zurück. Xavi saß schweigend neben ihr. Auch ohne etwas zu sagen, spendete er ihr Trost; vermutlich wusste er das nicht einmal.

Für einige Minuten sagte niemand etwas, bis Xavi leise ausatmete. »Es tut mir leid, Núria. Es tut mir unendlich leid, dass du das durchmachen musst. Und es tut mir auch leid, wenn ich dir gestern zu nahegetreten bin.«

»Das bist du nicht, wirklich nicht. Ich … ich habe die Umarmung einfach nicht kommen sehen und dann … ich habe überreagiert. Es war albern von mir. Du bist nicht sauer auf mich?«

Er schüttelte den Kopf. »Natürlich nicht. Ich kann dich gut verstehen. Du sehnst dich nach Nicos Armen. Auch wenn ich es so nicht gemeint hatte, wie du es aufgefasst hast, verstehe ich deine Reaktion. Ich wollte dich nicht in Verlegenheit bringen, sondern trösten.«

Jetzt war sie es, die nach seiner Hand griff und sie drückte. »Danke. Du bist ein echter Freund. Und jetzt gehe ich besser, ehe da drüben noch jemand entdeckt, dass ich verschwunden bin.«

»Wie meinst du das?«

»Ich habe mich rausgeschlichen, weil ich keine Lust auf die ständigen blöden Fragen habe …«

Xavi lachte leise; es grollte rau aus seiner Kehle, und Núria bekam eine Gänsehaut.

»Hilfst du mir von der Mauer?«, bat sie ihn. »Ich bin furchtbar ungeschickt und habe mir eben beim Sprung von der Garage schon fast den Hals gebrochen.« Das war ein wenig übertrieben, trotzdem fühlten sich ihre Knie wackelig an.

»Klar.« Mit einem Satz war er unten und streckte ihr seine Arme entgegen.

* * *

»Na komm schon«, rief Xavi Núria kurz darauf zu, die noch immer oben auf der Mauer saß.

»Bist du sicher, dass du mein Gewicht aushältst?«

Er lachte kurz auf. »Du wiegst vermutlich nicht mehr als eine Fliege. Nun spring schon, ich fange dich auf.«

Sie atmete leise aus. »Ich bin zu alt für diesen Mist«, brummte sie. »Erinnere mich bitte daran, wenn ich das nächste Mal so eine blöde Idee habe.«

»Oh, das war gar keine blöde Idee. Die Aussicht ist bombig. Noch besser ist sie nur aus meinem Turm.«

Oje, hoffentlich verstand sie das nicht falsch, denn dort lag sein Schlafzimmer. Aber nicht nur das, auch sein Arbeitszimmer. Das brachte ihn auf eine Idee. »Da oben ist mein Büro, siehst du? Wenn du willst, kannst du deine Übersetzungen auch dort machen.«

»Echt?«

»Warst du noch nie oben?«

»Was sollte ich da? Ich schnüffele doch nicht in deinem Haus herum.«

»Ja, ist klar, aber jetzt erlaube ich es dir offiziell.« Er zwinkerte ihr zu, aber war sich nicht sicher, ob sie es in der Dunkelheit sehen konnte. Er streckte seine Arme noch einmal auffordernd in die Luft. »Nun komm schon, oder willst du da übernachten?«

Ohne zu antworten, sprang sie in seine Arme. Er war darauf vorbereitet, aber nicht auf den Duft, der von ihr ausging. Sie roch wunderbar.

Hastig trat er einen Schritt zurück. »Siehst du? Alles gut gegangen.« Seine Stimme klang nicht so fest, wie er es gern gehabt hätte.

»Zum Glück, danke.«

»Komm, ich begleite dich noch rüber – willst du auch wieder über die Garage reinklettern?«

Núria schnaubte leise. »Die dümmste Idee des Jahres. Vorhin bin ich mir noch wie eine echte Abenteurerin vorgekommen, jetzt kann ich nur froh sein, dass meine Knochen noch heil sind.«

Xavi legte einen Arm um sie, freundschaftlich, denn er wusste, ihr Herz gehörte einem anderen. Und doch ergriff ihn Furcht, so tiefgreifend, dass er zitterte. Er hatte keine Ahnung, wie er mit ihr zusammen sein konnte, ohne etwas zu fühlen. Er war nicht mehr derselbe Mann wie noch vor ein paar Wochen.

»Das wird schon«, krächzte er und begleitete sie über die Straße.

Núria hatte hoffentlich nichts von seinem inneren Beben mitbekommen; wenn ja, ließ sie sich nichts anmerken. Er war froh darüber.

»So, und nun husch ins Bett«, witzelte er, nachdem sie über seine Schultern auf das Dach der Garage geklettert war.

»Früher habe ich das allein geschafft«, murrte sie halb lachend. »Danke, Xavi. Schlaf gut.«

»Du auch, dann bis morgen.«

Xavi wartete noch, bis sie in ihrem Zimmer verschwunden war, dann rief er Petita leise zu sich. Die Kleine hatte sich an einem Gebüsch festgeschnüffelt. Vielleicht gab es da ein Kaninchen. »Komm, wir gehen zurück«, sprach er zu seiner treuen Begleiterin.

In seinem Magen rumorte es merkwürdig, und in seinem Kopf drehten sich die Gedanken im Kreis, während er zurück ins Haus und nach oben ging. Er wusste nicht, was er sagen oder tun sollte, aber eins war klar: Es würde möglicherweise verheerende Folgen haben, wenn er mehr Zeit mit Núria verbrachte.

Xavi fuhr sich mit der Hand durch die Haare und schaute auf seine Uhr. Es war kurz nach eins. Zur Sicherheit stellte er sich einen Wecker. Überrascht nahm er die Kurznachricht von Roseta zur Kenntnis:

Sind morgen wieder am Start, Probleme sind gelöst.

Kurz und knapp; eigentlich seltsam, man hätte von den beiden Labertaschen erwartet, dass sie halbe Romane auch bei ihren Texten verfassten, aber das taten sie nicht.

Er hatte keine Ahnung, welches familiäre Problem die beiden in den Griff bekommen hatten, aber er war froh, dass es anscheinend doch nur halb so wild gewesen war.

Xavi war davon überzeugt, dass er kein Auge zutun würde; er fühlte sich viel zu aufgewühlt. Merkwürdigerweise fiel er im gleichen Moment in einen tiefen, traumlosen Schlaf, als sein Kopf das Kissen berührte.

Kapitel 15

3 390 Likes
47 Kommentare
8 Reposts

Dich zu verlieren, fühlte sich an, als hätte man mir die Flügel gestohlen. Früher, als unsere Welt noch in Ordnung war, hast du mich das Fliegen gelehrt. Hast mir gezeigt, wie man sich von Strömungen und Wind lenken lässt. Jetzt bin ich am Boden. Meine Flügel gibt es nicht mehr.

Das Leben geht weiter, alles verändert sich. Vielleicht kann ich heute nicht mehr fliegen, aber ich bin dankbar dafür, dass ich es mit dir erleben durfte.

Jetzt sitze ich am Meer und schaue hinaus auf den Horizont. Die unendliche Weite und ein Gefühl von Trost und Beruhigung strömen durch mich hindurch. Heute kann ich lächeln. Still und ganz für mich allein. Ich kann zwar noch immer nicht wieder fliegen, aber ich erinnere mich jetzt, wie es sich angefühlt hat, und das gibt mir Mut.

Als du gegangen bist, hast du mir nichts mit auf meine weitere Reise gegeben als das Gefühl, dass ich alles schaffen kann, wenn ich es nur will. Ich hoffe, du hast recht. Dann kommt das Fliegen vielleicht wieder von ganz allein.

»Bleib!«, befahl Núria Petita. Sie übten das Kommando nun seit ein paar Tagen. Sie machten dabei langsamer Fortschritte als sonst, denn die Hündin liebte es zu sehr, ihren Menschen zu folgen. Aber sie steigerten sich langsam, von ein paar Sekunden zu ein, zwei Minuten. Immerhin. Wichtig fand Núria, dass es klappte, wenn Petita vielleicht doch einmal mit in die Restaurantküche kommen sollte oder wenn Besuch zu Xavi kam.

Zuvor hatte Petita dem Postboten beinahe einen Herzinfarkt beschert. Núria schüttelte den Kopf bei der Erinnerung, wie sie dem Mann kläffend ans Bein gesprungen war. Núria hatte sich entschuldigt und begriffen, dass es noch eine Menge gab, was Petita lernen musste.

Der Stapel Briefumschläge lag noch immer auf der kleinen Anrichte im Eingangsbereich.

»Okay, wir haben genug geübt. Ich werde jetzt mal was tun. Ich habe nämlich vorhin eine E-Mail von Babsi bekommen«, erklärte Núria der Hündin, die natürlich kein Wort verstand.

»Sie hat vielleicht einen neuen Auftrag; das gucke ich mir jetzt mal an.«

Núria schnappte sich ihren Rucksack sowie die heutige Post und ging nach oben. Ein wenig kam sie sich doch vor wie ein Eindringling. Xavi hatte ihr erlaubt, sein Arbeitszimmer zu benutzen, ja, trotzdem machte sich ein flatteriges Gefühl in ihrer Magengrube breit. Petita schien es nicht zu bemerken und schon gar nicht zu teilen; sie rannte ins Schlafzimmer und sprang direkt in Xavis Bett.

Núria schmunzelte. Es war nicht gemacht, die Laken waren zerknüllt und die Kissen zusammengedrückt. Aber die Aussicht!

Halleluja!

Núrias Mund klappte auf. In seinem Schlafzimmer gab es bodentiefe Fenster mit einem atemberaubenden Blick auf das Meer und einen unendlichen Horizont. Weiße Schaumkrönchen tanzten auf den Wellen, ein Fischerboot schaukelte in einiger Entfernung. Zwei Möwen segelten ein paar Meter entfernt vor den Scheiben im Wind.

»Unglaublich!«, stieß sie hervor.

Natürlich war ihr klar gewesen, dass die Aussicht hier bombig sein musste, aber *das* haute sie dann doch beinahe um.

Sie stellte fest, obwohl sie nur an der Tür stand, dass es in seinem Zimmer durch und durch nach Xavi roch. Nicht unangenehm, im Gegenteil. Sie mochte sein frisches und sportliches Aftershave. Über einem Stuhl hingen eine Jeans und ein Pullover, ansonsten war der Raum recht karg. Das Bett war aus altem Holz gezimmert und wirkte doch irgendwie modern. Hitze flammte in ihren Wangen auf. Sie hätte nicht hier sein sollen.

Xavi hatte bestimmt keine Einladung in sein Schlafzimmer gemeint, sondern hatte ihr das Arbeiten mit einer schönen

Aussicht anbieten wollen. Das erinnerte sie daran, was sie hier oben eigentlich tun sollte.

»Komm«, rief sie Petita zu und ging ins Zimmer nebenan.

Die Aussicht hier war ebenfalls großartig; von hier aus sah man einen Teil der steinigen Küste mit ihrer wilden Brandung.

Xavis Schreibtisch war schmal, dafür stapelten sich Papiere darauf. Es gab einen Laptop, der unter einem weiteren Haufen Blätter halb vergraben war. Einige Kugelschreiber steckten in einem alten Einmachglas. Der Drehstuhl hatte seine besten Tage lange hinter sich.

Irgendwie passte das Zimmer nicht so recht zu Xavi – sie konnte sich nicht vorstellen, dass er oft hier war. Denn alles andere im Haus war ordentlich. Vielleicht mochte er einfach keinen Papierkram. »Wer mag das schon«, murmelte sie und verzog das Gesicht. »So, dann wollen wir mal.«

Sie schob sich ein wenig Platz auf dem Tisch frei und legte die neue Post daneben. Dann holte sie ihren Computer heraus und schaute nach Babsis E-Mail. Sie schlug ihr tatsächlich ein neues Projekt vor, einen sechshundertseitigen Roman.

Dabei war an sich nichts Ungewöhnliches. Aber als sie die PS-Zeile der E-Mail las, vergaß sie zu atmen.

> Ich habe mit meiner Chefin gesprochen, und sie bietet dir einen festen Job im Verlag an. So könnten wir zusammenarbeiten und würden uns öfter sehen. Ich melde mich in den nächsten Tagen bei dir.

Núria lehnte sich im Stuhl zurück. »Wow«, war alles, was ihr dazu einfiel.

So schön es war, freiberuflich zu arbeiten, so sehr war sie auf wiederkehrende Übersetzungsjobs angewiesen. Manchmal kamen drei Anfragen gleichzeitig rein, dann wieder einmal gar nichts. Es war nicht so, dass sie Geldsorgen hatte, aber ein geregeltes Einkommen musste vielleicht auch nicht verkehrt sein. Und Kollegen? Babsi!

Núria klickte die E-Mail weg. Sie wollte jetzt nicht darüber nachdenken, sie musste das erst mal sacken lassen. Sicher erwartete der Verlag auch nicht eine sofortige Entscheidung; Núria kannte ja noch nicht mal die Konditionen.

Sie stand auf und lief im Raum auf und ab. Dieses Angebot freute sie wahnsinnig, gleichzeitig machte sich Unsicherheit in ihr breit. Wollte sie das wirklich? Sich festlegen? Ihre Freiheit aufgeben?

Ein Telefonbimmeln riss sie aus ihren Gedanken. Es war nicht ihr Handy; der Akku war leer. Sie hatte vorher etwas posten wollen und dann gemerkt, dass sie vergessen hatte, ihn über Nacht aufzuladen.

Núria ging zum Schreibtisch und nahm ab, ohne darüber nachzudenken. Es war bestimmt Xavi, um ihr zu sagen, dass es später wurde. An all den Tagen, an denen sie hier gewesen war, hatte es noch nie gebimmelt.

»*Sí?*«, meldete sie sich.

»*Hola?* Wer ist denn da?«, fragte eine weibliche Stimme am anderen Ende der Leitung.

Núria war entsetzt. Eine Frau? O Gott! »Äh, *hola*, ich bin Núria, und ich passe auf Petita auf, den Hund.«

O Gott, was redete sie da? Die Frau am anderen Ende musste sie ja für völlig bescheuert halten. Ihr Herz klopfte wild, und sie bekam schweißnasse Hände.

»Ach, verstehe. Wie schön! Ich bin Xavis *mamà*, Alicia.«

Diese Information schmälerte Núrias Nervosität nicht gerade. »Er ist leider nicht zu Hause, er ist im Restaurant.«

»Verstehe. Ich habe ihn schon auf dem Handy angerufen, aber er geht nicht ran; da dachte ich, dass er vielleicht frei hat.

Letzten Sonntag war er bei uns in Barcelona und hat erzählt, dass er nicht öffnen konnte, weil ihm Personal gefehlt hat. Er wollte seiner Schwester Alba den Hund andrehen, *Déu meu*, das geht ja nicht in so einer kleinen Wohnung in der Innenstadt.«

Wow, die Frau konnte schnell reden, überlegte Núria amüsiert und wusste nicht, was sie erwidern sollte. Dann war er also bei seiner Familie gewesen, und er hatte eine Schwester? Das klang alles ziemlich normal. Was hatte Godi ihr bloß erzählen wollen, von wegen verlorene Seele und so? Núria hatte keine Ahnung, aber sie merkte, dass es sie immer noch brennend interessierte. Ein bisschen zu sehr vielleicht.

»Es ist bestimmt viel zu tun«, gab Núria ausweichend zurück.

»Du kennst ihn ganz gut, ja?«, hakte Alicia nach.

Auch darauf wusste Núria nicht die passende Antwort. »Na ja, wie gut kann man ihn kennen? Er erzählt ja nicht gerade viel über sich.«

Alicia lachte. »Aber wirklich, das ist genau mein Sohn. Sehr treffend analysiert. Und du bist jetzt häufiger bei ihm?«

»Ich kümmere mich um den Hund, wenn er bei der Arbeit ist.«

»Ach so, ja, das hast du ja schon gesagt.«

Núria hörte Fragezeichen heraus; die Mutter war neugierig. Also hielt Xavi sie auch auf Abstand? Wieso? Sie wollte gerade etwas sagen, als Alicia weitersprach.

»Wir wünschen uns sehr, dass Xavi nach Barcelona zurückkommt; er hatte ein Restaurant, das lief so gut. Er hatte sich seinen Michelin-Stern wirklich verdient.«

Einen Stern? Krass!

Núria dachte an die Post von zuvor. Beim obersten Umschlag hatte auch etwas von Guide Michelin gestanden; sie hatte gedacht, dass es Werbung sein müsse. Vielleicht war es ja etwas anderes. Sie würde ihn nachher darauf hinweisen; nicht, dass er bei seinem unorganisierten Schreibtisch etwas Wichtiges übersah.

»Und du und Xavi, ihr seid befreundet?« Alicia ließ nicht locker.

Was sollte sie darauf antworten? Sie verzog ihren Mund.

»Das wäre ein bisschen übertrieben zu sagen. Wie gesagt, ich kümmere mich nur um den Hund.«

»*Sí, clar*. Verstehe. Und selbst wenn ihr ein Paar wärt, würde ich es ja sowieso als Letzte erfahren. Xavi ist eher sparsam damit, seine alte *mamà* auf dem Laufenden zu halten. Ich fürchte ja, dass er seit der Trennung von Estelle wie ein Eunuch lebt. Das würde zu ihm passen. Mein Sohn ist so sensibel.«

Núria machte große Augen. Trennung? Eunuch? Ein bisschen konnte sie verstehen, dass Xavi der Mutter nicht viel erzählte; Alicia erinnerte sie stark an ihre eigene *mamà*. »Darüber weiß ich leider nichts«, gab Núria zurück.

»Ich möchte dich auch gar nicht länger aufhalten. Vielleicht lernen wir uns ja mal kennen.«

»Äh, ich denke eher nicht. Ich bin nur im Urlaub hier.«

»Ach, wie schade!« Die Enttäuschung war nicht zu überhören. Alicia seufzte. »Na, als Mutter hört man ja nicht auf zu hoffen. Keines meiner Kinder hat einen Partner; ich würde es gern noch erleben, dass Enkel auf die Welt kommen, ehe ich dement bin und nichts mehr weiß.«

Núria musste grinsen. »Ähm …« Jetzt war sie davon überzeugt, dass Ona und Alicia gute Freundinnen werden konnten – aber es war unwahrscheinlich, dass sie sich jemals begegneten.

»Liebe Núria, es war schön, mit dir zu plaudern.«

»Ja, gleichfalls. Soll ich Xavi Grüße von dir bestellen?«

»Nicht nötig, ich werde es noch mal auf seinem Handy versuchen – irgendwann muss er ja mal abheben. *Adéu*, Núria.«

»*Adéu*, Alicia.« Nachdem Núria aufgelegt hatte, ließ sie sich auf den Drehstuhl zurücksinken.

Was für ein Temperament diese Frau hatte! Wahnsinn.

Fast wünschte sie sich ein bisschen, auch etwas mehr davon abbekommen zu haben. Aber in der Hinsicht kam sie mehr nach dem nordisch kühlen Gemüt ihres Vaters.

* * *

Es brummte schon wieder an Xavis Hintern. »Was ist denn heute nur los?«, meckerte er leise vor sich hin. Es war irre heiß in der Küche, und es gab noch viel zu tun an diesem Mittag.

Pep wischte sich die Hände ab und zuckte die Schultern. »Ich würde ja mal drangehen; es sieht so aus, als ob der Anrufer oder die Anruferin dringend mit dir reden möchte.«

Xavi sparte sich einen Kommentar und gab sich geschlagen. Es war garantiert schon wieder seine Mutter – oder immer noch. Sie hatte heute schon fünf Mal versucht, ihn zu erreichen. »Hola, *mamà*.« Xavi seufzte.

»*Hola, estimat!* Dass ich dich einmal an die Strippe bekomme, *Déu meu*.« Die Stimme seiner Mutter klang nicht vorwurfsvoll, im Gegenteil, sie klang … hocherfreut.

Er hob eine Augenbraue. Da stimmte doch was nicht. »Jetzt bin ich ja dran, was ist los?«

»Weil du ja nie an dein Handy gehst, habe ich bei dir zu Hause angerufen. Du hast gar nichts von Núria erzählt. Wie ist sie so?«

Genauso gut hätte sie fragen können: Läuft da was? Xavi verdrehte die Augen. Was sollte das denn jetzt? Er wollte seiner

Mutter erklären, dass es sie nichts anging; aber so respektlos war er nicht, denn er wusste, sie meinte es nur gut und sorgte sich um ihn und sein selbst gewähltes Einsiedlerleben. *»Mamà«,* brummte er. »Núria kümmert sich um Petita, während ich arbeite. Ihr wolltet den Hund ja nicht. Und Alba auch nicht, also was soll ich machen? Ich kann Petita nicht den ganzen Tag allein lassen, dafür ist sie zu unerzogen und zu jung.«

»Rede nicht um den heißen Brei herum! Ist sie hübsch?«

»Petita ist wunderhübsch, du hast sie doch gesehen.«

»Ich meine Núria, also weich mir nicht aus!«

Das war ihm ganz klar. Núrias Aussehen war jedoch ein Thema, das er garantiert nicht mit seiner Mutter besprechen würde. Er dachte an ihre großen traurigen Augen und ihr hübsches Lächeln, das er in letzter Zeit häufiger gesehen hatte.

»Weißt du, Xavi, ich bin versucht, mich ins Auto zu setzen und sie mir selbst anzuschauen«, holte ihn seine Mutter in die Realität zurück.

Was sagte sie da? Sie wollte herkommen?

Nur über seine Leiche! Er biss die Zähne zusammen, ehe er antwortete. »Tu, was du nicht lassen kannst, aber sei nicht enttäuscht, wenn ich keine Zeit für dich habe. Ich muss arbeiten. Und an Petita hast du ja auch kein Interesse, also lass es lieber sein.«

»Dann ist sie also hübsch, ja? Das würde mich nicht wundern. Klug scheint sie zu sein; es war schön, mit ihr zu plaudern.«

Xavi beschlich beim Wort »plaudern« ein ungutes Gefühl. »Was hast du Núria erzählt?«, hakte er nach; sein Tonfall war schärfer geworden.

»Na was schon? Ich wusste ja nicht, wer sie ist.«

Die Suppe kochte über, und ein Zischen und Dampfen übertönte alles. Xavi fluchte wie ein Kutscher. So ein Mist, jetzt hatte er nicht nur schlechte Laune, sondern auch noch den ganzen Herd versaut und keine Suppe mehr für die Gäste.

»Xavi!«, tadelte seine Mutter. »Deine Wortwahl ist unmöglich! Reiß dich mal zusammen.«

Er schnaubte. »Mir brennt hier alles an! Ruf mich nicht mehr bei der Arbeit an, außer es ist ein Notfall! Ich habe jetzt keine Zeit! *Adéu, mamà!*« Dann legte er auf und versuchte zu retten, was noch zu retten war. *»Merda!«*

Das ungute Gefühl im Magen ließ nicht nach, bis er nach Hause fuhr; im Gegenteil, es nahm sogar noch zu. Seine Mutter hatte ein unfassbares Talent, alles durcheinanderzubringen – oder noch schlimmer, Dinge auszuplaudern, die sie und andere nichts angingen.

Xavi stellte seine Vespa ab und lief zum Haus. Er öffnete die Tür und fand Núria im verwilderten Garten. Wieso war ihm eigentlich nicht früher aufgefallen, wie schlimm es hier aussah? Da würde er bald mal etwas tun müssen, ehe alles mit Unkraut zuwucherte. Núria wirkte zwischen Gestrüpp und Pinien wie eine verwunschene Prinzessin. Sie hatte ihren Strohhut auf und blätterte in einem Magazin, das er nicht kannte. »*Hola*, ich bin wieder zurück«, machte er auf sich aufmerksam. Sein Herz klopfte schneller; eine merkwürdige Reaktion, die er nicht einordnen konnte.

Mit einem Lächeln wandte Núria sich ihm zu und stand auf. »Ah, da bist du ja wieder. *Hola*, Xavi.« Sie kam auf ihn zu und strahlte; das Magazin hielt sie lässig vor ihrem Bauch. Es war eine Klatschzeitschrift, die hatte sie bestimmt von ihrer Oma ausgeliehen. Er verkniff sich ein Schmunzeln.

Núria sprach weiter. »Ich habe heute in deinem Büro gearbeitet, die Post habe ich auch gleich mit nach oben genommen und auf deinen Schreibtisch gelegt. Da war ein Brief dabei, der sieht vielversprechend aus. Da steht was von Michelin drauf.

Den solltest du dir unbedingt anschauen; nicht, dass du da was verpasst. Ich habe das Gefühl, da oben liegt sowieso einiges an Papierkram, was du mal bearbeiten müsstest …«

Xavi merkte, wie sich alles in ihm verkrampfte. Sie hatte in seinen Unterlagen gewühlt? Und dass sie mit seiner Mutter gesprochen hatte, konnte ja auch nur bedeuten, dass sie auch seine Gespräche annahm, ohne zu zögern. »Wieso gehst du an mein Telefon?«, wollte er wissen; sein Tonfall war schneidend. Härter, als er ursprünglich beabsichtigt hatte.

Núrias Lächeln erstarb. »Was?« Sie blinzelte irritiert.

»Du hörst doch ganz gut«, blaffte er. »Wieso gehst du an mein Telefon und, noch schlimmer, wühlst in meiner Post herum?«

»I-ich dachte, du wärst es, der anruft. Ich habe heute kein Handy dabei, weil mein Akku leer ist … Hey, Moment mal! Meckerst du mich gerade an, weil ich einen Anruf angenommen und dem Postboten die Tür aufgemacht habe? *Déu meu*, jetzt chill mal ein bisschen. Ist ja nicht so, als ob du hier Staatsgeheimnisse hütest. Du spinnst ja wohl.«

Xavi spürte das Blut in seinen Ohren rauschen; er wurde fuchsteufelswild. »Ich hasse es, wenn Leute sich in meinen Kram einmischen. Und was hast du eigentlich meiner Mutter erzählt? Oder umgekehrt? Konntest du ihr schön alles aus der Nase ziehen, was du immer schon über mich wissen wolltest?«

Núria war blass geworden; sie stand stocksteif vor ihm. Schon während er die Worte aus seinem Mund kommen hörte, wusste er, dass es falsch war, dass er zu weit ging. Doch das zu korrigieren, war nicht mehr möglich. Es war zu spät. Der Schaden war angerichtet.

Núria blieb gefährlich ruhig, aber er erkannte an ihrem Ausdruck, dass er sie schwer getroffen hatte. »Du irrst dich.

Und du nimmst dich selbst auch viel zu wichtig, Xavi. Ich habe nicht in böser Absicht gehandelt.«

»Das sage ich auch nicht! Misch dich einfach nicht in meine Angelegenheiten!«

Aus ihren Augen sprühten Funken. »Jetzt reicht es aber! Derjenige, der ein Problem hat, bist eindeutig du. Ich habe keine Ahnung, was deine Ex mit dir veranstaltet hat, aber ich bin sicherlich nicht diejenige, an der du dein Misstrauen auslassen solltest. Ich werde jetzt gehen, Xavi.«

Alleine dass sie seine Ex erwähnte, sagte ihm alles, was er wissen musste. Da hatte sie sicher ein schönes Schwätzchen mit seiner Mutter gehalten. Er war enttäuscht von Núria; er hatte geglaubt, dass sie nicht so sei wie die anderen. Neben der Wut spürte er auch die altbekannte Scham in sich aufsteigen.

»Ja, ich denke, es ist besser, wenn du jetzt gehst«, brach es aus ihm hervor.

Núria schaute ihn aus großen Augen an, als wartete sie auf eine Entschuldigung, etwas, was seinen harten Worten die Schärfe nahm. Aber er konnte nicht. Alles in ihm war ein einziger Knoten. Er presste die Lippen aufeinander und wollte nur noch eines, allein sein.

»Manchmal bist du ein richtiger Idiot«, murmelte sie und marschierte hoch erhobenen Hauptes an ihm vorbei. Petita stand zwischen ihnen und begriff nicht, was hier vor sich ging. In diesem Tonfall redeten ihre Menschen sonst nie miteinander.

Xavi bereute alles, was er Núria an den Kopf geworfen hatte, in dem Moment, als sie durch sein Tor verschwunden war und womöglich nie wiederkam.

»Merda«, fluchte er und raufte sich die Haare. »Ich mache wie immer alles kaputt.«

Aber statt ihr nachzulaufen, hastete er nach oben und suchte nach diesem verdammten Brief, den sie erwähnt hatte. Noch immer neben sich stehend, durchwühlte er die Papiere auf seinem Tisch, bis er den Umschlag fand. Er riss ihn auf und überflog das Schreiben, seine Finger zitterten.

Dann ließ er sich in den Stuhl sinken und schloss die Augen.

»Die werden auch immer fauler«, murmelte er und schüttelte den Kopf.

Man wollte von ihm wissen, ob er Interesse an einer Restaurantkritik habe. Was das bedeutete, war klar. Sie würden einen oder mehrere Kritiker schicken, wenn er Ja sagte. Wenn es gut lief, konnte er einen Stern bekommen.

Aber wollte er das?

Xavi war sich ganz und gar nicht sicher. Dennoch kribbelte es in seinem Bauch. Diese Auszeichnung war etwas ganz Besonderes; er hätte nie und nimmer damit gerechnet, dass jemand überhaupt in Erwägung zog, ihn erneut zu beurteilen. In Barcelona hatte er sich der Fusion-Küche verschrieben, kleinteilig, verrückt und fein. Was er hier kochte, war etwas ganz anderes. Bodenständig und traditionell. Umso mehr hätte ein Stern bedeutet.

Xavi atmete tief ein und wieder aus, dann drehte er sich zum Fenster und schaute hinaus. Er wusste, was es hieß, eine Sterneküche zu betreiben. Es würde sich nicht nur für ihn einiges ändern, auch für sein Team. Die Ansprüche würden steigen, die Kunden würden sich womöglich verändern, es würde mehr Gäste geben, die von weiter her kamen.

Das hätte sicher Einfluss auf die familiäre Atmosphäre, auf die er so stolz war. Andererseits, es musste ja nicht unbedingt so sein.

In seinem Kopf drehte sich alles, seine Hände waren eiskalt und klamm, obwohl es heute an die fünfundzwanzig Grad haben musste.

Hätte man ihn vor ein paar Tagen gefragt, ob er wieder einen Stern haben wollte, hätte er sofort abgelehnt. Aber jetzt? Es klang verlockend, natürlich fühlte er sich geschmeichelt. Sehr sogar.

Leider kannte er auch die Schattenseiten des Erfolges. Zu gut.

Er konnte das jetzt nicht entscheiden. Auch nur einen einzigen klaren Gedanken zu fassen, war ihm schlicht nicht möglich.

Kapitel 16

2 822 Likes
34 Kommentare
2 Reposts

Hier sitze ich ganz früh am Morgen, schaue in den Sonnenaufgang und beobachte, wie der Tag erwacht. Zu sehen, dass das Leben weitergeht, dass der Morgen auf die Nacht folgt, ist unglaublich tröstend. Es ist immer wieder schön, aber auch genauso traurig. Früher haben wir hier gemeinsam gesessen. Jetzt gibt es nur noch mich und nicht mehr uns. Es fällt mir wahnsinnig schwer, das zu akzeptieren. Manchmal erwische ich mich dabei, wie ich denke, oh, das muss ich Nico erzählen. Das ist dieser eine kostbare Wimpernschlag, in dem ich glücklich bin, bis ich mich daran erinnere, dass das nicht mehr geht.

Endlich wusste Xavi, wo der Ausdruck »wie ein geprügelter Hund« herkam. Genauso fühlte er sich, als er am frühen Abend zu den Vilarrublas hinüberlief, um sich bei Núria zu entschuldigen. Wie zu erwarten gewesen war, war Núria nicht wie normalerweise bei ihm aufgetaucht.

Das schlechte Gewissen plagte Xavi. Ihm war klar, dass er sich unmöglich verhalten hatte. Núria hatte ihm ja erklärt, warum sie ans Telefon gegangen war, und wenn jemand geplaudert hatte, war es wohl eher seine Mutter als sie gewesen.

Das alles sah er jetzt klar und deutlich vor sich; da war ihm zuvor eine Sicherung durchgebrannt. Und das tat ihm jetzt furchtbar leid. Er wollte Núria um Verzeihung bitten, aber er rechnete damit, dass sie nicht mit ihm sprechen würde. Verdenken konnte er es ihr nicht, hoffte jedoch etwas anderes. Verständnis vielleicht, er vermochte es nicht genau zu benennen. Das flaue Gefühl in seinem Magen konnte er ebenfalls nicht ignorieren. Xavi war nervös. Petita hatte er im Schlepptau, sie fand den Garten der Familie sehr spannend und schnüffelte hier und da. Er hatte sie nicht allein lassen wollen – vielleicht hatte er sie auch dabei, weil er hoffte, dass Núria ihm ihretwegen verzieh.

Josep saß auf seinem Schaukelstuhl und stopfte sich die Pfeife, sonst war niemand zu sehen.

»Hola«, rief Xavi ihm zu und stieg die Treppe nach oben.

»*Hola*, Nachbar«, antwortete Josep und blickte auf. »Na, Ärger im Paradies?«

Mist, dachte Xavi. Hier konnte man auch nichts von seinem Privatleben für sich behalten. Hatte Núria ihrer Familie von seinem unmöglichen Verhalten erzählt? Das sah ihr gar nicht ähnlich. Aber was wusste er schon?

Xavi schob seine Hände in die Taschen seiner Shorts. »Ist sie da?« Er ging nicht auf die Frage ein.

Josep holte ein Feuerzeug aus der Brusttasche seines Leinenhemdes und zündete den Tabak in seiner Pfeife an. Er paffte, dann blies er ganz langsam den Rauch aus. »Sie war ganz schön geladen vorhin, und seitdem ist sie aus ihrem Zimmer nicht mehr rausgekommen. Was hast du zu ihr gesagt, das sie so wütend gemacht hat?«

Reue spülte über Xavi wie eine meterhohe Welle hinweg. Er schüttelte den Kopf, aber wich Joseps Blick nicht aus. »Ich bin ein Idiot – ich habe gedacht, das hätte Núria schon gleich zu Anfang kapiert. Aber offenbar habe ich Potenzial in mir, noch dümmere Sachen zu sagen als sonst.« Er verzog die Lippen zu einem verschämten Lächeln.

Josep neigte den Kopf, ganz genau wie seine Enkelin, wenn sie nachdachte. »Und jetzt willst du dich bei ihr entschuldigen?«

Xavi wusste nicht, was er erwidern sollte. Alles, was er sich in seinem Kopf zurechtgelegt hatte, klang lahm oder absolut pathetisch.

Er atmete hörbar aus. »Ich habe die Sorge, dass sie gar nicht mit mir reden wird«, sprach er das aus, was wirklich in ihm vorging.

Josep nickte und zuckte die Schultern. »Das glaube ich nicht. Núria ist vielleicht empfindlich, aber man kann nicht über sie sagen, dass sie nachtragend wie ein Elefant wäre.«

»Dann besteht noch Hoffnung?« Xavi grinste schuldbewusst.

»Was hast du denn so Schlimmes gemacht, dass du hier stehst wie vor dem Gang nach Canossa?«

Er verzog den Mund. »Ich habe sie für etwas angeschrien, wofür sie nichts kann. Ich war einfach gemein zu ihr, und das tut mir leid. Manchmal halte ich meine Zunge nicht ausreichend im Zaum.«

Josep schmunzelte. Seinen Blick konnte Xavi nicht deuten, aber auf einmal kam ihm der Alte ziemlich gut gelaunt vor. »Soll ich sie rufen?«

»Ich bin mir nicht sicher, ob das eine gute Idee ist. Vielleicht sollte ich einfach wieder gehen.« Er zeigt mit dem Daumen hinter sich. Er hatte Angst, dass Núria ihm an den Kopf schleudern würde, dass sie ihn nie wiedersehen wollte. Der Gedanke erschreckte ihn mehr, als er gedacht hatte.

»Oh, nein, nein. Nichts da, Xavi. Wenn man Mist baut, sollte man auch dafür geradestehen. Warte hier.«

Josep stemmte sich aus seinem Schaukelstuhl, dann steckte er seinen Kopf durch die Tür ins Haus und rief nach seiner Enkelin.

Xavi merkte, wie sein Puls in die Höhe schnellte. Es dauerte Ewigkeiten, bis Núria tatsächlich herauskam. Als sie ihn erblickte, wurden ihre Züge unversöhnlich. Xavis Herz rutschte ihm in die Hose.

»Was ist?«, hörte er sie fragen; dabei ließ sie Xavi nicht aus den Augen. Ihr Blick war frostig, genau wie ihre Worte.

Er verstand einmal mehr, wie sehr er sie mit seinen unmöglichen Anschuldigungen getroffen hatte. Xavi holte tief Luft; das alles war ihm so unangenehm, und am liebsten wäre er davongelaufen, wie er es immer tat, wenn es schwierig wurde. Aber er bewegte sich nicht, sondern schluckte hart, ehe er sprach. »Núria, ich wollte mich entschuldigen. Ich habe dir ziemlich dumme Sachen an den Kopf geworfen.« Viel mehr wollte er sagen, doch in seinem Kopf herrschte völlige Leere, während das Blut in seinen Ohren rauschte.

Josep setzte sich wieder und machte gar keine Anstalten zu verschwinden. Es wäre Xavi lieber gewesen, wenn der Alte ihnen etwas Privatsphäre gegönnt hätte, doch verwunderte es ihn nicht, dass er blieb. So waren die Leute hier nun mal, wenn es um ihre Lieben ging. Das kannte er aus seiner eigenen Familie sehr gut.

Xavi räusperte sich. Dann musste es eben mit Publikum gehen. »Natürlich kannst du ans Telefon gehen, wenn es klingelt, und ich glaube auch nicht, dass du in meiner Post gewühlt hast. Ich hatte einen schlechten Tag und … habe überreagiert.«

Okay, das klang jetzt nicht so reumütig, wie er sich fühlte. Warum war das nur so schwer, zu sagen, dass er Mist gebaut hatte, dass es ihm schrecklich leidtat? Dass er alles tun würde, um es wiedergutzumachen.

Núria hatte seinen Worten gelauscht, schwieg aber beharrlich dazu. Xavi wurde immer nervöser. Sie ließ sich verdammt lange Zeit mit einer Antwort. »Und jetzt?«, fragte sie schließlich, als ob sie darauf wartete, dass er noch etwas hinzufügte.

Er hatte keine Ahnung, was er sagen oder tun sollte. Schlimmstenfalls würde ihm etwas Blödes über die Lippen kommen, das alles nur noch schlimmer machte. Er war nun mal kein großer Poet, sondern ein Koch. Und über Gefühle und das, was in ihm vorging, zu reden, war noch nie seine Stärke gewesen.

»Ich kann verstehen, wenn du keine Lust mehr auf das alles hast, schließlich verzapfe ich ständig Mist«, murmelte er und senkte betreten den Blick.

Das war nicht gut gelaufen. Er musste gehen.

Verübeln konnte er es Núria nicht, dass sie ihm nicht freudestrahlend vergab. Dafür war er zu fies gewesen, zu hart. Núria war so zart und verletzlich. Was hatte er sich nur dabei gedacht?

Gar nichts natürlich, das war ja das Problem. Er hatte auf einen Impuls reagiert, nachdem er die Situation völlig falsch bewertet hatte.

Das Schweigen zwischen ihnen wurde ohrenbetäubend. Xavis Herz hämmerte hart gegen seine Rippen.

In diesem Augenblick kam Petita aus dem Rhododendron geschossen und sprang schwanzwedelnd an Núria hoch. Sofort tauchte ein Lächeln auf Núrias Gesicht auf, während sie sich zu ihr bückte, um sie zu streicheln.

Ein Gefühl, das Eifersucht ähnlich war, machte sich in ihm breit.

Gott, wie albern war das denn?

Xavi schluckte und verdrängte den Gedanken.

Núria sah zu ihm herüber. »Musst du nicht los?«, fragte sie ihn.

»Wohin?«, erwiderte er, dabei schaute er vermutlich selten dämlich aus der Wäsche. Er hatte keine Ahnung, was sie meinte, oder war das ihre Art, ihm zu sagen, dass er verschwinden sollte?

Ja, vermutlich.

»Na, ins Restaurant natürlich. Ich komme gleich rüber und nehme Petita dann mit.«

Sein Herz stolperte. Hieß das …? »D-du passt weiter auf Petita auf?«

Núrias Mundwinkel zuckten, aber sie lächelte nicht. Dann war sie wieder ganz ernst und schaute ihn eindringlich an. »Petita kann nichts dafür, dass du ein Idiot bist.«

Xavi atmete erleichtert aus, dann lächelte er schwach, während sich eine neue Wärme in seinem Bauch ausbreitete, die durchaus angenehm war. »Ähm, ja, da kann ich nicht widersprechen.«

Und ab jetzt hielt er besser die Klappe.

War das ihre Art, seine Entschuldigung anzunehmen? Er hoffte es. Er hoffte es sehr.

Er brachte kein weiteres Wort mehr über seine Lippen.

»Scheint so, als wären die Weichen wieder auf Harmonie gestellt«, kommentierte Josep amüsiert in die Stille und paffte an seiner Pfeife.

Núria schickte ihrem Großvater einen bösen Blick. »Pff, halt du dich da raus! Ach übrigens, es wäre schön, wenn ihr Erwachsenen«, sie zeichnete mit ihren Fingern Gänsefüßchen in die Luft, »das auch mal hinbekommen würdet. Euer Theater kann ja auf Dauer auch niemand aushalten. Also halt dich aus meinen Streitereien heraus und kümmere dich um deine eigene Baustelle.«

Opas Grinsen wurde ein wenig schwächer. »*Sí*, Núria, da stimme ich dir zu. Daran arbeiten wir.«

»Dein Wort in Gottes Ohr«, meinte sie und ging auf Xavi zu. »Können wir gehen? *Adéu, avi.* Ich kümmere mich um Petita; mit so einem jungen Hund hat man deutlich weniger Ärger als mit der Verwandtschaft.«

»Ähm, ja, wir können«, antwortete Xavi und folgte Núria nach unten. Er schaute noch einmal zu Josep zurück, der ihnen hinterhergrinste.

Das Schweigen fühlte sich unangenehm an, für ihn zumindest. Núria hingegen wirkte entspannt, als sie in sein Haus zurückkehrten.

»Dein Rucksack ist noch oben«, durchbrach Xavi die Stille und holte tief Luft. Er wusste nicht, was er sonst sagen sollte. Er hatte ihn zuvor entdeckt, als er sich seine Post vorgenommen hatte, ihn aber nicht mit rübergenommen, weil er gehofft hatte, dass sie doch noch einmal zu ihm zurückkehrte.

Er überlegte, ob er ihr von dem Brief erzählen sollte. Er wusste selbst noch nicht, ob er überhaupt daran interessiert war, dass das Komitee ihm Kritiker ins Haus schickte. Am überraschendsten an der ganzen Sache war aber, dass er gern mit Núria darüber reden wollte. Sie hatte bestimmt einen anderen Blick auf die Angelegenheit, der ihm helfen konnte, eine Entscheidung zu treffen. Dennoch stellte er die Frage jetzt nicht. Ihr neu gefundener Frieden war zu fragil, als dass er das Gespräch noch einmal auf das Thema Post zurücklenken wollte. Gott, wann war sein Leben eigentlich so kompliziert geworden? Er fuhr sich durch die Haare.

»Musst du nicht los?«, riss Núria ihn aus seinen Gedanken.

»Willst du mich rauswerfen?«, scherzte er.

Sie lächelte, und sein Herz setzte bei diesem wunderbaren Anblick einen Schlag aus, um sogleich in doppeltem Tempo weiterzuschlagen.

Déu! Was sollte das denn?

Xavi atmete schneller. Leichte Panik machte sich in ihm breit. Er versuchte, seine Reaktion auf Núria zu verdrängen, zu ignorieren, aber das war kaum möglich. Es war zu eindeutig. Zu intensiv, als dass er es noch länger leugnen konnte.

»Nein, wirklich nicht. Ist wieder alles okay mit Rosa und Roseta? Falls die Frage erlaubt ist«, unterbrach Núria seine Gedanken.

Ihm wurde schrecklich heiß, aber er versuchte, gelassen zu wirken. »Ja, ist es. Ihre Eltern hatten eine Ehekrise; die Mutter wollte die Koffer packen und ausziehen – da haben die Töchter eingegriffen und vermittelt. Jetzt sind sie wieder da, und der Laden läuft auch wieder wie geschmiert. Aber gut, dass du es erwähnst; ich soll dir sagen, dass Pep und Didac dich einladen. Bei denen wird dieses Wochenende noch gefeiert.«

»Gefeiert? Was denn?«

»Pep hat Geburtstag.« Gut, dass er sich daran noch erinnerte, Pep hatte es ihm vorher beim Hinausgehen zugerufen.

»Das ist ja nett, dass sie mich einladen. Wird es eine große Party?«

Xavi wusste, dass Núria Menschenansammlungen mied, genauso wie er selbst. »Ich denke, so viele Leute werden es nicht.«

Sie lachte. »Ja, okay, ich denke drüber nach.«

»Am Samstag, wenn das Restaurant geschlossen hat, geht's los.«

Er wollte vorschlagen, dass sie zusammen hingehen könnten, aber er ließ es sein – nicht, dass das wieder falsch ankam. Stattdessen wechselte er das Thema. »Ich muss mich bei dir bedanken, Núria.«

»Wofür?« Sie runzelte die Stirn.

»Es ist so, dass da tatsächlich ein Brief vom Michelin-Komitee in der Post war.«

»Oh! Was wollen die Leute?«

»Sie fragen, ob ich Interesse an einem neuen Stern habe.«

Sie stieß einen Pfiff aus. »Wahnsinn! Herzlichen Glückwunsch. Aber hey? Wieso freust du dich nicht? Du siehst eher … schockiert aus.«

Es war verrückt, wie gut sie ihn mittlerweile kannte, denn es stimmte. Er befand sich in einer Art Schockzustand. »Tja, keine Ahnung. Ich weiß nicht, ob ich das noch mal möchte. Ist das irre? Ja, vermutlich.«

Er sagte nichts mehr; die Erinnerungen daran, wie es in Barcelona und mit Estelle gelaufen war, lähmten ihn. Er hatte sich durch den Erfolg schon einmal selbst verloren. Bis jetzt war er mehr als froh gewesen, sich diesem Druck nicht mehr aussetzen zu müssen.

Núria trat auf ihn zu und legte ihm eine Hand auf den Oberarm. Ihr Duft stieg ihm in die Nase, und ein warmes Prickeln rieselte seinen Arm entlang. »Hör auf dein Gefühl, Xavi. Ich habe keine Ahnung, was bei dir vorgefallen ist, und ich werde auch nicht fragen. Eines, was ich in der Zwischenzeit auch für mich begriffen habe, ist, dass nur du selbst entscheiden kannst, was für dich richtig ist.«

Er schluckte; sein Mund war trocken und sein Herz klopfte schneller. Weil er fürchtete, sie gleich wieder mit einer unüberlegten Handlung zu verschrecken, wandte er sich ab und trat ans Fenster. »Danke«, wisperte er.

Kapitel 17

6 435 Likes
174 Kommentare
12 Reposts

Ich war noch nicht fertig damit, dich zu lieben. Aber was ich wollte, hat bei dieser Krankheit noch nie eine Rolle gespielt. Wir beide haben uns so manches gewünscht, aber das Schicksal hat anders entschieden. Ich vermisse dich jeden Tag, auch wenn unser Abschied schon über ein Jahr zurückliegt. Mein Herz gehört für immer dir, und heute tut es nicht mehr so schrecklich weh, das zu sagen, wie noch vor ein paar Wochen. Dass unser »für immer« bereits endete, ist unendlich traurig, aber trotzdem bin ich irgendwie auch glücklich, »für immer« sagen zu können, denn das Gefühl, einander zu lieben, kann uns niemand nehmen. Nicht einmal der Tod.

Es waren einige Tage vergangen, seit sie sich mit Xavi gestritten und wieder versöhnt hatte. Núria saß mit ihrer Familie auf der Terrasse. Schwüle Hitze hatte sich wie eine Glocke über den Ort gelegt. Núria und Xavi waren sich nach dem großen Knall eher aus dem Weg gegangen, anders konnte sie es nicht bezeichnen. Wenn sie zur gleichen Zeit bei ihm zu Hause waren, fassten sie sich verbal mit Samthandschuhen an. Offenbar wollte Xavi nicht riskieren, etwas Falsches zu sagen, und das Gleiche galt für Núria.

Sie hatte ihm verziehen, aber sie wusste auch, dass Xavi etwas von sich zurückhielt. Núria zweifelte, dass er andere jemals wirklich an dem, was ihn ihm vorging, teilhaben lassen würde. Das hatte sie akzeptiert, auch wenn sie es nicht nachvollziehen konnte und womöglich sogar bedauerte. Andererseits, vielleicht war es auch gut, dass er sie auf Abstand hielt, schließlich hatte sie vor, bald abzureisen. Xavi war definitiv kein Mann für eine Brieffreundschaft über Tausende von Kilometern. Die Idee ließ sie schmunzeln. Vermutlich war er froh, wenn er wieder seine Ruhe hatte. Petita war auf einem sehr guten Weg, eine einigermaßen gut erzogene Hündin zu werden; nur das mit dem Alleinsein würde vermutlich immer ein wenig kritisch bleiben. Das hatten sie jetzt immer mal wieder geübt, mit minimalem Fortschritt. Gerade war sie in Xavis Haus allein, während Núria auf der Terrasse der Großeltern auf glühenden Kohlen saß, weil sie sich um Petita sorgte. Sie würde gleich nach ihr sehen gehen.

Ein Sektkorken knallte und flog davon, sogleich schäumte es aus der gekühlten Flasche. Oma hielt lachend zwei Sektgläser darunter, um das Schlimmste zu verhindern.

Núria konnte es kaum glauben, aber die Eltern und Großeltern hatten sich endlich ausgesprochen und ihr »Kriegsbeil« begraben.

Núria war gespannt, ob es so bleiben würde. Ein Windstoß zerzauste ihr Haar und ließ sie frösteln. Sie schaute in den

Himmel. Dunkle Wolken zogen von Westen herüber, und der Wind frischte auf.

Als alle ein Glas in der Hand hatten, lächelte Opa in die Runde. »Dann steht meinem Geburtstag und einem rauschenden Fest ja nichts mehr im Wege … Ich bin froh, dass wir endlich einmal alle ausgesprochen haben, was uns auf der Seele lag. Danke, dass ihr so offen wart und uns vergeben könnt, Uwe und Ona. *Salut!*«, rief er und setzte sich wieder.

Núria war erleichtert. Sie hatte schon befürchtet, dass es auf Opas Geburtstagsfeier zum großen Krach kommen könnte – zuzutrauen wäre den sturen Erwachsenen alles gewesen. Ihr lag ein Scherz auf den Lippen, aber sie verkniff sich jeglichen Kommentar dazu. Es war besser, die neue Harmonie nicht gleich auf die Probe zu stellen.

»Salut«, murmelte sie und nippte von ihrem Glas. Perlig und kühl rann das Getränk ihre Kehle hinunter. Sie trank selten Alkohol, aber heute fühlte es sich richtig an.

Sie dachte an Nico und daran, wie sehr er sich darüber gefreut hätte, dabei zu sein, wenn die Großeltern mit Núrias Eltern Versöhnung feierten. Sehnsucht zupfte an ihrem Herzen, aber der Schmerz war überraschenderweise auszuhalten. Heute konnte sie sogar bei der Erinnerung an Nico und seine Sanftmut lächeln. Núria atmete tief ein und blickte noch einmal in den Himmel. Vielleicht saß er ja doch irgendwo dort oben und freute sich mit ihr. Der Gedanke war tröstlich, wenn auch unrealistisch. Sie ließ ihn einfach zu.

Nico würde für immer ein Teil von ihr sein, auch wenn ihre gemeinsame Geschichte zu Ende war. Das zu akzeptieren, war der schwierigste Schritt von allen gewesen. Aber sie hatte endlich begriffen, dass sie loslassen musste, um nach vorn schauen zu können. Ihr Kopf hatte das schon immer gewusst; nun kam es ihr so vor, als ob auch ihr Herz endlich bereit dafür war. Es würde immer so sein, dass sie Nico vermisste. Gleichzeitig merkte sie jedoch, dass sie eine gewisse Freude entwickelte, an eine Zukunft zu glauben, in der sie ohne ihn leben konnte – dass sie es musste, war ja immer klar gewesen. Das war das Problem, dass Kopf und Herz sich nie einig gewesen waren.

»Núria, was ist? Du bist so nachdenklich«, sprach ihre Mutter sie an.

Núria lächelte; es war echt und nicht gezwungen. »Es ist alles okay, ehrlich. Aber ich muss gleich los, so lange möchte ich Petita nicht allein lassen.«

»Wie läuft das Training?«, hakte ihr Vater nach.

»Sie wird niemals glücklich sein, allein bleiben zu müssen, aber sie ist dabei, es zu akzeptieren. Deshalb möchte ich sie jetzt nicht überfordern, nicht dass das nach hinten losgeht. Sie ist jetzt schon eine ganze Weile da drüben ohne einen Menschen.« Núria stellte ihr Glas ab. Es war leer, und ihr Kopf fühlte sich herrlich leicht an.

Sie sah, dass die Eltern besorgte Blicke wechselten.

»Was ist?«, wollte sie von ihnen wissen.

»Du hast dich so in diese Hundesache verrannt. Was passiert denn, wenn du zurück in Hamburg bist? Wir machen uns Sorgen, dass du dann wieder in ein tiefes Loch fällst.«

Núrias Lächeln erstarb. Sie hatte ihre Abreise bislang weitestgehend verdrängt. Sie wollte nicht daran denken, bald ohne Petita zu sein. Die kleine Hündin hatte so viel Leben und Freude in ihren Alltag gebracht, dass sie ihr niemals genug dafür danken konnte. Und Petita wusste es nicht mal; die Hündin war mindestens genauso glücklich über Núrias Gesellschaft wie umgekehrt. Aber in ihrer Wohnung in Hamburg waren Haustiere nicht erlaubt, wie in den meisten Mietobjekten. Bezahlbarer Wohnraum war auch ohne Hund schwer genug zu finden.

Nicht jetzt, dachte sie, während sie spürte, wie sich eine tonnenschwere Last auf ihren Brustkorb senkte und ihr das Atmen erschwerte. Sie wollte nicht an morgen denken, sondern endlich nur ein einziges Mal im Jetzt leben. Das war es, womit sie alle ständig und immer wieder genervt hatten; warum dann auf einmal dieses Gespräch? Konnten ihre Eltern sie nicht einfach in Ruhe lassen? Sie war nicht mehr drei Jahre alt.

»Wollt ihr mir den Abend verderben, oder warum bringst du das jetzt auf den Tisch? Glaubst du, ich wüsste nicht selbst, dass ich Petita vermissen werde, wenn ich abreisen muss?«

Ihre Mutter senkte den Blick; Uwe legte seiner Frau eine Hand auf den Arm.

Gemma meldete sich zu Wort. »So war es doch ganz sicher nicht gemeint.«

Núria verschränkte die Arme vor der Brust. »Tja, aber genau so ist es angekommen. Stellt euch mal vor, in Deutschland gibt es unfassbar viele Tierheime und ganz viele Hunde, die sich über Zuwendung freuen würden, oder über jemanden, der mit ihnen Gassi geht. Ich könnte eine Patenschaft übernehmen oder irgendetwas. Ich habe noch keinen Plan, ist das so schlimm? Gerade bin ich jedenfalls dabei, einem Menschen und einem Hund etwas Gutes zu tun. Xavi weiß es vielleicht noch nicht, aber er wird Petita lieben; sie hat sein Herz schon jetzt erobert, weil sie einfach großartig ist! Wollt ihr mir das wirklich schlechtreden?«

Núria merkte, wie sie sich in Rage redete. Ihr Puls raste, und sie atmete schneller.

»Du hast recht, Núria, entschuldige«, meinte ihre Mutter jetzt, aber es war zu spät.

Núrias gute Laune war dahin.

»Ja, schon gut«, brummte sie. »Ich gehe jetzt rüber. Wartet nicht auf mich, Pep feiert noch seinen Geburtstag, es könnte spät werden.«

»Du gehst auf eine Party?«, fragte ihre Mutter. Ungläubig schauten alle Núria an.

»*Déu meu*, guckt doch nicht, als hättet ihr ein Gespenst gesehen. Ständig sagt ihr mir, ich soll unter Leute gehen und mir eine Beschäftigung suchen; dann mache ich das, und ihr findet es auch wieder nicht gut. Lasst mich doch einfach in Ruhe.«

Gemma stand auf und umrundete den Tisch. Sie nahm ihre Enkelin in den Arm »Nicht doch, Núria. Das verstehst du falsch, wir freuen uns sehr für dich. Genieß den Abend, hab viel Spaß.«

Núria beruhigte sich, dann schaute sie noch mal in die Runde, ehe sie sich kurz und knapp verabschiedete und zu Petita zurückkehrte.

Die kleine Hündin empfing sie schwanzwedelnd und überglücklich. Núria streichelte sie und freute sich, wieder bei ihr zu sein. »Deine Gesellschaft ist so unkompliziert, meine Süße.«

Obwohl sie sich nicht länger mit den Gedanken an ihre Familie aufhalten wollte, merkte sie, dass sie einfach nicht zur Ruhe kam. Das Ticken der Uhr erschien ihr immer lauter.

»Hm«, machte sie und stemmte die Hände in die Hüften. »Vielleicht ist das eine dumme Idee, aber ich habe keine Lust, hier herumzuhängen. Komm, Petita.« Sie nahm die Leine und legte der Hündin das Halsband an. Weil Petita mittlerweile wusste, was das bedeutete, zierte sie sich nicht, sondern ließ es schwanzwedelnd über sich ergehen. Sie durfte mit, dafür trug sie sogar gern das blöde Ding um den Hals.

Núria marschierte sogleich mit Petita los. Wind fegte durch die Gassen, und sie war froh, dass sie eine Strickjacke anhatte.

Sie war noch nicht weit gekommen, als sie sich fragte, ob sie hier das Richtige tat. Es war gerade mal kurz nach acht; vermutlich gab es im Restaurant noch viel zu tun. Die Feier würde nicht vor zehn beginnen. Es war gut möglich, dass sie nur dumm im Weg herumstand.

Sie erinnerte sich an den ersten Besuch mit Petita und hoffte, dass es heute nicht so schieflaufen würde wie damals.

»Nein«, murmelte sie und machte sich Mut. Dann nahm sie mit Petita im Schlepptau den Weg über den Strand.

Der Wind war noch kräftiger geworden; der gesamte Himmel war nun von dunklen Wolken überzogen. Es war äußerst ungemütlich. Im Wetterbericht hatte sie gehört, dass ein Sturm aufziehen sollte, aber eigentlich erst morgen. Nun, vielleicht täuschten die Meteorologen sich, das wäre nichts Neues gewesen. Núria merkte, dass sie sich entspannte, je weiter sie sich von ihrer Familie und den Erinnerungen an das unangenehme Gespräch entfernte. Weiße Schaumkrönchen tanzten auf den Wellen, die Boote im Hafen schaukelten hin und her. Sie hörte das wütende Klappern der Leinen, die an die Masten der Segelboote schlugen. Es war beinahe schon dunkel, heute ungewöhnlich früh, aber das lag sicher auch am aufziehenden Unwetter. Die Lichter des Ortes leuchteten vertraut und friedlich. Ein seltsamer Kontrast.

Ehe Núria mit Petita den Strand verließ, legte sie ihr die Leine an. »Ja, ich weiß, du magst das nicht, aber es muss sein. Wir wollen doch nicht, dass du die ganze Küche wieder ins Chaos stürzt.«

Zufrieden setzte sie ihren Weg fort; dabei übten sie noch ein bisschen, bei Fuß zu gehen. Petita machte bereitwillig mit, sogar ohne Leckerlis, die Núria in ihrem hastigen Aufbruch vergessen hatte.

Núria war sicher, dass sie die falsche Entscheidung getroffen hatte, als es kein Zurück mehr gab. Sie betrat die Küche des Restaurants durch den Hintereingang. Petita war noch immer angeleint. Vielleicht wäre es nicht mal nötig gewesen, denn sie machte keine Anstalten durchzudrehen oder davonzulaufen. Möglicherweise war sie einfach zu klug und wusste, dass es mit der Leine ohnehin keinen Sinn hatte. Es duftete nach Kräutern, Knoblauch und Gebratenem. Einfach verführerisch.

Ich sollte wieder gehen, schoss es Núria durch den Kopf, aber da war es schon zu spät. Xavi stand am Herd und schwenkte eine Pfanne. Nachdem er sie wieder aufs Feuer gestellt hatte, wandte er sich ihr zu. Núrias Herz ging auf, als sie in Xavis Augen blickte. Überraschung spiegelte sich darin, aber auch noch etwas anderes, was ihren Atem stocken ließ.

»Núria«, stieß er hervor, und seine Lippen verzogen sich zu seinem breiten Lächeln. »Was für eine Überraschung!«

Er freute sich, sie zu sehen. Ein Glück. Sie atmete erleichtert aus.

Pep schmeckte gerade ein Risotto ab; er winkte Núria mit der freien Hand zu.

»Äh, *hola*«, grüßte Núria, auf einmal schüchtern. »Ich habe Petita dabei …«

Himmel, das klang ja beinahe so dämlich wie »Ich habe zwei Wassermelonen getragen«.

Sie spürte, wie Hitze über ihren Hals in ihre Wangen kroch. Vielleicht waren das die Nachwirkungen des Sekts. Sie konnte nicht klar denken.

»Oh, das sehe ich«, erwiderte Xavi und kam auf sie zu. »Hola, Petita«, sagte er, ohne die Hündin zu streicheln. Natürlich nicht, er musste noch kochen.

»Soll ich, äh, sollen wir lieber wieder gehen?« Núria zeigte zum Ausgang hinter sich. »Ich habe gar nicht so richtig nachgedacht und merke jetzt, dass wir viel zu früh sind und …«

»Alles gut«, unterbrach Xavi sie.

Wieder einmal musste Núria feststellen, dass er in seiner Küche eine fantastische Figur machte. Sie erlebte ihn selten so glücklich wie hier. Auf dem Boot vielleicht noch, wobei sie, wenn sie sich hätte entscheiden müssen, wo sie Xavi platzieren sollte, immer die Küche gewählt hätte. Man sah ihm an, wie leidenschaftlich er für sein Restaurant brannte, was sie zu der Frage brachte, warum er nicht mit großer Freude auf die Nachricht des Michelin-Komitees reagiert hatte? Sie hatte sich nicht nachzufragen getraut, und auch jetzt behielt sie ihre Gedanken für sich.

»Du siehst aus, als könntest du was zu essen vertragen«, meinte er gut gelaunt.

»Nicht unbedingt«, wich sie aus.

»Keine Widerrede. Wie wäre es: Petita übt schon mal, ruhig auf der Decke zu liegen, und du bekommst was von mir zum Kosten?«

Núria merkte, wie sehr sie sich darüber freute. In den letzten Tagen war er ihr gegenüber so reserviert gewesen, dass sie nicht anders konnte, als zuzustimmen. »Okay, das klingt gut.«

Petita war nicht glücklich über ihre verordnete Pause, aber sie machte auch kein Theater, während Núria ihr das Kommando »Platz« gab und die Leine sicherheitshalber festmachte. »Du hast jetzt Pause«, erklärte sie ihr, wie sie es ihr auch in Xavis Haus immer sagte. Petita ließ ihren Kopf auf eine Pfote sinken und blickte traurig zu Núria auf. Sie hatte den herzerweichendsten Hundeblick aller Zeiten aufgesetzt. »Schau mich nicht so an! Wenn das hier klappt, kriegst du eine Belohnung.«

Als Núria aufsah, merkte sie, dass Xavi sie die ganze Zeit über angestarrt haben musste. Er räusperte sich, als ihm bewusst wurde, dass sie ihn dabei ertappt hatte. »Hast du mir nicht gesagt, dass Hunde so was nicht verstehen?«, meinte er amüsiert.

Núria verzog die Lippen. »Ja, habe ich, aber weißt du was, ich mache es trotzdem. Um ehrlich zu sein …« Sie lachte. »… Petita ist die beste Gesprächspartnerin aller Zeiten; sie gibt mir keine blöden Ratschläge und kommt auch nicht mit nervigen Kommentaren um die Ecke.«

Xavi runzelte die Stirn, seine Augen funkelten. »Du hast da einen Punkt, Núria, der gar nicht so dumm ist.«

»Eben«, gab sie fröhlich zurück.

»Komm her, koste mal das Risotto.« Er lief zum Herd und rührte im Topf.

»Chef, ich gehe eine rauchen«, erklärte Pep. »Schön, dich zu sehen, Núria.« Der Souschef tätschelte ihre Schulter und lief dann an ihr vorbei hinaus in den Hinterhof.

»Ist heute nicht viel los?«, wollte sie von Xavi wissen.

»Es geht; viele haben sich mit dem Essen beeilt – falls du es nicht gemerkt hast, draußen ist es schon ganz schön ungemütlich geworden. Die Terrasse ist leer.«

»Klar habe ich es gemerkt, bin fast vom Strand geweht worden. Es könnte bald anfangen zu schütten.«

Er zuckte die Schultern. »So, jetzt koste mal.« Er tauchte einen Löffel ins Risotto und hielt ihn ihr dann vor den Mund.

Núria blies darauf, dann öffnete sie ihre Lippen und ließ sich von Xavi füttern.

Er stellte sich recht ungeschickt an, denn die Hälfte landete nicht in ihrem Mund, sondern überall sonst.

»O Mist!«, schimpfte er und wischte in ihrem Gesicht mit seinen Fingern herum.

Es war ein seltsamer Moment, der irgendwie witzig war, aber auch merkwürdig vertraut. Geradezu intim. Ob er es auch merkte?

Núria hielt mitten in der Bewegung inne, sie schaute zu ihm auf und traf auf seinen durchdringenden Blick. Sein Lächeln verblasste ein wenig, er wirkte auf einmal sehr ernst. Angespannt. Núrias Herz raste. Xavis Hände lagen noch immer auf ihrem Gesicht.

Der Sauerstoff im Raum schien sich verflüchtigt zu haben; sie bekam kaum noch Luft. In ihrem Bauch kribbelte es, alles um sie herum verblasste. Es gab nur noch Xavi und seine Nähe, seine Wärme und seinen vertrauten Duft. Er war viel größer als sie, seine Stärke und Kraft umfingen sie wie ein schützender Mantel. Sie wusste, dass sie sich bei ihm fallen lassen konnte, er würde sie auffangen. Daran bestand nicht der geringste Zweifel.

»… Chef … da draußen hat es gerade einen Sonnenschirm von der Terrasse geweht …«, durchschnitt Rosetas Stimme den intimen Moment.

Núria und Xavi fuhren auseinander. Sie musste sich an der Arbeitsfläche festhalten; ihre Knie waren ganz wackelig geworden, während ihr Puls noch immer weit über der gesunden Grenze lag.

Hatten gerade Glocken geläutet? Halleluja! Sie war völlig fertig mit sich und der Welt. Núria wagte nicht aufzublicken, sah aber aus dem Augenwinkel, dass Xavi aus der Küche hastete.

Núria legte sich eine Hand auf den Oberkörper, als würde das helfen, wieder zu Atem zu kommen.

»Alles okay?«, sprach Pep sie an, der gerade von draußen hereingekommen war. Ein Hauch von Tabak umgab ihn und half Núria dabei, wieder Herrin über ihre Sinne zu werden. »Du siehst aus, als würdest du gleich umkippen. Außerdem … du hast Risotto auf dem Kleid. Ist es so schlecht? Sag das nicht, denn ich habe es gekocht«, neckte Pep sie.

Núria konnte nicht anders, sie musste lachen. »Es ist köstlich, ich bin nur einfach zu blöd zum Essen«, erwiderte sie. Sie konnte sich gut vorstellen, wie sie aussah. Zum Glück war er nicht früher hereingekommen; was war nur in sie gefahren? Und was musste Roseta nun glauben?

Núria wusste ja selbst nicht, was sie denken sollte. Was war das eben gewesen? Sie hatte das Knistern überdeutlich gespürt, sie täuschte sich nicht.

Was, wenn doch?

Sie wollte sich nicht damit befassen, was das alles bedeuten konnte, und verdrängte alle aufsteigenden Gedanken.

Um sich abzulenken, griff sie nach Küchenpapier und versuchte, sich so gut es ging zu säubern. »Zum Glück hat das Kleid ein Muster«, witzelte sie, während Pep sie seelenruhig betrachtete. Sie wollte gerade noch etwas hinzufügen, als Xavi in die Küche zurückkehrte. Er wich ihrem Blick nicht aus; im Gegenteil, er schaute sie unsicher und fragend an, als befürchtete er, dass sie sauer auf ihn sein könnte.

Er hatte offenbar keine Ahnung, was seine Nähe, seine Berührung mit ihr angestellt hatte. Und das war gut so.

Núria musste das selbst erst einmal verstehen und auf die Reihe bekommen. Vielleicht hatte sie auch schlicht überreagiert, was am wahrscheinlichsten war. Sie sah, dass ihre Finger noch immer leicht zitterten. Hastig zerknüllte sie das Papier und warf es in den Mülleimer.

»Ihr schmeckt das Risotto nicht«, scherzte Pep.

Núria schielte zu Xavi. Er hob eine Augenbraue und klopfte seinem Koch auf die Schulter. »Das liegt dann an dir, mein Lieber«, antwortete er.

Núria war erleichtert zu hören, dass Xavi noch immer gut gelaunt zu sein schien. Er ging einfach zur Tagesordnung über und winkte sie zu einer Pfanne heran. »Probier' mal von dem Fisch hier; aber ich denke, es ist besser, du hältst die Gabel dieses Mal selbst.«

»Natürlich«, antwortete sie, noch immer ein wenig durch den Wind, aber froh, dass diese merkwürdige Stimmung verflogen war.

Kapitel 18

3 984 Likes
98 Kommentare
3 Reposts

»Sei du selbst die Veränderung, die du dir wünschst für diese Welt.« Das ist ein Zitat von Mahatma Gandhi, das du oft benutzt hast. Heute hat es mir dabei geholfen, eine Entscheidung zu treffen, mich aus meiner Komfortzone zu wagen, in die ich mich, seit du nicht mehr bei mir bist, zurückgezogen habe. Wie eine Schildkröte habe ich mich versteckt, weil das manchmal einfacher ist, als den Kopf da raus zu halten, wo andere einen sehen können. Aber heute nicht. Heute werde ich mutig sein. Für dich.

Weil ich weiß, dass du das Leben geliebt hast und ich meine Chance nutzen muss, denn ich habe nur das eine. Auch wenn es mir verdammt schwerfällt. Aber für dich, für dich bin heute ich die Veränderung in mir selbst.

Núria hatte noch viel Spaß in der Küche mit den beiden Köchen gehabt. Pep und Xavi hatten sie von allen möglichen Gerichten kosten lassen, und alle waren vorzüglich gewesen. Von irgendwoher war ein Glas Weißwein gekommen, an dem sie immer mal wieder genippt hatte.

Kurz vor zweiundzwanzig Uhr wurde das Restaurant geschlossen, und die Gäste für die Feier trafen ein. Pep hatte am Sonntag Geburtstag, er wollte reinfeiern.

Didac umarmte Núria zur Begrüßung. »Wie schön, dich wiederzusehen; wir freuen uns, dass du da bist.«

»Danke, ich freue mich auch.«

Petita hatte ihr Schicksal tapfer ertragen, durfte jetzt sogar ohne Leine herumlaufen und alle Gäste beschnuppern.

»Dein Schützling ist auch dabei?«, erkundigte Didac sich. »Sie ist deutlich entspannter geworden.«

Núria freute sich über das indirekte Lob und lächelte. »Die Kleine ist viel lieber mittendrin statt zu Hause. Überraschenderweise liebt sie Menschen.«

Didac hob eine Braue. »Wieso überraschenderweise?«

Sie wusste nicht, wie sie es ihm erklären konnte, als Pep zu ihnen trat. Er gab seinem Mann einen Kuss auf den Mund, dann drückte er ihm ein Getränk in die Hand. »*Hola, carinyo*, gut, dass du da bist.«

Sie plauderten noch einen Moment, bis immer mehr Gäste kamen, denen Núria vorgestellt wurde. Einige kannte sie schon, die meisten waren ihr jedoch fremd. Überraschenderweise machte es ihr heute nichts aus, unter so vielen Leuten zu sein. Jemand packte eine Gitarre aus und schmetterte ein paar alte

Lieder auf Katalanisch, die Núria nur teilweise kannte. Kerzen brannten, das Licht war gedämpft. Ein Pärchen mit einem Baby, das Kopfhörer auf den Ohren hatte, um es vor dem Lärm zu schützen, kam herein. Pep und Didac begrüßten die Freunde, und Núria spürte förmlich, wie sehr sich der Souschef und sein Ehemann selbst nach einem Baby sehnten. Sie hoffte, dass der Wunsch der beiden irgendwann in Erfüllung gehen würde.

Immer wieder entdeckte sie Xavi und fing seinen Blick auf, aber niemals trat er zu ihr, um sich mit ihr zu unterhalten.

Roseta und Rosa hatten sich eben zu ihr gesellt. »Es ist ein Wunder, was du mit Petita vollbracht hast«, meinte Roseta.

»Aber wirklich, wie hast du das mit ihr geschafft?«, wollte Rosa wissen.

Die beiden sahen sich wirklich unglaublich ähnlich; sie hätten als Zwillinge durchgehen können. Núria wusste mittlerweile, dass sie keine waren.

»Alles, was man bei Petita braucht, ist ein bisschen Geduld. Sie will lernen und ist zuckersüß.« Die Party war in vollem Gange, die Stimmung war gelöst, im Hintergrund dudelte leise Loungemusik. Von überallher hörte man Stimmengewirr und Gelächter, die Fenster waren ein wenig geöffnet, sodass immer mal wieder ein kühler Windhauch hereinwehte.

»Du hast sie ganz am Anfang nicht erlebt«, erwiderte Roseta, zu Núria gebeugt, und verdrehte die Augen. »Eine Ausgeburt der Hölle.«

Núria lachte. »Na, so schlimm war es bestimmt nicht.«

Rosa nickte. »Doch, das war es. Du hast nicht nur den Hund verzaubert, sondern auch den Chef.«

Núria riss die Augen auf. »Äh, was?«

»Der ist wie ausgewechselt, ständig gut gelaunt.«

»Ständig ist ja wohl übertrieben«, unterbrach Rosa ihre Schwester. »Aber immerhin nicht mehr so übelst schlecht drauf wie sonst.«

»Also ich habe damit nichts zu tun«, redete sich Núria heraus. Was wollten ihr die beiden mitteilen?

»Wenn nicht du, wer dann? Doch, doch, Núria, es muss an dir liegen. Schau mal, er glotzt schon wieder her.«

Núria folgte Rosas Blick, und tatsächlich: Xavi unterhielt sich mit jemandem, und dabei schaute er in Núrias Richtung. Ihr wurde schrecklich heiß. Sicher hatte sie zu viel getrunken; sie brauchte frische Luft.

»Ihr zwei seid witzig, aber ich kann euch versichern, dass ich rein gar nichts mit Xavis Laune zu tun habe. Den Schuh ziehe ich mir nicht an. So, lasst mich bitte mal durch, ich muss aufs Klo. Bis gleich, ihr beiden.«

Núria ließ die Schwestern stehen und ging an den gut gelaunten Gästen vorbei zu den Toiletten.

Als sie wieder herauskam, begegnete sie Xavi, und um ein Haar wären sie zusammengestoßen. Hierher drang der Partylärm nur gedämpft durch; dafür schlug Núrias Herz umso lauter.

»Huch«, entfuhr es ihr. »Mit dir habe ich gar nicht gerechnet.«

Er lächelte breit. »Man wird sich doch noch mal die Hände waschen dürfen«, erwiderte er und ließ sie dabei nicht aus den Augen. »Geht es dir gut, Núria?« Der beruhigende Tonfall seiner vertrauten Stimme nahm ihr ein wenig von ihrer Nervosität.

Sie wollte es nicht, aber ein warmer Schauer jagte an ihrer Wirbelsäule entlang. Er sorgte sich um sie. Ein schönes Gefühl. »Sehr gut, die Leute sind echt nett«, gab sie zurück.

»Hast du was anderes erwartet?«, scherzte er, und sie wussten beide, dass das nicht der Punkt war.

»Wie ist es mit dir, magst du die Party?«, wollte sie von ihm wissen.

Xavi verzog die Lippen zu einem schiefen Grinsen, und Núrias Herz machte einen Satz. »Ich bin nicht fürs Feiern gemacht. Nicht mehr.«

Für einen Moment sagte niemand etwas, sie schauten sich nur tief in die Augen. Die Welt um sie herum versank in Bedeutungslosigkeit, und die Geräusche der Party spielten keine Rolle mehr. Nur ihr rasender Herzschlag war noch zu hören. Núria öffnete ihre Lippen und rückte an Xavi heran; sie konnte sich seiner Nähe, seiner Ausstrahlung nicht länger entziehen. Sein Duft stieg ihr in die Nase und ließ sie erschaudern. Nur noch wenige Zentimeter trennten sie voneinander.

Die Wahrheit lag so klar und deutlich vor ihr, als hätte sie jemand für sie auf eine Karte gemalt. Sie fühlte sich zu Xavi hingezogen: als Mann, nicht als Freund. Sie sehnte sich nach der Wärme und Nähe seines Körpers.

Nur ein einziges Mal verbot sie sich, ihren Kopf einzuschalten, dachte nicht an Konsequenzen oder daran, was richtig oder falsch war. Sie legte ihre Arme um seine Hüften und schaute zu ihm auf. Der Ausdruck in seinen Augen ließ ihr Herz flattern. Xavi drückte sein Gesicht in ihre Halsbeuge und atmete aus. Seine Bartstoppeln kitzelten sie, seine Nähe hüllte sie ein. Er wisperte ihren Namen kaum hörbar.

Er bedeckte ihren Hals mit zarten Küssen, und ein wohliges Seufzen entschlüpfte ihrer Kehle. Sie war atemlos. Um sie herum war es still.

Núria wollte ihn küssen, hob sein Kinn mit ihrem Zeigefinger an und stellte sich auf die Zehenspitzen. Sie sah ihm tief in die Augen, dann schloss sie ihre Lider.

Xavi löste sich von ihr, trat einen Schritt zurück. »Wir können das nicht tun, Núria«, murmelte er mit rauer Stimme und schaute bedrückt zu Boden.

O Gott! Wie furchtbar!

Er wollte sie nicht küssen.

Er wollte sie nicht.

Scham brannte in Núrias Gesicht, wo eben noch glühende Sehnsucht geleuchtet hatte.

Sie hatte das alles falsch interpretiert. Seine Nähe, seine Wärme.

Wie schrecklich! Núria wollte nur eines, im Erdboden versinken und weg von hier.

Ohne ein Wort und ohne ihn noch einmal anzusehen, rannte sie davon. Kopflos stolperte sie aus dem Restaurant, an den aufgestapelten Terrassenstühlen vorbei über den dunklen Weg. Ein eisiger Wind fegte über die Straßen; das schwache Licht der Laternen genügte kaum, damit sie etwas sehen konnte. Aber sie kannte den Weg. Sie nahm die Stufen, die zum Strand führten. Die ersten Tropfen prasselten vom Himmel. Ein Blitz zuckte über den Horizont. Der Wind peitschte ihr das Haar ins Gesicht. Sie begrüßte die Abkühlung; es genügte aber nicht, um die brennende Scham, die durch Xavis Ablehnung entstanden war, zu schmälern. Sie rannte über den Strand, dann stolperte sie und fiel der Länge nach hin. Núria fluchte. Sie war nicht nur enttäuscht, sondern vor allem wütend auf sich selbst. Was hatte sie sich nur gedacht? Wie hatte sie sich Xavi dermaßen an den Hals werfen können?

Etwas Dümmeres hätte ihr gar nicht einfallen können.

Keuchend raffte sie sich wieder auf, als zwei Hände ihre Oberarme umfassten und ihr beim Aufstehen halfen. »Núria, wieso hast du nicht gewartet, ich habe dich gerufen!«

Sie hatte nichts gehört. Nichts hören wollen. Auch jetzt wagte sie nicht aufzublicken. Sie wollte nicht in seinen wunderbaren dunklen Augen Bedauern und Mitleid entdecken.

»Sieh mich an!«, bat er, genauso atemlos wie sie.

Noch ein Blitz zuckte über den Horizont und tauchte die Umgebung in ein gleißendes Licht.

»Núria«, murmelte er, und endlich gab sie nach.

Sie sah keine Ablehnung, sondern glühende Leidenschaft. Dann verschloss er ihren Mund mit seinem, und ihre Welt wurde erneut aus den Angeln gehoben.

Es war ein warmer, federleichter Kuss, so verheißungsvoll und zart, dass ihre Knie weich wurden.

Núria löste sich von ihm. »Wir sollten das nicht tun«, wisperte sie, und sie schauten einander noch einmal tief in die Augen.

»Ja«, erwiderte er atemlos. Aber anstatt ihn davonzustoßen, zog sie ihn an seinem Hemd zu sich heran, nahm sein Gesicht zwischen ihre Hände und küsste ihn erneut.

Sie erlebte intensive Sinnlichkeit in diesem Kuss und eine tiefe Leidenschaft, die sie bis ins Mark erschütterte. Sie spürte den Meerwind im Haar, das feuchte Salz auf ihrer Haut. Sie fühlte sich, als hätte sie nie anderswo hingehört. Angekommen.

»Ich brauche dich«, flüsterte er. Es verbarg sich so viel mehr in diesem Satz, nichts davon hatte sie erwartet. *Ich brauche dich.*

Seine Stimme klang zittrig, als hätte er Scheu vor seinen eigenen Gefühlen.

Núria drückte ihn fester an sich, sie wollte ihn nie wieder loslassen.

»T'estimo.« Die Worte kamen wie von selbst über ihre Lippen. Mühelos, als hätte sie sie schon tausendmal zu ihm gesagt. Ich liebe dich.

Sie merkte an seiner Reaktion, dass es zu früh war, zu intensiv. Aber sie fühlte es, auch wenn es beängstigend war. Unvorstellbar. Aber wahr.

Diese Liebe war roh und neu. Wie eine Seifenblase, die jederzeit platzen konnte. Es gab keine schützende Hülle. Er war ihr Licht am Ende der Dunkelheit.

Der Himmel öffnete seine Schleusen, und dicke Tropfen platschten vom Himmel. Petita winselte. Ein erneuter Blitz durchzuckte die Dunkelheit, gefolgt von einem krachenden Donner.

»Wir müssen rennen«, warnte Xavi sie, nahm die verängstigte Petita auf den Arm und verschränkte die Finger der freien Hand mit Núrias.

Gemeinsam hasteten sie über den menschenleeren Strand und beeilten sich, nach Hause zu kommen. Zum Reden blieb keine Zeit. Sie brauchte keine Worte; seine Berührung sagte ihr alles, was sie wissen musste.

Sie war angekommen, auch wenn es sich noch immer neu und zerbrechlich anfühlte.

Keuchend und völlig außer Atem retteten sie sich in Xavis Haus. Er ließ Petita auf den Boden und zog dann Núria in seine Arme.

Sie war froh darüber; fast hatte sie befürchtet, dass sie gleich aus einem wunderbaren Traum aufwachen werde. Aber das passierte nicht. Das hier war echt.

»Du zitterst«, wisperte er in ihr Haar.

Es stimmte, aber es war nicht nur wegen der Kälte. »Ja«, war alles, was sie darauf erwiderte.

»Komm, ich trockne dich ab.« Er ergriff erneut ihre Hand und nahm sie mit sich nach oben. Mit vorsichtigen Schritten folgte sie ihm; ihr Herz schlug noch immer schnell. Seine warme Haut fühlte sich wundervoll an, seine starken Finger, die sich mit ihren verschränkt hatten, gaben ihr Halt. Sie wollte ihn nie wieder loslassen.

»Ich gebe dir ein T-Shirt von mir«, murmelte er, während er sie an seinen Körper zog und einfach nur festhielt.

»Das wäre schön.«

Niemand rührte sich, niemand sagte ein Wort. Es war vollkommen, die Nähe des anderen zu spüren, eins zu sein. Draußen tobte der Sturm, es donnerte und blitzte, Regen prasselte gegen die Scheiben.

Auf einmal ging das Licht aus.

»Stromausfall«, stellte Xavi leise, aber nicht überrascht fest. »Warte.«

Er löste sich von ihr, und ein seltsames Verlustgefühl machte sich in ihrer Brust breit.

Es war hell genug, um zu erkennen, dass er aus einer Kommode etwas herauszog. »Hier, zieh das an; ich hole ein paar Kerzen von unten, ja?«

Seine Stimme war sanft, begleitet von einem zärtlichen Kuss, den er ihr auf die Stirn drückte.

»Danke«, erwiderte sie und tapste vorsichtig nach nebenan ins Bad. Sie fand in der Dunkelheit ein Handtuch und trocknete sich notdürftig ab, dann tauschte sie das völlig durchnässte Kleid gegen sein Shirt. Es roch nach Waschmittel und ganz dezent nach Xavi.

Ehe das Gedankenkarussell anfangen konnte, kehrte Xavi zurück und rief nach ihr. »Núria?«

»Ich bin hier«, erwiderte sie und trat aus dem Bad.

Ein Blitz zuckte und erhellte den Raum. Sie sah sein Lächeln, und vergessen war alles andere. Er breitete seine Arme für sie aus, und Núria warf sich hinein.

»Sieht so aus, als wärst du hier bei mir gefangen«, flüsterte er und zog sie mit sich aufs Bett. Er lehnte sich ans Kopfteil, und sie schmiegte sich an ihn. Er streichelte über ihren Arm.

»Ich könnte mir schlimmere Orte vorstellen«, gab sie schließlich zurück und genoss es, bei ihm zu sein. In Sicherheit. Geborgen.

Als Núria das nächste Mal die Augen aufschlug, fielen erste Sonnenstrahlen ins Zimmer. Irgendwann musste sie eingeschlafen sein. Vor dem Fenster zeigte sich die sanfte Stille nach einem großen Sturm. Das Meer war spiegelglatt. Xavi schnarchte leise neben ihr; er schlief auf dem Bauch und hatte eine Hand auf ihren Oberschenkel gelegt. Besitzergreifend und zärtlich.

Sie liebte dieses neue Gefühl.

Sie hatten die ganze Nacht geredet, bis sie irgendwann erschöpft eingeschlafen waren. Nichts war zwischen ihnen passiert, und doch eine ganze Menge.

Sie war froh, dass er sie nicht gedrängt hatte, sondern wartete, bis sie bereit war für den nächsten Schritt. Das hatte er nicht ausgesprochen, aber sie hatte es gespürt.

Dennoch meldeten sich leise Zweifel in ihr. Das hier war ein äußerst brüchiges Bündnis; die Sicherheit der Nacht war verflogen. Núria fühlte sich verletzlich und fragil. Unsicher.

Schuldig. Das auch. Aber nicht nur. Da war noch so viel mehr, was sie nicht einordnen oder gar benennen konnte.

Petita hatte sich am Fußende des Bettes zusammengerollt und schlummerte noch.

Núria nahm ganz vorsichtig Xavis Hand und schob sie von ihrem Schenkel. Zärtlich strich sie ihm eine Strähne aus dem Gesicht und nahm sich einen Moment, um ihn zu betrachten. Seine Kiefer waren kräftig; ein Bartschatten zeichnete sich auf seinen kantigen Wangen ab. Seine Stirn war völlig entspannt, er wirkte viel jünger als sonst. Verletzlicher, aber zufrieden. In sich ruhend.

Oder war sie es, die sich das wünschte? Sie war unsicher und spürte eine Unrast in sich, die sie auf die Beine trieb. Núria schlüpfte aus dem Bett und tapste leise ins Bad. Dort tauschte sie sein Shirt gegen ihr Kleid; es war nur noch leicht feucht. Ihr Blick fiel auf ihr Spiegelbild. Die Augen funkelten lebendig, die Wangen waren rosig. Sie war überrascht, dass sie nicht anders aussah, denn sie fühlte sich völlig verändert. Würde es ihrer

Familie auffallen? Das spielte keine Rolle. Jedenfalls nicht im Moment.

Núria überlegte, was sie jetzt tun sollte, und entschied sich dafür, Xavi schlafen zu lassen. Aber sie musste raus, um nachzudenken.

Petitas wachsame Augen folgten ihr, aber die Hündin blieb im Bett. Kluges Tier, dachte Núria. Es war eine lange Nacht gewesen, in der sich Petita gefürchtet hatte; sie musste erschöpft sein. Merkwürdigerweise spürte Núria keinerlei Müdigkeit in ihren Knochen, nur eine seltsame Aufregung, die sie an die frische Luft trieb.

* * *

Xavi schreckte aus einem unruhigen Schlaf. Er war allein im Bett. Die Sonne stand hoch am Himmel. Núria war bereits im Morgengrauen verschwunden, vermutlich weil sie ihrer Familie etwas vormachen wollte. Er hatte gehört, wie die Tür ins Schloss gefallen war. Kurz hatte er überlegt, ob er ihr nachlaufen sollte, aber er hatte es nicht getan. Nicht noch einmal.

Ihr Verhalten verletzte ihn, aber er wusste, warum sie so handelte. Ihre Worte waren gelogen gewesen. Im Rausch der Sinnlichkeit dahingesagt. *T'estimo.* Ich liebe dich.

Das konnte doch gar nicht sein. Sie kannten sich wie lange? Es war kaum mehr als ein Wimpernschlag.

Xavi setzte sich auf und fuhr sich mit der Hand über das Gesicht. Er wollte sich nicht fragen, warum sie diese Worte gesagt hatte. Es war nicht das erste Mal, dass jemand Nähe mit Liebe verwechselte. Und dass Núria dringend eine starke Schulter zum Anlehnen brauchte, war schon seit der ersten Begegnung offensichtlich gewesen.

Womit er nicht gerechnet hatte, war, wie tief es ihn traf.

Xavi hatte keine Ahnung, was er tun oder denken sollte; aber eines war klar: Er fühlte sich leer.

Mit hängenden Schultern stand er auf und stupste Petita an. »Komm, du Faultier, wir gehen raus.«

Das verstand die Hündin und sprang mit einem Satz vom Bett. Im Badezimmer entdeckte er sein Shirt, fein säuberlich über der Badewanne aufgehängt. Er nahm es und feuerte es gegen die Wand.

Nach einer Katzenwäsche und mit frischen Klamotten machte Xavi sich mit Petita zur Morgenrunde auf. Die Luft war sauber und klar, gereinigt nach dem heftigen Sturm. Es roch nach Algen und nassen Felsen, die Sonne glitzerte auf dem spiegelglatten Meer. Zwei Möwen segelten an ihm vorbei und stürzten sich dann ins Wasser. Oh wie gern wäre er auch einfach so verschwunden!

Xavi genoss die Ruhe an diesem Sonntag, dennoch wurde er das dumpfe Pochen in seiner Magengrube nicht los. Auch auf dem Rückweg nicht, und auch nicht nach dem ersten *cafè*. Er hasste dieses Gefühl.

Als Núria um kurz vor zehn bei ihm auftauchte, biss er die Zähne aufeinander und verspannte sich noch mehr.

Sie trat in die Küche und strahlte. »Guten Morgen!«

Ihr Lächeln gefror, als sie seinen Gesichtsausdruck sah. »Xavi?«

»Guten Morgen«, erwiderte er frostig und fing an, in der Küche herumzuräumen. Er drehte ihr den Rücken zu, weil er sie nicht ansehen konnte. Nicht ansehen wollte.

Er war wütend auf sich selbst, dass er sie überhaupt an sich herangelassen hatte. Er hatte es nicht mal gemerkt; erst, als es zu spät gewesen war. Dabei war doch von Anfang an klar gewesen, dass Núria noch immer an einem anderen Mann hing. Mit einem Verstorbenen konnte Xavi nicht konkurrieren, und das wollte er auch nicht. Was er ebenfalls vermeiden wollte, war, das Sprungbrett für sie zu sein, heraus aus der Trauer, um dann wie eine Kartoffel fallengelassen zu werden. Nein. So weit würde er es nicht kommen lassen.

»Was ist los?«, hörte er sie hinter sich fragen. Ihre Stimme klang auf einmal dünn.

Es schnitt ihm ins Herz, aber er konnte nicht aus seiner Haut.

Er hielt es für besser, es ein für alle Mal klarzustellen – er hatte das schon gestern versucht, ehe sie davongelaufen war. Dummerweise war er hinterhergerannt wie ein Idiot. Trotzdem bereute er es nicht wirklich, aber es änderte nichts an der Tatsache, dass sie Grenzen überschritten hatten, die sie lieber hätten respektieren sollen.

Langsam drehte er sich zu ihr um. »Du solltest nicht mehr herkommen«, hörte er sich sagen. Seine eigene Stimme klang fremd in seinen Ohren.

»Was?«, wiederholte sie und blinzelte ungläubig.

»Du hast mich schon verstanden.«

Núria wurde blass. »Erzähl mir doch, was los ist? Ist es, weil ich heute Morgen gegangen bin? Ich konnte nicht schlafen, und ich wollte dich nicht wecken …«

»Hör auf«, unterbrach er sie. »Das ist es nicht.«

Núria sah aus, als hätte er sie geschlagen. »Nicht, aha. Was dann?« Sie verschränkte die Arme vor der Brust.

»Du bedeutest mir nichts.« Die Blase zerplatzte.

Diese Worte trafen sie bis ins Mark, das konnte er sehen. Sie war weiß wie eine Wand geworden. Ihre Augen riesengroß, die Lippen schmal. Er schmeckte Galle.

Núria öffnete den Mund, dann schloss sie ihn wieder.

Es tat ihm leid, dass er sie damit verletzte. Aber es musste geklärt werden, ehe es noch schlimmere Folgen hatte. Núria wusste es vielleicht nicht, und ganz sicher hatte sie ihn nicht anlügen wollen, aber sie liebte ihn nicht. Sie sah in ihm etwas, was er nicht war.

Außerdem führte sie ein Leben weit weg von hier, weit weg von Llafranc. Er wollte nicht zu einem Urlaubsflirt werden, an den sie sich später gern erinnerte.

Nun, vielleicht war es nach dem Kuss und der gemeinsamen Nacht dafür bereits zu spät. Aus genau diesem Grund musste er dieses Theater beenden, und zwar sofort.

»Wir können das hier nicht mehr tun«, fuhr er fort.

»Und was soll das jetzt wieder heißen?«, erwiderte sie; dabei stand sie stocksteif da. »Ich glaube, ich brauche einen Übersetzer.«

Er wollte sie umarmen, ihr sagen, dass trotzdem für sie alles gut werden würde, nur eben nicht an seiner Seite, aber das konnte er nicht.

Innerlich zerriss es Xavi, aber er war sicher, dass sie es nicht bemerkte. Diese Rolle hatte er lange genug geübt, um sie in Perfektion zu beherrschen.

»Das heißt, dass das gestern ein Fehler war – ich habe ja versucht, dich zu warnen …«

»Halt!«, unterbrach sie ihn mit einer unwirschen Geste. »Sag jetzt bloß nichts mehr. Mann, du bist das größte Arschloch unter der Sonne.«

Xavi rührte sich nicht, seine Fassade funktionierte, da war er sicher. Innerlich versetzte ihm jedes ihrer Worte jedoch einen tiefen Stich. »Ich habe dich gewarnt, Núria, und dir nichts vorgemacht.«

Für einige sehr lange Sekunden starrten sie sich nur böse an, dann stieß sie einen Fluch aus. »Tja, dann ist das so. Ein schönes Leben noch, Xavi Capello. Ich hoffe, du kümmerst dich gut um Petita.«

Die letzten Worte kamen erstickt aus ihrer Kehle. Er sah, wie sie schluckte und mit den Tränen kämpfte. Dann wirbelte sie herum und rannte aus dem Haus. Er hörte kein Türknallen. Irgendwann sah er nach, hoffte insgeheim, dass sie noch da wäre. Aber sie hatte die Tür offen stehen gelassen; sie hatte gar nicht schnell genug davonlaufen können.

Das war gut.

Und gleichzeitig riss es ihm den Boden unter den Füßen weg.

Kapitel 19

4 738 Likes
88 Kommentare
7 Reposts

Abschied nehmen heißt auch, das Leben trotzdem zu feiern. Ich wünsche mir so sehr, dass du dabei sein könntest, mit meiner ganzen Familie. Aber wir alle wissen, dass manche Wünsche niemals wahr werden. Auf Festen fällt es mir ganz besonders auf, wie sehr du fehlst. Dennoch freue ich mich darauf, mit meinem Opa seinen fünfundsiebzigsten Geburtstag zu feiern, denn er ist noch hier. Und ich werde jede einzelne Minute mit ihm genießen, weil ich weiß, wie verdammt unberechenbar das Leben sein kann. Es gibt die schönen Dinge; manchmal muss man nur ein bisschen länger danach suchen.

Die Tage bis zu Opas Geburtstag waren in einer zähen Gleichmäßigkeit verstrichen. Der katalanische Spätsommer hatte sich indes von seiner schönsten Seite gezeigt, als hätte der Sturm noch einmal alles hervorgekehrt, ehe der Herbst einzog. Núria konnte es nicht wirklich genießen, sie fühlte sich wie betäubt. Gerade stand sie mit Oma in der Küche und schnitt eine Zwiebel in kleine Würfel. Núria schniefte und wischte sich mit dem Ärmel über das Gesicht.

»Mein Kind, willst du darüber sprechen?«

»Es ist nur wegen dieser dämlichen Zwiebel, die ist so scharf«, behauptete sie, doch das stimmte nur zum Teil. Sie vermisste Petita. Und auch Xavi, obwohl er ein Idiot war.

»Du bist eine lausige Lügnerin, Núria. Was ist passiert? Hast du dich mit Xavi gestritten?«

So konnte man es nicht sagen. Sie schwieg.

Oma seufzte und knetete ihren Brotteig energischer. »Was ist mit dem Hund? Du gehst nicht einmal mehr zu Petita?«

Núria ließ das Messer scheppernd fallen und schnaubte. »Was habt ihr eigentlich alle? Erst sagt ihr mir, dass ich mich bitte schön nicht zu sehr auf Petita einlassen soll, dann halte ich mich daran, und es ist euch auch wieder nicht recht.«

Núria bereute ihren kleinen Ausbruch sofort. Oma konnte am wenigsten dafür, dass Xavi ein Arschloch war. Sie atmete tief durch. »Tut mir leid.«

Oma nickte ihr zu, und ihr Blick sprach Bände. »Willst du nicht noch mal mit ihm reden?«

»Mit wem?«

»Na, mit Xavi. Es lief doch so gut, du warst wieder glücklich.«

Núria malträtierte die Zwiebel weiter und schüttelte den Kopf, dabei schniefte sie. Diese verdammten Dämpfe! »Es lief gar nichts, und er soll sich selbst um sein Leben und Petita kümmern. Ich reise nach Opas Geburtstag ab, das war doch von vornherein klar. Xavi und ich werden nie so etwas wie Freunde sein, also brauche ich auch nichts mit ihm zu klären. Ich wüsste auch nicht, was es da zu reden gäbe.«

Oma erwiderte nichts, aber Núria konnte ihre Gedanken förmlich hören. *Du bist zu stur.*

Ja, vielleicht, dachte Núria. Aber sie hatte auch ihren Stolz. Nicht nur das; Xavi hatte sie zutiefst verletzt. Da gab es wirklich nichts mehr miteinander zu besprechen. Was auch? Seine Aussage war deutlich gewesen: *Du bedeutest mir nichts.*

Sie war nicht blöd, das verstand sogar sie.

Was sie hingegen nicht begriff, war, was er ihr am Strand zugeflüstert hatte: *Ich brauche dich.*

Nun, vielleicht hatte sie da was missverstanden. Musste sie wohl.

»So eine Scheiße!«, fluchte sie und blinzelte die verdammten Tränen weg.

Oma legte den rund geformten Teig in eine Schüssel und nahm dann ihre Enkelin in den Arm. Núria legte ihr Kinn auf Omas Schulter. Die war viel kleiner als sie, und Núria ließ sich von ihrer Wärme und ihrem zarten Duft nach Lavendel einhüllen. »Du bekommst das schon wieder hin. Vielleicht könnt ihr nachher miteinander reden; er kommt doch zu Opas Feier, oder nicht?«

Núria hatte keine Ahnung. Heute war Samstag, Xavis Restaurant war vermutlich geöffnet. Außerdem hatte sie ihre Meinung nicht geändert; zwischen ihnen gab es nichts mehr, das besprochen werden musste. »Ich denke, dass ich jetzt mal die letzten Fensterläden streichen werde, und dann helfe ich mit, die Lampions aufzuhängen. Wann kommen die Gäste noch mal?«

»Heute Abend, um sieben.« Oma trat zurück und schaute ihre Enkelin prüfend an. »Und nun geh schon, hier in der Küche stehst du mir nur im Weg herum.«

Núria lächelte traurig. Die Zwiebelwürfel waren zu einem Matsch geworden. »Ist vielleicht besser so, sonst vergifte ich noch eure Gäste.«

Oma lachte. »So schlimm ist es nun auch wieder nicht.«

Núria sagte nichts mehr dazu und ging nach draußen. Ihre Mutter stand auf einer Leiter, der Farbtopf baumelte daran. Ihre Haare hatte sie unter einem bunten Kopftuch versteckt. »Mama, lass mich das doch machen.« Núria musste sich beschäftigen; je weniger Zeit sie zum Nachdenken hatte, desto besser.

Ona lächelte. »Ach, Gott sei Dank, mein Rücken bringt mich noch um.« Sie kam die Leiter heruntergeklettert und drückte Núria den Pinsel in die Hand. »Hier, da kannst du dich austoben.«

»Wie viele sind es noch?«, wollte Núria wissen.

»An drei Fenstern. Ich verstehe sowieso nicht, warum das unbedingt alles gemacht werden muss, ehe die Feier losgeht.«

»Du kennst doch Oma und Opa«, erwiderte Núria schulterzuckend.

Ona winkte ab. »Jap. Mein ganzes Leben. Ich glaube trotzdem nicht, dass das Fest weniger schön werden würde, wenn nicht alle Läden in einem frischen Weiß erstrahlen.«

Núria kicherte. »Das sehen die beiden wohl anders.«

»Na schön, dann mach mal. Ich hänge in der Zwischenzeit mit Papa die Lampions auf.«

»Vielleicht braucht Oma auch noch Hilfe in der Küche.«

Ihre Mutter schnaubte kopfschüttelnd. »Lieber nicht, meiner *mamà* kann ich es nie recht machen, was das Essen betrifft, und das wird sich auch nie ändern. Da werde ich mich heute bestimmt nicht bei ihr in die Küche stellen, wo es perfekt werden muss.«

Núria kraxelte die Leiter nach oben und widmete sich dem Fensterladen. Die Arbeit war wundervoll monoton, trotzdem musste sie sich konzentrieren. Es hatte fast etwas Meditatives.

Núria war mit zwei Fensterläden fertig, als sie ein Kläffen auf der Straße hörte. Ihr Herz zog sich schmerzhaft zusammen, während sie sich umschaute. Sie entdeckte Petita – und ihr Herrchen. Gerade als sie ihn erblickte, schaute er zu ihr nach oben. Für eine Sekunde blieb die Zeit stehen. Núrias Herz stolperte, dann sah sie weg. Er sollte nicht denken, dass sie sich für ihn interessierte. Um die letzten Tage mit Petita tat es ihr schrecklich leid; sie vermisste das kleine Ding so sehr.

Aber letztlich hatte ihre Familie doch recht gehabt; es war besser, wenn sie sich emotional ein wenig löste, ehe sie nach Hause fuhr. Die Umstellung würde auch so schon heftig genug werden.

Sie kletterte die Leiter hinunter und rückte das wackelige Ding weiter zum nächsten Fenster. Sie war noch nicht wieder oben, als sie Xavi und Petita erneut entdeckte. Sie kamen gerade die Treppe herauf.

Was wollten sie hier? Ihr Puls schnellte in die Höhe, während sie versuchte, so zu tun, als ob sie nichts mitbekäme – was schwierig war, weil Petita winselnd mit den Vorderpfoten auf die unterste Stufe der Leiter tapste.

Núrias Magen verkrampfte sich.

Und dann kapierte sie, dass Xavi gar nicht zu ihr wollte. »Ist Josep da?«, fragte er kühl.

Núria hielt sich an der Leiter fest und drehte sich zu ihm. »Nein, er holt gerade die gekühlten Getränke für heute Abend ab.«

»Oh. Das ist schade. Dann gib ihm das bitte von mir und bestelle ihm meine besten Glückwünsche.«

Xavi hielt ein Geschenk hoch; es sah nach einem verpackten Buch aus. Aus seiner Mimik konnte man nicht lesen, was in ihm vorging. Sein Blick war allerdings hart und unversöhnlich – als ob er sauer auf sie wäre, und nicht umgekehrt.

Núria hob eine Braue. »Siehst du nicht, dass ich mit Farbe hantiere? Bring es lieber meiner Oma.«

Xavi atmete leise aus. »Natürlich, mach dir keine Umstände.« Sarkasmus troff aus seiner Stimme.

Núria wurde es zu blöd. Sie stampfte die Leiter nach unten, die gefährlich wackelte. Zum Glück stürzte sie nicht. Kurz kraulte Núria Petitas Hals, dann riss sie Xavi das Geschenk aus der Hand. »Zufrieden?«, blaffte sie.

Er rührte sich nicht, aber sie sah, wie seine Kiefer mahlten. Er öffnete seine Lippen, dann schloss er sie wieder, als ob er es sich anders überlegt hätte.

»Ist noch was?«, brummte Núria unversöhnlich. Sie wollte, dass er ging; sie konnte die Kälte und die Härte, die von ihm ausgingen, nicht ertragen.

Er blickte kurz zu Boden, dann wieder zu ihr auf. Für einen Moment glaubte sie, Bedauern und Sehnsucht in seinen Augen zu lesen, aber dann war beides verschwunden. Sie musste sich das eingebildet haben. Oder erhofft.

Was noch schlimmer war.

Núria atmete hörbar aus und funkelte Xavi wütend an.

»Es tut mir leid«, sagte er schließlich ganz leise.

Sie hatte keine Ahnung, was er meinte. Das Geschenk hielt sie wie einen Schutzschild vor ihre Brust. »Aha«, machte sie nur.

Xavi verzog die Lippen und furchte die Stirn. »Es wäre schön, wenn wir anders auseinandergegangen wären.«

Beinahe hätte sie gelacht, aber dafür war es zu traurig. Ein tonnenschweres Gewicht drückte auf ihren Brustkorb und raubte ihr die Luft zum Atmen.

Er sah sie ausdruckslos an. »Es ist nicht leicht für mich, Núria …«

Sie fiel ihm ins Wort und wedelte mit dem Buch vor seiner Nase. »Für dich ist es also nicht leicht?« Sie biss die Zähne aufeinander.

Das war ja mal wieder typisch. Für *ihn?*

Seine Worte machten sie unfassbar wütend. »Weißt du was, Xavi?«

Er schaute sie stumm an, seine Lippen waren schmal geworden.

»Du glaubst, dass du alles allein regeln musst, präsentierst dich hier wie der verlorene Sohn. Für dich soll es also schwierig sein? Dann hast du noch nie meine Schuhe getragen, und das wünsche ich dir auch nicht. Aber eins kann ich dir sagen: Wenn du nur einmal zulassen würdest, dass andere für dich da sein können, dann wäre es nicht so hart für dich. Aber da du das nicht willst, kann dir auch niemand helfen.«

Sie sah, wie er Luft holte und dann zu Boden schaute. »Ich wünsche dir alles Glück dieser Erde«, wisperte er. Ohne auf eine Antwort zu warten, drehte er sich um und ging davon.

Núria schaute ihm sprachlos nach. Sie umklammerte die Leiter mit ihrer rechten Hand so fest, dass sie schmerzte. Petita schnüffelte noch einmal an Núrias Waden, dann trottete sie ihrem Herrchen hinterher.

Tränen brannten in Núrias Augen. Sie hätte es nicht für möglich gehalten, aber Xavi hatte ein weiteres Loch in ihr mühsam gekittetes Herz gerissen, und es war ihm egal.

Sie stapfte ins Haus und rannte ihre Mutter fast um. »Huch! Wieso hast du es so eilig?«

Núria drückte ihr das Geschenk in die Hand. »Für Opa, von Xavi.«

»Oh, ihr habt euch versöhnt?«

»Nein!«

»Was ist denn nur vorgefallen?«

»Könnt ihr mich nicht einfach in Ruhe lassen? Ich reise morgen ab, und es ist gar nichts *vorgefallen.*«

»Warum bist du dann so wütend?«

Tja, dagegen konnte sie nicht viel sagen, deshalb drehte sie ihrer Mutter den Rücken zu und rannte wieder nach draußen. Sie bepinselte den letzten Fensterladen wie eine Besessene; leider half es ihr nicht, sich zu beruhigen.

Xavis Worte hallten immer wieder in ihrem Kopf nach. Für ihn war es nicht leicht?

Wie unreflektiert konnte man eigentlich sein!

Núria lächelte den ganzen Abend lang tapfer. Sie glaubte, dass ihr niemand anmerkte, wie geladen sie innerlich noch immer war. Sicherheitshalber hielt sie sich heute an einem Wasserglas fest; nicht, dass sie doch noch die Kontrolle über ihr Gemüt verlor und zu Xavi rannte, um ihm gehörig die Meinung zu geigen.

Aber sie wusste auch, dass das nichts gebracht hätte. Dem Mann war nicht zu helfen. Sollte er doch einsam und grummelig bleiben bis in alle Ewigkeit. Sie wollte nichts mehr mit ihm zu tun haben.

»Wenn du weiter so herumstehst mit diesem Gesichtsausdruck, bleibt er vielleicht für immer«, meinte ihr Vater und trat neben sie.

»Was denn? Ich lächele! Das wäre doch schön.«

»Liebes, du fletschst die Zähne, das ist etwas anderes.«

Núria seufzte. »Mir ist das gerade alles einfach nur ein bisschen zu viel, die ganzen Leute aus dem Dorf, der Trubel …«

»Aha, verstehe, dann liegt es also nicht daran, dass …«

Núria hob die Hand und unterbrach ihren Vater. »Ich warne dich, wenn du seinen Namen auch nur erwähnst, fange ich an zu schreien. Warum glaubt ihr eigentlich alle, dass ich dringend darüber reden muss? Lasst es einfach sein.«

Ihr Vater gluckste. »Er, dessen Name nicht genannt werden darf. Weißt du noch, wie wir früher zusammen ›Harry Potter‹ gelesen haben?«

»Natürlich weiß ich das noch, das war schön!«

Er legte ihr einen Arm um die Schultern und drückte sie. »Ich wünsche dir, dass du deinen inneren Frieden wiederfindest, mein Schatz. Lass mich dir nur einen einzigen Rat geben.«

Núria hob eine Augenbraue. Ihr Vater war sonst nicht dafür bekannt, sich einzumischen, damit war normalerweise ihre Mutter beschäftigt. »Welchen?«, fragte sie wenig begeistert.

»Schmerz gehört im Leben dazu; davon hattest du leider reichlich. Zu viel für eine so junge Frau wie dich.«

Ihr Herz wurde schwer, sie schluckte.

»Lass nicht zu, dass Angst dein Ratgeber für die Zukunft wird, Núria.«

»Ich habe keine Ahnung, was du meinst.« Sie wusste es wirklich nicht; sie verstand seine kryptischen Worte nicht.

»Manchmal muss man die Augen schließen, um seinen Weg zu finden.«

»Oh, den kenne ich genau. Von Gleis drei nach Hamburg.«

Ihr Vater drückte ihr einen Kuss auf den Scheitel. »Ja, vielleicht bist du noch nicht so weit.«

»Wofür?«

»Für die Wahrheit! Für das Leben *mit* der Vergangenheit, nicht in der Vergangenheit. Sieh mal, da ist ja auch Godi.«

Núria furchte die Stirn, aber sie hatte keine Gelegenheit, ihren Vater zu fragen, was er mit Wahrheit meinte, weil Godi sich zu ihr gesellte und Uwe zu seiner Frau zurückkehrte. Núria war überrascht, dass der alte Mann überhaupt gekommen war; nach allem, was sie über ihn wusste, war das äußerst ungewöhnlich. »*Hola*, Godi, schön, dich zu sehen«, grüßte sie ihn.

»*Hola*, Núria, wo steckt dein Schützling?«

»Xavi kümmert sich von jetzt an allein um Petita.« Sie schluckte, ihr Hals war eng geworden.

»Ach was.«

»Ja, so ist es.«

Godi schüttelte den Kopf. »Ich wusste es doch, dass der Idiot es verbockt.«

Núria machte große Augen. Sie war fassungslos, dass offenbar das ganze Dorf sich eine Geschichte über sie zurechtgesponnen hatte. »Ich glaube, er bekommt das mit Petita gut hin.«

Godi winkte ab. »Ja, vermutlich. Trotzdem, es ist seltsam. Wenn er dich ansah, leuchtete er von innen heraus, wo vorher nur Dunkelheit war.«

Núrias Atem stockte. »Nein, du irrst dich.«

»Ich mag alt sein, aber nicht blind. Es ist schade, aber vielleicht kommt er ja noch. Jeder weiß, dass Josep heute feiert. Ich für meinen Teil habe für diesen Abend genug von der Dorfbevölkerung gesehen. *Adéu*, Núria.«

Sie schaute dem alten Mann hinterher, während er die Treppe nach unten ging und dann von der Feier verschwand. Am liebsten wäre sie hinterhergelaufen und wie er mit der Dunkelheit verschmolzen. Sie fühlte sich so fehl am Platz zwischen all den glücklichen Leuten.

Lampions leuchteten in der Dunkelheit, und viele Kerzen verströmten ihren Duft nach Zitronensommer. Der Wind trug Stimmengemurmel, Gelächter und Gläserklirren zu ihr heran. Ihr Kleid flatterte in der abendlichen Brise. Núria seufzte und schaute hinüber zu Xavis Turm. Es brannte kein Licht; vermutlich war er noch im Restaurant oder sonst wo. Sie hielt ihr Lächeln aufrecht, auch wenn sie innerlich weinte. Irgendwann seilte sie sich von der Feier ab und begann damit, ihre Sachen zu packen. Es war mühsam; sie fühlte sich so erschöpft. Gelähmt. Gleichzeitig kreisten so viele Gedanken in ihrem Kopf, die sie nicht zusammenbekam.

Sie dachte an Xavi und an das, was Godi gesagt hatte. Xavi hatte nicht geleuchtet, wenn er sie angesehen hatte. Es stimmte nicht.

Sie bedeutete ihm nichts; es war genau so, wie er es ihr erklärt hatte.

Warum konnte ihr verdammtes Herz das nicht akzeptieren, wo ihr Kopf schon lange verstanden hatte, was Sache war?

* * *

Xavi saß am nächsten Morgen vor seinem Telefon und starrte blicklos darauf. Sollte er, oder sollte er nicht?

Er konnte einfach keinen Entschluss fassen, ja nicht mal einen klaren Gedanken.

Er stieß einen tiefen Seufzer aus und stand auf, um aus dem Fenster zu schauen. Sein Magen zog sich zusammen, als er Núria entdeckte. Ihr Vater hievte einen Koffer ins Auto.

Xavi trat vom Fenster zurück, als sie nach oben schaute. Er wollte nicht, dass sie ihn entdeckte und falsche Schlüsse zog.

Oder die richtigen.

»Per l'amor de Déu«, schimpfte er und rieb sich mit beiden Händen über das Gesicht.

Sie hatte sich nicht einmal von ihm verabschiedet und konnte gar nicht schnell genug von hier wegkommen. Vermutlich hatte sie auch kapiert, dass ihre dahingesagten Worte nur ein Funken anstatt eines Feuers gewesen waren. Sei es drum. Er würde sich davon nicht den Tag verderben lassen.

Xavi riss den Hörer von der Gabel und wählte die Nummer des Michelin-Komitees.

Nach einer kurzen Begrüßung kam er direkt zum Punkt. »Ich bin bereit, schickt mir euren Kritiker her. Es freut mich, dass ihr an mich gedacht habt.« Dann legte er auf und verließ das Haus. Er lief zum Strand; Petita folgte ihm auf Schritt und Tritt.

Xavi zog seine Schuhe aus und ging ein paar Schritte ins Wasser. Rauschend umspülte die sanfte Brandung seine

Knöchel. Mit jeder Welle versank er tiefer im weichen Sand. Der Himmel erstrahlte an diesem Tag wolkenlos und klar, das Mittelmeer leuchtete in einem geradezu grellen Türkis. Zwei Kormorane ließen sich von den Wellen hin und her schaukeln. Petita bellte, aber sie war zu feige, um hinauszuschwimmen. Die Kleine war überraschend wasserscheu. »Dann wären wir jetzt also zu zweit, Petita«, stellte er fest. Obwohl der Gedanke nicht neu war, fühlte es sich erst jetzt wirklich endgültig an. Eine bleierne Schwere legte sich auf seine Brust, und egal wie oft er versuchte, tief einzuatmen, er bekam einfach keine Luft.

Kapitel 20

2 847 Likes
38 Kommentare
2 Reposts

Gestern war ich im Park und saß auf unserer Bank. Es war wie immer, nur du hast gefehlt. Die vertrauten Bäume sind tröstlich, ihre goldenen Blätter rascheln im Herbstwind, ihre Wurzeln sind fest verankert. Alte Eichen können dich seelisch aufrichten, die Linden verströmen auch jetzt noch einen zarten Duft. Sie begleiten uns durch die Jahre und stehen auch noch, wenn wir nicht mehr sind. Sie sind stumme Freunde, die auch ohne Worte Trost und Frieden spenden. Immer wieder drehte sich mein Geist um ein und dieselbe Frage: Was hindert uns daran, etwas zu verändern? Für die Auflösung habe ich lange gebraucht, aber dann endlich verstanden: Es ist immer die Angst, die uns lähmt, in eine Starre versetzt, unsere Gefühle einfriert und unsere Trauer befeuert. Nur wie wird man sie los? Wer die Antwort auf diese Frage kennt, kann sich gern bei mir melden. Gerade habe ich das Gefühl, dass mir alles Gute schon wieder entgleitet.

Im Radio dudelte Lotto King Karls Lied »Hamburg, meine Perle«. Die Rollläden in Núrias Hamburger Wohnung waren halb heruntergelassen; es war dämmrig und einsam in ihren vier Wänden. Núria stand inmitten eines Meers von gepackten Kisten; vertraute Gerüche stiegen ihr in die Nase. Aber es war kein Gefühl von Nachhausekommen, das sich bei ihr einstellte. Es war das Gegenteil. Sie fühlte sich verlorener als jemals zuvor, da half auch der Gute-Laune-Song nichts.

Den Koffer hatte sie noch nicht ausgepackt, seit knapp einer Woche stand er nun schon in der Ecke. Sommersachen brauchte sie garantiert keine mehr, die konnten, wenn es nach ihr ging, Spinnweben ansetzen.

Núria tapste in die Küche und gab dem Kaktus auf dem Fensterbrett etwas Wasser. Dann wollte sie sich einen Tee zubereiten, aber die Tassen waren noch verpackt. Sie hatte sich zu kaum etwas aufraffen können, seit sie zurück war.

»Das ist doch alles scheiße«, stöhnte sie, riss den Karton mit der Aufschrift »Küche« auf und wühlte darin herum, bis sie einen Becher fand.

Sie wollte sich gerade wieder damit ins Bett legen, als es an der Tür klingelte. Núria verdrehte die Augen. Sie wollte niemanden sehen oder sprechen. Vielleicht war es nur die Post. Ihre Eltern konnten es jedenfalls nicht sein, die waren noch in Katalonien.

Irgendein blödes Stimmchen brachte Xavi ins Spiel; sie wollte schreien, dass er gar nicht wusste, wo sie wohnte, und dass er gar keinen Grund hatte, sie aufzusuchen.

Mit Herzklopfen öffnete sie die Haustür.

Sie war überrascht, als sie in Babsis Gesicht blickte. »Hey«, machte Núria.

Babsi riss die Augen auf. »O Gott!«

Núria guckte verlegen. »Was ist?«

»Hast du in den letzten Tagen mal in den Spiegel geschaut?«

»Um ehrlich zu sein … selten.«

Babsi umarmte sie kurz, dann trat sie kopfschüttelnd an Núria vorbei in die Wohnung. Sie rümpfte die Nase, dann rannte sie ins Wohnzimmer. Dort zog sie die Rollos hoch und riss die Fenster auf. Eiskalte Luft strömte ins Zimmer, das Hamburger Wetter machte heute seinem Namen alle Ehre. Es war nass und grau. »Hier drin stinkt's, als ob du eine verwesende Leiche versteckt hättest«, schimpfte Babsi. Im nächsten Moment schlug sie sich auf den Mund. »Entschuldige, das war taktlos.«

Núria nippte von ihrem Tee. »Schon gut, ich weiß ja, wie du es gemeint hast.«

Babsi blickte sich um. Auch im Wohnzimmer war alles verpackt, nur noch Sofa und Fernseher waren zugänglich. »Was ist denn hier los? Hast du dich jetzt doch für eine andere Wohnung entschieden? Wieso hast du nichts gesagt? Ich hätte dir doch geholfen.«

Hitze kroch über Núrias Hals in ihre Wangen. »Ähm, so ist es nicht.«

»Was ist hier dann los?«

»Ich packe aus!« Núria ging an Babsi vorbei in die Küche und machte weiter, weil sie sonst nichts mit sich anfangen konnte. Es war ihr unangenehm, und sie wusste nicht, was sie erzählen sollte. Núria fühlte sich einfach schrecklich.

Sie hörte Babsis Schritte hinter sich. »Wieso packst du wieder aus? Das verstehe ich nicht!«

»Ich kann hier nicht weg«, erklärte Núria, während sie eine weitere Tasse aus Zeitungspapier rollte.

Babsi riss ihr die Tasse aus der Hand und warf sie wieder in die Kiste. »Was ist denn in Katalonien passiert? Dir geht es ja viel schlechter als vorher. Es liegt doch nicht nur an der Wohnung.«

»… die ich im Übrigen noch nicht mal gekündigt habe. Mir fehlt einfach der Mut. Ich hänge in einer Schleife fest, aus der ich nicht rausfinde.«

Babsi nahm sie in den Arm. »Ach, Süße. Du solltest den Job annehmen, dann würdest du mal unter Leute kommen.«

»Unter Leute, unter Leute. Weißt du, wie oft ich das schon gehört habe?«

»Hättest du keine Lust auf die Arbeit im Verlag?«

Núria seufzte. »Ich weiß nicht. Mit meiner freiberuflichen Tätigkeit war ich immer total glücklich, ich war frei und konnte arbeiten, wann es mir gepasst hat.«

Sie musste nicht aussprechen, dass sich seitdem sehr viel verändert hatte und ihr genau das fehlte: ein Rahmen, der ihr Struktur und Halt gab.

In Katalonien waren es Petita und das Training mit ihr gewesen.

Und auch Xavi.

Aber das würde sie niemals zugeben.

Babsi ging zum Kühlschrank und holte eine Packung Eis aus dem Tiefkühlfach. »Da das das Einzige ist, was du noch dahast, werden wir uns die jetzt vornehmen. Wo hast du Löffel?«

Núria gab sich geschlagen. Sie merkte, dass sich ihre Mundwinkel leicht nach oben bogen. »Das wäre dann mein Frühstück.«

»Es ist drei Uhr nachmittags.«

»Ich hatte einfach keinen Appetit.«

»Das sieht man dir an; wie gesagt, du siehst furchtbar aus.«

»Es ist immer wieder schön, Komplimente aus deinem Mund zu hören.«

Babsi zwinkerte ihr zu. »Es ist schön, du bist wieder da.«

Núria setzte sich ihr gegenüber. »Was meinst du?«

»Eben habe ich mich richtig erschrocken, als ich gekommen bin. In den letzten Tagen habe ich mehrfach versucht, dich zu erreichen, du hast nie abgehoben. Ich habe mir Sorgen gemacht.«

»Das tut mir leid.«

»Das muss es nicht, dafür sind Freunde doch da. Und dann habe ich vorhin gesehen, dass du auf Instagram was gepostet hast, und da dachte ich mir, sehe ich doch besser mal nach, was bei dir los ist. Also, erzähl mal.«

Núria löffelte gemeinsam mit Babsi Vanilleeis und erzählte von ihrer Familie, von Petita, die sie noch immer schrecklich vermisste. Und auch von Xavi.

»Mensch, Núria. Du hast das doch nicht geglaubt?«, meinte Babsi schließlich.

»Was jetzt?«

»Dass du ihm nichts bedeuten würdest.«

Núria stieß einen sarkastischen Lacher aus. »Es gibt keinen Grund, warum er mich diesbezüglich anlügen sollte.«

Babsi verzog die Lippen, ihre Augen funkelten. »Meine liebe Núria, wie viele Liebesromane hast du schon übersetzt? Eine ganze Menge, oder? Und nichts daraus gelernt. Ts, ts.«

»Du sprichst in Rätseln; wie alle, die ich kenne. Außerdem ist mein Leben kein Roman. Von einem Happy End kann keine Rede sein.«

Es glich eher eine Tragödie, aber das behielt sie für sich. Sie ging sich mit ihrem Selbstmitleid langsam nämlich selbst auf die Nerven, wusste nur nicht, wie sie damit aufhören konnte.

»Ich kenne deinen Xavi ja nicht …«

»Er ist nicht mein Xavi«, unterbrach sie Babsi.

Die winkte ab. »Ja, von mir aus. Also, ich kenne ihn ja nicht, aber … es ist eindeutig, dass er dich abschrecken wollte.«

»Wieso sollte er das tun. Das ist doch albern.«

»Liebes, wer kapiert, warum Männer so oft Bockmist verzapfen, kann auch im Universum rodeln.«

Núria lachte. »Der war gut.«

Babsi wedelte mit dem Löffel umher. »Also, du hast ihm am Strand deine Gefühle gestanden, ihr habt die Nacht zusammen verbracht, und am nächsten Tag war er fies zu dir?«

Núria nickte. »So in etwa. Aber wir hatten keinen Sex. Wir haben nur geredet.«

»Wie auch immer. Er hat danach kalte Füße gekriegt, ein typisches Männerproblem.«

Núria war sich da nicht so sicher. »Das ist doch Unsinn. Er hätte genug Möglichkeiten gehabt, das zu klären, wenn er gewollt hätte.«

»Wie ich das sehe, warst du sehr damit beschäftigt, ihn scheiße zu finden und dich in dein Schneckenhaus zurückzuziehen.«

»Du warst doch gar nicht dabei«, protestierte Núria.

»Ich kenne dich lange genug.«

»Was willst du mir sagen?«

»Ich will dir sagen, dass dieser Xavi eine harte Nuss ist. Der hat Muffensausen gekriegt. Ich meine, sieh es mal aus seiner Warte. Du bist im Urlaub; er denkt, du tröstest dich mit ihm und machst dann die Biege – was ja irgendwie auch stimmt, bis auf das mit dem Trösten. So wie du aussiehst, kann das ja nicht stimmen.«

Núria furchte die Stirn und schob die Eispackung von sich. Ihr war schlecht. »Ich glaube, du hast zu viele Schmonzetten gelesen.«

Babsi lachte. »Oder du hast einfach zu große Angst davor, für dein Glück zu kämpfen.«

»Angst, wieso reden alle ständig von Angst?«

»Weil es so ist, und das ist nur verständlich. Ich meine, du hast so viel durchgemacht, wer würde da keine Bedenken haben, sich auf eine neue Beziehung einzulassen?«

Beim Wort Beziehung zuckte Núria zusammen.

Babsi hob eine Braue. »Oha, da kommt dann noch was dazu.«

»Was?«

»Dein schlechtes Gewissen. Nico gegenüber.«

Bei der Erwähnung seines Namens blickte Núria auf ihre Hände. Sie konnte nicht reden; auf einmal war ihr Hals wie zugeschnürt.

Babsi schob ihre Finger über Núrias. »Süße, ich verstehe dich. Es ist hart. Es ist richtig, richtig schwer.«

Núria nickte stumm. Sie schluckte.

»Ich verstehe, wenn du mehr Zeit brauchst.«

»Keine Zeit der Welt heilt diesen Schmerz«, flüsterte sie tonlos. »Aber mit Xavi, da dachte ich, dass ich irgendwie damit leben könnte.«

Babsi drückte ihre Hand. »Siehst du? Er bedeutet dir was. Ich finde, du solltest ihm davon erzählen.«

Núria schüttelte den Kopf und blinzelte die Tränen weg. »Ich kann nicht. Außerdem, was, wenn du *nicht* recht hast?«

Babsi seufzte leise. »Das ist natürlich eine Möglichkeit, Süße. Aber was, wenn doch? Willst du dir am Ende deines Lebens immer wieder die Frage stellen, was wäre gewesen, wenn?«

Núrias Schmerz saß zu tief, als dass sie jetzt darüber entscheiden konnte. Sie stand auf. »Ich glaube, ich brauche eine Dusche – und dann werde ich einen Spaziergang machen.«

»Soll ich warten und dich begleiten?«

»Ich denke nicht, nein. Das muss ich allein tun.« Sie wussten beide, dass sie zum Friedhof gehen würde.

»Bestell Nico liebe Grüße von mir.« Babsi stand auf und umarmte Núria. »Ui, ja, und das mit der Dusche ist 'ne richtig gute Idee.«

Núria lachte traurig und hielt ihre Freundin fest im Arm. »Danke, dass es dich gibt, Babsi.«

Die darauffolgenden Stunden wanderte Núria an der Elbe entlang. Um ihren Hals hatte sie einen dicken Wollschal gewickelt. Sie ließ sich den eisigen Wind um die Ohren wehen und suchte nach Antworten. In ihrem Leben war es zu oft um Abschiede gegangen. Sie rang mit sich, ob es wirklich an der Zeit war, Hamburg und ihrem alten Leben den Rücken zu kehren. Es wäre ein großer Schritt, viel mehr als das. Sie wusste aber auch, dass sie schon viel zu lange mit einem Bein in der Vergangenheit stand, und sie wünschte sich den Mut für einen Richtungswechsel – denn der hatte ihr bisher immer gefehlt. Die Zukunft lag wie ein verdecktes Kartenspiel vor ihr, und sie fürchtete sich noch immer ganz schrecklich davor, was das Blatt für sie bereithielt.

Letztlich hatte Núria aber begriffen, dass sie nur mit der Hoffnung auf das Gute zu dem Punkt kommen würde, nach dem sie sich sehnte. An dem sie zulassen konnte, dem Schicksal noch einmal zu vertrauen. Sie wollte, dass am Ende doch noch alles gut für sie wurde – oder zumindest ein bisschen besser.

* * *

Dunkle Wolken zogen über den Himmel, ein frischer Wind wehte von Westen her über das Meer. Die Brandung peitschte gegen die Felsen, man hörte sie heute bis auf die Straße hinauf. Xavi schob gerade seine Mülltonne nach draußen, als ihn jemand ansprach.

»*Hola*, Nachbar, wie geht's?« Es war Gemma. Sie trug ein Einkaufsnetz mit Orangen und Zitronen und einen Strauß Blumen im Arm.

»*Hola*, Gemma, bestens, und selbst?«, erwiderte er höflich, hatte aber keine Lust auf ein längeres Gespräch. Das konnte nur unangenehm werden. Sicher hatte Núria irgendwas erzählt, was ihn in ein schlechtes Licht rückte, und dabei vergessen zu erwähnen, dass sie letztendlich auf seinen Gefühlen herumgetrampelt war. Xavi verdrängte den Gedanken an Núria und sah Gemma an.

»Bald wird es wieder still bei uns, meine Tochter reist heute wieder ab«, erklärte sie gerade, und Xavi fühlte sich von ihrem durchdringenden Blick durchleuchtet. Ihm wurde unangenehm heiß, obwohl heute ein eher kühler Tag war.

»Das ist ja schade.« Er wusste nicht, was er sonst dazu sagen sollte. Die eigentliche Frage, nämlich, wie es Núria ging, hatte er nicht gestellt, obwohl ein sehr dummer Teil von ihm das dringend wissen wollte.

Gemma beobachtete ihn noch immer prüfend. »Ihr seid beide echte Esel«, stellte die alte Dame schließlich fest.

»Was meinst du?«

»Núria«, war alles, was Gemma von sich gab.

Allein ihren Namen zu hören, löste einen Sturm in seiner Brust aus. Xavi sagte nichts und klammerte sich an seiner Mülltonne fest. Wie dämlich er doch war. Er wollte sie nicht vermissen, aber so einfach war die Sache leider nicht.

»Obwohl es mich nichts angeht und sie mich einen Kopf kürzer machen würde, wenn sie wüsste, dass ich das sage … Núria hat es nicht verdient, dass du sie hängen lässt.«

Xavi biss die Zähne zusammen. Da hatte sie ihrer Familie wohl eine ganz andere Version erzählt. »Ich verstehe nicht, was du meinst«, redete er sich heraus. Er wollte dieses Gespräch so schnell wie möglich beenden, es führte doch zu nichts.

Gemma schlug ihm mit ihrem Strauß Blumen auf den Oberarm. »Du denkst wohl, ich bin alt und dumm. Das kann sein, aber blind bin ich nicht. Ich sehe es, wenn zwei miteinander aus den falschen Gründen streiten.«

»Und die wären?« Xavi hob eine Braue und guckte finster; das wusste er, auch ohne einen Spiegel vor der Nase zu haben.

»Das, mein Junge, musst du dich endlich mal selbst fragen. Wichtiger ist jedoch, willst du sie *wirklich* nicht mehr wiedersehen?«

Ohne auf eine Antwort zu warten, marschierte Gemma weiter. Er begriff nicht, was sie wollte, denn Núria war fort. Es war vorbei.

Xavi seufzte leise und schaute der alten Dame hinterher. Dann schüttelte er den Kopf und mahlte mit den Kiefern. Er hatte keine Zeit für diesen Unsinn, sondern Wichtigeres zu tun. Seine Karriere hing davon ab. Der Kritiker hatte sich zwar nicht direkt für den heutigen Tag angekündigt, aber sehr zuverlässige Quellen hatten ihm gerade mitgeteilt, dass es sehr gut möglich war, dass er genau heute im Restaurant auftauchte. Das durfte und wollte Xavi nicht vermasseln.

Xavi stapfte schlecht gelaunt zurück auf sein Grundstück. Dort pfiff er Petita heran, und dann fuhren sie als eingespieltes Team – sie saß im Körbchen auf dem Trittbrett der Vespa – zum Restaurant, um alles in die Wege zu leiten, damit es ein erfolgreicher Tag wurde.

Petita hatte sich mit ihrem Platz auf der Decke abgefunden. Sie schien alles erträglicher zu finden, als allein zu Hause zu bleiben. Und irgendwie konnte er das sogar verstehen. Er war in den letzten Tagen froh gewesen, sie zu haben.

Und wen hatte Núria?

Verdammt! Woher kam dieser Gedanke auf einmal?

Xavi verdrängte die aufsteigenden Gefühle und zog sich seine Kochjacke über, dann wusch er sich die Hände und ging seine Checkliste durch. Nach und nach trudelte auch sein Personal ein. Pep war heute auf dem Großmarkt gewesen und schleppte gerade die Einkäufe in den Kühlbereich.

»*Bon dia*, Chef«, grüßte er Xavi.

»*Bon dia*«, brummte Xavi, ohne aufzublicken.

In den darauffolgenden Stunden blieb ihm keine Zeit zum Nachdenken; dafür brannte ihm das Risotto an, und der Fisch wurde trocken.

»Merda«, fluchte Xavi. Zum Glück war der Kritiker noch nicht aufgetaucht.

Roseta ließ gerade einen Teller fallen, das Dessert, das darauf gewesen war, *Crema Catalana*, spritzte durch die ganze Küche.

»Kannst du nicht aufpassen?«, herrschte er sie an.

Roseta wich erschrocken zurück. »Entschuldigung, ich mache es ja schon weg.«

Mist! Xavi hielt sich die Hände an die Schläfen. Was tat er da?

So ein Missgeschick konnte im Eifer des Gefechts doch mal passieren. Er war heute wohl der beste Beweis dafür, dass niemand perfekt war. Er hätte sie nicht anschreien dürfen.

Erinnerungen an vergangene Zeiten sprudelten an die Oberfläche, aus seiner Zeit in Barcelona. In der Küche dort war am Ende mehr im Befehlston gebellt als geredet worden – und wo hatte ihn das hingebracht?

Er schmiss das Handtuch, das er am Gürtel befestigt hatte, hin und rannte aus der Küche in den Hinterhof. Dort lehnte er seine Stirn schwer atmend gegen die kühlen Steine.

»Chef?« Pep tauchte neben ihm auf.

»Was ist?« Xavi trat zurück und ballte die Hände zu Fäusten.

»Wir kriegen das schon hin heute, ich setzte das Risotto noch mal neu an. Keine Panik, wir sind vorbereitet.«

Xavi seufzte. Wenn es nur dieser verdammte Restaurantkritiker gewesen wäre.

Er vermisste Núria.

Er vermisste ihr Lachen.

Und ihre leuchtenden Augen.

Ihre schrägen Witze und auch ihre sanfte Stimme.

Sie hatte ihm Hoffnung gegeben, wo er nicht danach gesucht hatte.

Und er hatte totalen Mist gebaut.

»Ich muss weg«, keuchte Xavi.

Pep riss entsetzt die Augen auf. »Das kannst du nicht machen!« Er trat auf Xavi zu und hielt ihn an den Schultern fest. »Ich verstehe ja, dass du nervös bist, das sind wir alle. Aber auf den Tag hast du doch seit zwei Jahren hingearbeitet.«

Xavi dachte einen Augenblick darüber nach, dann schüttelte er den Kopf. »Eben nicht, Pep. Das habe ich nicht. Ich habe das alles schon durch, und ich bin mir nicht sicher, ob ich diesen Weg noch einmal gehen möchte. Oder nein, ich will es nicht.«

»Aber ein Stern? Ist er das nicht wert?«

Xavi zuckte die Schultern. »Wenn du meinst, dass man dafür in Einsamkeit und Groll versinken muss, dann sage ich *no*! Schließ den Laden ab, ich muss verreisen.«

Pep glotzte ihn an, als hätte er ein Gespenst gesehen. »Wie bitte?«

»Du hast mich schon verstanden. Wir machen zu, ich will keinen Kritiker im Haus haben.«

»Du bist doch verrückt geworden. Hast du Fieber? Lass mich mal fühlen.« Pep legte seine Hand an Xavis Stirn.

»Lass mich los, du Idiot. Ich bin nicht krank; im Gegenteil, zum ersten Mal seit langer Zeit kann ich wieder klar denken.«

Pep furchte die Stirn. Er brauchte nichts zu sagen; Xavi kapierte auch so, dass sein Souschef diese Meinung nicht teilte und glaubte, ihm sei eine, wenn nicht gar alle Sicherungen durchgebrannt.

Xavi hastete wieder hinein und rief nach Petita. Seine treue Freundin kam sofort auf ihn zugelaufen. »Ich weiß nicht, wann ich zurück bin. Schließt ab. *Adéu.*«

Roseta und Rosa schauten sich an, die Küchenhilfe Jordina stieß einen entsetzten Schrei aus. Pep schüttelte nur den Kopf. »Was auch immer du vorhast, viel Glück.«

Xavi nickte ihm zu, dann machte er sich mit Petita auf den Weg.

Von Gemma und Josep hatte Xavi Núrias Adresse erfahren und sich dann sofort in sein Auto gesetzt. Die Fahrt nach Hamburg war elend lange. Aber egal, wie viele Stunden er bereits unterwegs war, er hatte noch immer keine Ahnung, was er zu Núria sagen sollte.

Falls sie überhaupt bereit war, mit ihm zu reden. Er hatte endlich begriffen, welch großen Schritt sie gegangen war, und statt ihr zu glauben, sie zu unterstützen, hatte er sie zurückgewiesen. Weil er Angst vor seinen eigenen Gefühlen gehabt hatte. Angst, dass es wieder schiefging und er noch tiefer fallen würde. Seine Mutter wäre zufrieden gewesen mit seinem eher unmännlichen Eingeständnis.

Xavi verzog die Lippen und stöhnte. Petita lag im Fußraum auf der Beifahrerseite in ihrem Körbchen zusammengerollt. Sie fühlte sich wohl; offenbar beruhigte sie das Röhren des Motors, oder sie war einfach nur zufrieden, dabei sein zu dürfen.

Xavi brauchte achtzehn Stunden bis nach Hamburg. Er war mehr als erledigt, aber froh, angekommen zu sein. Es war sechs Uhr morgens, und die Dämmerung hatte eingesetzt. Er war die ganze Nacht durchgefahren und hatte nur zum Tanken angehalten. Xavi ließ Petita aus dem Wagen und stieg selbst aus.

»Verflucht, ist das kalt hier«, murmelte er und zog sich einen Pullover über, den er glücklicherweise noch im Auto gehabt hatte.

Es nieselte leicht, der Himmel war wolkenverhangen. Der Asphalt schimmerte nass, hinter einigen Fenstern brannte bereits Licht. Auf der Straße war nicht viel los, hier und da kam mal ein Auto oder ein Fahrrad vorbei. Xavi drehte eine kleine Runde mit Petita, währenddessen fragte er sich, was er Núria eigentlich sagen sollte. Alles, was ihm einfiel, klang in seinem Kopf belanglos oder total übertrieben.

Da hatte er achtzehn Stunden Zeit gehabt, und ihm war doch nichts eingefallen.

Müde rieb er sich über die Augen, dann setzte er seinen Weg fort. Vielleicht sollte er länger warten; sie schlief sicher noch.

Oder er war einfach ein Feigling.

Das sowieso.

Xavi gähnte, dann fasste er sich ein Herz, als er das schmucklose Gebäude erreichte, in dem sie wohnte. Er ging die drei Stufen vor dem roten Backsteingebäude nach oben und suchte Núrias Namen unter den zwölf Klingelschildern.

Er drückte den Knopf und wartete. Sein Puls raste, seine Finger waren eiskalt. Er erwartete, gleich ihre Stimme durch die Gegensprechanlage zu hören. Ein bisschen verschlafen vielleicht noch. Sein Herz schlug höher.

Xavis Mundwinkel bogen sich leicht nach oben. Er freute sich wahnsinnig, sie wiederzusehen.

Nichts passierte.

Er klingelte noch einmal.

Und auch jetzt verstrich die Zeit, ohne dass Núria sich meldete. Sie konnte nicht wissen, dass er hier war; er hatte niemandem davon erzählt außer ihrer Großmutter. Und die hatte versprochen dichtzuhalten. Stimmte die Adresse womöglich nicht?

Er schaute noch einmal auf den Zettel und dann auf das Schild am Haus.

Nein, das war korrekt, außerdem stand ja ihr Name an der Klingel. Der Schlafmangel vernebelte sein Hirn. Oder es war die Aufregung.

Ganz langsam sickerte zu ihm durch, dass er vielleicht vergeblich hergekommen war.

In diesem Moment kam jemand aus dem Haus. Ein junger Mann, er schätzte ihn auf Mitte zwanzig.

Auf Englisch sprach Xavi ihn an. »Entschuldigung, kannst du mir helfen?«

»Worum geht es denn?« Der blonde Typ zog den Reißverschluss seiner Jacke höher.

»Wohnt hier Núria Hansen?«

»Ja, zumindest bis vor Kurzem.« Er zuckte die Schultern.

»Was soll das heißen?« Xavi runzelte die Stirn. Ihm wurde flau im Magen.

»Sie war länger verreist.«

Das wusste Xavi natürlich; aber vor gut einer Woche war sie nach Deutschland zurückgekehrt, jedenfalls hatte Gemma ihm das gestern erklärt. Mist! Vielleicht hätte er sie doch auf dem Handy anrufen sollen, aber er hatte sich davor gefürchtet, dass sie nicht abnahm oder ihn wegdrückte. Und das, was er ihr zu sagen hatte, wollte er ihr persönlich mitteilen.

»Und jetzt?«, stieß Xavi niedergeschlagen hervor. Alles umsonst. Verdammt!

Der Mann zuckte die Schultern. »Keine Ahnung, sorry.«

Xavis Schultern sanken nach vorn. Was für eine Pleite! Was sollte er jetzt tun? »Okay, danke für die Auskunft. Schönen Tag noch.«

Xavi ließ sich auf eine der Stufen nieder und vergrub sein Gesicht zwischen den Händen. Er überlegte, aber das Denken fiel ihm nach der langen Autofahrt und der schlaflosen Nacht unglaublich schwer. Trotzdem zückte er nach einem Moment sein Telefon und wählte endlich ihre Nummer.

Gespannt wartete er auf das Freizeichen.

Aber das erklang nicht, stattdessen sprang direkt die Mailbox an.

»Hallo, du hast mich leider nicht persönlich erreicht, aber nach dem Piep kannst du mir eine Nachricht hinterlassen …«

Xavi legte auf. *»Merda«,* murmelte er niedergeschlagen. »Komm, Petita, wir setzen uns ins Auto, vielleicht kommt sie ja später nach Hause. Lass uns ein bisschen warten.«

Überzeugt war er nicht, aber was er brauchte, ehe er einen Plan schmiedete, war eine Mütze voll Schlaf …

Kapitel 21

7 541 Likes
89 Kommentare
4 Reposts

Dies ist mein letzter Beitrag auf Nicos Account. Viele Jahre habt ihr Nico und auch mich in guten wie in schlechten Zeiten begleitet. Er hat seine Geschichte mit euch geteilt, sein Leben, seinen Kampf und hat an alle, die es wollten, seine warmherzige Liebe verteilt. Er fehlt mir so sehr.

Aber Nicos Worte sind verhallt, und ich kann euch nichts Neues mehr erzählen. Das ist auch der Grund, warum ich schweren Herzens zu dem Entschluss gekommen bin, diese Seite zu schließen. Nico hätte es so gewollt, das habe ich endlich verstanden.

Ein Lächeln, einen Kuss oder einfach nur eine Zeile auf Papier, danach habe ich mich so unendlich gesehnt. Doch das alles gibt es nicht mehr, jeder Brief ist gelesen, seine Stimme verstummt. Alles, was bleibt, sind Stille und die Erinnerung an ein viel zu kurzes Leben mit ihm. Es gibt keine ersten Male mehr mit Nico.

Aber mein Leben ist noch nicht vorbei. Es hat gedauert, bis ich die unumstößlichen Tatsachen akzeptieren konnte, aber jetzt habe auch ich es endlich begriffen: Um nach vorn schauen zu können, muss ich aufhören, vom Blick in den Rückspiegel zu leben.

Ich danke euch für euer Vertrauen, euren Zuspruch in meinen schwersten Stunden. Jetzt ist es auch für mich an der Zeit, auf Wiedersehen zu sagen. Und genau das tue ich heute. Lebt euer Leben. Lacht, so viel ihr könnt. Und glaubt an das Gute, vor allem dann, wenn ihr denkt, nur von Dunkelheit umgeben zu sein. Denn genau dann, wenn ihr sicher seid, es geht nicht mehr weiter, kommt von irgendwoher ein Lichtstrahl, der euch den Weg weist – wenn ihr es zulasst. Lebt wohl, lebt glücklich und liebt, was das Zeug hält. Eure Núria

Núria stand hoch oben auf den Klippen von Llafranc. Sie fühlte sich befreit. Hoffnungsvoll und bereit für das Leben, das da draußen auf sie wartete. Ihr Kleid flatterte im Wind. Das Mittelmeer brandete an die zerklüfteten Felsen der wilden Küste; es krachte, so schnell wie ihr Herz hämmerte, gegen die nassen Steine. Abendröte verwandelte den Horizont in ein Meer aus Bonbonrosa.

Sie war zurückgekommen an diesen wunderbaren Ort. In ihrem Herzen trug sie neue Hoffnung und Zuversicht, die alle leisen Zweifel unwichtig werden ließen. Núria hatte in Hamburg eine Entscheidung für sich getroffen. Es gab nur einen Platz auf der Welt, an dem sie sich einen Neuanfang für sich vorstellen konnte, und der war genau hier. Hier an der wilden Küste, hoch oben auf den schwarzen Felsen über dem Meer. Sie wollte ihr altes Leben hinter sich lassen, dazu gehörte auch Hamburg. Sie hatte noch niemandem von ihren Plänen erzählt; anfangen wollte sie damit bei dem Mann, der es geschafft hatte, ihr Herz und ihre Seele mit neuem Leben zu erfüllen. Sie hatte Xavi eine Nachricht auf dem Telefon hinterlassen, ihm aber nicht gesagt, warum sie ihn treffen wollte. Deshalb wartete sie hier oben auf ihn.

Ein warmes Gefühl pulsierte in ihrer Brust, während Núria tief den vertrauten Duft von Salz und Algen einatmete. Ihre Lungen weiteten sich. Ganz unwillkürlich breitete sich ein Lächeln auf ihrem Gesicht aus, das von der schwachen Abendsonne gewärmt wurde.

Núria spürte seine Präsenz, noch ehe sie Xavis Schritte hörte. Langsam drehte sie sich um. Ein freudiges Kribbeln rieselte über ihren ganzen Körper, als sie ihn entdeckte.

Déu, sie hatte ihn so sehr vermisst.

Núria wartete nicht, sie rannte los.

Xavi blieb stehen und breitete seine Arme aus; sie stürzte sich in seine Umarmung und klammerte sich an ihn wie eine Ertrinkende. Ihn so festzuhalten, wäre gar nicht nötig gewesen, denn sein Griff war sicher und stark. So wie alles an ihm. Núria atmete seinen einzigartigen Duft ein und legte ihre Wange an seinen Brustkorb. Sein Herz schlug schnell, mindestens so schnell wie ihres. Er streichelte an ihrer Wirbelsäule entlang. »Núria …«, murmelte er in ihr Haar. Seine Stimme klang rau. »Du bist wiedergekommen.«

»Das bin ich«, erwiderte sie mit einem Lächeln. Für einen Moment löste sie sich von ihm, um zu ihm aufzublicken.

Einen Wimpernschlag lang verlor sie sich in seinen dunklen, funkelnden Augen. Trotzdem entging ihr nicht, wie müde er aussah.

»Ich war in Hamburg«, fing er an und umfasste ihr Gesicht mit seinen Händen, sanft und federleicht, als könne er nicht glauben, dass sie wirklich vor ihm stand.

»Was?« Sie lachte mit einem Flattern in der Magengrube. »Da haben wir uns knapp verpasst.«

»Ich kann nicht glauben, dass du wieder hier bist.«

»Doch, glaub es ruhig. Ich bin gekommen, weil ich dir eine Frage stellen möchte.«

»Oh, Núria, es gibt so viel zu sagen! Ich war so dumm! So unreif. Ich habe nicht gesehen, wie mutig du warst, sondern habe nur daran gedacht, wie es mir ging. Ich hatte Angst, dass du es nicht ernst meinen könntest, dabei warst du immer ehrlich zu mir. Núria, *t'estimo*. Kannst du mir vergeben?«

Sie nahm seine Hände und hielt sie vor ihrer Brust fest. Sie spürte, wie aufgeregt er war, und ihr ging es genauso. »Xavi, mein Herz gehört dir. Wir haben beide einigen Unsinn geredet, da würde ich fast sagen, wir sind quitt.«

Er atmete erleichtert aus und lächelte.

Núria fuhr fort: »Als ich im August nach Llafranc gekommen bin, wusste ich selbst nicht mehr, wer ich war. Ich hatte mich verloren.« Wind zerzauste ihre Haare, es war der perfekte Moment. »Kann ich dich etwas fragen?«

Xavi nickte. »Natürlich, und ich schwöre, ich werde wirklich versuchen, offen zu sein, auch wenn es mir nicht leichtfällt, über meine Vergangenheit zu reden.«

Núria schüttelte den Kopf. »Das meine ich nicht. Wir haben beide eine Vergangenheit, sie hat uns zu denen gemacht, die wir heute sind. Ohne den Schmerz und das Leid wären wir uns vielleicht nie begegnet. Ich weiß, dass das Leben nicht immer nur aus Sonnenschein besteht, Xavi. Bei niemandem. Du hast Fehler gemacht, ich habe Fehler gemacht.« Sie atmete tief durch, ehe sie weitersprach. »Ich sehe dich, Xavi Capello. Du versuchst, unter deiner rauen Schale eine Menge zu verstecken, aber ich sehe dich, wie du bist: liebenswert und herzensgut.«

Xavis Augen schimmerten bewegt, sein Adamsapfel hüpfte. »Danke. Ich sehe dich auch.«

»In meinem Rucksack habe ich einen Brief.«

»Ja?«

»Es ist die Kündigung für meine Wohnung in Hamburg.«

»Okay?« Er furchte die Stirn; offenbar verstand er nicht, worauf sie hinauswollte. In ihrem Magen kribbelte es.

»Ich wollte dich fragen, ob ich sie abschicken soll, denn ich könnte mir vorstellen umzuziehen. Was meinst du? Soll ich es tun?«

Xavis Blick wurde weich, seine Lippen formten ein liebevolles Lächeln. »*O amor meu*, dazu sage ich: unbedingt. Du solltest diesen Brief abschicken; ich kann ihn zur Post bringen und per Einschreiben aufgeben, damit er auch wirklich ankommt.«

Ihr Herz machte einen freudigen Satz. Sie hatte es gehofft, aber sicher war sie nicht gewesen. Es gab noch so viel zu besprechen; sie standen gerade am Anfang, aber der erste Schritt war getan. »*Carinyo*«, fing sie an. »Ich weiß, dass es nicht immer einfach sein wird, aber jetzt möchte ich nur eines …«

»Was denn?«

»Dich küssen.« Sie legte ihre Hände auf seine rauen Wangen, stellte sich auf die Zehenspitzen und verschloss seinen Mund mit ihren Lippen.

Es war ein sanfter Kuss voller Zärtlichkeit, der sie alles um sich herum vergessen ließ. Es lag so viel Gefühl darin, und sie spürte all die Liebe und Sehnsucht, die sie miteinander verband. Núria wusste, dass das hier kein Ende, sondern der Anfang einer Zukunft voller Liebe und Freude war. Auch hier würde es Schatten und Sorgen geben, aber sie wusste, dass sie mit Xavi an ihrer Seite alles überwinden konnte.

»Und jetzt lass uns nach Petita sehen; wieso hast du sie nicht mitgebracht?«, wollte Núria von Xavi wissen.

Er grinste schief. »Das könnte jetzt peinlich für mich werden, aber diesen Moment, den wollte ich ganz allein mit dir erleben.«

»Dann hast du es gewusst? Dass ich gekommen bin, um bei dir zu bleiben?«

»Ich hatte es zumindest gehofft, als du mir auf die Mailbox gequatscht hast.« Er hielt sie fest und küsste sie noch einmal, lange und zärtlich. Der Kuss war ein Versprechen für die Ewigkeit.

Epilog

Sechs Monate später

Sonnenstrahlen glitzerten im türkisblauen Wasser der Bucht. Es war ein angenehmer Frühlingstag in Llafranc, das Thermometer hatte die zwanzig Grad überschritten. Der Sand unter Núrias Füßen fühlte sich warm an.

»Hier.« Sie gab Pep das Handy zurück. Didac und er tauschten liebevolle Blicke.

»Und du denkst, das funktioniert?«, meinte Pep aufgeregt.

Núria zuckte mit den Schultern. »Ich kann euch nichts versprechen, aber ich bin sehr zuversichtlich, dass ihr mit eurer Geschichte viele andere Paare erreichen könnt. Es gibt viele Regenbogen-Ehen, die auf diese Weise schon ihr Babyglück finden konnten.«

Didac lächelte und legte den Arm um seinen Mann. »Dann hoffen wir das Beste.«

Núria grinste. »Aber ich sage euch gleich, den Instagram-Account müsst ihr schon selbst pflegen. Ich helfe euch gern mit den Hashtags und Storys und so weiter, aber den Content müsst ihr bereitstellen. Ihr seid euch wirklich sicher, dass ihr euren Weg zum eigenen Baby öffentlich teilen wollt?«

Didac und Pep schauten einander tief in die Augen, dann blickten sie zu Núria. »Ja, das wollen wir. Unser Weg zur Familie soll anderen Paaren Mut machen.«

Núria umarmte die beiden, Tränen der Rührung stiegen in ihr auf. »Ich freue mich für euch, das wird schon klappen.« Sie trat zurück und räusperte sich. »So, und jetzt rollt eure Matten aus, bevor ich noch sentimental werde. Petita, komm her!« Sie pfiff durch die Zähne und rief die Hündin so zu sich.

Núrias Yogastunden waren mittlerweile zu einer festen Institution im Dorf geworden. Jeden Montag gab sie eine kostenlose Stunde für die Yoga-Interessierten in Llafranc, und es war eine beachtliche Truppe, die sich mittlerweile zusammengefunden hatte.

Petita kam schwanzwedelnd auf Núria zugelaufen. »Super, meine Süße, und jetzt mach den herabschauenden Hund«, forderte sie Petita mit einem Kommando auf.

»Das kann sie nicht!«, rief Pep erstaunt und riss die Augen weit auf, als Petita die Yogapose ausführte, die den Namen nach der echten, natürlichen Hundebewegung bekommen hatte. Petita legte den Kopf zwischen den Vorderbeinen auf den Boden und drückte den Hintern nach oben. Núria war unfassbar stolz auf die junge Hundedame, die ihr schon nach kurzer Zeit so sehr ans Herz gewachsen war. Sie lobte Petita ausgiebig, dann ließ sie die Hündin Platz machen. Sie freute sich jeden Tag, dass Petita in ihr Leben gekommen war. Und auch Xavi natürlich. Sie liebte ihn von ganzem Herzen und hatte noch keine Sekunde bereut, ihre Zelte in Hamburg abgebrochen zu haben.

Nach und nach trudelten immer mehr »Schüler« ein und suchten sich in der Nähe mit ihrer Matte oder dem mitgebrachten Handtuch ein Plätzchen.

»So, ihr Lieben. Jeder hat seine Matte bereit? Dann kann es losgehen …«, verkündete Núria fröhlich und spürte, wie eine tiefe Ruhe und Zufriedenheit in ihr leuchteten, wo vor noch nicht allzu langer Zeit nur Leere und Dunkelheit gewesen waren. Sie dachte an Opa Josep mit seinen weisen Worten, dass die Zeit half, mit dem Verlust zu leben; sie dachte an ihre Oma, die sie auch heute noch beinahe täglich mit gut gemeinten Ratschlägen versorgte. Tiefe Dankbarkeit erfüllte Núria für all die wunderbaren Menschen in ihrem Leben, die ihr halfen, auch die schwierigen Tage zu überstehen. Die gab es immer noch, aber sie wurden weniger und erträglicher. Sie spürte, dass ihr Atem endlich wieder fließen konnte, wo er seit Jahren immer wieder ins Stocken geraten war. Die Energie, die ihr Herz höherschlagen ließ, richtete sie innerlich auf und gab ihr die Stärke und den Mut, nach denen sie so lange gesucht hatte. Sie war nicht mehr allein, war es nie gewesen, aber auch das hatte sie erst einmal begreifen müssen. Dankbarkeit, hell und rein, durchströmte sie, während sich ihre Mundwinkel wie von selbst nach oben bogen und sie ihr neues Leben mit weit ausgebreiteten Armen willkommen hieß.

* * *

Xavi machte sein Boot am Kai fest und stellte den Motor ab, dann lief er zum Strand hinüber, um seine Liebste abzuholen. Die meisten Yoga-Teilnehmer hatten sich bereits verabschiedet, und Núria tollte mit Petita im seichten Wasser herum. Sie hatte ihre Hose bis zu den Knien hochgeschoben. Ihre rotblonden Haare wehten um ihren Kopf und leuchteten wie ein Heiligenschein in der Abendsonne. Xavis Herz ging auf. Er konnte noch immer kaum fassen, wie wundervoll sich sein Leben in den letzten Monaten entwickelt hatte.

»*Hola!*«, rief er zu Núria hinüber. Petita rannte sofort fröhlich kläffend auf ihn zu.

»Oh nein!«, gab er mit einem Lachen von sich, als die Hündin sich genau vor ihm schüttelte und ihn nass machte. »Igitt!«

Núria kicherte. »Seit wann bist du aus Zucker?«

»Dir gebe ich gleich Zucker«, erwiderte er gespielt entrüstet, lief in Richtung seiner Angebeteten, kickte die Turnschuhe am Ufer von den Füßen und watete zu ihr ins Wasser. Dort zog er sie in seine Arme.

»Wie war dein Nachmittag?«, wollte er von ihr wissen und küsste sie kurz auf die Lippen.

Núria schmolz in seinen Armen dahin; Xavi liebte dieses Gefühl. »Er war wunderbar und wird gerade noch besser.«

»Das kann ich nur bestätigen«, erwiderte er dicht an ihrem Mund und spürte ihren heißen Atem. Eine Gänsehaut überzog seinen Körper. Er liebte es, wie wunderbar sie zusammenpassten. Er konnte sich nicht vorstellen, auch nur einen Tag von ihr getrennt zu sein.

Núria legte ihre Hände um Xavis Hüften und schaute zu ihm auf. »Ich liebe es, wenn du mich abholst. Das ist schön.«

Xavi strich ihr eine Strähne aus der Stirn und blickte ihr tief in die Augen. »Wenn ich eines gelernt habe, dann ist es, jeden Moment mit dir zu genießen, der mir geschenkt wird.«

Er sah, wie sie schluckte, und wusste, dass sie kurz an Nico gedacht hatte. Seit sie zusammen waren, ging es Núria viel besser, aber der Verlust würde für immer ein Teil von ihr sein. Das wusste Xavi; und auch das war es, was Núrias liebenswerte Persönlichkeit ausmachte. Er war nicht eifersüchtig auf Nico; heute schämte er sich sogar ein wenig, dass er anfangs geglaubt hatte, mit einem Toten konkurrieren zu müssen. Das musste er nicht, Xavi war sich Núrias Liebe sicher. Das eine schloss das andere nicht aus, das hatte er gelernt.

»Ich bin glücklich, dass du an meiner Seite bist«, murmelte er heiser.

»Das bin ich auch, Xavi. Mit dir sind all die ersten Male doppelt so schön«, wisperte sie und hielt ihn noch fester.

Er lächelte. »Das hast du schön gesagt. Und welches erste Mal wollen wir als Nächstes erleben?«

»Lass mich überlegen … ich könnte für dich kochen; na, wie klingt das?«

Xavi war überrascht. Tatsächlich war es meist an ihm, Essen zuzubereiten, oder er brachte etwas aus dem Restaurant mit. »Würdest du das wollen?«

»Aber sicher, du nicht?«

Jetzt musste er lachen. »Das klingt, als ob ich Angst haben müsste.«

Núria schmunzelte. »Nein, eher nicht … Aber ob es dir schmecken wird, das kann ich nicht mit Sicherheit sagen.«

»Jetzt habe ich doch Angst. Was noch, Núria, welches erste Mal hast du noch auf deiner Liste?«

Für einen Moment blitzte etwas in ihren Augen auf, dann senkte sie die Lider. »Was ist mit dir? Hast du nicht eine Idee?« Sie schaute wieder zu ihm auf.

Xavis Mund wurde trocken, sein Herz klopfte schneller. »Doch, da würde mir tatsächlich etwas einfallen. Sehr viel sogar.« Er trat einen Schritt zurück und atmete ein und wieder aus. Dabei hielt er ihre Hände in seinen. »Ich hatte das so nicht geplant, aber ich glaube, es ist genau der richtige Moment.«

Petita tollte einem Schmetterling hinterher und beachtete die beiden nicht. Xavi lächelte Núria an und suchte nach den richtigen Worten. In der Nähe kreischten ein paar Möwen, das sanfte Rauschen der Brandung erfüllte die Umgebung, während eine leichte Brise an ihrem Haar zupfte. Die fröhlichen Schreie von einigen am Strand spielenden Kindern drangen zu ihnen herüber. Sein Herz schlug wild gegen seine Rippen. Er war glücklich, so glücklich, wie er es nie zu erträumen gewagt hatte.

Núrias Pupillen weiteten sich; er sah, wie sich ihre Lippen öffneten. »Xavi?«

Dann fiel er auf das linke Knie. »Núria, *t'estimo*, ich liebe dich! Ich kann und möchte mir ein Leben ohne dich nicht mehr vorstellen. Du hast Sonne in meinen Alltag gebracht, Liebe, wo vorher nur Leere war. Willst du meine Frau werden?«

Núria atmete geräuschvoll ein, dann blinzelte sie ungläubig, während sich ein Strahlen auf ihrem Gesicht ausbreitete, das die Sonne über dem funkelnden Meer in den Schatten stellte. »Ja! Ja, natürlich will ich dich heiraten.«

Xavi wartete nicht; er sprang auf die Beine, hob Núria in seine Arme und wirbelte sie jauchzend am Strand herum.

Irgendwann blieben sie atemlos stehen und küssten sich zärtlich und voller Hingabe. Xavi konnte sein Glück nicht in Worte fassen, das brauchte er bei Núria auch gar nicht. Sie verstanden sich blind. Er verschränkte ihre Finger mit seinen, schnappte sich ihre Korbtasche mit der Yogamatte und schlenderte mit ihr am Ufer entlang in den Sonnenuntergang, in eine Zukunft voller Liebe und mit vielen wundervollen ersten Malen, von denen sie beide heute noch nicht einmal zu träumen wagten. Núria blickte von der Seite zu Xavi auf, ihre Lippen kräuselten sich, und sie lächelte geheimnisvoll. Xavi erwiderte ihr Lächeln und strich mit dem Daumen über ihren zarten Handrücken. Der Wind streichelte über ihre Haut, und das Meer rollte mit sanften Wellen ans Ufer wie ein zärtliches Versprechen. In diesem Augenblick wusste Xavi, dass ihre Liebe alles überdauern würde, was ihnen das Schicksal in die Waagschale legte.

Danksagung

Sobald ich das Wörtchen »Ende« gedanklich unter ein Manuskript setze, bleibe ich stets mit einem weinenden und einem lachenden Auge zurück. Ich bin dann zwar unfassbar glücklich, dass ich einen weiteren Roman beendet habe, aber gleichzeitig traurig, weil ich mich an dieser Stelle von lieb gewonnenen Charakteren verabschieden muss. Núrias und Xavis Geschichte hat mich tief berührt, und es ist mir nicht immer leichtgefallen, sie zu Papier zu bringen. Besonders die Recherche, um Núrias emotionale Achterbahnfahrt authentisch beschreiben zu können, hat mich viele Tränen gekostet. Gerade deshalb gibt es auch Petita, die kleine Hundedame, in der Geschichte. Petita zeigt Núria und Xavi immer wieder auf niedliche Weise, dass manches gar nicht kompliziert sein muss, wenn man auf sein Herz hört.

Der Weg von der Idee bis zum fertigen Manuskript ist ein sehr langer, manchmal auch schmerzhafter, oft aber auch einfach nur ein ganz wunderbarer. Ich bin dankbar, dass ich meinen Traum, Autorin zu sein, leben darf, und hoffe, dass diese Geschichte viele Leserinnen und Leser finden wird.

Mein Dank geht zum einen an Fabian Knecht; die Zusammenarbeit mit ihm ist vertrauensvoll, stets angenehm und gleichzeitig sehr effizient. Außerdem möchte ich mich bei Dorothea Kenneweg bedanken; mit ihr habe ich schon manches Plotproblem gelöst, die Kooperation ist einfach wunderbar. Außerdem bedanke ich mich beim gesamten Team von Amazon Publishing, ich bin begeistert von der professionellen und angenehmen Zusammenarbeit. Es gibt noch eine ganze Reihe andere Menschen, ohne die mein Leben nicht so bunt und wunderbar wäre. Auch wenn es vielleicht ein wenig schmalzig klingt, ich fühle mich gesegnet und kann mein Glück an manchen Tagen gar nicht fassen. Dass es wirklich so viele Menschen gibt, die meine Geschichten kaufen und lesen möchten, bedeutet mir sehr viel. Besonders danke ich daher meinen Leserinnen und Lesern, ohne euch wäre all das gar nicht möglich!

Wenn ihr mehr aus meinem Schreiballtag und meinem Leben als Autorin sehen und lesen möchtet, dann folgt mir auf den sozialen Medien, Instagram und Facebook, oder abonniert gern meinen Newsletter. Ich freue mich über den Kontakt zu meinen Leserinnen und Lesern und bekomme sehr gern Post. Ich hoffe, dass ich euch mit dieser Geschichte ein paar angenehme Lesestunden bereiten konnte.

Alles Liebe,
eure Karin

Printed in Poland
by Amazon Fulfillment
Poland Sp. z o.o., Wrocław

40552956R00199